21 世纪高等学校计算机系列规划教材

Visual FoxPro 程序设计教程

王　民　周　红　何燕雯　编著

陈建明　主审

U0132887

清华大学出版社

北　京

内 容 简 介

  本书是根据最新的高等学校 Visual FoxPro 程序设计课程的教学大纲组织编写的一本供高等学校学生学习可视化程序设计语言 Visual FoxPro 的教材。其内容属于教育部关于高等院校计算机基础教育中的第二层次,也是全国计算机等级考试中的一个考试科目。本书使用大量的实例诠释系统的理论和功能,并在章后附有习题,帮助读者巩固所学的知识。此外为了帮助学生进一步掌握所学内容,我们还编写了配套的《Visual FoxPro 程序设计学习与实验指导》。

  全书主要内容包括数据库及其相关概念、Visual FoxPro 数据库及其表的基本操作、结构化程序设计方法、结构化查询语言 SQL、表单、菜单、工具栏及报表的设计、面向对象程序设计的思想及其在 Visual FoxPro 中的实现、数据库应用系统的开发步骤和实例等。

  本书可作为高等院校非计算机专业各类学生学习数据库技术和应用课程的教学用书,也可作为全国计算机等级考试二级 Visual FoxPro 考试的参考教材。

图书在版编目(CIP)数据

Visual FoxPro 程序设计教程/王民等编著.—北京:清华大学出版社,2010.2
 (21 世纪高等学校计算机系列规划教材)
 ISBN 978-7-302-21922-4

Ⅰ.①V…　Ⅱ.①王…　Ⅲ.①关系数据库-数据库管理系统,Visual FoxPro-程序设计-高等学校-教材　Ⅳ.①TP311.138

中国版本图书馆 CIP 数据核字(2010)第 016297 号

责任编辑:魏江江　薛　阳
责任校对:梁　毅
责任印制:李红英

出版发行:	清华大学出版社	地　　址:	北京清华大学学研大厦 A 座	
	http://www.tup.com.cn	邮　　编:	100084	
社　总　机:	010-62770175	邮　　购:	010-62786544	
投稿与读者服务:	010-62776969,c-service@tup.tsinghua.edu.cn			
质 量 反 馈:	010-62772015,zhiliang@tup.tsinghua.edu.cn			

印 刷 者:北京市世界知识印刷厂
装 订 者:三河市新茂装订有限公司
经　　销:全国新华书店
开　　本:185×260　印　张:18　字　数:448 千字
版　　次:2010 年 2 月第 1 版　印　　次:2010 年 2 月第 1 次印刷
印　　数:1～3000
定　　价:29.00 元

编审委员会成员

（按地区排序）

浙江大学	吴朝晖	教授
	李善平	教授
扬州大学	李 云	教授
南京大学	骆 斌	教授
	黄 强	副教授
南京航空航天大学	黄志球	教授
	秦小麟	教授
南京理工大学	张功萱	教授
南京邮电学院	朱秀昌	教授
苏州大学	王宜怀	教授
	陈建明	副教授
江苏大学	鲍可进	教授
武汉大学	何炎祥	教授
华中科技大学	刘乐善	教授
中南财经政法大学	刘腾红	教授
华中师范大学	叶俊民	教授
	郑世珏	教授
	陈 利	教授
江汉大学	颜 彬	教授
国防科技大学	赵克佳	教授
中南大学	刘卫国	教授
湖南大学	林亚平	教授
	邹北骥	教授
西安交通大学	沈钧毅	教授
	齐 勇	教授
长安大学	巨永峰	教授
哈尔滨工业大学	郭茂祖	教授
吉林大学	徐一平	教授
	毕 强	教授
山东大学	孟祥旭	教授
	郝兴伟	教授
中山大学	潘小轰	教授
厦门大学	冯少荣	教授
仰恩大学	张思民	教授
云南大学	刘惟一	教授
电子科技大学	刘乃琦	教授
	罗 蕾	教授
成都理工大学	蔡 淮	教授
	于 春	讲师
西南交通大学	曾华燊	教授

随着我国改革开放的进一步深化,高等教育也得到了快速发展,各地高校紧密结合地方经济建设发展需要,科学运用市场调节机制,加大了使用信息科学等现代科学技术提升、改造传统学科专业的投入力度,通过教育改革合理调整和配置了教育资源,优化了传统学科专业,积极为地方经济建设输送人才,为我国经济社会的快速、健康和可持续发展以及高等教育自身的改革发展做出了巨大贡献。但是,高等教育质量还需要进一步提高以适应经济社会发展的需要,不少高校的专业设置和结构不尽合理,教师队伍整体素质亟待提高,人才培养模式、教学内容和方法需要进一步转变,学生的实践能力和创新精神亟待加强。

教育部一直十分重视高等教育质量工作。2007 年 1 月,教育部下发了《关于实施高等学校本科教学质量与教学改革工程的意见》,计划实施"高等学校本科教学质量与教学改革工程(简称'质量工程')",通过专业结构调整、课程教材建设、实践教学改革、教学团队建设等多项内容,进一步深化高等学校教学改革,提高人才培养的能力和水平,更好地满足经济社会发展对高素质人才的需要。在贯彻和落实教育部"质量工程"的过程中,各地高校发挥师资力量强、办学经验丰富、教学资源充裕等优势,对其特色专业及特色课程(群)加以规划、整理和总结,更新教学内容、改革课程体系,建设了一大批内容新、体系新、方法新、手段新的特色课程。在此基础上,经教育部相关教学指导委员会专家的指导和建议,清华大学出版社在多个领域精选各高校的特色课程,分别规划出版系列教材,以配合"质量工程"的实施,满足各高校教学质量和教学改革的需要。

本系列教材立足于计算机公共课程领域,以公共基础课为主、专业基础课为辅,横向满足高校多层次教学的需要。在规划过程中体现了如下一些基本原则和特点。

(1)面向多层次、多学科专业,强调计算机在各专业中的应用。教材内容坚持基本理论适度,反映各层次对基本理论和原理的需求,同时加强实践和应用环节。

(2)反映教学需要,促进教学发展。教材要适应多样化的教学需要,正确把握教学内容和课程体系的改革方向,在选择教材内容和编写体系时注意体现素质教育、创新能力与实践能力的培养,为学生的知识、能力、素质协调发展创造条件。

(3)实施精品战略,突出重点,保证质量。规划教材把重点放在公共基础课和专业基础课的教材建设上;特别注意选择并安排一部分原来基础比较好的优秀教材或讲义修订再版,逐步形成精品教材;提倡并鼓励编写体现教学质量和教学改革成果的教材。

(4)主张一纲多本,合理配套。基础课和专业基础课教材配套,同一门课程可以有针对不同层次、面向不同专业的多本具有各自内容特点的教材。处理好教材统一性与多样化,基本教材与辅助教材、教学参考书,文字教材与软件教材的关系,实现教材系列资源配套。

（5）依靠专家，择优选用。在制定教材规划时依靠各课程专家在调查研究本课程教材建设现状的基础上提出规划选题。在落实主编人选时，要引入竞争机制，通过申报、评审确定主题。书稿完成后要认真实行审稿程序，确保出书质量。

繁荣教材出版事业，提高教材质量的关键是教师。建立一支高水平教材编写梯队才能保证教材的编写质量和建设力度，希望有志于教材建设的教师能够加入到我们的编写队伍中来。

21世纪高等学校计算机系列规划教材

联系人：魏江江 weijj@tup.tsinghua.edu.cn

进 入 21 世纪以来,基于互联网和数据库的计算机信息系统,已经广泛应用于各个行业和领域的信息化建设,正在为人类的社会进步乃至人们生活方式的改变发挥越来越大的作用。

建立一个满足信息处理要求的有效的信息系统,是一个单位与部门生存和发展的重要需求,而数据库技术是目前绝大多数信息系统的核心和基础。因此掌握一定的数据库技术是当今社会管理及专业人员的一项必备的基础知识和基本技能。

Visual FoxPro 是 Microsoft 公司推出的运行于 Windows 2000/XP 和 Windows NT 平台上的 32 位数据库应用与开发系统。它是当前最为流行和最为实用的数据库管理系统和中小型数据库系统的开发工具之一。Visual FoxPro 提供了一个集成化的开发环境、支持面向对象和可视化程序设计技术,同时支持 ActiveX 以及 C/S 技术。无论是组织信息、建立查询和报表或创建集成的关系型数据库系统,还是为最终用户开发功能全面的数据库系统,Visual FoxPro 都为此提供了所有必需的工具和创造了良好的条件。

本书以 Visual FoxPro 为蓝本,较为全面地介绍了数据库技术的基本概念、数据库和程序设计的基本方法以及如何用 Visual FoxPro 开发一个信息管理系统。

本书主要内容如下:

第 1～2 章介绍数据库和数据库管理系统的基本概念以及 Visual FoxPro 中的相关基础知识。

第 3 章介绍 Visual FoxPro 的基本语法、函数和程序设计。

第 4 章介绍数据库和数据表的基本操作,包括数据库及数据表的创建、维护和使用,数据记录的输入、修改、删除、统计以及逻辑和物理排序等。

第 5 章介绍结构化查询语言 SQL,它是关系数据库的标准操纵语言。主要介绍其定义、修改和查询 3 大功能。

第 6 章介绍使用 Visual FoxPro 的可视化界面创建查询和视图的基本方法。

第 7～9 章介绍先进的面向对象程序设计的概念及方法,着重介绍利用 Visual FoxPro 提供的各种设计器可视化地设计表单、菜单和报表的方法和步骤。

第 10 章介绍创建应用程序的步骤和一个实际管理系统的开发全过程。力求使读者对应用系统的开发有一个全面的认识。

本书由王民、周红、何燕雯 3 位老师编写,陈建明老师主审。其中第 1、5、8、9、10 章和附录部分由王民老师负责编写,第 2、3、4 章由周红老师负责编写,第 6、7 章由何燕雯老师负责编写。全书由王民老师负责统稿。

在本书策划阶段,陈建明老师认真审阅了编写大纲和总目录,并提出了指导性的意见。编写期间也多次督促、鼓励并给予多方面的支持,最后审阅了全部书稿。编者为此深表感谢。

在编写本书过程中,翟洁、徐进华、章建民、彭佩兰、吴瑾、张超、杜孝成、鲁逊、钱毅湘等多位老师都先后以不同方式提供了热情的帮助。另外,本书还参考了其他书刊上有关资料,编者在此也一并致谢!

本书在编写过程中,力图做到深入浅出、清晰简洁、通俗易懂,便于自学。由于编者水平所限,书中缺点错误和不足之处在所难免,恳请广大读者不吝赐教。

编 者

Sdwangm2008@sohu.com

2009 年 11 月

CONTENTS 目录

第 1 章

数据库技术基础

1.1 数据库基础知识

随着计算机技术的发展,计算机的主要应用已经从数值计算逐渐转变为数据处理。据不完全统计,目前全世界的计算机85%以上主要从事数据处理的工作。我们日常所说的信息处理、事务处理都应是属于数据处理性质的。

在信息社会中,信息已经成为各个单位和部门的重要财富和资源。建立一个满足信息处理需要的有效的信息系统是这些单位与部门生存和发展的重要需求。目前,绝大多数的信息系统的核心和基础都是采用数据库技术。因此从技术层面上看信息系统也就是数据库系统。

数据库技术所研究的主要问题是如何科学地组织和存储数据,如何高效地获取和处理数据及如何更加广泛、安全和有效地共享数据。而作为数据处理系统的核心和基础的数据库技术是近年来在计算机领域发展最为迅速的技术之一。

1.1.1 数据管理的基本概念

1. 数据

数据是描述现实世界中事物的符号记录,是用可以鉴别的物理符号记录下来的,而物理符号可以是数字、文字、图形、图像、声音及其他特殊符号。

可以对数据做如下的定义:描述事物的符号就称为数据。根据上面的解释,描述事物的符号可以是数字、文字、图形、图像、声音和语言等,即数据有多种表现形式,它们都可以经过数字化后存入计算机。

2. 信息

信息是现实世界中各种事物的存在方式或运动状态及其相互联系等在人脑中的反映。信息具有可感知、可存储、可加工、可传递和可再生等自然属性。

信息是经过处理、加工、提炼并用于决策制定或其他应用活动的数据。

3. 数据与信息的关系

数据和信息是两个既有联系又有区别的概念。数据是信息的载体,信息是数据的内涵,同一信息可以有不同的数据表现形式,而同一数据也可以有不同的信息解释。

在计算机信息处理系统中,信息通过采集和输入,以数据形式进行存储、传输和加工处理,对计算机来说处理的是数据,人们对这些数据的理解或解释就是信息。由于数据和信息的这种相互依存的关系,在当今社会里的大多数场合已经没有必要对数据和信息进行严格的区分。数据和信息、数据处理和信息处理已经被看成是等同的概念。

4. 数据处理与信息管理

数据是描述事物的符号,被人们赋予了特定的含义。由于客观世界的事物都是普遍联系的,因此从已有的数据出发,根据事物之间的联系,经过一定的处理步骤,就可以产生出新的数据。这些新的数据又可以表示新的信息。这种从已知的、原始的或杂乱无章的数据中找出对人们有用的数据或信息的过程称为数据处理。数据处理的目的就是从大量的数据中抽取对人们有用的信息。

在数据处理过程中,一般计算量相对较小,很少涉及复杂的数学模型。但数据处理具有的一个显著特点就是数据量大且数据之间存在复杂的关系。由此可见,数据处理的核心不是数据计算,而是数据的管理。

数据管理是指数据的收集、整理、组织、存储、查询和传输等各种操作,是数据处理的基本环节,是任何数据处理任务的共性部分。数据库技术就是一种数据管理技术。

1.1.2 数据管理技术的发展

数据处理的历史伴随着人类社会的发展由来已久。随着人类社会文明的发展,人们不断寻求更加有效的数据处理工具和新的数据处理方法。

古代人们用绳结、算筹来处理数据。近代采用算盘、机械计算机、电动计算机来处理数据,用账簿、卡片来存储数据。到了20世纪40年代由于电子计算机的发明,数据处理进入了电子计算机数据处理时代。

随着电子计算机科学和计算技术的进步,数据管理技术也得到了相应的发展,其发展历程一般可分为3个阶段:人工管理阶段、文件系统阶段和数据库系统阶段。

1. 人工管理阶段

20世纪50年代中期以前,计算机刚刚出现不久,硬件和软件的发展水平也处于初级阶段。计算机的硬件上使用磁带、卡片、纸带等,没有磁盘等直接存取的存储设备。软件上没有操作系统实现对计算机数据的统一管理和调度,数据是由程序员设计应用程序时设计,程序员要对所处理的数据做专门的定义,还要对数据的存取、输入及输出的方式做具体的安排,然后才能交给应用程序进行管理。计算机主要用于科学计算,数据量少,数据的结构也比较简单。用户一般用机器指令编写程序,通过纸带输入程序和数据。这个时期,数据管理处于人工管理阶段,其主要特点如下。

(1)数据不能存储。在程序的运行过程中进行数据输入,程序运行结束后,程序和数据所占用的存储空间被释放或被其他的程序或数据覆盖。

(2)没有专门的软件对数据实施统一的管理。数据的管理依靠应用程序本身来处理。应用程序不仅要规定数据的逻辑结构,而且要设计数据的物理结构,包括存储结构、存取方法和输入输出方式等。

(3)数据不能共享。由于数据是面向应用程序的,数据和处理程序是紧密联系的。数据是作为程序本身的一部分而出现在程序中,一组数据只能对应一个应用程序。当多个应用程序处理数据并涉及一批相同的数据时,由于必须在各自的应用程序中单独定义,无法互相利用、互相参照,因此在应用程序之间存在着大量的数据冗余。

(4) 数据的独立性差。由于数据和应用程序组织在一起,数据被包含在程序中,当数据的逻辑结构或物理结构发生变化时,要通过改变应用程序来实现。同样道理,当应用程序发生改变时,数据的逻辑结构或物理结构也要做相应的修改,也就是说数据和应用程序之间缺乏独立性。

由图 1-1 可以看出计算机数据管理技术的人工管理阶段的特点,就是应用程序和所处理的数据之间的关系是一一对应的,而且各数据之间没有联系,数据是由程序员设计的,由应用程序管理的。

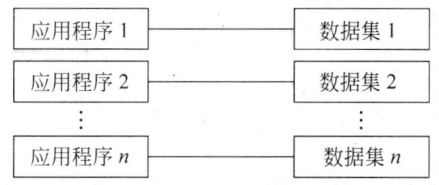

图 1-1　人工管理阶段数据和应用程序示意图

2. 文件系统阶段

20 世纪 50 年代后期至 60 年代中期,随着计算机软硬件技术的发展,计算机不仅用于科学计算,而且已经开始用于信息管理。这时计算机的硬件方面已经有了磁盘、磁鼓等直接存取设备。软件方面出现了高级语言、操作系统。操作系统中已经有了专门的数据管理软件,一般称之为文件管理系统。在数据处理方式上不仅有了批处理,也能够进行联机处理。数据管理进入了文件系统阶段。

在文件系统中,数据可按其内容、结构和用途组织成若干个独立的文件,应用程序可以通过操作系统从文件中读写数据。不再需要程序员去考虑这些数据的存储结构、存储位置以及输入输出方式等。

在文件系统中,文件可以与程序分离,有利于长期保存,与程序管理相比,有很大的进步。文件管理阶段数据和应用程序的关系如图 1-2 所示。

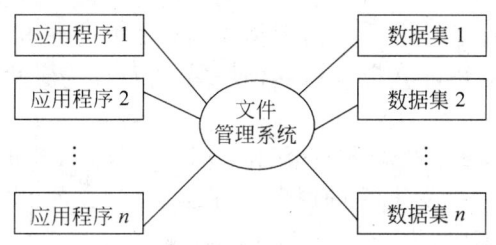

图 1-2　文件系统阶段数据和应用程序示意图

这一阶段的数据管理的主要特点主要有以下几点。

(1) 数据可以长期存储。数据以独立于应用程序的方式长期存储在外存储器中,需要时可以提供给应用程序访问。

(2) 数据独立性差。数据和应用程序各自以文件的形式分别保存在外部存储器中,程序和数据之间具有了一定的独立性。但是在文件系统中,数据文件是按照应用程序的具体要求建立的,当程序改变时也将引起数据文件结构的改变,因此程序和数据之间仍缺乏足够的数据独立性。

(3) 数据共享性差,冗余度较大。在文件系统中,文件一般为某一用户或用户组使用,文件仍然是面向应用的,一个数据文件基本上对应一个应用程序。不同的应用程序具有相同的数据时,也必须创建各自的数据文件,不能简单地共享相同的数据。因此数据共享性差,冗余度大。同时由于数据重复存储,各自管理,容易产生数据的不一致性。

(4) 数据的安全性和完整性问题。由于文件之间相互独立,缺乏集中管理和约束机制,数据的完整性和安全性等无法得到保证。

3. 数据库系统阶段

20 世纪 60 年代后期以来,计算机的数据处理的应用领域和规模越来越大,数据量急剧增长。已经开始出现计算机网络系统和分布式系统的概念,以文件系统管理数据的手段已经远远不能满足应用的需要。为了克服文件系统的弊病,适用日益增长的数据处理的需求,人们开始探索新的数据管理方法与工具。这一时期,磁盘存储技术取得了重要进展。大容量和高速存取的磁盘相继问世并投入市场,给新型数据管理技术的研究提供了良好的物质基础。

为了满足多用户、多应用程序共享数据的要求,使数据为尽可能多的用户服务,数据库技术应运而生,出现了专门的软件系统——数据库管理系统(DBMS)。它标志着数据管理技术的一个飞跃,从而使数据管理进入了数据库系统阶段。

数据库管理技术具有以下特点。

(1) 数据结构化。文件系统中,相互独立的文件的记录内部是有结构的,但记录之间没有联系。数据库系统则实现了整体数据的结构化,这是数据库的主要特征之一,也是数据库系统与文件系统的本质区别。

(2) 数据的共享性高,冗余度低,易扩充。数据库系统从整体角度看待和描述数据,数据不再面向某个应用而是面向整个系统,因此数据可以被多个用户、多个应用共享使用。数据共享可以减少数据冗余,节约存储空间,易于扩充。数据共享还能够避免数据之间的不相容性与不一致性。

(3) 数据的独立性强。数据独立性是数据库领域中一个常用的术语,包括数据的物理独立性和逻辑独立性。数据独立性是由数据库管理系统(DBMS)的二级映像功能来保证的。

物理独立性是指用户的应用程序与存储在磁盘上的数据库中的数据是相互独立的。逻辑独立性指用户的应用程序与数据库的逻辑结构是相互独立的,也就是说数据的逻辑结构改变了,用户程序也可以不变。

(4) 数据由数据库管理系统(DBMS)统一管理和控制。数据库的共享是并发的共享,即多个用户可以同时存取数据库中的数据,甚至可以同时存取数据库中的同一数据。当多个用户的并发进程同时存取、修改数据库时,可能会发生相互干扰而得到错误的结果,使得数据库的完整性遭到破坏,因此,必须对多用户的并发操作加以控制和协调。

数据库系统阶段的应用程序与数据的关系如图 1-3 所示。

数据库技术的主要目的是有效地管理和存储大量的数据资源,包括提高数据的共享程度和降低数据的冗余度;建立数据一致性和完整性地约束机制;使数据与程序之间更加独

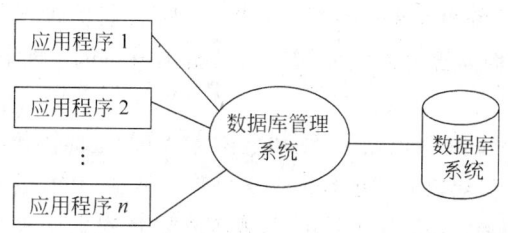

图 1-3 数据库系统阶段数据和应用程序示意图

立,更加便于应用程序和数据的维护。

1.1.3 数据库系统的组成

数据库系统是指具有数据库管理功能的计算机系统,该系统实现了有组织地、动态地存储大量相关数据,提供了数据处理和信息资源共享的便利手段,集成了系统所需的计算机软硬件、数据和相关的人力资源。

数据库系统由计算机硬件系统、系统软件(包括操作系统和 DBMS)、数据库、应用软件、数据库管理人员和用户等部分组成。

1. 数据库系统的特点

(1)数据结构化。这是数据库与文件系统的根本区别。数据库系统中的数据必须按照某一特定的数据模型组织,具有特定的统一结构。因此,任何数据库管理系统都支持一种抽象的数据模型,以便反映出现实世界中相关事物之间的关系。

(2)数据共享。数据库中的数据是可以被多个应用程序所共享的,这和以前的文件系统有所不同。对于文件系统,不同的应用程序需要有自己独有的文件,文件基本上不能为不同的应用程序共享。而数据库中的数据可以通过数据库管理系统为多个用户所共享,冗余度小。

(3)数据独立性。在数据库系统中,数据通过 DBMS 管理,使用户或应用程序在操作数据时,并不需要了解数据库中的数据是如何存储的,只需要以简单的逻辑结构来操作数据。

(4)数据的安全性。在数据库系统中,数据的安全性和完整性由 DBMS 进行统一的管理和控制。

2. 与数据库相关的术语

数据库、数据库管理系统、数据库系统是数据库技术中常用的术语,三者之间有着一定的区别和联系。

(1)数据(Data)是指存储在某种媒体上能够被识别的物理符号。数据的形式是多种多样的,可以是数字、文字、图形、图像、动画、影像、声音等多媒体数据。

(2)数据库(Database,DB)是按照某种模型组织起来的、独立于应用程序的、数据之间相互关联的、可以被各种用户或应用程序共享的数据的集合。通常是需要长期保存在计算机的存储设备中的。

(3)数据库管理系统(Database Management System,DBMS)是对数据库进行管理的通用软件系统,在计算机的软件中属于系统软件范围内。它是数据库系统中的核心部分。它具有对数据库中的数据资源进行统一的管理和控制功能,它提供了数据库定义和操作的语言。在数据库系统中,数据库管理人员和用户对数据库进行的各种操作都是通过 DBMS 来实现的。

(4) 数据库系统(Database System,DBS)由数据库、DBMS、应用程序、系统维护和操作人员等方面组成。该系统可提供对数据库进行操作和维护的各项功能,以完成用户的具体需求。

(5) 数据库管理员(Database Administrator,DBA)。在大中型数据库系统设计和运行中,必须配备专门的机构来对数据库进行有效的管理和控制,解决系统设计和运行中出现的问题。行使这种控制权的机构中的相关人员就叫数据库管理员,他具有最高的数据库管理权限,全面负责数据库系统的管理工作。

综上所述,可以做如下定义:数据库是存储在计算机系统内的有结构的数据的集合。数据库管理系统是一个数据库管理软件,其职能是创建、管理和控制数据库资源,充当用户和数据库之间的交互界面。而数据库系统则是计算机系统中引进数据库后的系统构成。

1.1.4 数据模型

1. 现实世界的抽象描述

人们在数据库的理论和实际应用中,一般将数据处理中的信息转换为 3 个范畴,即现实世界、信息世界和数据世界,并在此基础上按照管理的要求进行设计和组织,最后将数据输入到计算机的数据库系统中。

1) 现实世界

现实世界即客观存在的世界,它是人类社会存在和发展的环境。将在现实世界中存在且又是可以识别的事物称为现实世界中的"个体",按照其各自不同的特征进行区分。如学生的学号、姓名、专业、班级等。

在研究中将具有相同特征项目的个体称为同类个体。所有同类个体构成一个集合,称为"全体"。例如所有同一专业的学生、某家电超市中的所有商品等都各自构成了一个全体。这些全体中的个体之间或个体与所属的全体之间都存在着各种联系。人们在分析这些个体或全体的某方面信息时,选择其中所感兴趣的那部分联系。例如分析学生成绩时对各门功课分数感兴趣,而分析学生来源分布时要看其籍贯等。

2) 信息世界

信息世界是现实世界在人们头脑中的反映,是对现实世界的抽象和概念化。在信息世界中人们常用以下术语。

(1) 实体和实体集。实体是被认识了的个体在信息世界中的抽象表示。实体是信息世界中的基本单位。它可以是具体的事物如学生、汽车,也可以是抽象的事件,例如某场辩论会、某班级学习现状、某城市半年的房价走势曲线等。对应于现实世界中的全体就是一个实体集,它是同类型的实体的集合。例如一个班级的学生名单、一个大卖场中商品价目表等。

(2) 属性。个体的每一个特征在人脑中形成的认识称为属性。人们在信息世界中用属性来描述相应的实体。一个实体通常都有若干个属性,这些属性的值构成了一个元组。在信息世界中就是用元组来抽象表示实体的,如学生表里一行的学号、姓名、性别、年龄、总分等属性值表示一个学生实体。属性都有相应的值及其取值范围,这个范围称为属性域。如学生性别只能是"男"或"女",年龄范围规定为"16~23 岁"等。

（3）实体的型与值。在一个实体集中,属性的集合称为实体的型,而描述某个体的属性值就是实体的值。例如对于学生张小凤来说,"学号、姓名、性别、……"是该实体的型,而"0912345678、张小凤、女……"是该实体的值。

（4）联系。现实世界中事物之间的关联反映到信息世界中为实体集之间的"联系"。这种联系抽象地表示了实体之间相互作用、相互制约和相互依存的关系。例如学生与考试分数之间的关系、教师任课和专业开课的关系、商店采购商品与店面销售的关系等。

实体集间的联系有多种情况。有实体集内部实体之间的联系,有二实体集之间的联系,有多个实体集之间的联系。下面重点讨论二实体集之间的联系,它们实际上反映了实体集之间的函数关系。

- 一对一关系。常记为 $1:1$,即在实体集 S_1 中存在一个实体 X_i,则在实体集 S_2 中至多存在一个实体 Y_j 与之相联系,反之也是这样。例如学生实体集与教室座位实体集之间的关系就是 $1:1$ 关系。显然,这里包括了某个学生在该教室中没有座位和某一座位上没有学生这两种情况。

- 一对多关系。常记为 $1:m$,这是在问题中出现较多的一种情况。即在实体集 S_1 中存在一个实体 X_i,则在实体集 S_2 中可能存在一个以上的实体 Y_j 与之相联系。例如大学中的班级实体集中的班级实体与学生表实体集中学生实体之间的对应关系。一个班级学生名单中可能有几个、几十个学生,也可能没有一个学生。

- 多对多关系。常记为 $m:n$,这是两个实体集之间可能存在的较复杂的联系。即在实体集 S_1 中存在一个实体 X_i,则在实体集 S_2 中可能存在 0 个或多个实体 Y_j 与之相联系,反之对于实体集 S_2 中的实体 Y_j,在实体集 S_1 中也可能存在 0 个或多个实体 X_i 与之相联系。例如学校的学生表实体集与学校开设选修课的实体集之间就是多对多关系,一门课可能有 0 位、一位或多位同学选修。某位同学也可能选修 0 门、一门或多门课程。在实际应用中多对多关系不能直接利用。一般的处理方法是将其分解为两个一对多关系。

3）数据世界

数据世界就是计算机世界,它是现实世界中客观现象经过信息抽象在计算机中的表示形式。也就是说,在这一范畴内,将信息世界的内容再一次抽象为有结构的数据。数据世界里有两个层次:上层是数据库层,底层是文件层。数据库层的软件结构目前主要有 3 种:用二维表结构表示的关系数据库系统、用树形结构表示的层次数据库系统和网络数据库系统。文件层的软件结构就是文件形式,它是现实世界、信息世界表示形式的再抽象。

在数据世界中,规定文件由若干条记录组成,而记录由若干数据项组成。

在 3 个世界中信息处理对象的对应术语如表 1-1 所示。

表 1-1 3 个世界中术语对应表

现 实 世 界	信 息 世 界	数 据 世 界
组织	实体——联系	数据模型
全体	实体集	文件
个体	实体	记录
特征	属性	数据项

2. E-R 信息模型

模型是对过程和对象的抽象化,经由模型可以深入了解复杂系统的主要特征。在信息世界中,使用实体——联系方法(Entity-Relationship Approach,简称 E-R 方法)对研究对象进行抽象化。

如前所述,所谓实体是指客观存在的事物。实体可通过它的若干属性来描述。属性是事物某方面的特征。联系是指实体集之间的联系。在实体、属性和联系三要素的基础上作E-R 图的步骤如下。

(1) 用长方形表示实体集,在框内标注实体名称。

(2) 用椭圆表示实体的属性,在框内标注属性的名称,用线段连接实体和它的属性。

(3) 用菱形表示实体集之间的联系,在框内标注联系的名称,用线段或弧线连接菱形与相关长方形,并标注上函数关系名(如 1:1、1:n 或 m:n)。如图 1-4 所示的 E-R 图表示了供货商与订货单之间的关系。

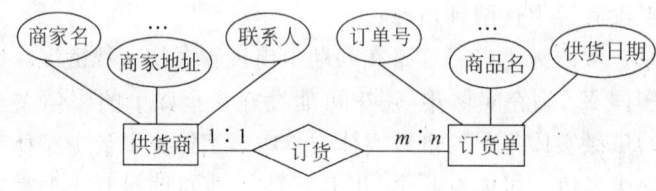

图 1-4　商品订货 E-R 图

3. 数据模型简介

模型是现实世界特征的模拟和抽象。计算机无法直接处理现实世界中的具体事物。必须把它转换为计算机能够处理的数据。要先建立模型,用数据模型来抽象、表示和处理现实世界中的信息。在此基础上再对数据进行处理。

数据模型是建立在数据世界数据库层上的一种计算机软件模型,数据模型的重点在于明确表示数据之间的整体性联系。数据模型建立的优劣直接影响到数据库系统的性能。

数据模型应满足 3 方面要求:一是能比较真实地模拟现实世界;二是能容易为人所理解;三是便于在计算机上实现。

数据抽象过程通常经过两步:从现实世界到概念世界,从概念世界到机器世界。因此根据模型应用的不同目的,数据模型分为两个层次:概念模型和结构模型。

概念模型也称为信息模型,它按用户的观点来对数据和信息建模,主要用于数据库设计。概念模型语义表达能力强,不涉及信息在计算机内部的表示,如实体——联系模型、语义网络模型等。

结构模型也称为结构数据模型。它按计算机系统的观点对数据建模,主要用于 DBMS的实现。它与具体的计算机系统密切相关,它直接面向数据库中数据的逻辑结构。

在数据库技术的发展过程中出现过的数据模型主要有网络模型、层次模型和关系模型。相应的数据库管理系统则分别称为网络数据库系统、层次数据库系统和关系数据库系统等。20 世纪 80 年代又提出一种新的结构数据模型——面向对象数据模型,它具有更加丰富的表达能力,但是模型也更为复杂。目前流行的 DBMS 产品中主要采用关系模型和面向对象的关系模型。

1）网状模型

网状模型中的基本结构就是简单的二级树。在图论的角度上就是一个无向图,网中的每一个结点代表一个实体类型,一个结点可以有多个父结点。其基本的联系方式就是多对多关系。例如教师、课程和学生这3个关系之间,两两都是多对多关系,组成了一个网状E-R模型。

2）层次模型

层次模型在图论的角度上是网络模型的特例。当网络中每一个结点至多有一个双亲结点时,其基本的结构变化为树形,就称之为层次结构。例如家谱、行政机构、Windows操作系统中文件的管理结构都是属于层次(或称树形)模型的结构。

3）关系模型

关系模型就是使用二维表来表示实体集属性之间的关系,以及实体集之间联系的形式模型。它将数据的逻辑结构归纳为满足一定条件的二维表的形式。

由于关系模型具有简单、易学、易用等优点,国内使用的数据库系统绝大多数都是关系型数据库系统。

4）面向对象模型

面向对象的数据模型吸收了面向对象程序设计的核心概念和基本思想,用面向对象的观点来描述现实世界中的实体。一系列面向对象的核心概念构成了面向对象数据模型的基础。

面向对象模型中最基本的概念是对象和类,每一个对象有一个状态,对象的状态是该对象属性值的集合;每个对象有一组操作,每个操作决定对象的一种行为,行为是对象在对象状态上操作的方法的集合,对象方法构成了其他对象可见的接口;每个对象有一个唯一的标识符,它把对象的状态和对象的行为封装在一起。对象之间通过消息通信。类就是具有相同属性与方法的对象集合,而类内对象称为一个实例。例如学生是一个类,而某一个同学可被认为是学生类的一个实例。

面向对象模型最显著的特点是:语义强,支持复杂的数据类型,具有封装性和继承性等。面向对象数据库既能支持传统数据库应用,也能支持非传统领域的应用,包括CAD/CAM、OA、CIMS、GIS以及图形图像等多媒体领域,工程领域和数据集成等领域。该类型的数据库将会在非传统数据库应用中发挥主导作用。

1.2 关系数据库

在关系型数据库中,每一个关系都是一个二维表。无论实体本身还是实体间的联系均用称为"关系"的二维表来表示,使得描述实体的数据本身能够自然地反映它们之间的关系。而传统的层次型和网状型数据库是用链接指针来存储和体现联系的。

关系型数据库以其完备的理论基础、简单的模型、说明性的查询语言和使用方便等特点得到最广泛的应用。

1.2.1 关系模型

1. 基本术语

1）关系、元组、属性和域

• 关系:一个关系就是一张含有有限个不重复的行的二维表,二维表名就是关系名。一个关系存储为一个文件,文件扩展名为.DBF。

- 元组：关系中的元组就是二维表中的一行，或称一条记录。每一行就是一个元组。一个关系中的元组数可以为 0，称为空关系(空表)。
- 属性：关系中的属性对应于二维表中的列，或称字段，其字段名就是属性名。即二维表中的每一个列代表一个属性，属性的个数称为关系的元(或度)。
- 域：每个属性的取值范围称为该属性的域。例如职工年龄的取值范围是 18～60。

2) 关键字、候选关键字、超关键字、主关键字、外部关键字

- 关键字：在关系中能够唯一区分、确定不同元组的属性或属性组合称为该关系的关键字。例如表 1-2 中的 GH、XM、DH、"XB,NL"、"XB,BMBH；NL"等。
- 候选关键字和超关键字：在关系的一个关键字属性组合中，如去掉其中任一个属性就不能满足关键字的功能，则该属性组合的关键字就是候选关键字。而不是候选关键字的关键字被称为超关键字。换一句话说，带有冗余属性的关键字是超关键字，而不带冗余属性的关键字就是候选关键字。可见，单一属性的关键字就是候选关键字。一个关系中的候选关键字可以有若干个。例如表 1-2 中的由 GH 和 XM 组成的关键字"GH,XM"是超关键字，而 GH、"XM,BMBH"、"XM,XB"等是候选关键字。
- 主关键字：当从关系的若干候选关键字中选定一个作为该关系的排序、查找、建立索引等的操作变量(操作依据)时，该候选关键字就称为主关键字。
- 外部关键字：关系中某个属性或属性组合并非本关系的关键字，而是另一个关系的主关键字或候选关键字，则称其为本关系的外部关键字。例如表 1-2 中的 BMBH 不是人事表中的关键字，而是表 1-3 所示的部门表的主关键字，所以它是人事表的外部关键字。

表 1-2 公司人事表

GH	XM	XB	BMBH	NL	DH
1023	赵军涛	男	101	45	13912345623
1109	钱立华	男	102	28	13822345645
1206	孙颐凡	女	103	22	13032345667
1123	李蔚蓝	女	102	37	18952345689
1225	钱立华	女	103	28	13042345690

表 1-3 公司部门表

BMBH	BMMC	FZR
101	经理室	赵军涛
102	人事部	钱立华
103	销售部	孙颐凡
104	事务部	蒋子虎
105	公关部	张海良

2. 关系的规范化

关系是一种规范化了的二维表。在关系数据模型中，每一个关系都必须满足一定的条件，即一个关系应该具有如下一些性质。

(1) 关系中的每个属性都应是不可分割的数据项。

(2) 同一个关系中不允许出现相同的属性。

(3) 同一个关系中不允许出现相同的元组。

(4) 同一个关系中属性或元组的前后次序可以任意交换，而对该关系无实际影响。

1.2.2 关系运算

1. 传统的集合运算

具有相同关系模式的两个关系(例如 R、S)可以进行传统的并、差、交的集合运算。

(1) 关系的并(Union)。记为 R∪S，意为合并 R 和 S。R 和 S 进行并操作的结果是由

属于这两个关系的全体元组构成的集合。例如将 09 会计(1)班和 09 会计(2)班的参加校英语竞赛的报名表合并成为一张表。

(2)关系的差(Difference)。记为 R-S,意为找出属于 R 且不属于 S 的元组。R 和 S 进行差操作的结果是由属于 R 而且 S 中没有的元组构成的集合。例如将班级学生名单表和英语参赛表进行差操作就可得到没有参赛英语的学生名单表。

(3)关系的交(Intersection)。记为 R∩S,意为找出同时出现在 R 和 S 中的有关元组。R 和 S 进行交操作的结果是由这两个关系中同时存在的元组构成的集合。例如将数学参赛表和英语参赛表进行交操作就可以得到同时参加这两门竞赛的学生名单。

2. 专门的关系运算

(1)选择运算(Selection)。就是从关系中选择满足给定条件的元组的运算。对应于二维表,选择是从行的角度进行抽取满足条件的记录。例如从职工表中查询籍贯为四川绵竹市的职工记录。

(2)投影运算(Projection)。就是从关系中选择指定若干个属性以构成新的关系。对应于二维表,投影是从列的角度抽取所指定的列(字段)以构成一个新的关系。例如从表 1-2 的公司人事表中抽取 GH、XM 和 DH 3 个属性构成一个新的关系。

(3)连接运算(Join)。就是根据连接条件将两个关系中对应的元组拼接成一个个新的元组以构成一个新的关系。例如可以用表 1-2 中的 BMBH 作为公共属性名连接人事表和部门表,使其能够生成一个含有 GH、XM、XB、BMMC、DH 等字段的新表。

1.2.3 关系运算应用实例

说明:在以下例题中为完整起见,同时给出了命令行部分,教学时可以不做要求。这些命令都会在后续的章节里学习。此处作为了解,从英语角度也应不存在理解上的困难。

【例1.1】 对于两个结构相同的成绩表 CJ1、CJ2,可以使用并操作命令将 CJ2 中的元组合并到 CJ1 中。方法是首先打开 CJ1 表,再使用添加命令 APPEND FROM CJ2 把 CJ2 表中的元组添加到 CJ1 表中。

【例1.2】 基于教师表 JS 和任课表 RK,可以使用差操作命令查询出本学期没有开课的教师。可用命令行:SELECT * FROM JS WHERE JS. GH NOT IN(SELE JSBH FROM RK)。含义是显示教师表中有而任课表中无的 JSBH 所对应的教师名单。数据表及结果如图 1-5 所示,从左向右依次是学生表、任课表、差操作结果。

GH	XM	XB	XDH
G0001	刘海军	男	07
B0003	高山	男	05
B0002	陈林	男	02
H0002	吴凯	男	08
D0001	蒋方舟	男	04
G0003	张德龙	男	07
A0001	陆友惜	男	01

RJBH	KCBH	KCM	JSBH	KSH
a011	k01	物理	G0001	4
a012	k02	化学	B0003	5
bo11	k03	英语	A0001	2
bo12	k02	化学	B0003	4
c011	k01	物理	B0002	2
c012	k04	数学	D0001	7

GH	XM	XB	XDH
B0002	陈林	男	02
H0002	吴凯	男	08
G0003	张德龙	男	07

图 1-5 关系的差操作示意图

【例1.3】 暑假中计划先后组织两批不同地点的旅游,但报名者过多,要从中去掉部分人员。一个常用的做法是将两批都报名的人从第一批中去掉。这时就可用交的操作命令查询出这些人的名单。可用命令行 SELECT BH,XM FROM LVU01 WHERE BH

IN(SELECT BH FROM LVU02)完成。

【例 1.4】 需要在学生表中浏览籍贯不是江苏的学生的学号、姓名、班级编号、籍贯的信息。先使用选择操作去除江苏籍学生,再使用投影操作指定所要的属性。可用命令行 BROW FOR NOT(JG="江苏")FIELDS XH,XM,BJBH,JG 完成。

【例 1.5】 成绩表中只有学号、课程代号和成绩,而学生表中有姓名。可以使用学号相同这个连接条件将两表中对应的记录的学号、姓名、课程代号和成绩拼接成一条条新记录构成一个新的成绩表。完成上述任务的命令行如下:

SELECT CJ. XH, XS. XM, CJ. KCDH, CJ. CJ FROM XS INNER JOIN CJ ON XS. XH = CJ. XH

【例 1.6】 根据班级学生表 XSB 和英语参赛表 YINGYU 使用差操作获取没有参赛英语的学生名单的命令为: SELECT * FROM XSB WHERE XH NOT IN(SELECT XH FROM YINGYU)

【例 1.7】 根据数学参赛表 SHUXUE 和英语参赛表 YINGYU 使用交操作获取同时参赛数学和英语学生名单的命令为: SELECT * FROM YINGYU WHERE XH IN (SELECT XH FROM SHUXUE)

1.2.4 关系的完整性

关系模型完整性规则就是对关系的某种约束条件。关系模型中有实体完整性、参照完整性和用户自定义完整性 3 种完整性约束。其中实体完整性和参照完整性是关系模型必须满足的完整性约束条件。

1. 关系模式

关系的模式是对关系的描述,一个关系模式对应一个关系的结构,关系模式的定义包括模式名、属性名、值域名以及模式的主键。由于不涉及物理存储方面的描述,因此关系模式仅仅是对数据特性的描述。

2. 实体完整性

实体完整性规则是要求任一元组的主关键字的值在关系中必须非空并且是唯一的,否则就无法按照关键字的值唯一确定一个元组。

例如,学生信息表中的学号字段,职工信息表中的职工号字段等都是既不能取空值也不允许重复的,否则就不能区分不同的学生、不同的职工。

3. 参照完整性

参照完整性规则是要求一个关系中外部关键字的值必须是另一个关系中主关键字的有效值或空值。也就是说,一个关系中不允许使用不存在的实体。

例如,对于表 1-2 中 BMBH 的值只能为两种情况:或者为空值,或者为部门表中主关键字的某一个值。再如成绩表中的课程代号的值也必须是存在于课程表内的一个课程代号值,或者为空值。

4. 用户自定义完整性

用户自定义完整性也称为域完整性,用来规定相应属性的取值范围。用户自定义完整性规则就是设计者根据具体应用的语义要求而自行定义的数据取值范围以及数据必须满足的约束条件等。

例如：学生分数规定为 0～120 分之间，职工的年龄允许在 18～60 岁之间等。

1.3 关系数据库设计基础

人类社会进入 21 世纪以来，基于互联网和数据库的计算机信息系统广泛应用于社会的各个行业和领域，正在为人们的学习、生产、科研以及自身的发展和进步发挥着巨大作用。而数据库已成为信息管理系统的基础和核心。一个信息系统是否能够达到总体设计目标及其处理需求，关键在于数据库的构造和应用能力。

1.3.1 数据库设计原则

1. 概念单一化原则

概念单一化原则是指一个数据表仅描述一个实体集以及实体之间的关系，不要将许多信息都放在一个表内。设计大而全的数据表反而会给数据处理操作带来不便。

2. 减少表之间的重复字段

在各个数据表之间，除了那些在表之间作为纽带关系的关键字段之外，应尽量避免出现重复的字段。这样做不仅能减少数据的冗余，更是为了降低在数据插入、删除或更新操作时造成表之间数据不一致的可能。

3. 表中字段应是基本数据元素

数据表中的字段不应该包括通过计算就可以得到的"二次数据"或多项数据的组合。例如在有"出生日期"字段的数据表中，就不要再有"年龄"字段。当然，在实际应用中，为明确起见，有时也必须存在诸如"总分"、"实发工资"等字段。

4. 用外部关键字保证表之间的关联

数据表之间的联系是靠外部关键字来建立的。数据库中的数据表不仅存储了各自所需要的信息，并且还要通过一些必要的外部关键字段来反映出与其他表之间存在的客观联系。

1.3.2 数据库设计过程

一般可将数据库的设计分为 4 个阶段：需求分析、概念结构设计、逻辑结构设计和物理结构设计。

1. 需求分析

需求分析的任务是对应用单位的具体环境、目标和现状进行调查，根据单位的现行发展战略和目标对拟建的信息系统的需求做出分析和预测，在充分考虑主客观、内外部各种约束条件的情况下给出该系统的初步方案、项目开发计划和可行性分析报告。

需求分析阶段的主要工作是：充分了解原系统的工作概况、业务流程和不足之处，明确用户的各种数据需求、处理需求以及安全与完整性方面的要求，从而在此基础上确定新系统的目标和功能。

2. 概念结构设计

概念结构设计就是将需求分析得到的用户需求抽象为概念结构的过程。本阶段要完成两个任务：一是设计出能够全面、清晰地反映系统所有数据表及其相互联系的全局 E-R（实体——联系）图和数据字典；二是完成整个系统的功能设计描述，包括系统功能结构图、系统数据流程图等。

3. 逻辑结构设计

逻辑结构设计就是将全局 E-R 图中的实体集和联系,转换为关系数据库管理系统 (DBMS)所支持的关系数据模式,例如本书介绍的 Visual FoxPro 就是当前最常用的数据库管理系统。

本阶段的工作主要包括将实体——联系模型转化为关系数据模型,确定具体数据库、数据表和视图结构,确定数据表之间的一对多、多对多关系,数据的有效性、一致性、安全性,数据的优化和冗余等。

4. 物理结构设计

数据库在选定计算机系统的物理设备上的存储结构和存取方法称为数据库的物理结构。而为给定的关系模式选取一个最适合应用要求的存储结构和存取路径的过程就是数据库系统的物理结构设计。

在物理结构设计阶段一般应达到两个目标:一是提高数据库系统的性能,二是有效地利用系统的存储空间。

习题 1

一、选择题

1. 数据库管理系统是一种_____。

A. 采用了数据库技术的计算机系统

B. 包括数据库管理人员、计算机软硬件以及数据库系统

C. 位于用户与操作系统之间的一层数据管理软件

D. 包含操作系统在内的数据库管理系统

2. 下列实体类型的联系中,属于一对多联系的是_____。

A. 学生与课程之间的联系　　　　B. 学校与教师之间的联系

C. 商品条形码与商品之间的联系　　D. 公司与总经理之间的联系

3. 在关系模式中,对应关系的主键必须是_____。

A. 第一个属性或属性组　　　　　　B. 不能为空值的一组属性

C. 能唯一确定元组的一组属性　　　D. 具有整数值的属性组

4. 目前国内在数据库系统中普遍采用的数据模型是_____。

A. 关系模型　　　　　　　　　　　B. 层次模型

C. 网状模型　　　　　　　　　　　D. 面向对象模型

5. 把全局 E-R 图转换成关系模式的结构,属于数据库系统设计的_____。

A. 逻辑结构设计　　　　　　　　　B. 概念结构设计

C. 物理结构设计　　　　　　　　　D. 程序结构设计

6. 关系数据库中的关系必须满足其每一个属性都是_____。

A. 互不相关的　　　　　　　　　　B. 不可分解的

C. 长度可变的　　　　　　　　　　D. 互相关联的

7. 一种关系型数据库管理系统所应具备的 3 种基本关系操作是_____。

A. 选择、投影与连接　　　　　　　B. 编辑、浏览与删除

C. 插入、删除与修改　　　　　　　D. 排序、索引与查询

8. 对于具有相同模式,并且各有 20 个元组的两个关系,如果进行"并"运算,运算后所产生的新关系中包含的元组数为_____。

A. 20　　　　　　　　　　　　　　B. 任意

C. 40　　　　　　　　　　　　　　D. 不小于 20,不大于 40

9. 在专门的关系运算中不包括_____。

A. 连接运算　　　　　　　　　　　B. 选择运算

C. 投影运算　　　　　　　　　　　D. 排序运算

10. 在专门的关系运算中,投影运算是指_____。

A. 在基本表中选择满足条件的记录组成一个新的关系

B. 在基本表中选择给定字段组成一个新的关系

C. 在基本表中选择满足条件的记录和给定字段组成一个新的关系

D. 从两个关系中选择满足条件的元组构成一个新关系

二、填空题

1. 在"实体——联系"模型(即 E-R 模型)中有 3 个基本的抽象概念,它们分别是实体、联系和_____。

2. 在一个关系中,有这样一个或多个属性,它(们)的值可以唯一地标识一个元组,这样的属性(组合)被称为_____。

3. 一张二维表是一个关系,二维表中的每一行是关系的一个_____。

4. 数据管理技术经历了人工管理、_____和数据库系统 3 个阶段。

5. Visual FoxPro 所支持的数据模型是_____。

6. 对于 R 和 S 这两张二维表,当 R 的主关键字被包含到 S 中时,就称该主关键字为 S 表的_____。

7. 关系的实体完整性是指该关系的主关键字的值在关系中必须是_____。

8. 从一个关系中指定若干个属性组成新的关系的运算称为_____。

9. 在关系操作中,"选择操作"的功能是:根据选择条件作用于_____个关系并产生一个新的结果关系。

10. 数据库、数据库系统和数据库管理系统,三者之间的包含关系是_____。

第 2 章

Visual FoxPro 系统初步

2.1 Visual FoxPro 系统概述

2.1.1 Visual FoxPro 的发展

20 世纪 80 年代初期,随着个人计算机的广泛使用,Ashton-Tate 公司开发的 dBase 微机数据库软件很快成为一个相当普及而且受欢迎的微机数据库管理系统。随着对原版本的不断改进,dBase 经历了由 dBaseⅡ到 dBaseⅣ的发展过程,其功能逐渐增强。与此同时,其他公司也相继研制开发出许多既能与 dBase 兼容,又具有更多功能的新产品,其中以美国 Fox 软件公司推出的 FoxBASE 最为突出。由于它易于使用,功能较强,很快成为 20 世纪 80 年代中期主导的微机数据库管理系统产品。随着计算机软件技术的快速发展,以及人们对计算机网络大型化、操作可视化、编程自动化的需求,美国 Fox Software 公司在 1990 年相继推出了微机关系数据库管理系统 FoxPro 1.0、FoxPro 2.0,它引入了图形用户界面、多媒体技术、面向对象技术和查询优化技术,使微机数据库产品的使用出现了新的面貌。

1992 年 Microsoft 公司收购了 Fox Software 公司,并于 1993 年初和 1994 年初相继推出了 FoxPro 2.5、FoxPro 2.6 和若干相关软件产品。

随着面向对象技术的成熟与可视化编程技术的推广,1995 年 6 月,微软公司推出了 Visual FoxPro 3.0。接着又陆续推出了 5.0、6.0、7.0、8.0 和 9.0 版本。本教材以 1998 年微软公司推出的可视化编程语言集成包 Microsoft Visual Studio 6.0,其中包括 Visual FoxPro 6.0(以下通称为 Visual FoxPro)为基础,兼顾其他版本的内容,重点介绍 Visual FoxPro 的基本功能和使用。

Visual FoxPro 是一个 32 位的关系型数据库管理系统,主要用于 Windows 环境。Visual FoxPro 使用了向导、设计器、生成器等界面操作工具,把传统的命令执行方式扩充为以界面操作为主、以命令方式为辅的交互执行方式,把单一的面向过程的结构化程序设计扩充为既有结构化设计又有面向对象设计的可视化程序设计,大大简化了应用系统的开发过程。所以在众多的数据库软件中,Visual FoxPro 脱颖而出,成为目前微机上广泛使用的一种通用的数据库管理软件。

2.1.2 Visual FoxPro 的特点

Visual FoxPro 是在 FoxPro For Windows 的基础上发展起来的,其核心是可视化程序设计。

归纳起来,Visual FoxPro 主要有以下几个特点。

1. 强大的查询与管理功能

Visual FoxPro 拥有数百条命令、数百种函数,其功能非常强大。加上采用 Rushmore 快速查询技术,极大地提高了数据查询的效率。项目管理器(Program Manager)使用户管理数据、文档、源代码、类库等各种资源更集中高效,开发与维护也更加方便。

2. 引入了数据库表的新概念

Visual FoxPro 完善了关系型数据库的概念,引入了数据库表的新概念,把相互之间有联系的数据文件(表)集中在一起,成为一个数据库。对所有的数据库表,在建表时就同时定义它与数据库内其他表之间的关系,这就使数据库表更加符合实际要求,方便了用户对这些表的使用。

3. 扩大了对 SQL 语言的支持

SQL 语言是关系数据库的标准语言,其查询语句不仅功能强大,而且使用灵活。在 Visual FoxPro 中,引入了常用的 SQL 命令。这大大加强了 Visual FoxPro 语言的功能,也使得用户能以更少的代码和更快的速度从一张或多张相关表中检索出所需数据。

4. 大量使用可视化的界面操作工具

Visual FoxPro 提供了向导(Wizard)、设计器(Designer)、生成器(Builder)等多种界面操作工具。它们普遍采用图形界面,能帮助用户快速完成对各种数据的查询、设计、管理和维护操作。

Visual FoxPro 的设计器还普遍配有工具栏和弹出式的快捷菜单。每个工具按钮对应一项功能,用户可通过它们方便地完成指定的操作。大多数设计器还提供了快捷菜单,内含最常用的菜单选项,供用户随时调用。

5. 支持面向对象的程序设计

Visual FoxPro 具有面向对象的功能,允许用户对“对象”和“类”进行定义,并编写相应的代码。由于 Visual FoxPro 预先定义和提供了一批基类,用户可以在基类的基础上定义自己的类和子类,从而利用类的继承性,减少编程的工作量,快速建立有效的面向对象的可视化应用程序。

6. 通过 OLE 实现应用集成

通过对象链接与嵌入(Object Link and Embedding,OLE)技术,Visual FoxPro 可与包括 Word 和 Excel 在内的众多的其他应用程序共享数据。例如在不退出 Visual FoxPro 环境的情况下,用户就可以在 Visual FoxPro 的表单中链接其他软件中的对象,直接对这些对象进行编辑。Visual FoxPro 还具有简单、灵活、多样的数据交换手段,支持众多的文件格式,能与其他应用程序之间方便地进行数据的输入与输出。

7. 支持网络应用

Visual FoxPro 支持本地或远程视图的访问与使用。在多用户环境中,Visual FoxPro 还允许建立事务处理程序来控制对数据的共享,包括支持用户共享数据或限制部分用户访问某些数据等。

2.1.3　Visual FoxPro 的性能指标

Visual FoxPro 6.0 中文版的性能指标如下,有些性能指标可能受到可用内存的限制。

1. 表文件及索引文件

- 每个表文件可容纳的最大记录：10 亿条。
- 每个表文件的最大字节：2GB。
- 每个记录可包含的字节：65 500B。
- 每个记录可包含的字段个数：255。
- 可以同时打开的表数目：225。
- 每个表可打开的索引文件个数：仅受内存容量和文件句柄的限制。

2. 字段的特征

- 字符字段的最大宽度：254B。
- 数值型(以及浮点型)字段的最大宽度：20 位。
- 自由表中各字段名的最大长度：10 字符。
- 数据库表中各字段名的最大长度：128 字符。
- 数值计算中精确值的位数：16 位。

3. 内存变量与数组

- 默认的内存变量个数：1024。
- 内存变量的最大个数：65 000。
- 数组的最大个数：65 000。
- 每个数组中元素的最大个数：65 000。

4. 程序和过程文件

- 源程序文件的最大行：没有限制。
- 每个程序行最大字符：8192 字节。
- 编译后的程序模块的最大字节：64KB。
- 每个文件包含的最多过程：没有限制。
- DO 命令的最大嵌套层：128。
- READ 命令最大嵌套层：5。
- 传递参数的最大个数：27。
- 事务处理的最大个数：5。

5. 报表设计器容量

- 报表定义中对象数的最大值：没有限制。
- 报表定义的最大长度：20 英寸。
- 报表的每个标签控件中字符数的最大值：252。
- 分组的最大层次：128。

6. 其他的容量

- 可打开窗口的最大个数：没有限制。
- 可打开浏览窗口最大个数：255。
- 可同时打开的文件个数：只受 OS 的限制。
- SQL-SELECE 语句可以选择的字段数的最大值：255。

2.1.4 Visual FoxPro 的文件类型

Visual FoxPro 6.0 的文件类型较多。其中常用的文件类型有数据库、表、项目、查询、视图、报表、标签、程序、表单、菜单等。表 2-1 列出了 Visual FoxPro 常用的文件类型。

表 2-1 常用文件类型

文 件 类 型	扩 展 名	说　　明
项目文件	PJX	项目
	PJT	项目备注
数据库文件	DBC	数据库
	DCT	数据库备注
	DCX	数据库索引
数据表文件	DBF	表
	FPT	表备注
索引文件	IDX	单索引
	CDX	复合索引
程序文件	PRG	程序
	FXP	编译后的程序
查询文件	QPR	生成的查询程序
	QPX	编译后的查询程序
表单文件	SCX	表单
	SCT	表单备注
菜单文件	MNX	菜单
	MNT	菜单备注
	MPR	生成的菜单程序
	MPX	编译后的菜单程序
报表文件	FRX	报表
	FRT	报表备注
标签文件	LBX	标签
	LBT	标签备注
应用程序文件	APP	生成的应用程序
可执行文件	EXE	可执行程序
内存变量文件	MEM	保存内存变量
格式文件	FMT	屏幕的输出格式
类库文件	VCX	可视类库
	VCT	可视类库备注

2.2 Visual FoxPro 的安装与启动

2.2.1 Visual FoxPro 的安装环境

1. 系统配置

在安装 Visual FoxPro 之前,先要了解 Visual FoxPro 的硬件和软件的必备环境,做好安装前的准备工作。个人计算机的软硬件基本配置要求如下。

(1) 带有 486DX/66 MHz 以上处理速度的 CPU。

(2) 16MB 以上容量的内存储器。

（3）典型安装需要硬盘的空间为 85MB；用户自定义安装需要 100MB 硬盘空间；完全安装所有联机文档需要 240MB 硬盘空间。

（4）需要一个鼠标、一个光盘驱动器，推荐使用 VGA 或更高分辨率的显示器。

（5）由于 Visual FoxPro 是 32 位产品，需要中文 Windows 95 以上操作系统的支持。

（6）对于网络操作，需要有一个与 Windows 系统兼容的网络和一个网络服务器。

2. 安装步骤

Visual FoxPro 可以从 CD-ROM 或网络上安装。这里仅介绍从 CD-ROM 的安装。

将 Visual FoxPro 6.0 系统光盘插入 CD-ROM 驱动器，从"资源管理器"或者"我的电脑"中打开光盘，找到 setup.exe 文件，双击该文件，运行安装向导程序。然后按照安装向导的提示，输入或选择相应的选项，依次单击"下一步"按钮，根据提示完成安装过程。

2.2.2 Visual FoxPro 的启动与退出

1. 启动系统

启动 Visual FoxPro 6.0 通常有 3 种方法。

（1）从"开始"菜单启动

单击 Windows 的"开始"按钮，将鼠标指针停在弹出的"开始"菜单中的"所有程序"选项上，再从自动弹出的下拉菜单中找到 Microsoft Visual FoxPro 6.0 选项在其上单击，即可启动 Microsoft Visual FoxPro 6.0 系统。

（2）从"资源管理器"启动

鼠标右键单击 Windows 的"开始"按钮，选择"资源管理器"选项打开"资源管理器"窗口，利用资源管理器找到 C:\Program Files\Microsoft Visual Studio\VFP98 目录，再从\VFP98 目录下找到 🐺 VFP6 图标，在 🐺 VFP6 图标上双击鼠标，完成 Visual FoxPro 6.0 系统的启动。

（3）从"运行"对话框启动

单击 Windows 的"开始"按钮，选择"运行"选项，进入"运行"对话框，在文本框中输入"C:\Program Files\Microsoft Visual Studio\VFP98\VFP6.EXE"，再单击"确定"按钮，完成 Visual FoxPro 6.0 系统的启动。

2. 退出系统

当要退出 Visual FoxPro 系统时，可使用以下几种方法。

（1）单击 Visual FoxPro 主窗口标题栏右上角的"关闭"按钮。

（2）选择系统主菜单"文件"菜单中的"退出"选项。

（3）直接按 Alt＋F4 键。

（4）单击主窗口左上角的控制图标 🐺，选择下拉菜单中的"关闭"选项。

（5）在命令窗口中输入 QUIT 命令，然后按 Enter 键。

2.3 Visual FoxPro 的用户界面

2.3.1 Visual FoxPro 的系统窗口

当正常启动 Visual FoxPro 系统后，首先进入的是 Visual FoxPro 系统窗口，即 Visual

FoxPro 的主屏幕界面,如图 2-1 所示。

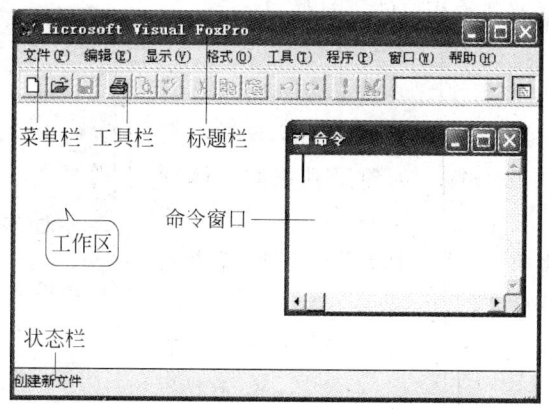

图 2-1 Visual FoxPro 6.0 系统主界面

从图 2-1 可以看出,Visual FoxPro 6.0 的系统主窗口由标题栏、菜单栏、工具栏、命令窗口、工作区(结果显示区)和状态栏组成。

1. 标题栏

标题栏位于屏幕界面的第一行,它包含系统程序图标、主屏幕标题、最小化按钮、最大化按钮和关闭按钮 5 个对象。

单击系统程序图标 ,可以打开窗口控制菜单,在窗口控制菜单下,可以移动屏幕窗口并改变屏幕窗口的大小。双击系统程序图标 ,可以关闭 Visual FoxPro 系统。

2. 菜单栏

菜单栏位于屏幕的第二行,它包括"文件"、"编辑"、"显示"、"格式"、"工具"、"程序"、"窗口"和"帮助"8 个菜单项。当单击其中任一菜单时,就可以打开一个对应的下拉式菜单,在该下拉式菜单中,通常还包含若干个子菜单,当单击其中一个子菜单选项时,就可以执行一个操作。

需要强调的是菜单的内容并非一成不变,在进行不同的操作时,菜单内容会随着当前的操作环境的不同而变化。

3. 工具栏

Visual FoxPro 系统提供的工具栏包含了用以完成常用功能的一些按钮,通过使用按钮用户可方便快速地完成那些经常性的操作。初次打开 Visual FoxPro 时,其默认界面仅包括"常用"工具栏和"表单设计器"工具栏,显示在菜单栏的下面,用户可根据需要将其拖放到主窗口的任意位置。

1) 工具栏的显示和隐藏

工具栏会随着某一种类型的文件的打开而自动显示。例如当新建或打开一个查询文件时,将自动显示"查询设计器"工具栏,当关闭了查询文件之后该工具栏将自动关闭。也可以在任何时候打开或关闭任何工具栏,方法如下。

(1) 单击"显示"菜单下的"工具栏"菜单项,弹出"工具栏"对话框,如图 2-2 所示。Visual FoxPro 系统提供了不同环境下的 11 种常用的工具栏。单击鼠标,选中或取消相应的工具栏复选框,然后单击"确定"按钮,就可以显示或隐藏指定的工具栏。

（2）在任何一个工具栏的空白处右击鼠标，可以弹出工具栏的快捷菜单，通过单击快捷菜单的选项也可以打开或关闭相应的工具栏。

2）定制工具栏

定制工具栏是指用户为了方便操作可创建自己的
工具栏，或修改现有的工具栏。用户创建的工具栏与系
统提供的工具栏使用方法一样。创建工具栏的具体方
法如下。

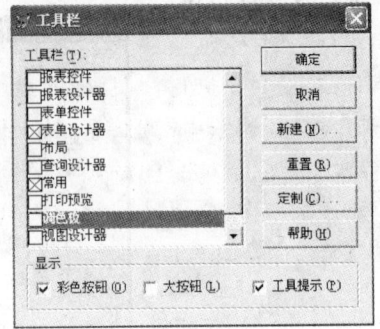

（1）单击"显示"菜单下的"工具栏"菜单项，弹出如
图 2-2 所示的"工具栏"对话框。

（2）单击"新建"按钮，弹出"新工具栏"对话框。如
图 2-3（a）所示。

图 2-2   "工具栏"对话框

（3）输入工具栏名称，然后单击"确定"按钮，弹出"定制工具栏"对话框。如图 2-3（b）
所示。

（4）选择"定制工具栏"左侧的"分类"列表框中的任何一类，其右侧便显示该类的所有
工具栏按钮，根据需要，选择其中的按钮，并将它拖动到新设置的工具栏上。如图 2-3（c）
所示。

（5）最后，单击"定制工具栏"对话框中的"关闭"按钮，完成创建。

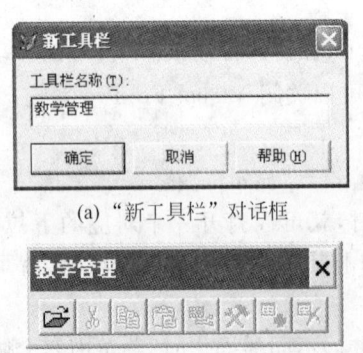

（a）"新工具栏"对话框

（c）新设置的工具栏

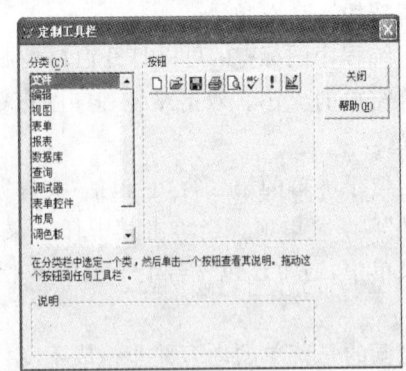

（b）"定制工具栏"对话框

图 2-3   创建工具栏

3）修改现有工具栏

对已有的工具栏可以增加、删除、修改其中的工具按钮。例如：

（1）单击"显示"菜单下的"工具栏"菜单项，弹出"工具栏"对话框。

（2）选中要修改的工具栏，单击"确定"按钮。

（3）单击"工具栏"对话框上的"定制"按钮，弹出"定制工具栏"对话框。

（4）向要修改的工具栏上拖放新的图标按钮即可增加新工具。

（5）从工具栏上用鼠标直接将按钮拖动到工具栏之外可以删除该工具按钮。

（6）修改完毕，单击"定制工具栏"对话框上的"关闭"按钮即可。

注意：在"工具栏"对话框中，当选中系统定义的工具栏时，右侧有"重置"按钮。单击该
按钮，可以将用户修改过的系统工具栏恢复到系统初始默认状态。

4."命令"窗口

"命令"窗口位于主菜单栏和状态栏之间(如图 2-4 所示),是 Visual FoxPro 系统执行和编辑命令的区域。在"命令"窗口中,可以直接输入各条命令按 Enter 键执行。还可以在"命令"窗口对命令进行修改、插入、删除、剪切、复制、粘贴等操作。同时在选择菜单中的命令项时,相应的命令将自动显示在命令窗口中。还可以通过"格式"菜单的"字体"命令设置"命令"窗口中命令的字体和字号。

图 2-4 "命令"窗口

1)"命令"窗口的显示与隐藏

方法有以下 3 种。

(1) 单击"命令"窗口右上角的关闭按钮可以关闭它,然后选择"窗口"菜单中的"命令窗口"命令可以重新打开。

(2) 单击"常用"工具栏上的"命令窗口"按钮,按下则显示,弹起则隐藏"命令"窗口。

(3) 按 Ctrl+F4 键隐藏"命令"窗口,按 Ctrl+F2 键显示"命令"窗口。

2)命令的书写规则

(1) 命令输入时,系统不区分字母大小写。如 CLEAR 与 clear 是等价的命令。

(2) 绝大部分命令只需写出前 4 个字符,系统即能够识别。如 BROWSE 可以写成 BROW。

(3) 命令太长时可以写成两行以上。只要在续行的末尾加上续行标志分号(;)即可。

例如: INSERT INTO XS(XH,XM,XB);
     VALUES("0615401001","张玲","女")

(4) 可重复执行用过的命令。"命令"窗口内的命令执行后并不会消失,在窗口关闭前一直保留在窗口里,因此要重复执行某条命令,只要将光标移到该命令上,按 Enter 键便可重复执行该命令。

(5) 系统自动以颜色区分输入的命令正确与否。默认情况下,"命令"窗口内正确无误的命令其颜色为蓝色,有错误的命令则显示为黑色。

5.工作区

在工具栏与状态栏之间的一大块空白区域是系统工作区,各种工作窗口将在这里展开,操作的结果也将显示在这里。

6.状态栏

状态栏位于主屏幕界面的最下方,用于显示某一时刻系统的工作状态。

2.3.2 Visual FoxPro 的环境配置

Visual FoxPro 系统环境的配置,决定了 Visual FoxPro 系统的外观和行为。首次运行,Visual FoxPro 系统自动用一些默认值设置了操作环境。为了满足个性化的需求,系统为用户提供了大量参数可改变系统的配置,包括可以改变主窗口标题、默认目录、临时文件的存放位置等很多选项。

Visual FoxPro 可以使用"选项"对话框或 SET 命令进行配置设定,还可以通过配置文件进行设置,在此仅介绍使用"选项"对话框进行设置。

1. 使用"选项"对话框

在"工具"菜单中选择"选项"命令,出现"选项"对话框,如图 2-5 所示。

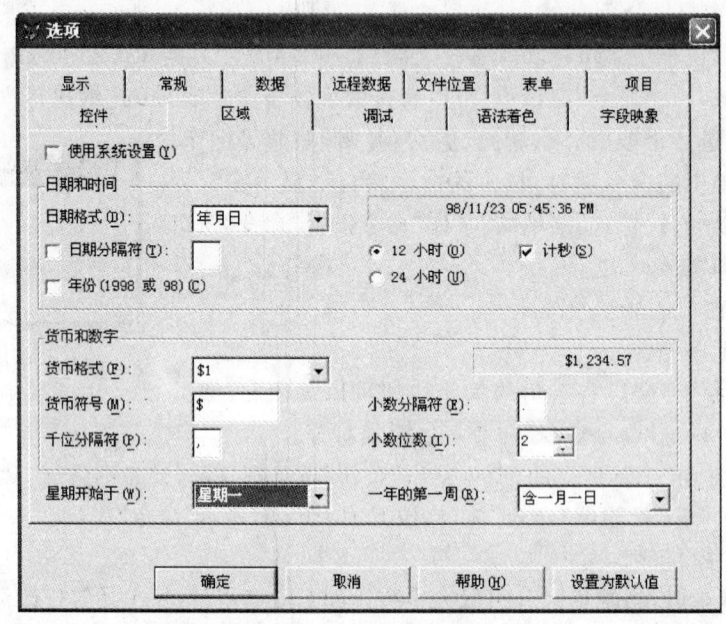

图 2-5 "选项"对话框

在"选项"对话框中包含 12 种不同类别的环境设置选项卡。每一个选项卡有其特定的参数设置选项卡,用户可根据实际操作的需要,通过"选项"对话框中的各种选项卡,确定或修改设置每一个参数,从而确定 Visual FoxPro 的系统环境。

表 2-2 中列出了"选项"对话框的 12 种不同类别选项卡的设置功能。

表 2-2   Visual FoxPro 选项设置

选 项 卡	选 项 卡 功 能
显示	显示界面选项,如是否显示状态栏、时钟、命令结果以及系统信息等
常规	数据输入与编程选项,如设置警告声音、确定是否记录编译错误、是否自动填充新记录、使用什么定位键、调色板使用什么颜色以及改写文件前是否警告等
数据	字符串比较设定、表选项,确定是否使用 Rushmore 优化、是否使用索引强制施行唯一性、记录查找计数器间隔以及使用什么锁定选项
远程数据	远程数据访问选项,如连接超时限定值、一次获取记录数目以及如何使用 SQL 更新
文件位置	确定 Visual FoxPro 的默认目录位置,帮助文件和临时文件的存储位置
表单	表单设计器选项,如网格间距、刻度单位、最大设计区域以及模板类设置等
项目	"项目管理器"选项,确定是否提示使用向导、双击时运行还是修改文件以及源代码管理的选项
控件	确定是否使用"表单控件"工具栏上的"查看类"按钮、所提供的有关可视类库以及 ActiveX 控件的选项
区域	确定日期、时间、货币以及数字的格式
调试	调试器的显示以及跟踪选项,确定使用什么字体及颜色
语法着色	确定区分程序元素(如注释及关键字)使用的字体及颜色
字段映像	确定从"数据环境设计器"、"数据库设计器"或者"项目管理器"中向表单拖动表或字段时,创建何种控件类型

在 Visual FoxPro 系统环境下,默认的文件存取目录为 C:\Program Files\Microsoft Visual Studio\VFP98。但是对数据库进行操作一般不使用系统默认目录,可以利用"文件位置"选项卡中的"默认目录"选项或 SET Default to 命令对其进行重新设置。

下面举一个例子说明如何通过"选项"对话框设置默认工作目录。

具体操作步骤如下。

(1) 在"选项"对话框中选择"文件位置"标签,如图 2-6 所示。

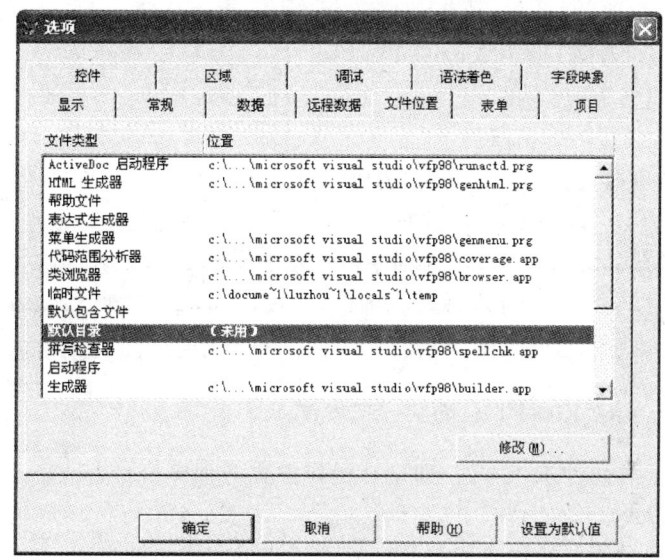

图 2-6 "文件位置"选项卡

(2) 选择列表框中的"默认目录",单击"修改"按钮,或直接双击"默认目录",弹出"更改文件位置"对话框,如图 2-7 所示。

图 2-7 "更改文件位置"对话框

(3) 选中"使用默认目录"复选框,系统自动激活"定位默认目录"文本框,然后在文本框中输入指定的工作目录路径,如 D:\vfp\vfpfile,或者单击文本框右侧的浏览按钮 ,弹出"选择目录"对话框,如图 2-8 所示。

(4) 选择指定驱动器和文件夹后,单击"选定"按钮,返回"更改文件位置"对话框。

(5) 单击"确定"按钮,关闭"更改文件位置"对话框。

设置默认目录之后,用户在 Visual FoxPro 中新建的文件将自动保存到该文件夹中。

2. 保存设置

用户可以选择对于 Visual FoxPro 配置所做的更改是临时性的还是永久性的。临时设置保存在内存中,仅在本次系统运行期间有效,退出 Visual FoxPro 时释放。永久设置将保存在 Windows 注册表中,作为以后再启动 Visual FoxPro 时的默认设置。

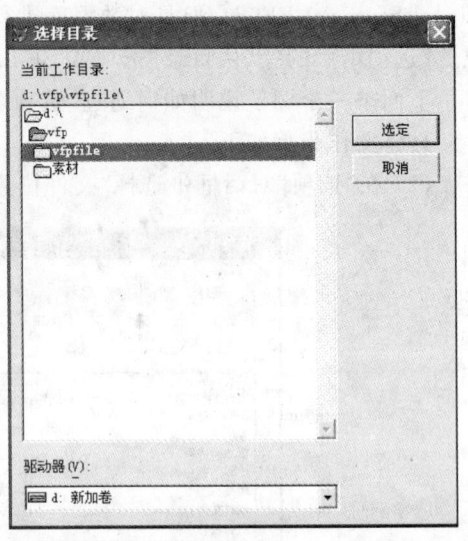

图 2-8 "选择目录"对话框

1) 将设置保存为仅在本次系统运行期间有效(临时性的)

更新"选项"对话框中的各项设置之后,单击"确定"按钮,关闭"选项"对话框,所做的修改仅在本次系统运行期间有效,退出 Visual FoxPro 系统后,所做的修改将丢失。

2) 保存为默认设置(永久性的)

对当前设置做更改之后,单击"设置为默认值"按钮,再单击"确定"按钮,关闭"选项"对话框,系统将把它们存储在 Windows 注册表中。以后每次启动 Visual FoxPro 时,所做的更改继续有效。

2.3.3 Visual FoxPro 的工作方式

Visual FoxPro 有两种工作方式,即交互操作方式与程序执行方式。

1. 交互操作方式

Visual FoxPro 的交互操作方式有命令方式与菜单方式两种类型。

1) 命令方式

命令方式是传统的交互操作方式,用户在命令窗口中输入所需的命令,按 Enter 键后即可在屏幕上显示执行的结果。一方面使用命令比较快捷灵活,另一方面熟悉命令操作是程序开发的基础。其不足之处是需要记住命令的格式和功能。

2) 菜单方式

菜单方式是通过选择系统菜单来执行命令。菜单方式不需记忆命令的格式与功能,操作简单、直观,易学易用,只要打开不同的菜单选项就可完成不同的操作。另外 Visual FoxPro 还提供了大量向导、设计器、生成器等菜单操作工具,大多数设计器还配有工具栏和快捷菜单,内含最常用的菜单选项,供用户随时调用。

在 Visual FoxPro 系统中,传统的命令执行方式已扩充为以菜单操作为主、命令操作为辅的交互操作方式。

2. 程序执行方式

所谓程序执行方式是指将一系列命令有机地结合在一起编写成一个程序,通过运行这个程序达到操作数据库的目的,解决一些实际应用问题。程序执行方式的突出特点是效率高,而且编制好的程序可以反复执行。对于一些复杂的数据处理与管理问题通常采用程序执行方式。在 Visual FoxPro 中,开发人员可以将结构化程序设计方法和面向对象程序设计方法结合并根据具体问题的要求,编制出相应的应用程序。

Visual FoxPro 提供了一个程序编辑器,用来编辑程序文件。用户可以使用 MODIFY COMMAND 命令打开程序编辑器,或者单击"文件"菜单中的"新建"命令,在弹出的对话框中选择"程序"选项后单击"新建文件"按钮,也可打开程序编辑器。

2.4 项目管理器

2.4.1 项目的概念

要利用 Visual FoxPro 创建一个实际的用户应用系统,需要建立很多文件,如程序文件、表文件、数据库文件、查询文件、报表文件、表单文件、菜单文件等。为了便于用户管理和使用这些文件,Visual FoxPro 系统提供了一个非常有效的可视化的组织和管理工具,即"项目管理器"。

2.4.2 项目管理器的结构

"项目管理器"为 Visual FoxPro 开发人员提供了一个有效的工作平台,它主要由选项卡、命令按钮两大部分组成,如图 2-9 所示。

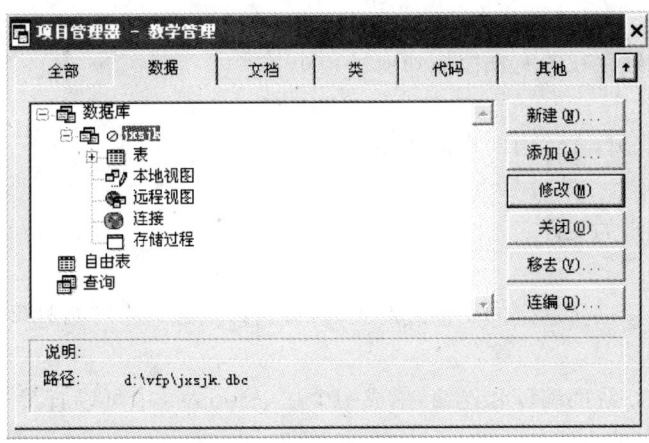

图 2-9 "项目管理器"对话框

1. 选项卡

"项目管理器"对话框共有 6 个选项卡,其中"数据"、"文档"、"类"、"代码"、"其他"5 个选项卡用于分类显示各种文件,"全部"选项卡用于集中显示该项目中的所有文件。

1)"数据"选项卡

包含了一个项目中的所有数据——数据库、自由表、查询和视图。

2)"文档"选项卡

包含了处理数据时所用的 3 类文件,输入和查看数据所用的表单、打印表和查询结果所用的报表及标签。

3)"类"选项卡

使用 Visual FoxPro 的基类就可以创建一个可靠的面向对象的事件驱动程序。如果自己创建了实现特殊功能的类,可以在"项目管理器"中修改,只需选择要修改的类,然后单击"修改"按钮,系统就会打开"类设计器"。

4)"代码"选项卡

包括扩展名为.PRG 的程序文件、函数库 API(Application Programming Interface,应用编程接口)和应用程序.APP 文件 3 类。

5)"其他"选项卡

包括文本文件、菜单文件和其他文件。

6)"全部"选项卡

以上各类文件的集中显示窗口。

2. 命令按钮

"项目管理器"的右侧有 6 个按钮：新建、添加、修改、运行、移去和连编。利用这些按钮可以实现数据和文档的创建、增加、修改、删减、浏览等操作。

1)"新建"按钮

在"项目管理器"中选定要新建的文件类型后,单击"新建"按钮,即可打开相应的设计器创建一个新的文件。需要指出的是,在"项目管理器"中新建的文件自动包含在该项目文件中,而利用"文件"菜单中的"新建"命令创建的文件不属于任何项目文件。

2)"添加"按钮

用于把一个已经存在的文件添加到项目文件中。

3)"修改"按钮

用于随时修改项目文件中的指定文件。

4)"运行"按钮

用于运行所选定的文件。

5)"移去"按钮

用于从项目中移去所选定的文件或对象,也可选择从磁盘中将其删除。

6)"连编"按钮

用于进行整个系统的编译和连编,生成一个在 Windows 中可以直接运行的.EXE 文件或.APP 文件。

在"项目管理器"中选择不同的选项卡,这 6 个按钮的内容也有所不同。

2.4.3 创建项目

为了有效地管理应用系统中的各种数据,可以创建一个项目文件,然后将创建的表、数据库、表单、程序等应用系统资源加入到该项目文件。项目文件的扩展名为.PJX。

1. 使用"新建"对话框创建一个项目文件

具体操作步骤如下。

(1)选择"文件"菜单中的"新建"命令,或者单击常用工具栏上的"新建"按钮,则打开"新建"对话框。

(2)选择"文件类型"区域中的"项目",然后单击"新建文件"图标按钮。

(3)在"创建"对话框中,输入新创建项目文件的名称(例如"教学管理"),指定项目文件的保存位置(例如 D:\vfp)。

(4)单击"保存"按钮,系统就在指定目录位置 D:\ vfp 建立一个"教学管理.PJX"的项目文件。

2. 使用命令方式创建一个项目文件

格式：CREATE PROJECT <项目文件名>

功能：打开"项目管理器"并创建一个项目文件。

例如：CREATE PROJECT 教学管理

&& 在默认工作目录中建立一个"教学管理.PJX"的项目文件。

2.4.4 项目管理器的操作

1. 打开和关闭项目

在 Visual FoxPro 中可以打开一个已有的项目,也可以关闭一个打开的项目。

具体操作步骤如下。

(1) 选择"文件"菜单中的"打开"命令,或者单击"常用"工具栏上的"打开"按钮。

(2) 选择"打开"对话框中"文件类型"下拉列表中的"项目"选项,在"查找范围"下拉列表中单击打开项目所在的文件夹。

(3) 双击要打开的项目,或者选择它,然后单击"确定"按钮,即打开所选项目。

(4) 如果要关闭项目,可以单击"项目管理器"右上角的"关闭"按钮。

需要强调的是,如果新建的项目是空项目,不包含任何文件,当要关闭该项目文件时,系统将提示是否从磁盘删除该空项目文件,如果单击该提示框中的"删除"按钮,系统将从磁盘删除该项目文件,单击该提示框中的"保存"按钮,系统将保存该项目文件。

2. 查看文件

"项目管理器"按层次结构组织各类文件。如果某项目中含有一个以上的项,在其类型符号左边显示一个"田"号,单击该"田"号可展开项目中所包含的内容,左边的"田"号变"日"号,再单击选项左边的"日"号,又可以折叠已展开的列表。

3. 创建文件

利用"项目管理器"创建一个新的文件,首先需要选择要创建的文件的类型,然后单击"项目管理器"右侧的"新建"按钮,或单击"项目"菜单中"新建文件"命令。

例如要创建一个数据库文件,首先在"数据"选项卡中选择"数据库"选项,然后单击"新建"按钮,单击"新建数据库"按钮,在"创建"对话框中输入数据库的名称,单击"保存"按钮则完成数据库的建立,并打开相应的数据库设计器窗口。

需要强调的是利用"项目"菜单中的"新建文件"命令或"项目管理器"中的"新建"按钮创建的文件会自动包含在项目中,而直接单击"文件"菜单中的"新建"命令创建的文件不会自动包含在项目中。

4. 添加文件

利用"项目管理器"中可以把一个已经存在的文件添加到项目文件中,具体操作步骤如下。

(1) 选择要添加的文件类型。

(2) 单击"添加"按钮或者从"项目"菜单中选择"添加文件"命令,弹出"打开"对话框。

(3) 在"打开"对话框中选择要添加的文件,然后单击"确定"按钮,在"项目管理器"中就可以看到新添加的文件了。

5. 修改文件

利用"项目管理器"可以修改指定的文件,具体操作步骤如下。

(1) 选择要修改的文件。

(2) 单击"修改"按钮或选择"项目"菜单中的"修改文件"命令,系统将根据要修改的文件类型打开相应的设计器。

(3) 在设计器中修改选择的文件。

6. 移去文件

可以从"项目管理器"中移去指定的文件,具体操作步骤如下。

(1) 选择要移去的文件或对象。

(2) 单击"移去"按钮或从"项目"菜单中选择"移去文件"命令。

(3) 在弹出的对话框中单击"移去"按钮,系统则从项目中移去该文件或对象,被移去的文件仍在原目录中。若单击"删除"按钮,系统将从磁盘上删除该文件或对象,并且不可恢复。

7. 为文件添加说明

为文件添加说明,可以使用户更方便地了解文件的信息,具体操作步骤如下。

(1) 选择所需文件。

(2) 选择"项目"菜单或快捷菜单中的"编辑说明"菜单项。

(3) 在弹出的"说明"对话框中输入该文件的说明信息。

(4) 单击"确定"按钮。

8. 项目间共享文件

通过与其他项目共享文件,可以重用在其他项目开发中的工作成果。被共享的文件并没有被复制,项目只存储了对该文件的引用。如果需要在项目间共享文件,具体操作步骤如下。

(1) 打开要共享文件的两个项目。

(2) 在包含该文件的"项目管理器"中选择该文件。

(3) 用鼠标拖动该文件到另一个"项目管理器"中。

9. 其他按钮

在"项目管理器"中,除了上面介绍的 6 个按钮之外,随着所选择的文件类型不同,按钮所显示的名称也随之改变。

(1) "浏览"按钮:在浏览窗口中打开一张表。

(2) "关闭"或"打开"按钮:关闭或打开一个数据库。

(3) "预览"按钮:在打印预览方式下显示选择的报表或标签。

2.4.5 项目管理器的定制

在 Visual FoxPro 中,用户可以根据需要改变"项目管理器"窗口的外观,以方便操作。比如可以调整它的大小、位置,折叠或拆分"项目管理器"窗口或者使"项目管理器"中的选项卡永远浮在其他窗口之上等。

1. 移动、缩放和折叠"项目管理器"

1) 移动位置

"项目管理器"在 Visual FoxPro 窗口中可以有多种不同的显示方式,系统默认为窗口方式。将鼠标指针放在窗口的标题栏上并拖动鼠标即可移动"项目管理器"窗口。

2）缩放

在窗口方式下,将鼠标指针指向"项目管理器"窗口的顶端、底端、两边或 4 个角上,鼠标变成箭头状,拖动鼠标便可以扩大或缩小它的尺寸。

3）折叠

"项目管理器"的右上角关闭按钮下方的"展开 ⊞/折叠 ⊟ 按钮"用于展开或折叠项目管理器窗口。折叠后的"项目管理器"窗口只包含标签和展开按钮。如图 2-10 所示。

图 2-10　折叠后的"项目管理器"

2. 拆分"项目管理器"

当"项目管理器"折叠时,可以单击某个选项卡来打开它。还可以把打开的选项卡从"项目管理器"中拖动下来使之变为浮动的选项卡,如图 2-11 所示。在拆分出来的浮动选项卡上单击图钉图标,钉住选项卡,将其设置为始终显示在屏幕的最顶层,不被其他窗口遮挡。如果要还原拆分的选项卡,可以单击选项卡上的"关闭"按钮。另外,也可以用鼠标将拆分的选项卡拖动到"项目管理器"窗口中。

3. 停放"项目管理器"

用户还可以将"项目管理器"拖动到屏幕顶部,或双击标题栏,可以使它像工具栏一样显示在主窗口的顶部。对于停放的"项目管理器",同样可以从中拖动成浮动选项卡。如果需要可以像工具栏一样,再用鼠标选中空白位置向下拖动,则"项目管理器"又变成窗口形式。

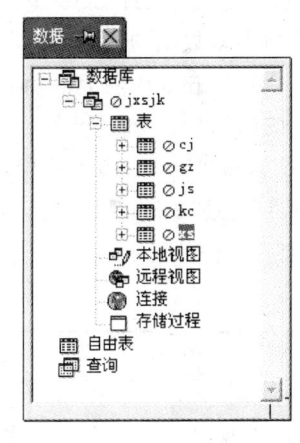

图 2-11　拆分后的"项目管理器"

2.5　Visual FoxPro 的辅助工具

Visual FoxPro 的最大特点是为用户提供了许多有效的可视化辅助设计工具。使用它的向导、设计器和生成器可以让用户在开发各种应用程序时既方便又灵活。

2.5.1　向导

向导是一种交互式程序,用户在一系列的向导对话框中回答或者选择选项,向导就会根据用户的回答生成相应的文件或完成相应的任务。如创建表、创建表单、设置报表格式、建立查询、建立视图等。

启动向导有如下 4 种途径。

（1）在"项目管理器"中选择要创建文件的类型,单击"新建"按钮,系统弹出如图 2-12 所示的相应新建对话框,然后单击相应的向导按钮即可。

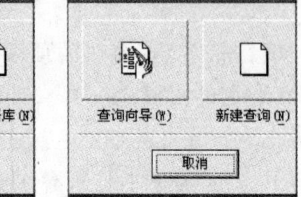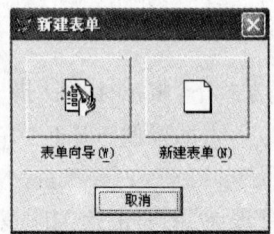

(a) 新建数据库　　　　(b) 新建查询　　　　(c) 新建表单

图 2-12　新建对话框

（2）选择"文件"菜单中的"新建"命令，或者单击工具栏上的"新建"按钮，选择要创建文件的类型，单击相应的向导按钮。

（3）选择"工具"菜单中的"向导"子菜单，也可以直接访问大多数的向导，如图 2-13 所示。

（4）单击工具栏上的"向导"图标按钮可以直接启动相应的向导。

Visual FoxPro 6.0 有 20 余种向导。表 2-3 列出了 Visual FoxPro 6.0 提供的常用向导的名称及其相应的功能。

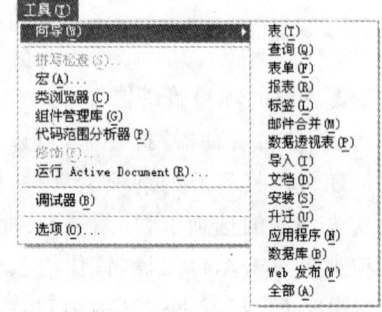

图 2-13　"向导"子菜单

表 2-3　向导及功能一览表

向 导 名 称	向 导 功 能
表向导	创建一个新表
数据库向导	创建包含指定表和视图的数据库
查询向导	创建一个标准的查询
本地视图向导	基于本地数据创建视图
远程视图向导	基于远程数据创建视图
交叉表向导	用相应数据表的格式显示数据
表单向导	为单个表创建操作数据的表单
一对多表单向导	为两个相关表创建操作数据的表单
图表向导	创建显示数据表数据的图形
文档向导	格式化项目和程序文件中的代码并从中生成文本文件
报表向导	基于单个表创建带格式的报表
分组/总计报表向导	创建具有分组和总计功能的报表
一对多报表向导	创建包含一组父表及其相关子表记录的报表
数据透视表向导	从 Visual FoxPro 向 Excel 数据透视表传递数据，并可以选择将透视表保存在 Excel 中或者作为嵌入的对象添加到表单上
标签向导	创建邮件标签
应用程序向导	创建一个 Visual FoxPro 应用程序
SQL 升迁向导	创建一个 Visual FoxPro 数据库的 SQL Server 版
安装向导	创建一个 Visual FoxPro 应用程序的安装程序

2.5.2　设计器

Visual FoxPro 6.0 中的大部分工作是通过设计器来完成的,它主要用来帮助用户创建表、数据库、表单、报表、查询等文件。利用 Visual FoxPro 6.0 提供的这些功能不同的设计器,使用户创建表、表单、数据库、报表、查询以及管理数据变得非常简单、快捷。

用户可以使用以下几种方法来访问各种设计器。

1. 在“项目管理器”环境下调用

在“项目管理器”中选择要创建的文件的类型,单击“新建”按钮,系统弹出如图 2-12 所示的相应的新建对话框,单击相应的新建按钮即可打开相应的设计器。

2. 菜单方式调用

选择“文件”菜单中的“新建”命令,或者单击工具栏上的“新建”按钮,在系统弹出的“新建”对话框中选择要创建文件的类型,然后单击“新建文件”按钮即可。同时注意,当打开某类型的文件时,系统也会打开相应的设计器。

3. 从“显示”菜单中打开

当打开某类型的文件时,在“显示”菜单中会出现相应的设计器命令项。例如在浏览表时,在“显示”菜单中会出现“表设计器”命令项。

表 2-4 列出了 Visual FoxPro 6.0 提供的常用设计器的名称及其相应的功能,有关设计器的详细的使用方法将在后续相应的章节中介绍。

表 2-4　设计器及功能一览表

设计器名称	设计器功能
表设计器	创建新表,设置表中索引,修改已有表的结构
查询设计器	创建和修改基于本地表的查询
视图设计器	创建可更新的查询
表单设计器	创建和修改表单或表单集
报表设计器	创建和修改打印数据的报表
标签设计器	创建标签布局并可进一步修改和打印标签
数据库设计器	管理数据库中包含的全部表、视图和关系
菜单设计器	创建菜单栏或快捷菜单
数据环境设计器	创建与修改表单、表单集和报表的数据源,包括表、视图和关系
连接设计器	为远程视图创建并修改命名连接

2.5.3　生成器

生成器主要用来帮助用户按要求设计各种类型的控件,如命令按钮组、列表框和编辑框等。

生成器通常用快捷菜单来打开,即选择控件对象后在其上右击鼠标,然后在快捷菜单中选择“生成器”命令,就会打开相应控件的生成器对话框。每个生成器对话框都由一系列选项卡组成,从中可以设置选定对象的属性。通过使用 Visual FoxPro 提供的生成器可以简化各种控件、表单和数据表之间参照完整性代码的创建和修改过程。

表 2-5 列出了 Visual FoxPro 6.0 提供的常用生成器的名称及其相应的功能。

表 2-5　生成器及功能一览表

生 成 器 名 称	生成器功能
组合框生成器	根据选项生成相应组合框控件
命令组生成器	根据选项生成相应命令按钮组控件
编辑框生成器	根据选项生成相应编辑框控件
表单生成器	根据选项生成相应界面的表单
表达式生成器	创建并编辑表达式
表格生成器	根据选项生成相应表格控件
列表框生成器	根据选项生成相应列表框控件
选项组生成器	根据选项生成相应选项按钮组控件
文本框生成器	根据选项生成相应文本框控件
参照完整性生成器	创建数据库表之间的参照完整性规则
自动格式生成器	格式化一组控件

习题 2

一、选择题

1. 打开 Visual FoxPro"项目管理器"的"文档"选择卡,其中包含_____。

A. 表单(Form)文件 　　　　　　B. 报表(Report)文件

C. 标签(Label)文件 　　　　　　D. 以上 3 种文件

2. 在使用"项目管理器"时,需要在"项目管理器"中创建文件,如果利用"文件"菜单中的"新建"命令创建的文件_____。

A. 属于当前打开的项目 　　　　B. 不属于任何项目

C. 属于任何项目 　　　　　　　D. 不能添加到任何项目

3. 若同时打开了甲、乙两个项目,从甲项目拖放文件到乙项目中,下述说法正确的是_____。

A. 拖放操作并不创建文件的副本,只保存了一个对该文件的引用

B. 拖放操作后在乙项目文件同一文件夹下创建了该文件的副本

C. 允许从甲项目的某数据库中拖放一张表到乙项目的某一数据库中

D. 若拖放操作成功则甲项目中便不存在该文件了

4. 下面关于工具栏的叙述,错误的是_____。

A. 可以创建用户自己的工具栏

B. 可以修改系统提供的工具栏

C. 可以删除用户创建的工具栏

D. 可以删除系统提供的工具栏

5. 要启动 Visual FoxPro 的向导可以_____。

A. 打开"新建"对话框

B. 单击工具栏上的"向导"按钮

C. 单击"工具"菜单中的"向导"命令项

D. 以上方法都可以

6. 利用_____工具可以引导用户进行数据库、表单、报表的设计。

A. 设计器　　　　　B. 向导　　　　　C. 生成器　　　　　D. 工具栏

7. 不能退出 Visual FoxPro 6.0 的操作方法是_____。

A. 用鼠标单击窗口的"关闭"按钮

B. 从"文件"菜单中选择"退出"命令

C. 在"命令"窗口中输入 QUIT 命令后按 Enter 键

D. 在"命令"窗口中输入 EXIT 命令后按 Enter 键

8. 在"选项"对话框的"文件位置"选项卡中可以设置_____。

A. 表单的默认大小　　　　　　　B. 默认目录

C. 日期和时间的显示格式　　　　D. 程序代码的颜色

二、填空题

1. 创建并保存一个项目后,系统会在磁盘上生成两个文件,这两个文件的扩展名分别是_____和_____。

2. 首次运行 Visual FoxPro 时,系统自动用一些默认值来设置环境,要设置自己的系统环境,应单击_____菜单中的_____命令。

3. "项目管理器"中的"移去"按钮有两个功能:一是把文件_____,二是_____文件。

4. 若命令较长,一行写不下时,可分行书写,用_____加以分隔,系统在执行时将把它们视为一个整体。

5. Visual FoxPro 系统提供的两种工作方式是_____方式和_____方式。

6. Visual FoxPro 具有_____、设计器以及生成器 3 类可视化辅助设计工具。

7. 在 Visual FoxPro 系统环境中,按 Alt+F4 键可以_____。

8. "项目管理器"的"文档"选项卡用于显示和管理_____。

第 3 章

Visual FoxPro 语言基础

3.1 数据与数据运算

3.1.1 数据类型

在 Visual FoxPro 系统中,每一个数据都有一定的类型,数据类型决定了数据的存储方式和运算方式。为使用户建立和操作数据库更加方便,系统提供了多种不同的数据类型。下面介绍几种常用的数据类型。

1. 字符型

字符型数据(Character)由任意字符(字母、数字、空格、符号等)组成,其长度(即字符个数)范围是 0~254 个字符,用于保存诸如姓名、名称、地址以及无需计算的数字(如学号、工号、电话号码、邮政编码)等文本信息,字符型数据用字母 C 表示。

2. 数值型

数值型数据是表示数量并可以进行算术运算的数据类型。数值型数据由数字、小数点、正负号和表示乘方的字母 E 组成,数值精度达 16 位。在 Visual FoxPro 系统中,按存储、表达形式与取值范围的不同,数值型数据又被细分为以下 5 种类型。

1) 数值型

数值型(Numeric)数据由数字 0~9、小数点(.)以及正负号组成,在内存中占 8 个字节,取值范围是 $-0.999\,999\,999\,9E+19 \sim +0.999\,999\,999\,9E+20$,用字母 N 表示。

2) 浮点型

浮点型(Float)数据与数值型数据等价,只是在存储形式上采取浮点格式且数据的精度要比数值型数据高,用字母 F 表示。

3) 双精度型

双精度型(Double)数据是精度更高的数值型数据,它采用固定长度的浮点格式存储,占 8 个字节,用字母 B 表示。与数值型数据不同,在表中输入双精度型数值时,小数点的位置由输入的数值决定。

4) 整型

整型(Integer)数据是不带小数点的数值型数据,占 4 个字节,用字母 I 表示。整型数据以二进制形式存储。

5）货币型

货币型(Currency)数据是数值型数据的一种特殊形式,用于存储有关货币的数据。它使用时应在数字前加一个美元符号($),整数位超过 3 位时,自动添加千分位(,)分隔符,小数位超过 4 位的数据,系统将会按四舍五入原则自动截取。货币型数据占 8 个字节,用字母 Y 表示。

3. 日期型

日期型(Date)数据用于存储有关日期的数据,用字母 D 表示。日期型变量以 yyyymmdd 字符格式保存,其中 yyyy 表示年份,占 4 个字节;mm 表示月份,占两个字节;dd 表示日期,占两个字节。长度固定为 8 个字节,其显示格式有多种,受系统日期格式设置(SET DATE)的影响,常用的格式为 mm/dd/yyyy。

4. 日期时间型

日期时间型(Date Time)数据是表示日期和时间的数据,用字母 T 表示。日期时间值存储在含有两个 4 字节整数的 8 个字节中,第一个 4 字节保存日期,第二个 4 字节保存时间。

日期时间值可以包含完整的日期和时间,也可以只包含两者之一。

日期时间的默认格式是{mm/dd/yy hh:mm:ss},表示"月/日/年 小时:分钟:秒数"。

5. 逻辑型

逻辑型(Logic)数据是描述客观事物真假的数据类型,用于表示逻辑判断的结果,用字母 L 表示。逻辑型数据只有真(.T. 或.Y.)和假(.F. 或.N.)两种值,长度固定为 1 个字节。

6. 备注型

备注型(Memo)用于存放较长的字符型数据。备注型数据没有字符长度限制,仅受限于现有的磁盘空间,用字母 M 表示。其字段长度固定为 4 个字节,用于存储备注文件的地址(指针),而实际数据被存放在与数据表文件同名的备注文件(*.FPT)中,实际长度由用户输入的数据内容而定。

7. 通用型

通用型(General)数据是存储 OLE 对象的数据类型,用字母 G 表示。通用型数据中的 OLE(对象链接嵌入)对象可以是电子表格、文档、图片等。

通用型数据长度固定为 4 个字符,实际数据长度仅受限于现有的磁盘空间。

3.1.2 常 量

常量用于表示一个具体的、不变的值。Visual FoxPro 支持 6 种类型的常量,即数值型常量、字符型常量、货币型常量、逻辑型常量、日期型常量、日期时间型常量。不同类型的常量有不同的书写格式。

1. 数值型常量

数值型常量也就是常数,由数字 0~9,小数点和正负号构成。在内存中占 8 个字节,取值范围是 $-0.999\,999\,999\,9E+19 \sim +0.999\,999\,999\,9E+20$。

例如:62、213.78、-57 等。

对于很大或很小的数值型常量,也可以使用科学记数法形式书写。

例如:用 1.562 387E-12 表示 $1.562\,387 \times 10^{-12}$。

2. 字符型常量

字符型常量也称为字符串,其表示方法是用半角单引号''、双引号""或方括号[]把字符括起来。这里的单引号、双引号或方括号称为定界符,其作用是确定字符串的起始和终止界限,它本身不作为字符串的组成部分。Visual FoxPro中字符串的最大长度为 254 个字符。

注意:(1)定界符必须成对匹配,不能一边用单引号而另一边用双引号。(2)如果某定界符本身也是字符串的内容,则需要用另一种定界符为该字符串定界。如""abcd""是错误的。(3)空串(不包含任何字符的字符串其长度为 0)和空格串(包含若干空格的字符串)是有区别的。(4)定界符只能是半角字符,不能是全角字符。

3. 货币型常量

货币型常量用来表示货币值,其书写格式与数值型常量类似,但在表示货币型常量时,需要在数字前加上货币符号($)。货币数据在存储和计算时,采用 4 位小数,占据 8 字节存储空间。取值范围是−922 337 203 685 477.580 7~922 337 203 685 477.580 7。如果一个货币型常量多于 4 位小数,那么系统会自动将多余的小数位四舍五入。例如 $321.456 789 将存储为 $321.456 8,货币型常量没有科学记数法形式。

4. 逻辑型常量

逻辑型数据只有逻辑真和逻辑假两个值。逻辑真的常量表示形式有:.T.、.t.、.Y.和.y.。逻辑假的常量表示形式有:.F.、.f.、.N.和.n.。逻辑型数据只占用 1 个字节。

注意:前后两个句点作为逻辑型常量的定界符是必不可少的,否则会被误认为变量名。

5. 日期型常量

日期型常量用来表示一个确切的日期,用一对花括号{}作为定界符。花括号内包括年、月、日 3 部分内容,各部分内容之间用分隔符分隔。分隔符可以是斜杠(/)、连字号(-)、句点(.)和空格,其中/是系统默认的分隔符。

日期型常量的格式有两种,即传统的日期格式和严格的日期格式。

1) 传统的日期格式

系统默认的传统日期格式为"mm/dd/yy"(月/日/年),月、日各为两位数字,而年份可是两位也可是 4 位数字,如{05/10/08}、{05 10 2008}等。

这种格式的日期型常量要受到命令语句 SET DATE TO 和 SET CENTURY TO 设置的影响。

2) 严格的日期格式

严格的日期格式为{^yyyy-mm-dd},它不受 SET DATE TO 等语句设置的影响。书写时大括号内第一个字符必须是脱字符(^),年份必须用 4 位(如 2007 和 1979 等),年月日的次序不能颠倒、不能缺省。如{^2007-10-08}。

日期型数据用 8 个字节表示,取值范围是{^0001-01-01}~{^9999-12-31}。

3) 影响日期格式的设置命令

本书介绍命令时,采用如下约定:方括号中的内容表示可选,用竖线分隔的内容表示任选其一,尖括号中的内容由用户提供。影响日期格式的设置命令主要有以下几种。

(1) 格式:SET MARK TO [<日期分隔符>]

功能:用于设置显示日期型数据时使用的分隔符,如(-)、(.)等。如果 SET MARK TO 没有指定任何分隔符,表示恢复系统默认的斜杠分隔符。

（2）格式：SET DATE [TO] <日期格式>

功能：将命令中指定的日期格式作为日期的显示格式。

说明：用 MDY 指定的格式是"mm/dd/yy"，用 DMY 指定的格式是"dd / mm /yy"，用 YMD 指定的格式是"yy /mm/dd"。

（3）格式：SET CENTURY ON|OFF

功能：用于设置显示日期型数据时是否显示世纪即是否用 4 位数字显示年份。

说明：ON 设置年份用 4 位数字表示，OFF 设置年份用两位数字表示。

（4）格式：SET STRICTDATE TO[0 | 1 | 2]

功能：用于设置是否对日期格式进行检查。

说明：0 表示不进行严格的日期格式检查，可使用各种格式；1 表示进行严格的日期格式检查，不能使用传统格式，它是系统默认的设置；2 表示进行严格的日期格式检查，并且对 CTOD()和 CTOC()函数的格式也有效。

【例 3.1】 设置不同的日期格式。

在"命令"窗口输入如下 4 条命令，并分别回车执行：

```
SET CENTURY ON              && 设置 4 位数字年份
SET MARK TO                 && 恢复系统默认的斜杠日期分隔符
SET DATE TO YMD             && 设置年月日格式
?{^2008 - 05 - 26}
```

主屏幕显示：

```
2008/05/26
```

在"命令"窗口输入如下 4 条命令，并分别回车执行：

```
SET CENTURY OFF             && 设置两位数字年份
SET MARK TO "."             && 设置日期分隔符为英文句号
SET DATE TO MDY             && 设置月日年格式
?{^2008 - 05 - 26}
```

主屏幕显示：

```
05.26.08
```

6. 日期时间型常量

日期时间型常量包括日期和时间两部分内容：{<日期>,<时间>}。<日期>部分与日期型常量相似，也有传统的和严格的两种格式。

<时间>部分的格式为：[hh[:mm[:ss]][a|p]]，其中 hh、mm、ss 分别代表时、分、秒，默认值分别为 12、0、0。AM（或 A）和 PM（或 P）分别代表上午和下午，默认值为 AM。如果指定的时间大于等于 12，则自然为下午的时间。

【例 3.2】 显示日期时间型常量。

在命令窗口中输入如下两条命令，并分别回车执行：

```
SET MARK TO
?{^2008 - 05 - 26,09:25:45A}
```

主窗口显示：05/26/08 09:25:45 AM

日期时间型数据用 8 个字节表示,日期部分的取值范围是{^0001-01-01}~{^9999-12-31}。时间部分的取值范围是 00:00:00AM~11:59:59PM。

3.1.3　变量

在命令执行过程中,其值可以变化的量称为变量。

1. 变量的分类

Visual FoxPro 的变量分为字段变量和内存变量两大类。内存变量又可分为简单内存变量、系统内存变量和数组变量。

1) 字段变量

由于表中的各条记录对同一个字段名可能取值不同,因此,表中的字段名就是变量,称为字段变量。字段变量是在建立数据表文件时定义的,它依附于数据表,存在于数据表文件中,随着数据表的打开而生效,随着数据表的关闭而撤销。字段变量的值是当前所打开的表的当前记录的该字段的值。字段变量的数据类型与该字段定义的类型一致。字段变量的类型有数值型、浮点型、货币型、整型、双精度型、字符型、逻辑型、日期型、日期时间型、备注型和通用型等。

2) 简单内存变量

简单内存变量是一种独立于数据表文件以外,存在于内存中的一种临时存储单元。内存变量用于存放在命令或程序执行过程中所需要的原始数据、中间结果以及最终结果。

简单内存变量的命名规则如下。

- 名称中只能包含字母、数字、下划线或汉字。一般建议内存变量不采用汉字命名。
- 名称以字母、汉字或下划线开头,不能以数字开头。
- 避免使用 Visual FoxPro 系统的保留字。
- 长度可以在 1~128 个字符之间。

简单内存变量有字符型(C)、数值型(N)、货币型(Y)、逻辑型(L)、日期型(D)和日期时间型(T)等。其类型由它所存放的数据类型决定。当用户退出 Visual FoxPro 时,简单内存变量将自动消失。

如果当前表中存在一个同名的字段变量,则在访问内存变量时,必须在变量名前加上前缀"M."或"M-",否则系统将访问同名的字段变量。

3) 系统内存变量

系统内存变量是由 Visual FoxPro 系统已定义好的,均以"_"(下划线)字符开头。例如 _CLIPTEXT 表示接收文本并送入剪贴板。

系统变量与一般变量使用方法相同。在定义内存变量名时,不要以"_"字符开头以避免与系统变量重名。合理地运用系统变量,会给数据库系统的操作、管理带来许多方便。在使用 DISPLAY MEMORY 命令显示内存变量时,可以看到这些系统变量的当前值。

4) 数组变量

数组是按一定顺序排列的一组内存变量的集合。其中每一个内存变量称为一个数组元素,每个数组元素可以通过数组名及相应的下标来访问。

与简单内存变量不同,数组在使用之前一般要用 DIMENSION 或 DECLARE 命令显式定义。定义时规定了数组是一维数组还是二维数组,以及数组名和数组大小。数组大小由下标值的上下限决定,下限规定为1。

格式:DIMENSION <数组名> (<下标上限 1> [,<下标上限 2>]) [,…]
　　　DECLARE <数组名> (<下标上限 1> [,<下标上限 2>]) [,…]

功能:定义一个或多个一维数组或二维数组。

说明:下标上界是一数量值,可以是常量、变量或表达式。下标的下界由系统统一规定为1。命令 DIMENSION 和 DECLARE 的功能完全相同。数组一旦定义,数组的每个元素的初值均为逻辑值.F.。在定义数组时,数组名不能与同一环境下的简单变量同名。数组下标应使用圆括号,二维数组的两个下标之间使用逗号隔开。

例如:DIMENSION x(5),y(2,3)命令定义了两个数组:

一维数组 x 含 5 个元素:x(1)、x(2)、x(3)、x(4)、x(5)。

二维数组 y 含 6 个元素:y(1,1)、y(1,2)、y(1,3)、y(2,1)、y(2,2)、y(2,3)

在赋值语句中也可使用数组名将同一个值赋给数组的所有元素。

对二维数组元素可有两种引用方法:一是采用行列下标,二是采用元素序号,即用一维数组的形式访问二维数组。例如上面定义的数组 y 中的各元素用一维数组形式可依次表示为:y(1)、y(2)、y(3)、y(4)、y(5)、y(6)。其中 y(4)与 y(2,1)引用的是同一变量。

【例3.3】 定义数组,赋值并输出。

在"命令"窗口中输入如下各条命令,并分别回车执行:

```
DIMENSION A(2),B(2,2),C(2)
A(1) = "Hello"
A(2) = .T.
B(1,2) = A(1)
B(2,2) = 321
B(2,1) = 11.1
C = 5
? A(1),A(2),B(1,2),B(2,2),C(1),C(2)
```

主窗口显示:Hello .T. 321 5 5

2. 内存变量的操作

1)内存变量的赋值

格式1:STORE <表达式> TO <内存变量表>

功能:计算<表达式>的值,把这个值同时赋给多个内存变量。

格式2:<内存变量> = <表达式>

功能:计算<表达式>并将表达式值赋给内存变量,格式 2 一次只能给一个内存变量赋值。

内存变量的类型取决于变量值的类型,变量的类型可以改变,可把不同类型的数据赋给同一个内存变量。

【例3.4】 变量赋值。

在"命令"窗口中输入如下各条命令,并分别回车执行:

```
aa = "abcdef"
STORE "DFASDFAS" TO aa
STORE 1 TO s1,s2,s3
```

? s1, s2, s3,aa

主窗口显示：1　1　1 DFASDFAS

用 STORE 和"＝"都可以赋值，但是用 STORE 可以一次给多个内存变量赋予相同的值。在例 3.4 中，aa、s1、s2、s3 都是内存变量。aa 的数据类型为字符型，而 s1、s2、s3 是数值型内存变量。

2）内存变量值的输出

格式 1：? [<表达式表>]

格式 2：?? [<表达式表>]

功能：计算表达式并输出各表达式值。

说明：<表达式表>是一个表达式或用逗号两两分隔的多个表达式。不管有没有指定表达式表，格式 1 都会输出一个回车换行符。如果指定了表达式表，各表达式值将在下一行的起始处输出。格式 2 不会输出一个回车换行符，各表达式值在当前行的光标所在处直接输出。

3）内存变量的显示

格式 1：LIST MEMORY [LIKE <通配符>][TO PRINTER | TO FILE <文件名>]

格式 2：DISPLAY MEMORY [LIKE <通配符>][TO PRINTER | TO FILE <文件名>]

功能：显示内存变量的当前信息，包括变量名、作用域、类型和取值。

说明：

(1) 选用 LIKE 短语只显示与通配符相匹配的内存变量，通配符包括 * 和?。* 表示任意多个字符，"?"表示任意一个字符。

(2) LIST MEMORY 一次显示与通配符匹配的所有内存变量，如果内存变量多，一屏显示不下，则自动向上滚动。DISPLAY MEMORY 分屏显示与通配符匹配的所有内存变量，如内存变量多，显示一屏后暂停，按任意键之后再继续显示下一屏。③可选子句 TO PRINTER 或 TO FILE <文件名>用于在显示的同时送往打印机，或者存入给定文件名的文本文件中，文件的扩展名为.TXT。

例如：

DISPLAY MEMORY LIKE C *　　　　　&& 显示所有以"C"字母打头的内存变量。

4）内存变量的清除

格式 1：CLEAR MEMORY

功能：清除所有内存变量。

格式 2：RELEASE <内存变量名表>

功能：清除指定的内存变量。

格式 3：RELEASE ALL[LIKE <通配符>|EXCEPT <通配符>]

功能：选用 LIKE 短语清除与通配符相匹配的内存变量，选用 EXCEPT 短语清除与通配符不相匹配的内存变量。

5）表中数据与数组数据之间的交换

在 Visual FoxPro 系统中，利用 SCATTER 命令 和 GATHER 命令可以方便地完成表记录与内存变量之间的数据交换。

• 将表的当前记录复制到数组

格式 1：SCATTER [FIELDS <字段名表>][MEMO] TO <数组名>[BLANK]

功能：将表的当前记录从指定字段表中的第一个字段内容开始,依次复制到数组中的从第一个数组元素开始的内存变量中。

说明：

(1) 如果不使用 FIELDS 短语指定字段,则复制除备注型和通用型之外的全部字段。

(2) 如果没有指定的数组存在,系统将自动创建。

(3) 如果选用 MEMO 短语,则同时复制备注型字段。

(4) 如果选用 BLANK 短语,则产生一个空数组,各数组元素的类型和大小与表中当前记录的对应字段相同。

格式 2：SCATTER [FIELDS LIKE <通配符> | FIELDS EXCEPT <通配符>][MEMO] TO <数组名>[BLANK]

功能：将通配符指定包括的字段(即 FIELDS LIKE<通配符>)或排除通配符指定字段后的所有字段(即 FIELDS EXCEPT <通配符>),依次复制到数组名中的从第一个数组元素开始的内存变量中。

• 将数组数据复制到表的当前记录

格式 1：GATHER FROM <数组名> [FIELDS <字段名表>][MEMO]

功能：将数组中的数据作为一个记录复制到表的当前记录中。从第一个数组元素开始,依次向字段名表指定的字段填写数据。

说明：

(1) 如果不使用 FIELDS 短语指定字段,则依次向各个字段复制,如果数组元素个数多于记录中字段的个数,则多余部分被忽略。

(2) 如果选用 MEMO 短语,则在复制时包括备注型字段,否则备注型字段不予考虑。

格式 2：GATHER FROM <数组名> [FIELDS LIKE <通配符> | FIELDS EXCEPT <通配符>][MEMO]

功能：将数组中的数据作为一个记录复制到表的当前记录中。从第一个数组元素开始,依次向用通配符指定包括或排除的字段填写数据。

3.1.4 表达式

用运算符将常量、变量、字段和函数连接起来的式子称为表达式。根据运算对象的数据类型不同,表达式可以分为算术表达式、字符表达式、日期时间表达式、关系表达式和逻辑表达式。常量、变量和函数本身可以看作是最简单的表达式。

1. 算术表达式

算术表达式由算术运算符与数值型常量、变量、函数构成,运算结果仍为数值型。算术表达式又称数值表达式,其运算对象和运算结果均为数值型数据。数值运算符的功能及运算优先顺序,如表 3-1 所示。

表 3-1 算术运算符及其优先级

优 先 级	运 算 符	说 明	示 例
1	( )	形成表达式内的子表达式	? (9-3)*(12/3)
2	** 或^	乘方运算	? b^2-4*a*c
3	*、/、%	乘、除、求余运算	? 7*9/3
			? 15%-7
4	+、-	加、减运算	? x+y-z

例如：?(4＊5＋SQRT(9)/3)＊6　　　&& 结果为 126.0000

2. 字符表达式

字符表达式由字符运算符与字符型常量、变量、函数构成,运算结果仍为字符型。Visual FoxPro 中字符运算符有两种"＋"和"－",它们的优先级相同。

＋:前后两个字符串首尾连接形成一个新的字符串。

－:连接前后两个字符串,并将前字符串的尾部空格移到合并后的新字符串尾部。

例如：?"计算机 "＋"程序设计"　　　&& 结果为"计算机 程序设计"

　　　?"计算机 "－"程序设计"　　　&& 结果为"计算机程序设计 "

3. 日期时间表达式

日期时间表达式中可以使用的运算符有＋和－两种,其作用分别是在日期数据上增加或减少天数,在日期时间数据上增加或减少秒数。两个运算的优先级别相同。

日期时间表达式的格式有一定限制,不能任意组合。例如,不能用运算符＋将两个＜日期＞连接起来。合法的日期时间表达式格式如表 3-2 所示。

表 3-2　日期时间表达式的格式

格　式	结果及类型
＜日期＞＋＜天数＞	日期型。指定日期若干天后的日期
＜日期＞－＜天数＞	日期型。指定日期若干天前的日期
＜日期＞－＜日期＞	数值型。两个指定日期相差的天数
＜日期时间＞＋＜秒数＞	日期时间型。指定日期时间若干秒后的日期时间
＜日期时间＞－＜秒数＞	日期时间型。指定日期时间若干秒前的日期时间
＜日期时间＞－＜日期时间＞	数值型。两个指定日期时间相差的秒数

例如：?{^2008-5-12}＋15,{^2008-3-14}-{^2007-3-14}

　　　&& 结果为 05/27/08　　366

4. 关系表达式

关系表达式是用关系运算符将两个同类型的数据连接起来的式子。关系表达式表示两个量之间的比较,其返回值为逻辑型数据,关系表达式成立则其返回值为"真",否则为"假"。关系运算符如表 3-3 所示,它们的运算优先级相同。

表 3-3　关系运算符

运　算　符	操　作	表　达　式	表达式值
＜	小于比较	3＊6＜20	.T.
＞	大于比较	"A"＞"a"	.F.
＝	等于比较	{4/1/2007}＝date()	.F.
＜＞或 ≠ 或 !=	不等于比较	.T.＜＞.F.	.T.
＜＝	小于或等于比较	3＊20＜＝60	.T.
＞＝	大于或等于比较	7＋8＞＝16	.F.
＝＝	字符串精确比较	"AB"＝＝"ABC"	.F.

注:运算符＝＝(精确比较)仅适用于字符型数据,其他运算符适用于任何类型的数据,但前后两个运算对象的数据类型要一致。

各种类型数据的比较规则如下。

(1) 数值型和货币型数据根据其代数值的大小进行比较。

(2) 日期型和日期时间型数据进行比较时,离现在日期或时间越近的日期或时间越大。

(3) 逻辑型数据比较时,.T.比.F.大。

(4) 字符型数据(字符串)比较时,对于英文字符,默认按其 ASCII 码值的大小进行比较。对于汉字字符,默认状态下,根据它们的拼音顺序比较大小。字符串比较时,先将两个字符串的第一个字符比较,若两者不等,其大小就决定了两个字符串的大小。若相等,则再将第二个字符比较,以此类推,直到最后,若每个字符都相等,则两个字符串相等。

(5) 当运算对象为字符型时,可用命令 SET EXACT ON|OFF 来设置"="是否为精确比较。在非精确比较时,在关系表达式的格式中,只要后一个表达式是前一个表达式的前缀,其结果便为真。

例如:?22 + 4 < > 18 - 6   && 结果为.T.

　　　?{^2008 - 5 - 12}>{^2008 - 3 - 14}   && 结果为.T.

　　　? "ABC"<"ab"   && 结果为.F.

　　　?"abcdef" = "abc"

　　　&& 当设置了 SET EXACT OFF 时结果为.T.

　　　&& 当设置了 SET EXACT ON 时结果为.F.

5. 逻辑表达式

逻辑表达式是用逻辑运算符将逻辑型数据连接起来的式子。逻辑表达式的运算对象与运算结果均为逻辑型数据。逻辑运算符前后一般要加圆点"."标记以示区别,也可省略。

逻辑运算符有.NOT.或!(逻辑非)、.AND.(逻辑与)和.OR.(逻辑或)。其优先级顺序依次为.NOT.、.AND.、.OR.。

逻辑运算符的运算规则如表 3-4 所示,其中 A 和 B 分别代表两个逻辑型数据。

表 3-4 逻辑运算规则

A	B	A. AND. B	A. OR. B	. NOT. A
.T.	.T.	.T.	.T.	.F.
.T.	.F.	.F.	.T.	.F.
.F.	.T.	.F.	.T.	.T.
.F.	.F.	.F.	.F.	.T.

当一个表达式包含多种运算时,其运算的优先级由高到低排列为:算术运算→字符串运算→日期和时间运算→关系运算→逻辑运算。

【例 3.5】 不同运算符组成的表达式示例。

在"命令"窗口中输入如下命令,并分别回车执行:

A = 5

X = 8

R = 10

B = .T.

?A > = 2 * 3.14159 * R AND X < > 5 OR NOT B

主窗口显示:.F.

3.1.5 常用函数

函数是 Visual FoxPro 的重要组成部分。Visual FoxPro 提供了大量函数,这些函数类型丰富,功能各异,使用方便。它们不仅能简化运算,而且许多功能用命令是无法实现的。每个函数都有特定的数据运算或转换功能。

函数调用的一般形式为:函数名([参数表])

在使用函数时要了解函数的 3 个要素:函数名、参数和函数返回值。

本章将常用函数分为数值处理函数、字符处理函数、日期和时间函数、数据类型转换函数和测试函数 5 类。除了这 5 类之外,还介绍了 MESSAGEBOX()函数的使用,其他函数的具体使用方法请用系统帮助功能寻求帮助或参阅手册。

1. 数值处理函数

数值函数用于数值运算,其自变量与函数值都是数值型数据。

1)取绝对值函数

格式:ABS(<数值表达式>)

功能:返回指定的数值表达式的绝对值。

例如:?ABS(-10)　　　　　　　　　&& 结果为 10

2)求符号函数

格式:SIGN(<数值表达式>)

功能:返回指定数值表达式的符号。当表达式的运算结果为正、负和 0 时,函数值分别为 1、-1 和 0。

例如:?SIGN(12.5)　　　　　　　　&& 结果为 1

　　　?SIGN(-12.5)　　　　　　　&& 结果为 -1

3)求平方根函数

格式:SQRT(<数值表达式>)

功能:返回数值表达式的平方根。数值表达式的值应不小于 0。函数值为数值型。

例如:?SQRT(9)　　　　　　　　　&& 结果为 3.00

4)求指数函数

格式:EXP(<数值表达式>)

功能:将数值型表达式的值作为指数 x,返回 ex 的值。

例如:?EXP(3.21)　　　　　　　　&& 结果为 24.78

5)求对数函数

格式:LOG(<数值表达式>)

　　　LOG10(<数值表达式>)

功能:LOG()计算数值表达式的自然对数,LOG10()计算数值表达式的常用对数,数值表达式的值必须大于 0。

例如:?LOG(4.3)　　　　　　　　&& 结果为 1.46

　　　?LOG10(4.3)　　　　　　　&& 结果为 0.63

6)取整函数

格式:INT(<数值表达式>)

　　　CEILING(<数值表达式>)

FLOOR(<数值表达式>)

功能：INT()返回数值表达式的整数部分。CEILING()返回大于或等于数值表达式的最小整数。FLOOR()返回小于或等于数值表达式的最大整数。

例如：?INT(5.85),INT(-5.85)   && 结果为 5 -5
　　　?CEILING(5.85),CEILING(-5.85)   && 结果为 6 -5
　　　?FLOOR(5.85), FLOOR(-5.85)   && 结果为 5 -6

7）求余数函数

格式：MOD(<数值表达式 1>,<数值表达式 2>)

功能：返回<数值表达式 1>除以<数值表达式 2>所得出的余数。余数的符号与表达式 2 相同。如果被除数与除数同号,那么函数值即为两数相除的余数；如果被除数与除数异号,则函数值为两数相除的余数再加上除数的值。<数值表达式 2>不能为 0。<数值表达式 1>的小数位数决定了结果的小数位数。

例如：?MOD(10.250,5.0)   && 结果为 0.250
　　　?MOD(10,-3)   && 结果为 -2
　　　?MOD(-10,3)   && 结果为 2
　　　?MOD(-10,-3)   && 结果为 -1

8）四舍五入函数

格式：ROUND(<数值表达式 1>,<数值表达式 2>)

功能：返回<数值表达式 1>的值按照<数值表达式 2>指定的位置进行四舍五入的结果。若<数值表达式 2>的值 n 大于 0,它表示的是要保留的小数位数为 n,则对小数点后第 $n+1$ 位小数进行四舍五入；若<数值表达式 2>的值 n 小于 0,它表示的是对<数值表达式 1>的值的小数点前第 n 位四舍五入。

例如：?ROUND(123.736,4-2)   && 结果为 123.74
　　　?ROUND(123.736,1)   && 结果为 123.7
　　　?ROUND(123.736,0)   && 结果为 124
　　　?ROUND(123.736,-2)   && 结果为 100

9）求最大值和最小值函数

格式：MAX(<表达式 1>,<表达式 2>[,<表达式 3>…])
　　　MIN(<表达式 1>,<表达式 2>[,<表达式 3>…])

功能：MAX()是计算各表达式的值,并返回其中的最大值。MIN()计算各表达式的值,并返回其中的最小值。表达式的类型可以是数值型、字符型、货币型、双精度型、浮点型、日期型和日期时间型,但所有表达式的类型必须相同。

例如：?MAX(2,31,57)   && 结果为 57
　　　?MIN('北京','上海','广州')   && 结果为 北京

10）π 函数

格式：PI()

功能：返回圆周率 π 的近似值 3.14。该函数没有自变量。

11）随机数函数

格式：RAND()

功能：返回一个 0～1 之间的随机数。

例如：?RAND()   && 结果为 0.85

2. 字符处理函数

字符处理函数用于字符运算。使用这些函数可以很方便地进行各种字符串的处理。

1) 求字符串长度函数

格式：LEN(<字符表达式>)

功能：返回指定字符表达式值的长度，即字符串所包含的字符个数。若是空串，则长度为 0。函数值为数值型。

例如：?LEN("Visual FoxPro 程序设计")　　　&& 结果为 22

2) 生成空格字符函数

格式：SPACE(<数值表达式>)

功能：返回由若干空格组成的字符串，空格的个数由数值表达式的值决定。

3) 大小写字母转换函数

格式：LOWER(<字符表达式>)

　　　UPPER(<字符表达式>)

功能：LOWER()将指定字符表达式中的大写字母转换成小写字母，其他字符不变。UPPER()将指定字符表达式中的小写字母转换成大写字母，其他字符不变。

例如：?LOWER("Visual FoxPro 程序设计")

　　　　　&& 结果为"visual foxpro 程序设计"

　　　?UPPER("Visual FoxPro 程序设计")

　　　　　&& 结果为"VISUAL FOXPRO 程序设计"

4) 删除字符串前后空格函数

格式：RTRIM(<字符表达式>)

　　　LIRIM(<字符表达式>)

　　　ALLTRIM(<字符表达式>)

功能：RTRIM()删除字符串的尾部空格。RTRIM 可以写成 TRIM。LTRIM()删除字符串的前导空格。ALLTRIM()删除字符串中的前导和尾部空格。

例如：?LTRIM(" Visual ") + ALLTRIM(" FoxPro ") + RTRIM(" 程序设计 ")

　　　　　&& 结果为 "Visual FoxPro 程序设计"

5) 取子串函数

格式：LEFT(<字符表达式>,<数值表达式>)

　　　RIGHT(<字符表达式>,<数值表达式>)

　　　SUBSTR(<字符表达式>,<起始位置> [,<数值表达式>])

功能：LEFT()从<字符表达式>左边第一个字符开始，截取指定长度的子串作为函数值。RIGHT()从<字符表达式>右边第一个字符开始，向左截取指定长度的子串作为函数值。SUBSTR()是从指定的起始位置开始，从〈字符表达式〉中截取指定长度的子串作为函数值。子串的长度由<数值表达式>的值所决定。

说明：在 LEFT()和 RIGHT()函数中，若<数值表达式>的值大于字符串的长度，则给出整个字符串，若<数值表达式>的值等于或小于 0，则函数值为空串。在 SUBSTR()函数中，若<数值表达式>省略，则截取的子串从<起始位置>开始到<字符表达式>的最后一个字符，若<起始位置>或<数值表达式>为 0，则函数值为空串。显然，SUBSTR 函数可以代替 LEFT 函数和 RIGHT 函数的功能。

例如：?LEFT("Visual FoxPro 程序设计",6)　　　　　&& 结果为 "Visual"

```
?RIGHT("Visual FoxPro 程序设计",8)        && 结果为 "程序设计"
?SUBSTR("Visual FoxPro 程序设计",8,6)     && 结果为 "FoxPro"
```

6）求子串位置函数

格式：AT(<字符表达式 1>,<字符表达式 2> [,<数值表达式>])

　　　ATC(<字符表达式 1>,<字符表达式 2> [,<数值表达式>])

功能：AT()返回<字符表达式 1>在<字符表达式 2>中的起始位置,函数值为数值型。如果<字符表达式 2>中不包含<字符表达式 1>,则返回 0。若选用<数值表达式>,则表示要返回<字符表达式 1>在<字符串表达式 2>中的第几次出现的起始位置,其默认值是 1。

ATC()与 AT()功能类似,但 ATC()在子串比较时不区分字母大小写。

```
例如：?AT("am","I am a student")         && 结果为 3
      ?ATC("fox","Visual FoxPro")        && 结果为 8
```

7）计算子串出现次数函数

格式：OCCURS(<字符表达式 1>,<字符表达式 2>)

功能：返回第一个字符串在第二个字符串中出现的次数,函数值为数值型。若第一个字符串不是第二个字符串的子串,则函数值为 0。

```
例如：?OCCURS("is","This is a book")      && 结果为 2
```

8）字符串替换函数

格式：STUFF(<字符表达式 1>,<起始位置>,<长度>,<字符表达式 2>)

功能：用<字符表达式 2>值替换<字符表达式 1>中由<起始位置>和<长度>指明的一个子串。

说明：替换和被替换的字符个数不一定相等。如果<长度>值是 0,<字符串表达式 2>则插在<起始位置>指定的字符前面；如果<字符串表达式 2>值是空串,那么<字符串表达式 1>中由<起始位置>和<长度>指明的子串被删去。

```
例如：?STUFF("computer",3,4,"abc")        && 结果为 "coabcer"
      ?STUFF("computer",3,0,"abc")        && 结果为 "coabcmputer"
      ?STUFF("computer",3,4,"")           && 结果为 "coer"
```

9）字符替换函数

格式：CHRTRAN(<字符表达式 1>,<字符表达式 2>,<字符表达式 3>)

功能：当第一个字符串中的一个或多个字符与第二个字符串中的某个字符相匹配时,就用第三个字符串中的对应字符(相同位置)替换这些字符。如果第三个字符串包含的字符个数少于第二个字符串包含的字符个数,因而没有对应字符,那么第一个字符串中相匹配的各字符将被删除。如果第三个字符串包含的字符个数多于第二个字符串包含的字符个数,多余字符被忽略。

```
例如：?CHRTRAN("abacad","ac","xy")         && 结果为 "xbxyxd"
      ?CHRTRAN("计算机应用","计算机","电脑")      && 结果为 "电脑应用"
      ?CHRTRAN("计算机应用","应用","系统开发")     && 结果为 "计算机系统"
```

10）字符串匹配函数

格式：LIKE(<字符表达式 1>,<字符表达式 2>)

功能：比较两个字符串对应位置上的字符,若所有对应字符都相匹配,函数返回逻辑值真(.T.),否则返回逻辑值假(.F.)。＜字符表达式1＞中可以包含通配符"＊"和"?"。"＊"号可与任何数目的字符相匹配,"?"可以与任何单个字符相匹配。

例如：?LIKE("ab＊","abcdefg")   && 结果为 .T.

　　　?LIKE("abc","Abc")   && 结果为 .F.

　　　?LIKE("?b?","abc")   && 结果为 .T.

11) 产生重复字符函数

格式：REPLICATE(<字符表达式>,<数值型表达式>)

功能：重复给定字符表达式若干次,次数由数值型表达式的值决定。

例如：?REPLICATE('＊',6)   && 结果为 "＊＊＊＊＊＊"

3. 日期和时间函数

日期时间函数是处理日期型或日期时间型数据的函数。

1) 系统日期和系统时间函数

格式：DATE()

　　　TIME()

　　　DATETIME()

功能：DATE()返回当前系统日期,函数值为日期型。TIME()以24小时制返回当前系统时间,函数值为字符型。DATETIME()返回当前系统日期时间,函数值为日期时间型。

例如：?DATE()   && 结果为 11/15/07

　　　?TIME()   && 结果为 15:47:18

　　　?DATETIME()   && 结果为 11/15/07 03:47:18 PM

2) 求年份、月份和天数函数

格式：YEAR(<日期表达式>|<日期时间表达式>)

　　　MONTH(<日期表达式>|<日期时间表达式>)

　　　DAY(<日期表达式>|<日期时间表达式>)

功能：YEAR()从指定的日期表达式或日期时间表达式中返回年份,以4位数值型数据表示(如2007年)。MONTH()从指定的日期表达式或日期时间表达式中返回月份。DAY()从指定的日期表达式或日期时间表达式中返回月份中的天数。这3个函数的返回值都为数值型。

例如：?YEAR({^2007－05－15})   && 结果为 2007

　　　?MONTH({^2007－05－15})   && 结果为 5

　　　?DAY({^2007－05－15})   && 结果为 15

3) 求时、分和秒函数

格式：HOUR(<日期时间表达式>)

　　　MINUTE(<日期时间表达式>)

　　　SEC(<日期时间表达式>)

功能：HOUR()从指定日期时间表达式中返回小时数(24小时制)。MINUTE()从指定日期时间表达式中返回分钟数。SEC()从指定日期时间表达式中返回秒数。这3个函数的返回值都为数值型。

例如：?HOUR({^2007－05－15 03:30:45 PM})   && 结果为 15

　　　?MINUTE({^2007－05－15 03:30:45 PM})   && 结果为 30

　　　?SEC({^2007－05－15 03:30:45 PM})   && 结果为 45

4）求星期函数

格式：DOW(<日期型表达式>)

　　　CDOW(<日期型表达式>)

功能：DOW()返回日期表达式值对应一周的第几天。星期日为一周的第 1 天，星期六为一周的第 7 天。CDOW()返回星期几的英文名称。

例如：?DOW({^2007-11-15})　　　　　　　&& 结果为 5

　　　?CDOW({^2007-05-15})　　　　　　　&& 结果为 Thursday

4. 数据类型转换函数

在数据库应用的过程中，经常要将不同数据类型的数据进行相应转换，满足实际应用的需要。Visual FoxPro 系统提供了若干个转换函数，较好地解决了数据类型转换的问题。

1）字符串转换为数值函数

格式：VAL(<字符表达式>)

功能：将由数字字符（包括正负号、小数点）组成的字符型数据转换为对应的数值型数据。若字符串内出现非数字字符，那么只转换其前面部分；若字符串的首字符不是数字符号，则返回值为 0，但忽略前导空格 。

例如：?VAL("ABC")　　　　　　　　　&& 结果为 0.00

　　　?VAL("-756.95")　　　　　　　　&& 结果为 -756.95

　　　?VAL("56R79")　　　　　　　　&& 结果为 56.00

2）数值转换成字符串函数

格式：STR(<数值型表达式>[,<长度>,[,<小数位数>]])

功能：将<数值型表达式>的值转换成字符串，转换时根据需要自动四舍五入。转换后字符串的理想长度 L 应该是<数值型表达式>值的整数部分的位数加上<小数位数>值，再加上一位小数点。如果<长度>值大于 L，则字符串加前导空格以满足规定的<长度>要求；如果<长度>值大于等于<数值型表达式>值的整数部分位数（包括负号）但又小于 L，则优先满足整数部分而自动调整小数位数；如果<长度>值小于<数值型表达式>值的整数部分位数，则返回一串星号（＊）。<小数位数>的默认值为 0，<长度>的默认值为 10。

例如：?STR(-654.751)　　　　　　　　&& 结果为 -655

　　　?STR(-654.751,8,3)　　　　　　　&& 结果为 -654.751

　　　?STR(-654.751,6,2)　　　　　　　&& 结果为 -654.8

　　　?STR(-654.751,3)　　　　　　　&& 结果为 ***

　　　?STR(-654.751,6)　　　　　　　&& 结果为 655

3）字符串转换成日期或日期时间函数

格式：CTOD(<字符型表达式>)

　　　CTOT(<字符型表达式>)

功能：CTOD()将<字符型表达式>值转换成日期型数据。CTOT()将<字符型表达式>值转换成日期时间型数据。

字符串中的日期部分格式要与 SET DATE TO 命令设置的格式一致。其中的年份可以用 4 位，也可以用两位。如果用两位，则世纪值由 SET CENTURY OFF 语句指定。

例如：SET DATE TO YMD

　　　SET CENTURY ON　　　　　　　　&& 显示日期时，用 4 位数显示年份

```
?CTOD("07/12/15")                       && 结果为 2007/12/15
?CTOT("07/12/15" + " " + TIME())        && 结果为 2007/12/15 15:17:18 PM
```

4）日期或日期时间转换成字符串

格式：DTOC(<日期表达式>|<日期时间表达式> [,1])
　　　TTOC(<日期时间表达式> [,1])

功能：DTOC()将日期型数据或日期时间型数据的日期部分转换成字符串。TTOC()将日期时间型数据转换成字符串。

字符串中日期部分的格式与 SET DATE TO 语句的设置和 SET CENTURY ON|OFF（ON 为 4 位数年份，OFF 为两位数年份）语句的设置有关。时间部分的格式受 SET HOURS TO 12|24 语句的设置影响。

对 DTOC()来说，如果使用选项 1，则字符串的格式总是为 YYYYMMDD，共 8 个字符。对 TTOC()来说，如果使用选项 1，则字符串的格式总是为 YYYYMMDDHHMMSS，采用 24 小时制，共 14 个字符。

```
例如：?DATETIME()                && 结果为 12/15/07 03:17:18 PM
     ?DTOC(DATETIME())          && 结果为 12/15/07
     ?CTOT(DATETIME(),1)        && 结果为 20071215
     ?TTOC(DATETIME())          && 结果为 12/15/07 03:17:18 PM
     ?TTOC(DATETIME(),1)        && 结果为 20071215151718
```

5）字符与 ASCII 码之间的转换函数

格式：ASC(<字符型表达式>)
　　　CHR(<数值型表达式>)

功能：ASC()函数给出指定字符串最左边的一个字符的 ASCII 码值。函数值为数值型。CHR()函数将数值表达式的值作为 ASCII 码，转换为对应的字符。函数值为字符型。

```
例如：?CHR(ASC("M") - ASC("A") + ASC("a"))      && 结果为 m
```

6）宏替换函数

格式：&<字符型变量>[.]

功能：替换出字符型变量的内容，即 & 的值是变量中的字符串。如果该函数与后面的字符无明确分界，则要用“.”作函数结束标识，宏替换可以嵌套使用。

```
例如：i = "1"
     j = "2"
     x12 = "Good"
     Good = "Morning"
     ? x&i.&j, &x12                       && 等价于"? x&i&j,&x12"
     && 显示结果为 "Good Morning"
```

5. 测试函数

在数据处理过程中，有时用户需要了解操作对象的类型、状态等属性。例如，要使用的文件是否存在、数据库当前记录的记录号、是否访问到文件尾、检索是否成功、某工作区中记录指针所指的当前记录是否有删除标记等信息。尤其是在运行应用程序时，常常需要根据测试结果来决定下一步的处理方法或程序走向。

1）值域测试函数

格式：BETWEEN(<被测试表达式 T>,<下限表达式 L>,<上限表达式 H>)

功能：判断被测试表达式的值是否介于另外两个表达式的值之间。当<表达式 T>值大于等于<表达式 L>且小于等于<表达式 H>时,函数值为逻辑真(.T.),否则函数数值为逻辑假(.F.)。如果<表达式 L>或<表达式 H>有一个是 NULL 值,那么函数值也是 NULL 值。

说明:该函数的自变量类型既可以是数值型,也可以是字符型、日期型、日期时间型、浮点型、整型、双精度型或货币型。但 3 个自变量的数据类型要一致。

例如:STORE .NULL. TO x
　　　STORE 100 TO y
　　　?BETWEEN(150,y,y + 100), BETWEEN(90,x,y)
　　　主窗口显示: .T. .NULL.

2)空值(NULL 值)测试函数

格式:ISNULL(<表达式>)

功能:判断表达式的运算结果是否为 NULL 值,若是 NULL 值返回逻辑真(.T.),否则返回逻辑假(.F.)。

例如:STORE .NULL. TO x
　　　? x, ISNULL(x)
　　　主窗口显示: .NULL. .T.

3)"空"值测试函数

格式:EMPTY(<表达式>)

功能:根据指定表达式的运算结果是否为"空"值,返回逻辑真(.T.)或逻辑假(.F.)。

说明:

(1) 该函数中所指的"空"值与.NULL. 值是两个不同的概念。函数 EMPTY(.NULL.)的返回值为逻辑假(.F.)。

(2) 该函数自变量表达式的类型除了可以是数值型之外,还可以是字符型、逻辑型、日期型等类型。不同类型数据的"空"值,有不同的规定,如表 3-5 所示。

表 3-5　不同类型的数据"空"值的规定

数据类型	"空"值	数据类型	"空"值
数值型	0	双精度型	0
字符型	空串、空格、制表符、回车、换行	日期型	空(如 CTOD(""))
货币型	0	日期时间型	空(如 CTOT(""))
浮点型	0	逻辑型	.F.
整型	0	备注字段	空(无内容)

4)数据类型测试函数

格式:VARTYPE(<表达式>,<逻辑表达式>)

功能:测试<表达式>的类型,返回一个大写字母,函数值为字符型。字母的含义如表 3-6 所示。

若<表达式>是一个数组,则根据第一个数组元素的类型返回字符串。若<表达式>的运算结果是 NULL 值,则根据 <逻辑表达式>值决定是否返回<表达式>的类型。如果<逻辑表达式>值为.T. ,就返回<表达式>的原数据类型;如果<逻辑表达式>值为.F. 或缺省,则返回 X 以表明<表达式>的运算结果是 NULL 值。

表 3-6　用 VARTYPE ()测得的数据类型

返回的字母	数 据 类 型	返回的字母	数 据 类 型
C	字符型或备注型	G	通用型
N	数值型、整型、浮点型或双精度型	D	日期型
Y	货币型	T	日期时间型
L	逻辑型	X	NULL 值
O	对象型	U	未定义

例如：X = "AAA"
　　　y = 10
　　　z = $ 101.33
　　　STORE .NULL. TO x
　　　?VARTYPE(x),VARTYPE(X,.T.),VARTYPE(y),VARTYPE(z)
　　　主窗口显示：X　C　N　Y

5）表头、表尾的测试函数

系统对表中的记录是逐条进行处理的。对于一个打开的表文件来说,在某一时刻只能处理一条记录。Visual FoxPro 为每一个打开的表设置了一个内部使用的记录指针,它指向正在被操作的记录,该记录称为当前记录。记录指针的作用是标识表的当前记录。

表文件的逻辑结构如图 3-1 所示。第一条记录称为首记录,记为 TOP,最后一条记录称为尾记录,记为 BOTTOM。在首记录之前有一个文件起始标识,称为 BOF(Begin of File);在尾记录的后面有一个文件结束标识,称为 EOF(End of File)。使用测试函数能够得到指针的位置。刚刚打开表时,记录指针总是指向首记录。

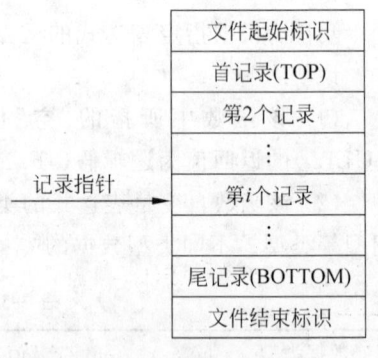

图 3-1　表文件的逻辑结构

格式：BOF([<工作区号>|<别名>])

功能：测试当前表文件(若缺省自变量)或指定表文件中的记录指针是否指向文件起始标识,若是返回逻辑真.T.,否则返回逻辑假.F.。若指定工作区上没有打开表文件,函数返回逻辑假.F.;若表文件不包含任何记录,函数返回逻辑真.T.。

格式：EOF([<工作区号>|<别名>])

功能：测试当前表文件(若缺省自变量)或指定表文件中的记录指针是否指向文件结束标识,若是返回逻辑真.T.,否则返回逻辑假.F.。若指定工作区上没有打开表文件,函数返回逻辑假.F.;若表文件不包含任何记录,函数返回逻辑真.T.。

6）记录号测试函数

格式：RECNO([<工作区号>|<表别名>])

功能：返回当前表文件(若缺省自变量)或指定表文件中当前记录(记录指针所指记录)的记录号。如果指定工作区上没有打开表文件,函数值为 0。如记录指针指向文件尾,函数值为表文件中记录数加 1;如果记录指针指向文件首或者无记录,即 BOF()为.T.,RECNO()返回 1。

7）记录个数测试函数

格式：RECCOUNT([<工作区号>|<表别名>])

功能：返回当前表文件(若缺省自变量)或指定表文件中的记录个数,如果指定工作区上没有打开表文件,函数值为 0。RECCOUNT( )返回的是表文件中物理上存在的记录个数,不管记录是否被逻辑删除以及 SET DELETE 的状态如何,也不管记录是否被过滤(SET FILTER),该函数都会把它们考虑在内。

8) 条件测试函数

格式：IIF(<逻辑型表达式>,<表达式 1>,<表达式 2>)

功能：测试<逻辑表达式>的值,若为逻辑真.T.,函数返回<表达式 1>的值;若为逻辑假.F.,函数返回<表达式 2>的值。<表达式 1>和<表达式 2>的类型不要求相同。

【例 3.6】 条件测试函数的使用。

(1) 在"命令"窗口中输入如下命令,并分别回车执行：

```
X = 100
Y = 300
? IIF(X > 100, X - 50, X + 50), IIF(Y > 100, Y - 50, Y + 50)
主窗口显示: 150    250
```

(2) 在"命令"窗口中输入如下命令,并分别回车执行：

```
STORE DATE( ) TO d
STORE DTOC(d) TO s
? s, IIF(LEN(s) = 8, "年份是:" + STR(YEAR(d),4),s)
主窗口显示: 05/16/2008 年份是: 2008
```

9) 记录删除测试函数

格式：DELETED([<表的别名>|<工作区号>])

功能：测试指定的表,或在指定工作区中所打开的表,记录指针所指的当前记录是否有删除标记"*",若有为真,否则为假。若缺省自变量,则测试当前工作区中所打开的表。

6. MESSAGEBOX 函数

格式：MESSAGEBOX(<提示信息字符串>[,<对话框类型>[,<对话框标题字符串>]])

功能：以对话框形式显示提示信息。其中对话框类型和函数返回值如表 3-7~表 3-10 所示。

说明：

(1) <提示信息字符串>指定在对话框中显示的信息文本。

(2) <对话框类型>设定对话框中的按钮、图标和默认按钮,它们的意义见表 3-7~表 3-9。

(3) <对话框类型>的值为三者之和,如 1+48+256,其中 1 表示在对话框中设置"确定"和"取消"按钮,"48"表示对话框中图标为"警告"(惊叹号),"256"则表示对话框中第二个按钮为默认按钮。

(4) <对话框标题字符串>指定对话框标题栏的显示文本。

表 3-7 对话框的按钮值

数　值	对话框按钮	数　值	对话框按钮
0	仅有"确定"按钮	3	"是"、"否"和"取消"按钮
1	"确定"和"取消"按钮	4	"是"、"否"按钮
2	"终止"、"重试"和"忽略"按钮	5	"重试"和"取消"按钮

表 3-8	对话框的图标值		表 3-9	对话框的默认按钮值
数　值	图　标		数　值	默 认 按 钮
16	"停止"图标		0	第一个按钮
32	"问号"图标		256	第二个按钮
48	"惊叹号"图标		512	第三个按钮
64	"信息"图标			

表 3-10　函数的返回值

所选择的按钮	返 回 值	所选择的按钮	返 回 值
"确定"按钮	1	"忽略"按钮	5
"取消"按钮	2	"是"按钮	6
"终止"按钮	3	"否"按钮	7
"重试"按钮	4		

例如：MESSAGEBOX("非法数据!",5 + 16 + 256,"提示信息")

将产生如图 3-2 所示提示对话框。

图 3-2　MESSAGEBOX 函数示例

3.2　程序设计基础

　　通过 Visual FoxPro 的界面环境可以交互地完成数据库管理任务,即利用菜单或直接在"命令"窗口输入命令来完成对数据库的操作。这种操作方式虽然简便、直观,但也有一定的局限性。如对于一些需要重复处理或根据一定条件来决定是否操作的复杂问题,就不是那么容易实现了,而且在"命令"窗口中输入的指令序列退出 Visual FoxPro 环境或断电就荡然无存了,无法保存下次再执行。建立程序执行就可以解决这些问题。

　　本节将介绍程序设计及其相关的一些知识,包括程序文件的建立与运行、用于编程的各种语句、程序的基本结构、过程与自定义函数的定义以及程序调试等内容。

3.2.1　程序与程序文件

1. 程序的概念

　　程序是能够完成一定任务的命令的有序集合。这组命令被存放在程序文件中。当运行程序时,系统会按照一定的顺序自动执行包含在程序文件中的命令。

　　与交互执行方式相比,采用程序方式有以下几个优点。

- 可以利用编辑器方便地输入、修改和保存程序。
- 可以用多种方式多次运行程序。
- 在一个程序中可以调用另一个程序。

- 具有在"命令"窗口中无法使用的结构化程序设计命令。

【例 3.7】 编写程序,计算圆的周长和面积。

```
CLEAR                            && 清除 Visual FoxPro 主窗口上的全部内容
* 已知半径计算圆的周长和面积
STORE 3 TO R                     && 设置半径
L = 2 * 3.1416 * R
S = 3.1416 * R ^ 2
* 输出计算结果
?"周长 = ",L
?"面积 = ",S
```

上述程序首先给定圆的半径 R,然后计算圆的周长 L 和面积 S,最后将计算结果分两行输出。在程序中插入了一些注释语句,用以提高程序的可读性。注释为非执行代码,不会影响程序的功能。有关注释语句会在下一节详细介绍。

2. 程序文件的创建

在 Visual FoxPro 系统环境下,建立和编辑程序文件的方法有多种,一般是通过调用系统内置的文本编辑器来进行的。打开代码编辑窗口的方法主要有以下 3 种。

(1) 在"项目管理器"中,选择"代码"选项卡中的"程序"项,选择"新建"按钮,则打开一个称为"程序 1"的新代码编辑窗口,这时就可以输入应用程序了。

(2) 使用"文件"菜单或工具栏中的"新建"命令,在"新建"对话框中选择"程序",也打开一个新的代码编辑窗口,等待用户输入程序代码。

(3) 在"命令"窗口中执行如下命令来创建程序。

格式：MODIFY COMMAND [<程序文件名>|?]

功能：创建一个新的程序文件。

说明：

(1) 如果命令中给出程序文件名,系统则打开指定程序文件的代码编辑窗口。

(2) 如果命令中没有给出程序文件名或给出"?",则弹出一个称为"程序 1"的新代码编辑窗口,等待用户输入程序代码。

程序代码的书写规则如下。

- 程序中每条命令都按 Enter 键结束,一行只能写一条命令。
- 若命令需分行书写,应在本行末尾输入续行符";",然后按 Enter 键。
- Visual FoxPro 程序不区分命令动词和短语的大小写。
- 程序中可插入注释,以提高程序的可读性。
- 程序代码的编辑方法与普通文本文件的编辑方法一样。

用上述 3 种方法之一创建程序文件,在代码编辑完毕后,必须将程序保存在磁盘上。

3. 保存程序文件

保存程序文件,可采用以下 3 种方法。

(1) 从"文件"菜单中选择"保存"命令,然后在"另存为"对话框中指定文件名和文件的存放位置,并单击"保存"按钮。

(2) 直接按 Ctrl＋W 键。

(3) 在用户要关闭一个尚未保存的程序时,会弹出相应对话框,提示用户是保存还是放弃已做出的修改。

程序文件的扩展名是 PRG。

4. 修改程序文件

程序保存后可以修改。首先需要打开待修改的程序文件。打开方法有以下 3 种。

(1) 若程序包含在一项目中,则在"项目管理器"中选择它并单击"修改"按钮。

(2) 使用"文件"菜单中的"打开"命令,在"文件类型"列表框中选择"程序"。

(3) 在"命令"窗口中按如下方式输入要修改的程序名。

MODIFY COMMAND <程序文件名>

打开文件之后便可在代码编辑窗口中进行相应修改操作,修改结束后注意保存。

5. 执行程序文件

程序创建之后便可运行。运行程序文件的方法很多,主要有以下几种。

(1) 若程序包含在一个项目中,则在"项目管理器"中选择它并单击"运行"按钮。

(2) 在"程序"菜单中选择"运行"命令。在程序列表中,选择想要运行的程序文件,单击"运行"按钮。

(3) 在"命令"窗口中执行命令: DO <程序文件名>。

说明:该命令既可以在"命令"窗口中执行,也可以出现在某个程序文件中,这样就使一个程序在执行的过程中还可以调用执行另一个程序。

(4) 在程序的编辑窗口打开的情况下,按 Ctrl+E 或在"程序"菜单中选择"执行程序"命令或者单击工具栏上的"运行" ! 按钮。

当程序文件被执行时,文件中包含的命令将被依次执行,直到所有的命令执行完毕。

3.2.2 程序设计中常用的命令

1. 基本的输入输出命令

程序设计的一般步骤是数据输入、数据处理和数据输出,这里介绍几个简单的输入和输出命令。

1) 数据接收语句: INPUT

格式: INPUT [<提示信息>] TO <内存变量>

功能: 显示提示信息,用户按 Enter 键结束输入时,将用户从键盘输入的数据赋给内存变量。

说明: 从键盘输入的数据可以是常量、变量或表达式。

例如: INPUT "请输入姓名:" TO XM
　　　?XM

2) 字符串接收语句: ACCEPT

格式: ACCEPT [<提示信息>]　TO <内存变量>

功能: 显示提示信息,用户按 Enter 键结束输入时,将用户从键盘输入的字符串赋给内存变量。

说明: 从键盘输入的数据只能是字符型常量。输入的字符不必用引号。

例如: ACCEPT "请输入一个命令文件名:"　TO FileName
　　　? FileName

3) 单字符接收语句：WAIT

格式：WAIT [<提示信息>] [TO <内存变量>] [WINDOWS]

功能：显示提示信息，直到用户按任意键或单击鼠标时，将用户从键盘输入的数据赋给内存变量。

说明：从键盘输入的数据只能是一个单字符常量。

例如：WAIT WINDOWS "请选择:" TO bh   && 在屏幕右上角的窗口内显示提示信息
　　　?bh

4) 基本输出命令

格式：? | ?? <表达式 1 >[,<表达式 2 >…]

功能：计算给定的一个或多个表达式的值，并将结果显示在屏幕上。

说明："?"表示在当前光标的下一行输出，而"??"表示在当前光标位置处输出。

2. 其他辅助命令

1) 注释命令

格式 1：NOTE [<注释内容>]

格式 2：&& [<注释内容>]

格式 3：* [<注释内容>]

功能：在程序中加入说明，以增加程序的可读性，不影响程序的执行。

说明：NOTE 和"*"用于行首注释，而"&&"通常用于行尾注释。

2) 程序结束命令

格式 1：CANCEL

功能：结束当前 Visual FoxPro 程序的执行，返回到编辑窗口。

格式 2：RETURN [TO MASTER]

功能：结束当前程序的执行，返回到调用它的上一级程序。带 TO MASTER 选项表示直接返回到主程序。

格式 3：QUIT

功能：关闭所有文件，退出 Visual FoxPro 系统，返回到操作系统。

3) 清屏命令

格式：CLEAR

功能：清除屏幕内容。

4) SET TALK ON|OFF

功能：打开或关闭系统交互对话显示方式。系统默认值为 ON。

5) SET SAFETY ON|OFF

功能：决定在改写已有文件前，是否显示提示对话框。系统默认值为 ON。

6) SET DELETE OFF|ON

功能：决定是否忽略表中已做过删除标记的记录。

7) SET DEFAULT TO <路径>

功能：设置系统默认路径。

8) SET EXCLUSIVE ON|OFF

功能：设置表以独占方式或共享方式打开。

9）SET ESCAPE ON|OFF

功能：决定按 Esc 键是否能中断程序执行。

3.2.3 程序的基本结构

Visual FoxPro 是一种结构化程序设计语言，其核心是规定了程序的 3 种基本结构，即顺序结构、选择结构和循环结构。

前面介绍的程序十分简单，都属于顺序结构，但更多的程序需要根据不同的情况和条件控制程序的执行流程，这就要用选择结构和循环结构来实现了。

1. 顺序结构

顺序结构是按命令书写的先后顺序依次执行。即从第一条语句开始执行，直到最后一条语句为止。

【例 3.8】 鸡兔同笼，已知鸡兔的总头数为 H，总脚数为 F，求鸡兔各有多少只？

其程序代码为：

```
CLEAR
INPUT"请输入鸡兔总头数："TO H
INPUT"请输入鸡兔总脚数："TO F
X=(4*H−F)/2                    && X 为鸡的只数
Y=(F−2*H)/2                    && Y 为兔的只数
?"共有鸡：",X
?"共有兔：",Y
CANCEL
```

2. 选择结构

应用程序在进行数据处理时，往往需要根据不同的条件选择执行不同的操作，这就需要用到选择结构。Visual FoxPro 提供了 IF…ELSE…ENDIF 和 DO CASE…ENDCASE 两种选择结构的语句。

1）IF…ELSE…ENDIF 语句

格式：IF <条件表达式>
　　　　　<语句序列 1>
　　　[ELSE
　　　　　<语句序列 2>]
　　　ENDIF

功能：执行该语句时，若条件表达式的值为.T.，则执行<语句序列 1>，否则执行<语句序列 2>，然后再执行 ENDIF 之后的语句，如图 3-3 所示。ELSE 是可选项，无 ELSE 子句时，可看作<语句序列 2>代码不包含任何命令，即若条件表达式的值为.T.，则执行<语句序列 1>，然后转去执行 ENDIF 之后的语句，否则直接转去执行 ENDIF 之后的语句，如图 3-4 所示。

说明：IF 和 ENDIF 必须成对出现。IF 是本结构的入口，ENDIF 是本结构的出口。条件语句可以嵌套，但不能出现交叉。在嵌套时，为使程序结构清晰、易于阅读，可按缩进格式书写。

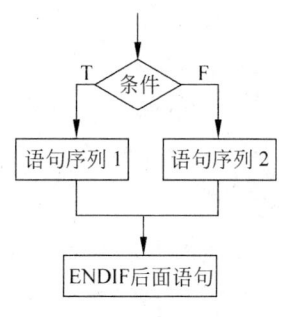
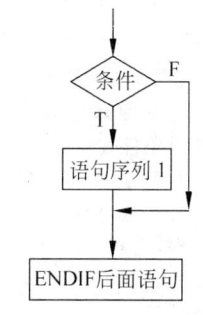

图 3-3　IF 双分支结构　　　　　　图 3-4　IF 单分支结构

【例 3.9】 根据变量 x 的奇偶性决定输出的值。

其程序代码为：

```
CLEAR
INPUT "请输入变量 x 的值: " TO x
IF INT(x/2) = x/2
        ?x,"是偶数!"
ELSE
        ?x,"是奇数!"
ENDIF
```

【例 3.10】 判断某一年是否是闰年。

分析：假如年份用 x 表示，判断 x 是否是闰年的方法是：x 能被 4 整除但不能被 100 整除或 x 能够被 400 整除。

其程序代码为：

```
CLEAR
INPUT "请输入年份: " To x
IF (INT(x/4) = x/4 AND INT(x/100)<> x/100);
    OR INT(x/400) = x/400
?x,"是闰年"
ELSE
?x,"不是闰年"
ENDIF
RETURN
```

提示：判断一个整数 M 能否被另一个整数 N 整除，一般采用 3 种方法，即：判断 MOD(M,N)是否等于 0 或 INT(M/N)是否等于 M/N 或 M％N 是否等于 0，若等于，则表明 M 能被 N 整除。

IF…ELSE…ENDIF 语句只能判断最多两种情况，即二分支。若要判断多于两种可能的情况，有两种方法可以实现。第一种方法是在 IF…ELSE…ENDIF 语句中嵌套 IF…ELSE…ENDIF 语句块，即在上述格式中的＜语句序列 1＞处或＜语句序列 2＞处再插入 IF…ELSE…ENDIF 语句，这种方法虽然可行，但如果嵌套层数太多，结构就不是很清晰了。第二种方法就是使用下面的 DO CASE…ENDCASE 语句结构。

2）DO CASE…ENDCASE 语句

格式：DO CASE
        CASE <条件表达式 1 >
           <语句序列 1 >
       [CASE <条件表达式 2 >
           <语句序列 2 >
           ……
        CASE <条件表达式 n >
           <语句序列 n >]
       [OTHERWISE
           <语句序列>]
    ENDCASE

功能：该语句执行时，首先从第一个 CASE 开始，判断其后的条件表达式的值是否为真，当遇到第一个结果为真的 CASE 表达式时，就执行它后面的语句序列，然后跳过下一个 CASE 到 ENDCASE 之间的所有语句，继续执行 ENDCASE 之后的语句。OTHERWISE 子句可有可无，如果包含了 OTHERWISE 子句，则在所有 CASE 表达式的值都为假时，执行 OTHERWISE 后的语句序列。如图 3-5 所示。

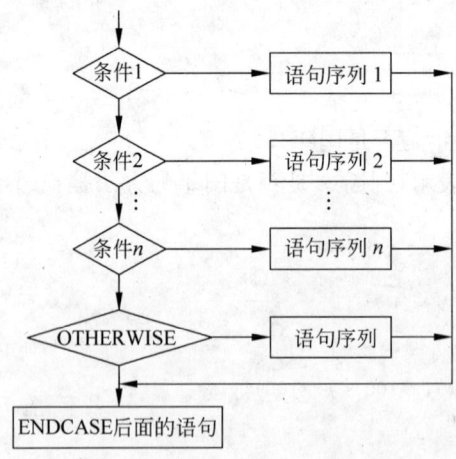

图 3-5　CASE 语句多分支结构

说明：DO CASE 和 ENDCASE 必须成对出现。语句序列中可以嵌套各种控制结构的命令语句。

【例 3.11】　计算分段函数的值。

$$f(x)=\begin{cases}2x-1(x<0)\\4x(x=0)\\7x-5(x>0)\end{cases}$$

分析：这是一个多分支结构的问题，实现方法很多，下面给出其中的两种。

方法 1：用 CASE 语句实现

其程序代码为：

```
INPUT "输入 x 的值：" TO x
DO CASE
```

```
    CASE x < 0
        f = 2 * x - 1
    CASE x = 0
        f = 4 * x
    OTHERWISE
        f = 7 * x - 5
ENDCASE
?"f(",x,") = ",f
```

方法 2：用 IF 的嵌套结构实现

其程序代码为：

```
INPUT "输入 x 的值: "  TO  x
IF  x <= 0
    IF x < 0
        f = 2 * x - 1
    ELSE
        f = 4 * x
    ENDIF
ELSE
        f = 7 * x - 5
ENDIF
?"f(",x,") = ",f
```

【例 3.12】 从键盘输入学生的学号，在成绩表(CJ. DBF)中计算该学生的平均成绩，并说明成绩的水平(优、良、中、及格和不及格)，如果该学生不在表中则提示相应的信息。

其程序代码为：

```
SET TALK OFF
CLEAR
USE CJ
SET ORDER TO TAG XH
ACCEPT"请输入学生的学号:    "TO 学号
SEEK & 学号
IF ! FOUND( )
    ?"查无此人!"
ELSE
    AVERAGE(CJ.CJ) TO 平均成绩    FOR XH = & 学号
    DO CASE
    CASE 平均成绩 >= 90
        DC = "优"
    CASE 平均成绩 >= 80
        DC = "良"
    CASE 平均成绩 >= 70
        DC = "中"
    CASE 平均成绩 >= 60
        DC = "及格"
    OTHERWISE
        DC = "不及格"
    ENDCASE
    ?学号, 平均成绩,DC
ENDIF
```

3. 循环结构

循环是按照给定的条件重复执行一段具有特定功能的程序段。在 Visual FoxPro 中提供了 DO WHILE…ENDDO、FOR…ENDFOR、SCAN…ENDSCAN 3 种循环结构命令。

循环语句都是配对出现的,循环开始的语句称为循环的入口语句,如 DO WHILE、FOR 和 SCAN 语句。循环结束的语句称为循环的出口语句,如 ENDDO、ENDFOR、ENDSCAN 语句。加在循环入口和循环出口之间的一组语句称为循环体。

1) DO WHILE 循环

如果循环次数未知,或需要根据某一条件决定是否结束循环,可以使用 DO WHILE…ENDDO 语句。

格式：`DOWHILE <条件表达式>`
　　　　`<语句序列>`
　　　　`[LOOP]`
　　　　`[EXIT]`
　　　　`ENDDO`

功能：当执行 DO WHILE 语句时,如果表达式的值为.T.,则执行<语句序列>,否则结束该循环,执行 ENDDO 之后的语句。如图 3-6 所示。

说明：

（1）条件表达式是个逻辑表达式,如果第一次判断条件时,条件表达式为假,则循环体一次也不执行。

（2）如果循环体包含 LOOP 命令,那么当遇到 LOOP 时,就结束循环体的本次执行,不执行其后面的语句,即跳过 LOOP 语句与循环出口语句之间的所有语句,回到 DO WHILE 处重新判断条件,进入下一次循环。

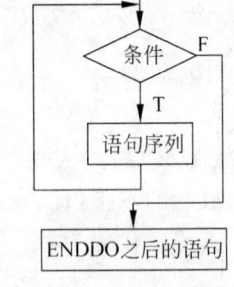

图 3-6　DO 循环流程图

（3）如果循环体包含 EXIT 命令,那么当遇到 EXIT 时,无论循环结束条件是否满足,都将退出循环,转去执行 ENDDO 后面的语句。

（4）通常 LOOP 或 EXIT 出现在循环体内嵌套的选择语句中,根据条件决定是 LOOP 回去,还是 EXIT 出去。

（5）DO WHILE 与 ENDDO 必须成对出现。

【例 3.13】 将由 ASCII 码字符组成的字符串进行反序显示（即字符串"ABCD"显示为"DCBA"）。

其程序代码为：

```
STORE 'abcdef' TO c,cc              && 字符串变量赋值
p = SPACE(0)
DO WHILE  LEN(c)>0
    p = LEFT(c,1) + p
    c = SUBSTR(c,2)
ENDDO
?cc + "的反序为" + p
```

【例 3.14】 显示教师表（JS. DBF）中工龄（GL,数值型）在 20 年以上的教师的姓名（XM）和基本工资（JBG2）。

其程序代码为：

```
CLEAR
USE JS
DO WHILE !EOF()
    IF JS.GL > = 20
        ?XM,GL,JBGZ
    ENDIF
    SKIP
ENDDO
USE
```

2) FOR…ENDFOR 循环

若事先知道循环的次数,可以使用 FOR 循环。

格式:FOR <循环变量> = <初值> TO <终值> [STEP <步长>]
       <语句序列>
   ENDFOR | NEXT

功能:当 FOR 语句中循环变量的值在"初值"和"终值"之间时,执行 FOR 与 ENDFOR 之间的循环体,否则退出循环,如图 3-7 所示。

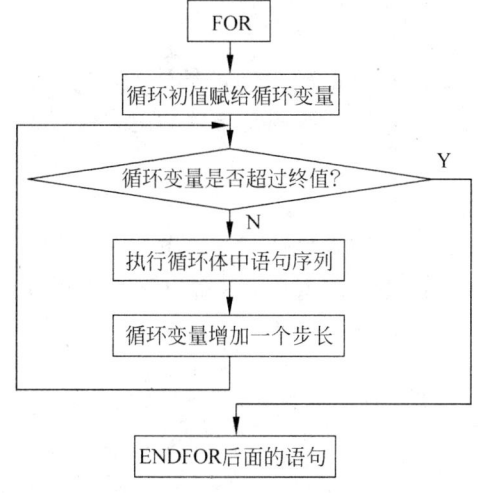

图 3-7　FOR 循环流程图

说明:

(1) 当 STEP(步长)缺省时,其默认值为 1。

(2) 当 STEP 不为 1 时,则循环变量的值就按照步长的值自动增加或减少(步长大于 0,则增加,此时,循环条件为循环变量<=终值;步长小于 0,则减少,此时,循环条件为循环变量>=终值)。

(3) 可以在循环体内改变循环变量的值,但是这会影响循环体的执行次数。

(4) EXIT 和 LOOP 命令同样可以出现在该循环语句的循环体内。

【例 3.15】 计算 100 以内的奇数和 S=1+3+5+…+99 以及 100 的阶乘 P=1*2*3*…*100。

其程序代码为:

```
SET TALK OFF
CLEAR
```

```
N = 100                        && 设置循环终值常量
s = 0                          && 累加器,初始值为 0
p = 1                          && 累乘器,初始值为 1
*  以下循环计算 N 以内的奇数和
FOR I = 1 TO N STEP 2
    s = s + I
ENDFOR
?N," 以内的奇数和 S = ",S
*  以下循环计算 N 的阶乘
FOR I = 1 TO N
    p = p * I
ENDFOR
?N,"的阶乘 = ",p
```

3) SCAN…ENDSCAN 循环

SCAN…ENDSCAN 语句构建的循环仅用于处理表的记录。若对表中所有记录执行某一操作,可以使用该语句。

格式：SCAN[范围] [FOR |WHILE <条件表达式>]
　　　　　<语句序列>
　　　　ENDSCAN

功能：在当前数据表中扫描指定范围内满足条件的所有记录,找到一条满足条件的记录就执行一遍 <语句序列>,直到对所有满足条件的记录执行完为止。

说明：

(1) 当范围缺省时,其默认值是 ALL。

(2) 该语句每次循环自动切换记录指针到下一条符合条件的记录。

(3) EXIT 和 LOOP 命令同样可以出现在该循环语句的循环体内。

【例 3.16】　显示 JS 表中所有女教师的工号和姓名。

其程序代码为：

```
CLEAR
USE JS
SCAN FOR XB = "女"
      ?JS.GH , JS.XM
ENDSCAN
```

4) 循环嵌套

循环结构可以嵌套使用,所谓嵌套就是在一个循环结构中包含另外一个循环结构,但是要注意内外循环之间不允许交叉嵌套。

【例 3.17】　编写程序,要求打印出三角形的九九乘法口诀表。

其程序代码为：

```
SET TALK  OFF
CLEAR
?" "
FOR   X = 1 TO 9
    FOR  Y = 1  TO X
      ??STR(X,1) + " × " + STR(Y,1) + " = " + STR(X * Y,2) + " "
    ENDFOR
```

```
?" "
ENDFOR
```

【例 3.18】　利用双重循环编程求 SUM＝1＋(1＋2)＋(1＋2＋3)＋…＋(1＋2＋3＋…＋10)的值。

其程序代码为：

```
CLEAR
SUM = 0
FOR I = 1 TO 10
    T = 0
    FOR J = 1 TO I
        T = T + J
    ENDFOR
    SUM = SUM + T
ENDFOR
?"1 + (1 + 2) + (1 + 2 + 3) + … + (1 + 2 + 3 + … + 10) = ",SUM
RETURN
```

4. 程序举例

本节介绍的 3 种控制结构(顺序、选择和循环)，相互之间都可以嵌套。一个程序从总体上来说是一个顺序结构，而在内部则经常是各种结构的组合和嵌套。正确地使用嵌套结构可使程序更清晰，可读性更强。

【例 3.19】　编写程序，计算 T＝1! ＋2! ＋…＋100!。

已知求 100! 的程序代码如下：

```
y = 1
FOR n = 1 TO 100
    y = y * n
ENDFOR
```

说明：先为变量 y 赋初值 1，然后通过循环语句将命令 $y＝y*n$ 重复执行 100 次。循环体每次执行时，n 的值依次取 1、2、…、100，循环体每次执行后，y 的值依次为 1!、…、100!。

方法 1：

在上述程序代码中添加一条命令"x＝x＋y"，也就是把代码执行过程中产生的各 y 值累加起来，那么最终的 x 值就是所要求的各阶乘之和。

其程序代码为：

```
x = 0
y = 1
FOR n = 1 TO 100
    y = y * n
    x = x + y
ENDFOR
?'x = ',x
```

方法 2：

在求 100! 时，将 FOR 子句改成"FOR i＝1 TO n"，代码段的功能就变成了 $n!$。将求 $n!$

的代码段重复执行 100 次,n 的值从 1 变到 100。最后将每次执行产生的阶乘累加起来。

其程序代码为:

```
x = 0
FOR n = 1 TO 100
    y = 1
    FOR i = 1 TO n
        y = y * i
    ENDFOR
    x = x + y
ENDFOR
?'x = ', x
RETURN
```

【例 3.20】 从键盘输入 10 个数,然后找出其中的最大值和最小值。

解题的思路是:假定已经找出 $n-1$ 个数中的最大值 max(或最小值 min),现在再读入第 n 个数 a,那么 a 和 max(或 min)中的较大者(或较小者)就是 n 个数中的最大值(或最小值)。

其程序代码为:

```
CLEAR
INPUT "请输入一个数:"TO a
STORE a TO max,min
FOR i = 2 TO 10
    INPUT "请输入一个数:"TO a
    IF max < a
        max = a
    ENDIF
    IF min > a
        min = a
    ENDIF
ENDFOR
?"最大值: ", max
?"最小值: ", min
RETURN
```

程序首先读入第一个数,把第一个数当成初始的最大数 max 和最小数 min,然后进入循环结构,依次读入其他 9 个数。每读一个数,就让该数分别与当前的最大数 max 和最小数 min 相比较,如果该数大于最大数 max,就让 max 变成当前数,如果该数小于最小数 min,就让 min 变成当前数。总之 max 和 min 随时保证是到目前为止已经读入的所有数中的最大值和最小值。

【例 3.21】 找出 100~900 之间的所有"水仙花数"。

所谓"水仙花数"是指一个 3 位数,其各位数字的立方和等于该数本身(如 $153 = 1^3 + 5^3 + 3^3$)。

这道题的关键是要知道如何分离出一个 3 位数中的各位数字。下面列出两种方法,其中 i 代表 3 位数,a、b 和 c 分别代表该 3 位数的百位、十位和个位上的数字。其程序代码如下。

方法 1：

```
CLEAR
FOR i = 100 TO 900
    a = INT(i/100)                  && INT(153/100)等于 1
    b = INT((i - 100 * a)/10)       && INT((153 - 100 * a)/10)等于 5
    c = i - INT(i/10) * 10          && 153 - INT(153/10) * 10
    IF i = a^3 + b^3 + c^3
        ?i
    ENDIF
ENDFOR
RETURN
```

方法 2：

```
CLEAR
FOR i = 100 TO 900
    s = STR(i,3)                    && 将一个 3 位数转换成字符串
    a = VAL(LEFT(s,1))              && 将字符串最左边的一个数字字符转换为数值
    b = VAL(SUBS(s,2,1))            && 将字符串最中间的一个数字字符转换为数值
    c = VAL(RIGHT(s,1))             && 将字符串最右边的一个数字字符转换为数值
    IF i = a^3 + b^3 + c^3
        ?i
    ENDIF
ENDFOR
RETURN
```

【例 3.22】　找出 100 以内的所有素数。

素数的定义：如果一个数的因数只有 1 和它自身，那么它就是素数。

要判断一个数 m 是否为素数，最直观的方法是用 $2 \sim (m-1)$ 之间的各个整数一个一个去除 m，如果都除不尽，m 就是素数。只要有一个能整除，m 就不是素数。如果要讲究效率，就不必除到 $(m-1)$，只需除到 INT(SQRT(m)) 即可。

其程序代码为：

```
CLEAR
FOR m = 2 TO 100
    n = INT(SQRT(m))
    FOR i = 2 TO n
        IF MOD(m, i) = 0
            EXIT
        ENDIF
    ENDFOR
    IF i > n
        ??m
    ENDIF
ENDFOR
```

3.2.4　过程与用户自定义函数

通常，把经常要用的一段程序代码独立出来，创建一个过程或用户自定义函数。如果在

一个程序中多次用到该功能,就不必多次编写代码,只需调用这个过程或函数。这样减少了代码量,也使程序结构更清楚、更易维护。一般来说,一段独立代码应完成某个特定功能。在 Visual FoxPro 中,过程和用户自定义函数的功能基本相同。

1. 过程和用户自定义函数的定义

为了创建一个过程或用户自定义函数,首先需要使用 PROCEDURE 或 FUNCTION 命令给过程或函数赋予一个过程名或函数名,然后编写实现特定功能的程序代码。

1) 过程定义

```
PROCEDURE <过程名>
[PARAMETERS  <参数表>]
    <语句序列>
ENDPROC | RETURN
```

2) 函数定义

```
FUNCTION <用户自定义函数名>
[PARAMETERS <参数表>]
     <语句序列>
RETURN <表达式>
```

说明:

(1) 过程和用户自定义函数是一个由 PROCEDURE<过程名>或 FUNCTION<函数名>开头,以 ENDPROC 或 RETURN 结尾的程序段。

(2) 过程和用户自定义函数可以放置在某个独立的程序的后面,也可以保存在某个独立的过程文件里。

(3) 可选项[PARAMETERS <参数表>]定义了过程和用户自定义函数的参数。

2. 过程文件

在实际应用中,常常把多个过程或用户自定义函数集中在一个程序文件中,这个文件称为过程文件。过程文件里只能包含过程和用户自定义函数,这些过程和用户自定义函数能被任何其他程序所调用。在过程文件中,每个过程或用户自定义函数仍然是独立的。

过程文件的建立与一般程序文件的建立方法一样,文件的默认扩展名为.PRG。但在调用过程文件中的过程之前首先要打开过程文件,打开过程文件的命令如下。

格式:SET PROCEDURE TO [<过程文件 1>[,<过程文件 2>,…]][ADDITIVE]

说明:

(1) 该命令在主程序中使用,一次可以打开一个或多个过程文件。

(2) 一旦打开一个过程文件,那么该过程文件中的所有过程都可以被调用。

(3) 命令中若不带 ADDITIVE 选项,打开新的过程文件时原来的过程文件会自动关闭。

(4) 当使用不带任何文件名的 SET PROCEDURE TO 命令,将关闭所有打开的过程文件。

(5) 可用 RELEASE PROCEDURE <过程文件名>命令关闭指定的过程文件。

3. 过程和用户自定义函数的调用

可以使用下列两种方式调用过程或用户自定义函数。

1) 过程的调用

格式:DO <过程名> [WITH<参数表>]

说明：可选项[WITH <参数表>]用于向过程传递参数。

2）用户自定义函数的调用

格式：<用户自定义函数名>(<参数表>)

说明：

（1）<参数表>用于向过程和用户自定义函数传递参数。

（2）用户自定义函数用 RETURN 返回函数的值。

【例 3.23】　编写一个过程和用户自定义函数，判断给定的正整数是否为偶数，是则返回.T.，否则返回.F.。

方法 1：用过程实现。

```
PROCEDURE  JOS1
PARAMETERS X
IF INT(X/2) = X/2
    ? .T.
ELSE
    ? .F.
ENDIF
ENDPROC
```

调用这个过程，可在"命令"窗口输入：

```
DO JOS1 WITH  8
结果显示为：.T.
```

方法 2：用函数实现。

```
FUNCTION JOS2
PARAMETERS X
IF INT(X/2) = X/2
    RETURN .T.
ELSE
    RETURN .F.
ENDIF
ENDFUNC
```

调用这个函数，可在"命令"窗口输入：

```
?JOS2(8)
结果显示为：.T.
```

【例 3.24】　编写一个计算生肖的用户自定义函数 SX()。

```
FUNCTION SX
PARAMETERS nYear                    && 参数为数值型年份
LOCAL n,cSX
cSX = '猴鸡狗猪鼠牛虎兔龙蛇马羊'
n = MOD(nYear,12)
RETURN SUBSTR(cSX,2 * n + 1,2)        && 返回值
```

可以把该函数保存为独立的程序文件 SX.PRG。以下是对该函数的调用：

```
?SX(1969)                           && 显示"鸡"
```

【例 3.25】　编写一个既可以求排列，又能求组合的应用程序。程序中要求定义一个计算阶乘的名为 jc() 的用户自定义函数。

```
* 主程序
  CLEAR
  INPUT "请输入一个数 N: "TO N
  INPUT "请输入一个数 M: "TO M
  ZH = jc(N)/(jc(M) * jc(N-M))
  PL = jc(N)/jc(N-M)
  ?ZH
  ?PL
* 子程序,求 x 的阶乘
  FUNCTION jc
  PARAMETERS x
  p = 1
  FOR i = 1 TO x
      p = p * i
  ENDFOR
  RETURN p
  ENDFUNC
```

程序运行后,屏幕上显示:请输入一个数 N：6(在此处输入 6 并按 Enter 键)

接着屏幕上显示:请输入一个数 M：4(在此处输入 4 并按 Enter 键)

主屏幕输出结果为：15.0000

　　　　　　　　360.0000

4. 变量的作用域

变量的作用域指的是变量在什么范围内是有效能够被访问的。在 Visual FoxPro 中,按变量的作用域来分,内存变量可分为公共变量、私有变量和局部变量 3 种。

1) 公共变量

在任何模块中都可使用的变量称为公共变量。公共变量要先建立后使用。公共变量可用 PUBLIC 命令建立。

格式：PUBLIC <内存变量表>

功能：建立公共的内存变量,并为它们赋初值逻辑假.F.。

例如,PUBLIC x,y,s(10)建立了 3 个公共内存变量：简单变量 x 和 y 以及一个含 10 个元素的数组 s,它们的初值都是.F.。

公共变量一旦建立就一直有效,即使程序运行结束返回到"命令"窗口也不会消失。只有执行 CLEAR MEMORY、RELEASE、QUIT 等命令后,公共变量才被释放。

在"命令"窗口中定义的变量默认为是公共变量,但这样定义的变量不能在程序中使用。

2) 私有变量

在程序中直接使用(没有通过 PUBLIC 和 LOCAL 命令事先声明)由系统自动建立的变量都是私有变量。私有变量的作用域是建立它的模块及其下属的各层模块。一旦建立它的模块程序运行结束,这些私有变量将自动释放。

3) 局部变量

局部变量只能在建立它的模块中使用,不能在上层或下层模块中使用。当建立它的模块程序运行结束时,局部变量自动释放。局部变量用 LOCAL 命令建立。

格式：LOCAL <内存变量表>

功能：建立指定的局部内存变量,并为它们赋初值逻辑假.F.。由于 LOCAL 与 LOCATE 前 4 个字母相同,所以这条命令的命令动词不能缩写。

说明：局部变量要先定义后使用。

【例 3.26】　分析下面程序中变量的作用域。

```
* 主程序
  CLEAR
  LOCAL k                          && 定义局部变量 k
  i - 1                            && 定义私有变量 i
  DO p1
  ?'主程序中输出的结果:'
  ?i,j,k                           && 显示 2 3 .F.
* 过程
  PROCEDURE p1
  PUBLIC j                         && 定义公共变量 j
  i = i * 2
  j = i + 1
  k = j + 1
  ?'子程序中输出的结果:'
  ?'i = ' + str(i,2) + '  j = ' + str(j,2) + '  k = ' + str(k,2)     && 显示 i = 2 j = 3 k = 4
  RETURN
```

3.2.5　程序的调试

编好的程序难免有错。程序调试的目的就是检查并纠正程序中的错误,以保证程序的可靠运行。在发现程序有错误的情况下,首先要确定出错的位置,然后才是纠正错误。有些错误(如语法错误)系统是能够发现的,当系统编译、执行到这类错误代码时,不仅能给出出错信息,还能指出出错的位置;而有些错误(如计算或处理逻辑上的错误)系统是无法确定的,只能由用户自己来查错。

1. 程序中常见错误

1) 语法错误

系统执行命令时都要进行语法检查,不符合语法规定就会提示出错信息。常见的语法错误有命令或函数名拼写错误、数据类型不匹配、字符串前后的引号不成对、表达式中圆括号不匹配、将系统保留字用作内存变量或字段名、传递给过程或自定义函数的参数顺序或数目有误、操作的文件不存在、文件太大(不能大于 2GB)、嵌套层数超过允许范围和内存溢出等。如遇这类错误,Visual FoxPro 会自动中断程序运行,并给出错误信息。一般情况下,这类错误经过分析是容易发现和纠正的。

2) 逻辑错误

逻辑错误是程序设计的错误,程序能够运行,但不能得到正确的结果。这类错误往往比语法错误更隐蔽、更难排除。

2. Visual FoxPro 调试工具

Visual FoxPro 提供了一个非常有用的程序调试工具,称为"调试器"。它包含"调试器"

菜单、"调试器"工具栏,以及几个调试窗口。利用"调试器"可以动态地显示程序执行期间变量和表达式的执行结果,从而方便、直观地了解程序执行的流程及有关数据的变化,在发现错误时,允许用户当场切入程序进行修改。

1)"调试器"窗口的打开

(1)选择"工具"菜单中的"调试器"命令。

(2)在"命令"窗口输入 DEBUG 命令。

执行上述任一种操作后,系统即打开如图 3-8 所示的"调试器"窗口。

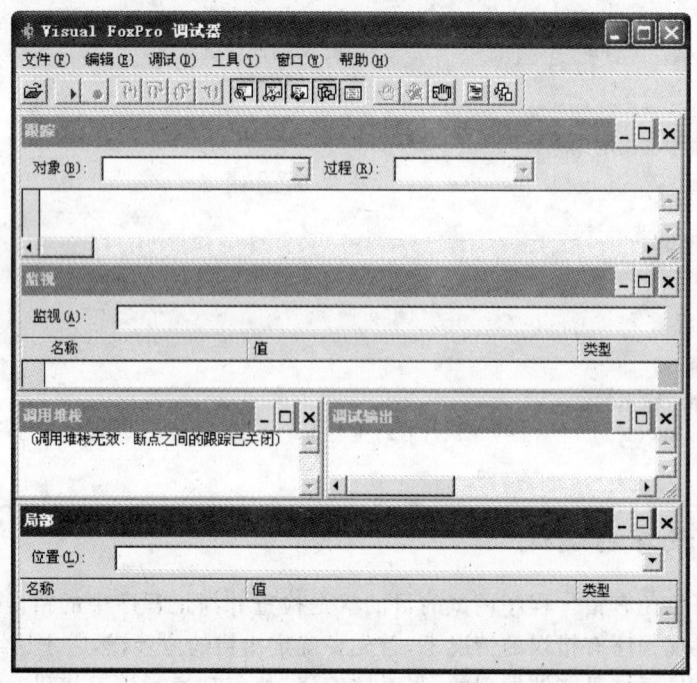

图 3-8 Visual FoxPro"调试器"窗口

2)"调试器"工具栏

"调试器"工具栏上的按钮对应一些常用的调试菜单命令,各按钮的含义如图 3-9 所示。

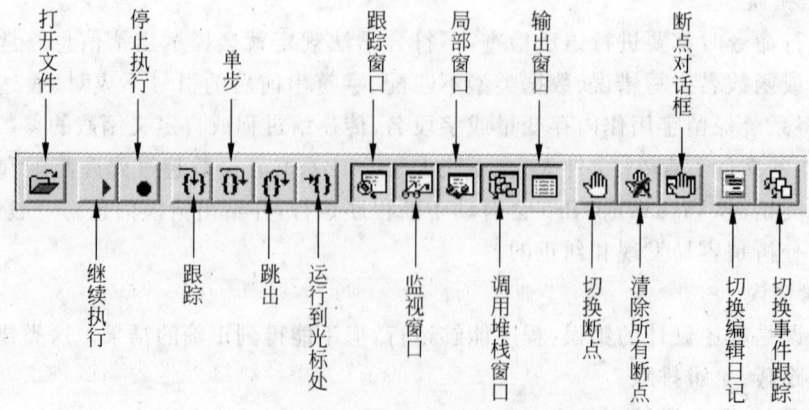

图 3-9 "调试器"工具栏中各按钮的功能

3）调试器子窗口

在"调试器"窗口中可选择地打开 5 个子窗口：跟踪、监视、局部、调用堆栈和调试输出。要打开子窗口，可选择"调试器"窗口的"窗口"菜单中的相应命令，要关闭子窗口，只需单击窗口右上方的"关闭"按钮。

下面介绍各子窗口的作用和使用特点。

（1）"跟踪"子窗口

显示待调试的程序文件。在"调试器"窗口的"文件"菜单中选择"打开"命令，然后在打开的对话框中选择所需的程序文件，被选中的程序文件就显示在跟踪窗口中了。在调试过程中，"跟踪"窗口左端的灰色区域会显示如下一些标记。

箭头标记"→"：指向调试中正在执行的代码行。

断点标记"·"：在调试程序的过程中，可以在代码行中设置断点，程序执行到该语句时会中断执行，用户可分析当前程序执行的情况。

设置断点的方法可在指定行左边双击或将光标移到要测试的行并按空格键或 Enter 键。左侧竖条中便显示一个圆点，表示该语句被设置为断点。当程序执行到该代码行时，中断程序执行。双击圆点或将光标移到要取消断点的行并按空格键或 Enter 键，则取消断点。

还可以控制跟踪窗口中的代码是否显示行号，方法是在 Visual FoxPro 系统"选项"对话框的"调试"选项卡中选择"跟踪"单选按钮，然后选中"显示行号"复选框。

（2）"监视"子窗口

显示待监视的表达式及其当前值。添加监视表达式的方法是单击窗口中的"监视"文本框，然后输入表达式的内容，按 Enter 键后表达式便被添入文本框下方的列表框中。当程序调试执行时，列表框内将显示所有监视表达式的名称、当前值及类型。

双击列表框中的某个监视表达式就可对它进行编辑，鼠标右击列表框中的某个监视表达式，然后在弹出的快捷菜单中选择"删除监视"命令可删除一个监视表达式。

在监视窗口中还可以在表达式上设置断点。

（3）"局部"子窗口

显示当前程序或过程中可见的所有内存变量（简单变量、数组、对象）的名称、当前取值和类型。

可以从"位置"下拉列表框中选择指定一个模块程序，下方的列表框内将显示在该模块内有效（可视）的内存变量的当前值。

（4）"调用堆栈"子窗口

显示当前正在执行的程序、过程和方法名。

（5）"调试输出"子窗口

显示程序中指定调试的输出。使用时可在必要的行添加 DEBUGOUT 命令。

格式：DEBUGOUT <表达式>

当程序执行到此命令时，会计算出表达式的值，并将计算结果送到调试输出窗口。

4）"调试"菜单

在"调试"菜单中集中了主要的调试命令。

（1）运行（F5）：执行在"跟踪"窗口中打开的程序。

（2）继续执行（F5）：当程序执行被中断时，该命令出现在菜单中。选择该命令可使程序在中断处继续往下执行。

（3）取消：终止程序的调试执行，并关闭程序。

（4）定位修改：终止程序的调试执行，然后在文本编辑窗口打开调试程序。

（5）跳出：以连续方式而非单步方式继续执行被调用模块中的代码，然后在调用程序的调用语句的下一行处中断。

（6）单步（F6）：单步执行下一行代码。如果下一行代码调用了过程或者方法程序，那么该过程或者方法程序在后台执行。

（7）单步跟踪（F8）：单步执行下一行代码。

（8）运行到光标处（F7）：从当前位置执行代码直至光标处中断。光标位置可以在开始时设置，也可以在程序中断时设置。

（9）调速：打开"调整运行速度"对话框，设置两代码行执行之间的延迟秒数。

（10）设置下一条语句：程序中断时选择该命令，可使光标所在行成为恢复执行后要执行的语句。

【例 3.27】 调试例 3.21"找出 100～900 之间的所有水仙花数"的程序。

要求：

（1）打开该程序文件，在代码编辑窗口中添加以下两行代码：一是在命令 CLEAR 之后添加"DEBUGOUT'下面是 100～900 之间的所有水仙花数'"。二是在命令"? i"之前添加"DEBUGOUT i"。

（2）在跟踪窗口中打开程序，分别在命令"? i"处和表达式 $i＝a^3＋b^3＋c^3$ 处设置两个断点。

（3）要求在程序调试执行过程中能够监视表达式 $i＝a^3＋b^3＋c^3$ 值的变化以及在调试输出窗口中能够观察到输出的内容。

操作步骤如下。

（1）选择"工具"菜单中的"调试器"命令打开"调试器"窗口。

（2）从"调试器"窗口的"窗口"菜单中选择相应命令打开跟踪、监视和调试输出窗口。

（3）选择"调试器"窗口"文件"菜单中的"打开"命令，然后在打开的"添加"对话框中指定程序文件并单击"确定"按钮打开要调试的程序。

（4）在"跟踪"窗口中找到代码行"? i"，然后在其左侧的灰色区域内双击鼠标设置第一个断点。

（5）在"监视"窗口的"监视"框内输入 $i＝a^3＋b^3＋c^3$ 并按 Enter 键设置监视表达式。

（6）在"监视"窗口的列表框内找到表达式 $i＝a^3＋b^3＋c^3$，然后在左侧的灰色区域内双击鼠标设置第二个断点。

（7）选择"调试"菜单中的"运行"命令，在每次碰到断点中断时，可以选择"继续执行"命令恢复执行。图 3-10 是第一个断点第 4 次中断时的状态。

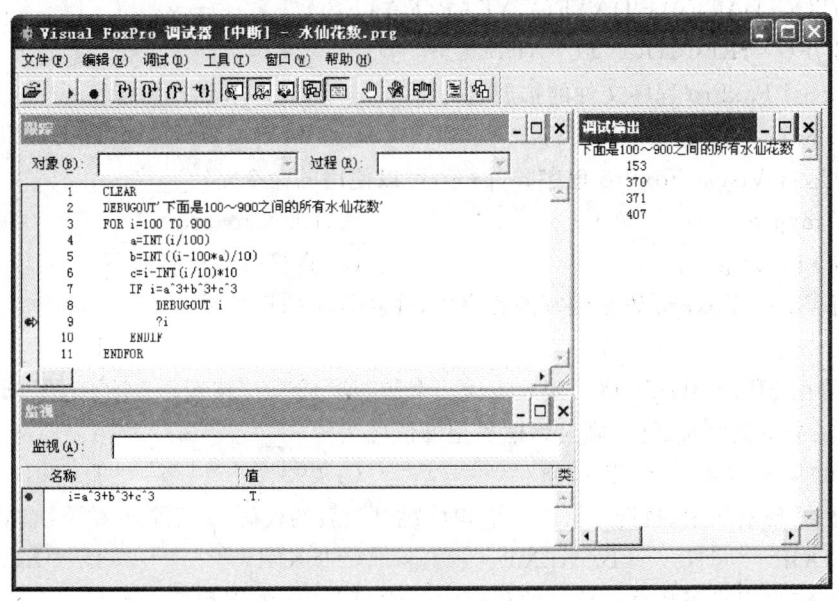

图 3-10 例 3.27 调试示意图

习题 3

一、选择题

1. 函数 INT(RAND( ) * 10)是在_____范围内的整数。

A. (0,1)　　　　　B. (1,10)　　　　　C. (0,10)　　　　　D. (1,9)

2. 如果 x 是一个正实数,对 x 的第 3 位小数四舍五入的表达式为_____。

A. 0.01 * INT(x+0.005)　　　　　　　　B. 0.01 * INT(100 * (x+0.005))

C. 0.01 * INT(100 * (x+0.05))　　　　　D. 0.01 * INT(x+0.05)

3. "x 是小于 100 的非负数"用 Visual FoxPro 表达式表示是_____。

A. 0<=x<100　　　　　　　　　　　　B. 0<=x<100

C. 0<=x AND x<100　　　　　　　　　D. 0=x OR x<100

4. 欲从字符串"电子计算机"中取出"计算机",下面语句正确的是_____。

A. SUBSTR("电子计算机",3,3)　　　　　B. SUBSTR("电子计算机",3,6)

C. SUBSTR("电子计算机",5,3)　　　　　D. SUBSTR("电子计算机",5,6)

5. 关于 Visual FoxPro 中的运算符优先级,下列选项中不正确的是_____。

A. 算术运算符的优先级高于其他类型的运算符

B. 字符串运算符+和-优先级相等

C. 逻辑运算符的优先级高于关系运算符

D. 所有关系运算符的优先级都相等

6. 下列哪一组函数返回值的数据类型是一致的_____。

A. STR(3.14,3,1),DTOC(DATE()),SUBSTR("ABCD",3,1)

B. ALLTRIM("VFP 5.0"), ASC("A"), SPACE(8)

C. DTOC(DATE()),DATE(),YEAR(DATE())

D. EOF( ) ;RECCOUNT( ) ,DBC( )

7. Visual FoxPro 程序文件的扩展名为_____。

A. .PRG   B. .FXP   C. .FOX   D. .FRT

8. 要运行 Visual FoxPro 程序 myprog,可以使用的命令是_____。

A. ! myprog   B. RUN myprog

C. DO myprog   D. 直接打文件名即可

9. 用 Visual FoxPro 语言编写的程序中,注释行用的符号是_____。

A. //   B. {}   C. '   D. *

10. 若用 MESSAGEBOX()函数生成一个带"是"或"否"按钮、一个"问题"图标和默认按钮为第二个按钮的对话框,则对话框类型的值应为_____。

A. 36   B. 308   C. 292   D. 291

11. 在循环语句中,执行_____语句可跳过随后的代码,并重新开始下次循环。

A. LOOP   B. NEXT   C. SKIP   D. EXIT

12. 若将过程或函数放在单独的程序文件中,可以在应用程序中使用_____命令访问它们。

A. SET PROCEDURE TO   B. SET FUNCTION TO

C. SET PROGRAM TO   D. SET ROUTINE TO

13. 只能在建立它的模块中使用,不能在上层或下层模块中使用的变量类型为_____。

A. 局部变量   B. 私有变量

C. 公共变量   D. 私有与局部变量

14. 组成 Visual FoxPro 应用程序的基本结构是_____。

A. 逻辑结构、物理结构和程序结构

B. 顺序结构、分支结构和循环结构

C. 顺序结构、循环结构和模块结构

D. 分支结构、重复结构和模块结构

15. Visual FoxPro 循环结构程序设计中,在指定范围内扫描表文件,查找符合条件的记录并执行循环体中的操作命令,应使用的循环语句是_____。

A. WHILE   B. FOR   C. SCAN   D. FOR EACH

16. 执行如下程序:

```
SET TALK OFF
STORE 0 TO X,Y
DO WHILE X < 10
   X = X + Y
   Y = Y + 2
ENDDO
?X,Y
SET TALK ON
```

屏幕上显示的输出结果为_____。

A. 12 8   B. 10 6   C. 12 6   D. 10 8

17. 设有如下程序：

```
* 主程序
SET TALK OFF
X = 10
M = 5
N = 6
DO SUBP WITH M,N
DO SUBP WITH M,N
SET TALK ON
* 过程
PROCEDURE SUBP
PARAMETERS M,N
   X = M + 10
   M = M + N
   ?X,M,N
ENDPROC
```

主程序运行后，屏幕上显示的输出结果为_____。

A. 13   11   6   B. 13   11   6
    21   17   6   21   11   6
C. 15   11   6   D. 15   11   6
    21   17   6   15   11   6

二、填空题

1. 表达式 INT(6.26 * 2)％ROUND(3.14,0)的值是_____。

2. 表达式 SUBSTR("GotFocus",LEN("语言"))的返回值是_____。

3. 数学表达式 $|ab-c^3|$ 改写为等价的 Visual FoxPro 表达式为_____。

4. 字符型常量是用定界符括起来的字符串。字符型常量的定界符有半角_____、_____或_____ 3 种。

5. 字段变量与内存变量同名时，区分方法是_____。

6. 在"命令"窗口中被赋值的变量都是_____。

7. 将下列的程序段用一条命令可表示为 _____。

```
DO CASE
    CASE x >= 85
        Y = '优秀'
    CASE x >= 60
        Y = '合格'
    OTHERWISE
        Y = '不合格'
ENDCASE
```

8. 下列程序的运行结果是_____。

```
* MAIN. PRG
SET TALK OFF
```

```
X = 3
Y = 5
S = 0
DO SUBPRO WITH X,Y
  ?S
SET TALK ON
RETURN
 * 过程 SUBPRO
PROCEDURE SUBPRO
PARAMETERS X,Y
  S = X * Y
RETURN
```

9. 下列自定义函数 NTOC() 的功能是：当传送一个 1~7 之间的数值型参数时，返回一个中文形式的"星期日~星期六"。例如，执行命令？NTOC(4)，显示"星期三"。请完善下列程序。

```
FUNCTION NTOC
PARAMETERS N
LOCAL CH
CH = "日一二三四五六"
MCH = "星期" + SUBSTR(CH, _____ ,2)
RETURN MCH
ENDFUNC
```

10. 下列程序的功能是计算：

$S=1/(1*2)+1/(3*4)+1/(5*6)+\cdots+1/(N*(N+1))+\cdots$的近似值，当 $1/(N*(N+1))$ 的值小于 0.00001 时，停止计算。请完善下列程序。

```
S = 0
I = 1
DO WHILE .T.
    P = _____
    S = S + 1/P
    IF 1/P < 0.00001
        _____
    ENDIF
    I = I + 2
ENDDO
?S
```

11. 下列程序的功能是求 1~100 之间的所有奇数的平方和并显示结果。请填空来实现其功能。

```
SET TALK OFF
CLEAR
Sum = 0
X = 1
DO WHILE X <= 100
    _____
    _____
```

```
ENDDO
?Sum
```

12. 自定义函数 RV()实现的功能是：将任意给定的字符串倒序返回,如执行函数：RV("ABCD"),则返回"DCBA"。完善函数 RV()的程序代码。

```
FUNCTION RV
PARAMETERS CH
L = 0
MCH = ""
DO WHILE L < LEN(CH)
    MCH = MCH + SUBSTR(CH, _____ ,1)
    L = L + 1
ENDDO
RETURN _____
ENDFUNC
```

13. 运行 XY. PRG 程序后,将在屏幕上显示如下乘法表。

(1) 1

(2) 2 4

(3) 3 6 9

(4) 4 8 12 16

(5) 5 10 15 20 25

(6) 6 12 18 24 30 36

(7) 7 14 21 28 35 42 49

(8) 8 16 24 32 40 48 56 64

(9) 9 18 27 36 45 54 63 72 81

请对下面的 XY. PRG 程序填空。

```
SET TALK OFF
CLEAR
FOR i = 1 TO 9
?STR(i,2) + ')'
FOR _____
    ??STR(j,2) + ' '
ENDFOR
?
ENDFOR
RETURN
```

第 4 章

Visual FoxPro 数据库

4.1 Visual FoxPro 数据库及相关操作

数据库是 Visual FoxPro 的主要处理对象,它对相互关联的数据表及相关的数据库对象进行统一组织和管理。本章将详细介绍数据库文件的建立和管理、数据表文件的建立和使用以及索引和数据完整性等方面的内容。

4.1.1 Visual FoxPro 数据库的概述

1. 数据库的概念

数据库就是存储数据的一个仓库,是存储与管理各种对象的容器。在 Visual FoxPro 中,这些对象包括表、表之间的关系、基于表的视图和查询以及有效管理数据库的存储过程等。数据库对应于磁盘上一个扩展名为.DBC 的文件,在创建数据库的同时,系统自动生成同名的扩展名为.DCT 和.DCX 的数据库备注文件和数据库索引文件。

2. 创建数据库的一般步骤

Visual FoxPro 数据库是一个容器,是许多相关的数据库表及其关系的集合。为了准确、高效地为用户提供信息,创建数据库的关键是将不同主题的信息以最小的冗余度保存到不同的表中。

例如,一个教学管理数据库,涉及学生、课程、教师、任课及学生成绩等信息。可以分别用学生表、教师表、课程表、任课表以及学生成绩表等二维表来表示。显然这些表并不是彼此独立的,是有联系的。这些表及它们之间的关系构成一个数据库即教学管理数据库。

创建数据库的一般步骤如下。

(1) 明确建立数据库的目的。

(2) 确定需要的表。应尽量避免在一个表中存储重复的信息。

(3) 确定每个表所需字段。创建字段时应做到如下几点。

- 每个字段直接和表的主题相关。
- 不要包含可推导得到或需计算的数据字段。
- 收集所需的全部信息。
- 以最小的逻辑单位存储信息,即每个表都必须明确主关键字。

(4) 确定各相关主题表间的关系。

（5）验证数据库，改进设计。

3. 使用主关键字（实体完整性约束）

Visual FoxPro 的数据管理功能非常强大，它能够迅速查找存储在多个独立表中的信息并组合这些信息。为使 Visual FoxPro 更有效地工作，数据库的每个表都必须有一个或一组字段用来唯一确定存储在表中的每个记录，这一个或一组字段就作为表的主关键字。Visual FoxPro 利用主关键字迅速关联多个表中的数据，并把数据组合在一起。

在选择主关键字段时，注意以下两点。

（1）Visual FoxPro 不允许在主关键字段中有重复值或 NULL 值。因此，不能选择包含此类值的字段作为主关键字。例如学号可以作为学生表的主关键字，因为每个学生的学号是唯一的即该字段值无重复。一般不要使用人名作为主关键字，因为人名并非唯一，在同一个表中，很可能会出现两人同名的情况。

（2）主关键字的长度直接影响数据库的操作速度，因此要求主关键字尽可能简单。例如，二维表的全体字段的组合必然能够唯一确定记录，但是它所包含的字段可能有多余的，因此用它作为主关键字并不合适。所以在创建主关键字时既要考虑到能够唯一确定记录，又要保证它包含的字段是最精练的，即去掉其中任何一个字段后不能再唯一确定记录。

4. 确定表之间的关系

Visual FoxPro 是一个关系型数据库管理系统。也就是说，对于存在于数据库中的各个独立的表，其数据之间是有一定关联的。可以在这些表之间定义关系，而 Visual FoxPro 可以利用这些关系来查找数据库中有关联的信息。

两个数据库表之间可能存在的关系只能是以下 3 种。

（1）一对一关系

在一对一关系中，表 A 的一个记录在表 B 中只能对应一个记录，而表 B 中的一个记录在表 A 中也只能有一个记录与之对应。这种关系并不经常使用。因为在许多情况下，两个表的信息可以简单地合并成一个表。出于一些原因（如字段项太多），不能合并的，可以建立一对一关系，只要把一个主关键字同时放到两个表中，并以此建立一对一关系。

（2）一对多关系

在一对多关系中，表 A 的一个记录在表 B 中可以有多个记录与之对应，但表 B 中的一个记录最多只能有一个表 A 中的记录与之对应。这种关系在数据库中是最常用的。称表 A 为"一"表（或"父表"），表 B 为"多"表（或"子表"）。

例如学生表与成绩表之间就存在一对多关系。因为学生表中任意一个学生在成绩表中都可以找到该学生的多门课程的成绩记录，而成绩表中的任意一个成绩记录都对应学生表中的某一个学生。这里，学生表为主表，成绩表为子表，"学号"字段就成了联系两个表的关键字段。"学号"在主表中称为主关键字，在子表中称为外部关键字。

（3）多对多关系

在多对多关系中，表 A 的一个记录在表 B 中可以对应多个记录，而表 B 的一个记录在表 A 中也可以对应多个记录。通常在建立数据库时，如果遇到"多对多"的情况，必须建立第三个表，把多对多的关系分解成两个一对多关系。这第三个表被称为"纽带表"。把两个表的主关键字都放在这个纽带表中。

建立数据库时需分析每个表,确定一个表中的数据和其他表中的数据有何关系。必要时,可在表中加入字段或创建一个新表来明确关系。

4.1.2 创建数据库

创建数据库的常用方法有以下 3 种。

1. 在"项目管理器"窗口中新建数据库

在"项目管理器"中建立数据库的界面如图 4-1 所示,具体操作步骤如下。

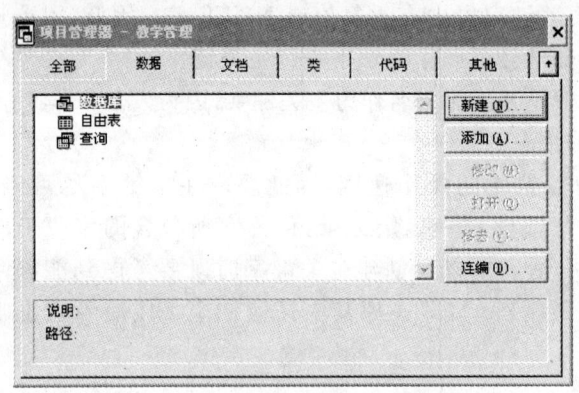

(a) "数据"选项卡

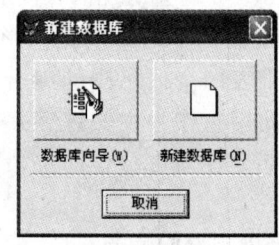

(b) "新建数据库"对话框

图 4-1 建立数据库的界面

(1) 在"数据"选项卡中选择"数据库",然后单击"新建"按钮。

(2) 在"新建数据库"对话框中选择"新建数据库",弹出"创建"对话框。

(3) 在"创建"对话框中输入新建数据库文件的路径及文件名。例如输入"JXSJK"(教学数据库),即建立一个名为 JXSJK 的数据库。单击"保存"按钮则完成数据库的建立,并打开如图 4-2 所示的"数据库设计器"窗口,同时自动弹出"数据库设计器"工具栏。至此一个空数据库建立好了。

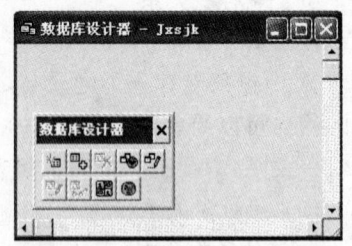

图 4-2 "数据库设计器"窗口

2. 通过"新建"对话框建立数据库

具体操作步骤如下。

(1) 选择"文件"菜单中的"新建"命令或者单击常用工具栏上的"新建"按钮,弹出如图 4-3 所示的"新建"对话框。

(2) 在"新建"对话框的"文件类型"组框中选择"数据库",单击"新建文件"按钮,弹出"新建"对话框。

(3) 在"新建"对话框中输入新建数据库的名称,并单击"保存"按钮,即创建数据库并且打开该数据库的"数据库设计器"。

3. 使用命令方式建立数据库

格式:CREATE DATABASE [<数据库名>|?]

功能:创建一个新的数据库。

说明：(1)如果命令中给出数据库名，则创建指定名称的数据库文件。文件名中可以包括路径信息，默认扩展名为.DBC。(2)如果命令中没有给出数据库名或给出"?"，则弹出"创建"对话框，请用户输入要创建的数据库文件名并选择数据库文件的存储位置。(3)使用命令建立数据库不会打开数据库设计器，只是使数据库处于打开状态。(4)使用以上3种方法都可以建立一个新的数据库，如果指定的数据库已经存在，则会覆盖掉已经存在的数据库。如果系统环境参数SAFETY被设置为 OFF 状态会直接覆盖，否则会出现警告对话框请用户确认。因此，为安全起见可以先执行命令 SET SAFETY ON。

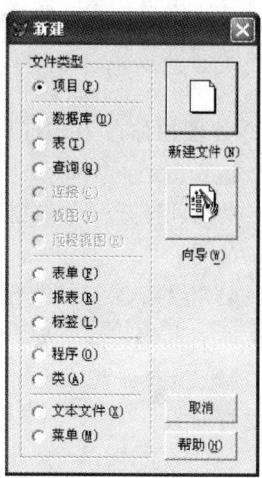

图 4-3 "新建"对话框

例如，在"命令"窗口输入如下命令：

```
CREATE  DATABASE  JXSJK
```

按 Enter 键后就完成了数据库的创建。

4.1.3 打开数据库

在数据库中建立表或使用数据库中的表时，都必须先打开数据库，与创建数据库类似，常用的打开数据库的方式也有以下 3 种。

1. 通过"项目管理器"打开

具体操作步骤如下。

首先选择"数据"选项卡，再展开数据库子目录，然后选择要打开的数据库，如图 4-4 所示，单击"修改"按钮，则打开了所选数据库，同时弹出"数据库设计器"窗口。

2. 利用"文件"菜单打开

具体操作步骤如下。

(1) 选择"文件"菜单中的"打开"命令或者单击常用工具栏上的"打开"按钮，弹出如图 4-5 所示的"打开"对话框。

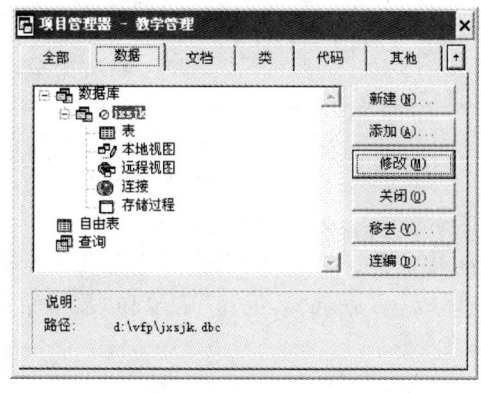

图 4-4 在"项目管理器"中打开数据库

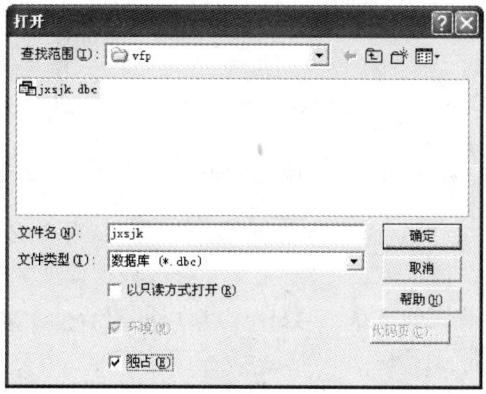

图 4-5 "打开"对话框

(2) 在"文件类型"下拉列表框中选择"数据库(＊.DBC)"，在"文件名"文本框中选择所要打开的数据库文件名(如 JXSJK)。

（3）根据要求可选中"以只读方式打开"和"独占"复选框。如选中"独占"复选框，则不允许其他用户在同一时刻也使用该数据库。如选中"以只读方式打开"复选框，则不允许对数据库进行修改。

（4）单击"确定"按钮。则打开了指定数据库，同时弹出"数据库设计器"窗口。

3. 使用命令方式打开

格式：OPEN DATABASE [<数据库文件名> | ?][EXCLUSIVE | SHARED] [NOUPDATE]

功能：打开一个数据库。

说明：

（1）如果命令中没有给出数据库名或给出"?"，则弹出"打开"对话框，请用户选择数据库文件的存储位置及要打开的数据库文件名。

（2）选择子句 EXCLUSIVE，以独占方式打开数据库。选择子句 SHARED，则以共享方式打开数据库。

（3）NOUPDATE 是指定数据库按只读方式打开数据库。

注意：可以在同一时刻打开多个数据库，但在同一时刻只有一个数据库是当前数据库。所有打开的数据库名字都列在"常用"工具栏的下拉列表中，可通过下拉列表选择其中的任何一个数据库作为当前数据库，否则最后打开的数据库为当前数据库。也可使用命令 SET DATABASE TO <数据库文件名>指定当前数据库。

例如，在"命令"窗口输入如下命令：

```
OPEN DATABASE JXSJK
```

按 Enter 键后就打开了 JXSJK 数据库。

4. DBC()函数与 DBUSED()函数

（1）DBC()函数

格式：DBC()

功能：返回当前打开的数据库的完整文件名，该函数无需参数。

（2）DBUSED()函数

格式：DBUSED(数据库文件名)

功能：返回指定的数据库文件是否处于已经打开的状态。如果已打开，则函数返回值为.T.，否则函数返回值为.F.。

说明：数据库名为字符型表达式，要用""号括起来。

4.1.4　修改数据库

用户是通过"数据库设计器"窗口来完成数据库对象的修改操作的。

"数据库设计器"是交互修改数据库对象的界面和工具，其中显示数据库中包含的全部表、视图和联系。"数据库设计器"窗口处于活动状态时，将显示"数据库"菜单和"数据库设计器"工具栏。

在后续章节中将会陆续介绍使用"数据库设计器"完成各种数据库对象的建立、修改和删除等操作。此处只介绍打开"数据库设计器"的方法。

1. 通过"项目管理器"打开"数据库设计器"

首先选择"数据"标签，再展开数据库子目录，然后选择需要修改的数据库，单击"修改"

按钮,则在"数据库设计器"中打开了相应的数据库。用户在此界面中即可完成对各种数据库对象的修改操作。

2. 利用"文件"菜单打开"数据库设计器"

选择"文件"菜单中的"打开"命令弹出"打开"对话框,选择数据库名,单击"确定"按钮,即可打开"数据库设计器"。

3. 使用命令方式打开"数据库设计器"

格式：MODIFY DATABASE [<数据库文件名> | ?][NOWAIT][NOEDIT]

功能：打开"数据库设计器"。

说明：

(1) 如果命令中没有给出数据库名或给出"?",则弹出"打开"对话框,请用户在"查找范围"中选择数据库文件的存储位置,然后选择需要修改的数据库文件。

(2) NOWAIT 选项只在程序中使用,用于在"数据库设计器"打开后程序继续执行,否则应用程序会暂停,直至关闭"数据库设计器"后,应用程序才会继续执行。

(3) 使用 NOEDIT 选项只是打开"数据库设计器",而禁止对数据库进行修改。

4.1.5 关闭数据库

数据库使用完毕后应关闭它。

1. 通过"项目管理器"关闭数据库

在"项目管理器"中选择要关闭的数据库,单击"关闭"按钮。

2. 使用命令方式关闭数据库

格式：CLOSE DATABASE 或 CLOSE DATABASE ALL

功能：关闭当前数据库或关闭所有打开的数据库。

说明：在关闭数据库时,从属于该数据库的表同时被关闭。

例如,下面的代码关闭了 JXSJK 数据库：

```
SET DATABASE TO JXSJK
CLOSE DATABASE
```

4.1.6 删除数据库

在开发过程中,用户可以随时删除一个不再使用的数据库。常用方法有两种。

1. 通过"项目管理器"删除数据库

在"项目管理器"中,选择要删除的数据库,单击"移去"按钮。出现如图 4-6 所示的对话框,有 3 个按钮可供选择。

(1)"移去"按钮：仅将数据库文件从"项目管理器"中移出,并不从磁盘上删除该数据库文件。

(2)"删除"按钮：从"项目管理器"中移出数据库文件,并且从磁盘上删除该数据库文件。

图 4-6 删除数据库提示

(3)"取消"按钮：取消当前删除数据库的操作。

说明：删除数据库并没有删除数据库所包含的表,要想在删除数据库文件的同时删除表,需要使用删除数据库的命令。

2. 使用命令方式删除数据库

格式：DELETE DATABASE <数据库名>|?[DELETETABLES][RECYCLE]

功能：删除指定的数据库。

说明：

(1) 要删除的数据库必须先关闭。

(2) 如果使用"?"号,则会打开"删除"对话框请用户选择要删除的数据库文件。

(3) 选项 DELETETABLES 表示在删除数据库的同时,删除数据库所包含的表文件。

(4) 选项 RECYCLE 是将删除的数据库文件或表文件放入回收站。以后需要的话,还可以还原它们。

4.2 创建数据库表

在 Visual FoxPro 中,数据库表是处理数据、创建关系数据库及开发应用程序的基本单元。数据库表设计的合理性将直接影响到数据库的设计和使用。

Visual FoxPro 中的表分为两种类型：数据库表与自由表。本节先介绍数据库表的创建、使用与维护等基本操作。自由表的相关知识将在 4.6 节详细介绍。

4.2.1 数据库表结构的建立

Visual FoxPro 采用关系模型,其表的组织形式和经常使用的二维表格相似,由行和列组成。表中的每一列称为一个字段(Field)。例如,学生表中学号、姓名和性别就是字段。表的每一行叫做一个记录(Record)。一张表保存为一个表文件(.DBF),如果有备注或通用型字段则还会有一个对应扩展名为.FPT 的备注文件。

表在建立之前都必须先设计它的结构,设计表结构实际上就是定义各个字段的属性,即定义所有字段的字段名、字段类型、字段宽度和小数位数等。

1. 使用"项目管理器"建立数据库表结构

前面已经建立了 JXSJK(教学数据库),初始的"数据库设计器"界面如图 4-7 所示。这时在菜单栏中有"数据库"菜单。在"数据库设计器"中任意空白区域右击鼠标会弹出"数据库"快捷菜单,从中选择菜单项"新建表",则弹出如图 4-8 所示的选择界面。用户可以选择"表向导"或"新建表"建立新的表,也可以选择"取消"暂时中断新建表的操作。

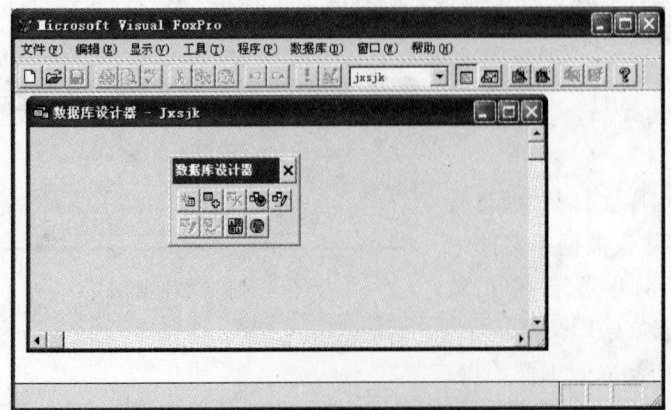

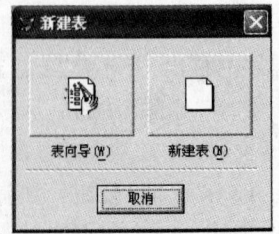

图 4-7 "数据库设计器"界面   图 4-8 "新建表"对话框

在此可直接选择"新建表"按钮,则弹出"创建"对话框,在"创建"对话框中用户需要指明表文件的存放位置和表名(如 XS),然后单击"保存"按钮打开"表设计器"对话框,如图 4-9 所示。

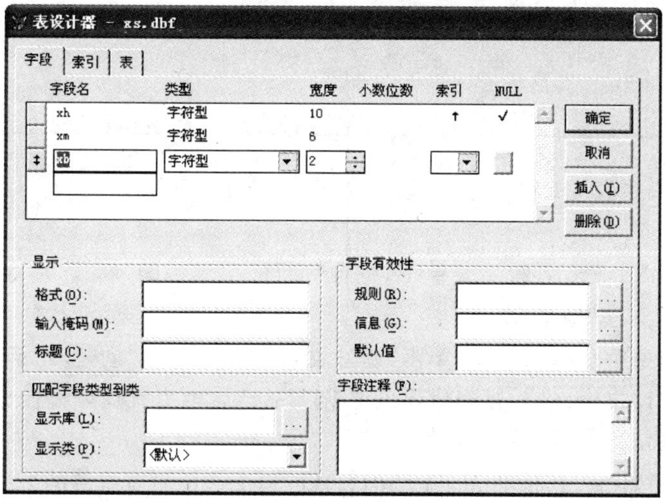

图 4-9 "表设计器"对话框

用户需要在"表设计器"中依次输入各字段的字段名、类型和宽度等属性值,最后单击"确定"按钮即完成了表结构的建立。此时在"数据库设计器"中将显示新建立的表,同时会出现对话框提示是否立即输入记录。如果选择"是",则自动打开"表记录输入"窗口立即输入记录,如果选择"否",则暂时不输入记录。

2. 使用"新建"对话框建立数据库表结构

具体操作步骤如下。

(1) 选择"文件"菜单中的"新建"命令或工具栏上的"新建"按钮,则弹出"新建"对话框。

(2) 在该对话框中选择"表",再单击"新建文件"按钮,弹出"创建"对话框。用户需要选择存放表的位置并且在"输入表名"文本框中输入表名(如 JS),然后单击"保存"按钮,则打开了相应的"表设计器",用户根据需要在"表设计器"中依次输入字段名、类型和宽度等信息。

3. 使用 CREATE TABLE-SQL 命令建立数据库表结构

格式:CREATE TABLE <表文件名>(字段名 1 字段类型[(宽度[,小数位数])][,字段名 2 …)]

功能:创建表结构。

说明:字段类型必须要用字母表示。字段类型的字母表示如表 4-1 所示。

表 4-1 学生表(XS.DBF)的表结构

字段名	类型	宽度	小数位数	字段含义
XH	C	10		学号
XM	C	6		姓名
XB	C	2		性别
BJBH	C	8		班级编号

续表

字段名	类型	宽度	小数位数	字段含义
ZYDH	C	6		专业代号
XDH	C	2		系代号
JG	C	10		籍贯
CSRQ	D	8		出生日期
ZP	G	4		照片

【例4.1】 依照表4-1的内容,创建一个名为XS的表(XS.DBF)。

(1) 方法1:

① 在Visual FoxPro系统主菜单下,选择"文件"菜单中的"新建"命令或工具栏上的"新建"按钮,则弹出"新建"对话框。

② 在该对话框中选择"表",再单击"新建文件"按钮,弹出"创建"对话框。

③ 在"创建"窗口中,输入要创建表的名称XS,然后单击"保存"按钮则打开"表设计器"窗口,如图4-9所示。

④ 在"表设计器"窗口,依照表4-1的内容逐一输入表中所有字段的名称、类型、宽度等。

⑤ 当表中所有字段的属性输入完成后,单击"确定"按钮,完成表结构的建立。

(2) 方法2:

使用CREATE TABLE-SQL命令创建学生表(XS.DBF)结构。

在"命令"窗口中输入如下命令:

```
CREATE TABLE XS (XH C(10), XM C(6), XB C(2), BJBH C(8),ZYDH C(6), XDH C(2),JG C(10),CSRQ D,ZP G )
```

4.2.2 数据库表的属性

数据库表的属性包括字段名、字段类型、字段宽度和小数位数、字段显示格式、字段的输入掩码、字段标题、字段有效性规则、字段默认值、字段注释、长表名、记录有效性规则和触发器等。掌握这些属性的设置方法是建立合理、高效的数据库的基础。

1. 字段名

表中每一个字段必须取一个名字,称为"字段名"。字段名的命名应满足以下要求。

• 字段名由字母、汉字、数字及下划线组成,但必须以字母或汉字开头。

• 字段名中不能包含空格和其他非法字符。

• 数据库表的字段名最长为128个字符。

• 自由表字段名最长为10个字符。

2. 字段类型和宽度

字段类型决定存储在字段中的值的数据类型,不同数据类型的表示和运算的方法有所不同。指定数据类型是为了方便Visual FoxPro处理这些数据。字段宽度决定存储数据的宽度和取值范围。Visual FoxPro中可使用的字段类型如表4-2所示。

3. 空值(NULL)

在图4-9所示的界面上可以看到字段有NULL选项,它表示是否允许字段为空值。字段空值与空字符串、数值0具有不同的含义,字段空值是指尚未输入具体数值的数据或还没

表 4-2　字段类型和宽度

类　　型	字母表示	说　　明	示　　例	宽度限定
字符型	C	存储字母、数字等字符型文本	姓名	≤254 字符
数值型	N	存储整数或小数	学生成绩	≤20 位
逻辑型	L	存储逻辑值"真"或"假"	婚否	＝1
日期型	D	存储年、月、日	出生日期	＝8
日期时间型	T	存储年、月、日、时、分、秒	签到时间	＝14
货币型	Y	存储币值	工资	＝8
整型	I	存储整数	年龄	＝4
浮点型	F	存储整数和带小数位的数	学生成绩	≤20 位
双精度型	B	存储双精度数值	实验用到的高精度型数据	≤20 位
备注型	M	存储超长的字符（＞254 个）	简历	＝4
通用型	G	用于标记电子表格、文档、图片等 OLE 对象	照片	＝4
字符型（二进制）		存储二进制数据	密码	
备注型（二进制）		存储超长二进制数据		

有确定值。如果字段不允许为空,则输入数据时必须输入相应的数据,否则被设置为默认值（例如,数值型被默认为 0）。允许字段为空时,可暂时不输入数据,而且不会出错。

4. 显示组框

在显示组框下可以定义字段的显示格式、输入掩码和字段标题。

（1）格式

格式决定了字段在表单、浏览窗口等界面中的显示风格,在说明格式时是使用一些字母或字符（或字母的组合）来表示,可用的设置显示格式的字母及字符有以下几个。

- A：只允许字母和汉字,不允许空格或标点符号。
- D：使用当前的 SET DATE 格式。
- E：以英文日期格式编辑日期型数据。
- K：当光标移动到文本框上时,选定整个文本框。
- L：在文本框中显示前导 0,而不是空格符号。只对数值型数据使用。
- M：允许多个预设置的选择项。
- R：显示文本框的格式掩码,掩码字符并不存储在控制源中。
- T：删除输入字段前导空格和结尾空格。
- !：把小写字母转换为大写字母。
- \$：显示货币符号,用于数值型数据或货币型数据。
- ^：使用科学记数法显示数值型数据,只用于数值型数据。

例如：指定教师表（JS.DBF）的 GH（工号）字段的格式为 T!,则在输入和显示教师工号时其前导和结尾空格自动地被删除,且所有字母均转换为大写字母。

（2）输入掩码

输入掩码用来限制或控制用户的输入格式。在说明输入掩码时也是使用一些字母或字符（或字母的组合）来表示,可用的输入掩码的字母及字符有以下几个。

- X：可以输入任意字符。
- 9：可以输入数字和正负符号。
- ♯：可以输入数字、空格和正负符号。
- $：在固定位置上显示货币符号。
- *：在值的左侧显示星号。
- ．：点分隔符指定数值的小数点位置。
- ，：用逗号分隔小数点左边的整数部分。
- $$：在微调控制或文本框中，货币符号显示时不与数字分开。

例如：指定教师表（JS.DBF）的 JBGZ（基本工资）字段的输入掩码为 99,999.99，则在输入基本工资时，使用“货币”格式。

（3）标题

标题用于设定字段名显示时的文字标题内容，如果不指定标题则默认显示字段名。设置字段标题后，在浏览窗口中查看表时，则显示的是字段标题。字段设置了标题，并不改变原字段名，在对表操作时，必须使用字段名而不是使用字段标题。当字段名是英文或拼音的缩写时，通过指定标题可以使界面更友好、更具有可读性。

例如：设置字段名为 XH 的字段标题为“学号”，则在浏览窗口中查看该表时，该字段字段名位置显示为“学号”。

5. 字段有效性组框

在字段有效性组框下可以定义字段的有效性规则、违反规则时的提示信息和字段的默认值。

（1）字段的有效性规则和提示信息

使用字段的有效性规则，可以控制用户输入数据的类型或防止用户输入错误数据。字段有效性规则实际上是一个逻辑表达式，当字段值发生改变时，系统用所定义的规则表达式对字段值进行验证。如果输入的值不满足规则要求，则拒绝该值，并出现警告对话框。对话框中的信息是用户预先在“信息”文本框中设置的。

例如：在学生成绩表（CJ.DBF）中，对于 CJ（成绩）字段可设置有效性规则 CJ＞＝0.AND.cj＜＝100。设置字段的有效性规则的方法是：在表设计器中首先选择 CJ 字段，然后在“规则”文本框内输入规则“CJ＞＝0.AND.CJ＜＝100”。还可以设置违反规则时需显示的信息。比如，对于成绩字段的有效性规则说明可以在“信息”文本框中输入"学生课程成绩必须在 0～100 之间！请重新输入成绩。"。设置界面如图 4-10 所示。

这样，凡是输入的成绩是负数或大于 100 都属于违反规则。比如在成绩表（CJ.DBF）中输入成绩“－12”，将出现提示对话框，如图 4-11 所示。

（2）字段的默认值

字段默认值是指在向数据表添加新记录时，为该字段所指定的初始数值或字符串。默认值可以是除了通用型以外的任何数据类型。

设置默认值的目的主要是为了减少用户的输入工作量。

例如：如果学生中绝大部分是男生时，就可以把学生表（XS.DBF）中的 XB（性别）字段的默认值设置为“男”。只要在 XS 表的“表设计器”中选择“性别”字段，然后在“默认值”文本框中输入“男”，单击“确定”按钮即可。设置了字段的默认值后，新增记录时，该字段的值

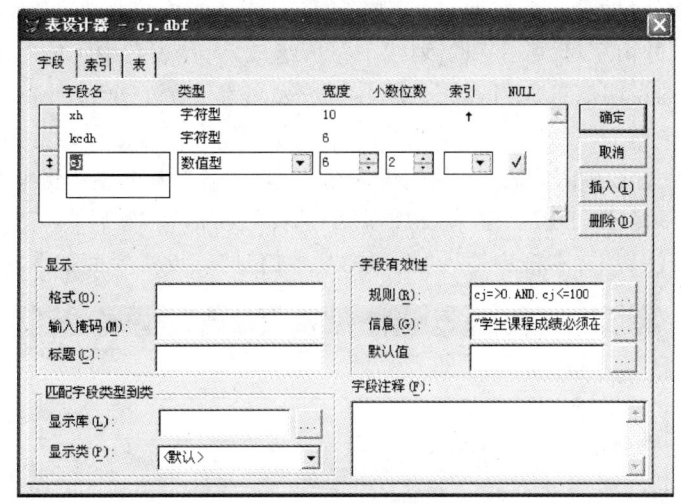

图 4-10　设置"有效性规则"

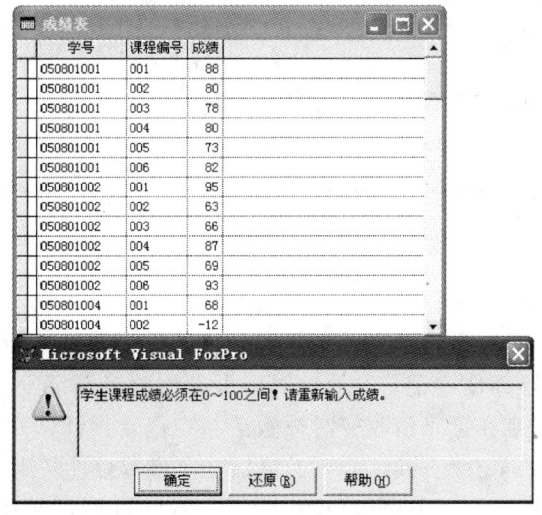

图 4-11　违反规则提示信息

自动设为"男"。

6. 字段注释

为字段添加注释便于数据库维护。注释只起解释或提示作用。

标题和注释不是必需的。标题和注释都是为了使表具有更好的可读性。

以上字段属性的设置都是通过"表设计器"对话框的"字段"选项卡来完成的,而下面的长表名、记录有效性属性以及触发器的设置都是通过"表"选项卡来完成。

7. 长表名和表注释

在 Visual FoxPro 中,新建表时必须指定一个文件名,这个文件名就是数据库表的默认表名。用户根据需要还可以为数据库表指定一个长表名。长表名最多可包含 128 个字符。只要定义了长表名,在 Visual FoxPro 的数据库设计器、查询设计器、视图设计器或"浏览"

窗口的标题栏中都将显示这个长表名。长表名与文件名的构成规则一致,都必须以字母或下划线字符开始,并由字母、数字和下划线字符所组成,而且表名中不能有空格。

表注释是表的说明信息。当表的文件名和长表名都不能完全说明表的含义时,可以设置表的注释。

例如:可以设置教师表(JS.DBF)的长表名为"教师表",注释为"教师的基本信息"。设置方法是:在教师表(JS.DBF)的"表设计器"中选择"表"标签,然后在"表名"文本框内输入"教师表"。在"表注释"文本框中输入"教师的基本信息"。设置界面如图 4-12 所示。

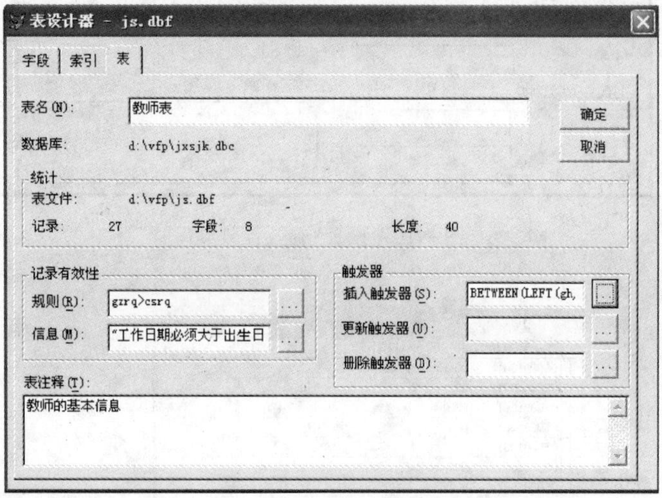

图 4-12 "表"选项卡

8. 记录有效性组框

记录有效性规则用于控制输入到数据库表中记录的数据是否合法和有效。字段有效性规则仅对当前字段有效,而使用记录有效性规则可以校验多个字段之间的关系是否满足某种规则。记录有效性规则在记录值改变时被激活。当记录指针移开记录时,Visual FoxPro 会检查记录有效性规则。记录有效性规则的激活在字段有效性规则之后,但在触发器之前。

例如:在教师表(JS.DBF)中,可以设置记录有效性规则:"工作日期必须大于出生日期"。设置记录有效性规则的方法是:在教师表(JS.DBF)表的"表设计器"中选择"表"选项卡,然后在"规则"框内输入规则"GZRQ > CSRQ"。还可以设置违反规则时需显示的提示信息。只要在信息文本框中输入:"工作日期必须大于出生日期。"。设置界面如图 4-12 所示。

9. 触发器组框

触发器用于处理数据发生变化时要执行的操作。当表中的任何记录被指定的操作命令修改时,触发器被激活。触发器作为表中数据有效性检查机制之一,是在字段有效性规则、记录有效性规则之后执行的。

对于每个数据库表,Visual FoxPro 定义了 3 种触发器,即插入触发器、更新触发器和删除触发器。

- 插入触发器:每次向表中插入或追加记录时触发该规则。
- 更新触发器:每次向表中修改记录时触发该规则。

• 删除触发器：每次向表中删除记录时触发该规则。

触发器的返回值为.T.或.F.。如果为.T.，则允许执行相应的操作（插入记录、更新记录和删除记录），否则不允许执行相应的操作。

设置触发器也是通过"表设计器"对话框完成的。首先启动"表设计器"，选择"表"标签，在插入、更新、删除3个触发器文本框中分别输入触发器表达式即可。

例如：在教师表（JS.DBF）中，设置插入触发器：工号开头两位只能是10～60。

具体步骤是启动教师表（JS.DBF）的"表设计器"，选择"表"标签，在插入触发器文本框中输入触发器表达式：BETWEEN(LEFT(GH,2),"10","60")。设置界面如图4-12所示。

另外，数据库表的有些属性除了可以在"表设计器"对话框中设置外，也可以使用CREATE TABLE-SQL 命令在创建表时设置，或通过 ALTER TABLE-SQL 命令在修改表时设置。下面通过几个实例来说明这两个命令的使用。

【例4.2】 CREATE TABLE-SQL 命令和 ALTER TABLE-SQL 命令使用示例。

（1）设置学生成绩表（CJ.DBF）中 CJ（成绩）字段的有效性规则"CJ>=0.AND.CJ<=100"。

```
CREATE TABLE CJ (XH C(10),KCDH C(6),CJ N(5,1) CHECK CJ > = 0.AND.CJ < = 100)
```

如果表已经存在，可以用 ALTER TABLE 命令进一步设置字段的有效性规则：

```
ALTER TABLE CJ ALTER COLUMN CJ SET CHECK CJ > = 0.AND.CJ < = 100
```

（2）设置学生表（XS.DBF）中 XB（性别）字段的默认值为"男"。

```
CREATE  TABLE  XS (XH C(10) DEFAULT "男", XM C(6), XB C(2), BJBH C(8),ZYDH C(6), XDH C(2),JG C
(10),CSRQ D,ZP G)
```

如果表已经存在，可以用 ALTER TABLE 命令进一步设置字段的默认值：

```
ALTER TABLE XS ALTER COLUMN XH SET DEFAULT "男"
```

（3）设置学生成绩表（CJ.DBF）的长表名"学生成绩表"。

```
CREATE TABLE CJ NAME 学生成绩表 (XH C(10),KCDH C(6),CJ N(5,1))
```

（4）设置教师表（CJ.DBF）的记录有效性规则：工作日期必须大于出生日期。

```
ALTER TABLE JS SET CHECK GZRQ > CSRQ ERROR "工作日期必须大于出生日期"
```

（5）为教师表（CJ.DBF）设置插入触发器：工号开头两位只能是10～60。

```
CREATE TRIGGER ON JS FOR INSERT AS BETWEEN(LEFT(GH,2),"10","60")
```

10. DBGETPROP()函数和 DBSETPROP()函数

（1）DBGETPROP()函数

格式：DBGETPROP(对象名,对象类型,对象属性名)

功能：返回当前数据库、当前数据库中的表、表的字段或视图的属性。其中对象类型的允许值和常用对象属性名如表4-3和表4-4所示。

表 4-3　DBGETPROP()函数的对象类型的允许值

类　型	说　明	类　型	说　明
DATABASE	当前数据库	FIELD	当前数据库中的一个字段
TABLE	当前数据库中的一个表	VIEW	当前数据库中的一个视图

表 4-4　DBGETPROP()函数的常用对象属性名

属　性　名	类　型	说　明
Caption	C	字段标题
Comment	C	数据库、表、视图或字段的注释文本
DefaultValue	C	字段默认值
DeleteTrigger	C	表的删除触发器表达式
InsertTrigger	C	表的插入触发器表达式
Path	C	表的路径
PrimaryKey	C	表的主关键字的标识名
RuleExpression	C	表或字段的有效性规则表达式
RuleText	C	表或字段的有效性规则错误文本
UpdateTrigger	C	表的更新触发器表达式

例如：下列命令可查看 JXSJK 中 XS 表和 CJ 表及其字段的一些属性。

```
OPEN DATABASE JXSJK
?DBGETPROP("XS","TABLE","RuleExpression")      && 返回 XS 表的记录有效性规则
?DBGETPROP("XS","TABLE","RuleText")            && 返回 XS 表的记录有效性信息
?DBGETPROP("CJ.CJ","FIELD","RuleExpression")   && 返回 CJ 表的 CJ 字段的有效性规则
?DBGETPROP("XS.XB","FIELD","DefaultValue")     && 返回 XS 表的 XB 字段的默认值
?DBGETPROP("XS.XH","FIELD","Caption")          && 返回 XS 表的 XH 字段的标题属性
```

（2）DBSETPROP()函数

格式：DBSETPROP(对象名,对象类型,对象属性名,对象属性值)

功能：给当前数据库或当前数据库中表的字段、表或视图设置属性。

说明：

① 该函数的对象名、对象类型和对象属性名的作用同 DBGETPROP()函数一样,但该函数的对象属性名的允许值要比 DBGETPROP()函数的少,也就是说只能设置对象的部分属性。常用的有 Caption、Comment、RuleExpression、RuleText 等。

② 属性值用于指定属性的设定值,因此其数据类型必须和对象属性名中指定的属性数据类型一致（例如设置有效性规则 RuleExpression 属性时,其属性值必须为逻辑表达式）。

例如：下列命令可设置 JXSJK 中 XS 表及其字段的一些属性。

```
OPEN DATABASE JXSJK
?DBSETPROP("XS.XM", "FIELD","Caption","姓名")
                        && 将 XS 表的 XM 字段的标题属性设置为"姓名"
?DBSETPROP("XS.XH", "FIELD","Comment","学生的代号")
                        && 将 XS 表的 XH 字段的注释文本属性设置为"学生的代号"
```

4.2.3　数据库表结构的修改

在 Visual FoxPro 中,表结构的修改主要包括增加字段、删除字段,修改字段名、字段类

型、字段的宽度,建立、修改、删除索引,建立、修改、删除有效性规则等。

1. 用"表设计器"修改表的结构

打开"表设计器"的方法有以下几种。

(1) 在"项目管理器"窗口中选择需要修改结构的表文件,单击"修改"按钮,则弹出相应的"表设计器"对话框。用户可根据需要完成表结构的修改。

(2) 在"数据库设计器"中直接用鼠标右击要修改的表,然后从快捷菜单中选择"修改"命令,则弹出相应的"表设计器"对话框。

(3) 如果表还没有打开,则首先要用 USE 命令打开要修改的表,然后在"命令"窗口中输入 MODIFY STRUCTURE 命令,则弹出相应的"表设计器"对话框。然后对表结构进行修改。

2. 用 ALTER TABLE-SQL 命令修改表的结构

格式 1:`ALTER TABLE <表名> ADD| ALTER[COLUMN] <字段名 类型(宽度[,小数位数])>`

功能:添加或修改指定字段。

说明:ADD 子句用于添加字段,ALTER 子句用于修改字段。

格式 2:`ALTER TABLE <表名> DROP[COLUMN] <字段名>`

功能:删除指定字段。

格式 3:`ALTER TABLE <表名> RENAME  COLUMN <字段名 1> TO <字段名 2>`

功能:给指定字段改名。

【例 4.3】 修改学生表(XS.DBF)的表结构。

(1) 使用 ALTER TABLE-SQL 命令把 BJMC(班级名称)字段添加到 XS 表中。

`ALTER TABLE XS ADD COLUMN BJMC C(12)`

(2) 使用 ALTER TABLE-SQL 命令把 BJMC 字段的宽度改为 10。

`ALTER TABLE XS ALTER COLUMN  BJMC C(10)`

(3) 使用 ALTER TABLE-SQL 命令把 BJMC 字段改名为"BJ"。

`ALTER TABLE XS RENAME COLUMN BJMC TO BJ`

(4) 使用 ALTER TABLE-SQL 命令从 XS 表中删除 BJ 字段。

`ALTER TABLE XS DROP COLUMN BJ`

4.2.4 数据库表记录的输入

数据表结构建立好后,就可以向数据表中输入记录了。Visual FoxPro 提供了两种记录输入方式。

1. 立即输入方式

立即输入方式是指在"表设计器"中所有字段输入完毕后,单击"确定"按钮,会弹出如图 4-13 所示的输入提示对话框。选择"是"按钮,则进入如图 4-14 所示的记录输入窗口,光标停留在第一个字段上,等待用户输入数据。输入完一个记录的最后一个字段后,光标自动进入下一个记录的起始位置,用户可以继续输入下一个记录。

特别指出的是输入的数据必须与字段类型一致,否则系统将拒绝接收。备注型和通用型字段的内容不能直接输入到表中。

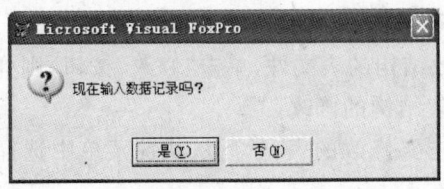

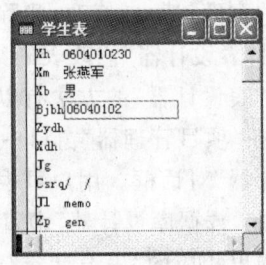

图 4-13   输入提示对话框   图 4-14   记录输入窗口

备注型数据的输入方法是在该记录的备注字段(memo)处双击鼠标,或当光标移到备注字段后按 Ctrl+PgDn、Ctrl+PgUp 和 Ctrl+Home 中任一组合键,系统都将打开一文本编辑窗口,在该窗口中即可输入相应的备注字段的内容。输入结束可单击该窗口"关闭"按钮或按 Ctrl+W 键结束备注内容的输入。系统自动将其保存在与数据表文件同名,扩展名为.FPT 的备注文件中,并返回到记录输入界面。这时备注字段将变为 Memo(第一个字母为大写),表示该记录的备注字段已有数据。如果按 Esc 键,则放弃存盘并返回到记录输入界面。

通用型字段接收的数据是一个嵌入或链接的 OLE 对象。嵌入方法是选择"编辑"菜单下的"插入对象"选项,进入"插入对象"对话框,如图 4-15 所示。在其中选择要插入的对象,单击"确定"按钮,OLE 对象即被嵌入到该字段中。编辑结束后,可关闭输入窗口,或按 Ctrl+W 键存盘,返回到记录输入界面。这时通用型字段将变为 Gen(第一个字母为大写),表示该记录的通用型字段已有数据。其链接方法是先将链接的对象剪切到剪贴板中,然后用鼠标双击该通用型字段,即进入通用型字段编辑窗口,再选择"编辑"菜单下的"选择性粘贴"选项,即进入"选择性粘贴"对话框,单击"确定"按钮即可。

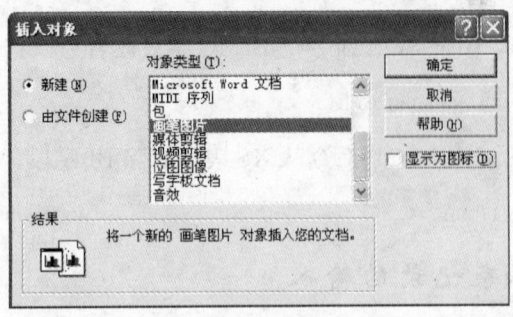

图 4-15   "插入对象"对话框

2. 追加输入方式

追加输入方式是向已存在的表的末尾追加记录。可采用以下 3 种方法。

(1)用菜单命令追加记录

① 追加单个记录:选择"表"菜单中的"追加新记录"命令,则只能在表的末尾添加一个空白记录,该记录成为当前记录,用户即可输入记录数据。

② 追加多个记录:选择"显示"菜单中的"追加方式"命令,则在表的末尾添加一个空记录,用户即可输入记录数据。向该记录输完数据时,其后又出现一空记录,即可依次进行多

条记录的追加。

（2）用 APPEND 命令追加记录

格式：`APPEND [BLANK]`

功能：在当前表的末尾追加新记录。

说明：如果无 BLANK 选项，则进入全屏幕编辑窗口，如图 4-14 所示。在该窗口可以依次输入多条记录。若有 BLANK 选项，则直接在数据表末尾增加一条空记录，而不进入全屏幕编辑窗口，用户需要用 BROWSE 命令打开浏览窗口修改或输入空白记录的值。

（3）用 INSERT-SQL 命令追加记录

格式：`INSERT INTO 表名 [(字段 1 [,字段 2,…])];`
          `VALUES(表达式 1[,表达式 2,…])`

功能：在当前表的末尾追加新的记录。

说明：VALUES 中的字段值必须与指定的字段名的顺序、类型一致。

【例 4.4】 可以使用以下命令向学生表（XS.DBF）追加新记录。

`INSERT INTO XS(XH,XM,XB,XIMING) VALUES("070106","高原","男","信息管理系")`

4.3 数据库表的操作

表一旦建立起来以后，经常需要对表中数据进行修改和更新，包括向表中添加新的数据记录、删除无用的记录、修改有问题的记录、查看记录等。

4.3.1 数据库表的打开和关闭

在 Visual FoxPro 中，表必须先打开，再使用，然后关闭。表的打开实质上就是将存储在外部存储器上的表文件调入内存。表的关闭就是将表文件从内存保存到外部存储器上，同时释放占用的内存和工作区（有关工作区的概念在 4.7.1 节有详细介绍）。

1. 表的打开

（1）用菜单打开表

选择"文件"菜单中的"打开"命令，弹出"打开"对话框，在"文件类型"列表中选择"表（*.DBF）"项，再选择所要打开的表文件，单击"确定"按钮后就打开了选中的表。表文件打开后，就可以对其进行操作，如浏览表中的记录、向表中追加新记录、修改表结构等。

（2）用 USE 命令打开表

格式：`USE [<表名>][IN 工作区号 ALIAS <别名>]`

功能：打开一个表文件。

说明：打开表文件的同时可通过 IN 子句指定打开表的工作区号，通过 ALIAS 子句指定别名。默认情况下在当前工作区打开表，并且别名与表名相同。刚建立的表自动处于打开状态。

一个工作区同时只能打开一个表，所以使用 USE 命令在一个工作区打开一个表时，该工作区中以前打开的表自动关闭。

【例 4.5】 假设在当前目录下有表文件 XS.DBF，在"命令"窗口中输入如下命令就能将该表打开。

```
USE  XS                    && 打开表文件时,扩展名可以缺省
```

2. 表的关闭

对表的操作完成后,应将表关闭,以下 3 个命令都可以关闭表。

(1) 关闭当前工作区打开的表

格式:USE

功能:关闭当前工作区打开的表。同时释放占用的内存和工作区。

(2) 关闭当前打开的所有表

格式:CLEAR ALL

功能:关闭所有工作区中打开的表,同时释放所有内存变量。

(3) 关闭所有打开的数据库和所有工作区中的表

格式:CLOSE ALL

功能:关闭所有打开的数据库和所有工作区中的表和索引。

4.3.2 数据库表的浏览

查看数据库表的内容,最简单、最方便的方法就是通过浏览窗口。

在浏览窗口中浏览一个表时,可以采用两种方式:浏览方式和编辑方式。

1. 浏览窗口

选择要查看的表,打开相应的浏览窗口,则该数据表中的记录即显示在该浏览窗口中了。打开浏览窗口的方法有多种,常用的方法有以下 3 种。

(1) 在"项目管理器"中将数据库展开至表,并且选择要操作的表,然后单击"浏览"按钮即可。

(2) 在"数据库设计器"中选择要操作的表,然后从"数据库"菜单中选择"浏览"命令,或者对要操作的表右击鼠标,然后选择快捷菜单中的"浏览"命令。

(3) 在"命令"窗口中,用 USE 命令打开要操作的表,然后从"显示"菜单中选择"浏览"命令。

以上 3 种操作都将打开浏览窗口,界面如图 4-16 所示,在浏览窗口中可以进行记录的浏览、删除和修改。

Xh	Xm	Xb	Bjbh	Zydh	Xdh	Jg	Csrq	Jl	Zp
0604010230	张燕军	男	06040102	S0401	04	山东威海	10/09/82	memo	Gen
0604010240	刘宪法	女	06040102	S0401	04	湖南长沙	09/06/81	memo	gen
0604010120	刘强	男	06040101	S0401	04	山东青岛	11/08/81	memo	gen
0603010111	储莲元	男	06030101	S0301	03	福建福州	09/01/81	memo	gen
0601010111	刘黛玉	女	06010101	S0101	01	广东广州	07/02/82	memo	gen

图 4-16 浏览窗口

浏览窗口还可以有另一种编辑显示的方式。

默认是浏览显示方式,从"显示"菜单中选择"编辑"命令。此时,屏幕上就以编辑方式显示数据表的内容。编辑显示窗口如图 4-17 所示。

2. 浏览操作

浏览窗口属于全屏幕编辑窗口,用户可以直接对记录数据进行修改,也可向表中追加新

记录。

浏览窗口中的常用操作如下。

- 下一记录：下箭头键。
- 前一记录：上箭头键。
- 下一页：PageDown 键。
- 前一页：PageUp 键。
- 下一字段：Tab 键。
- 前一字段：Shift＋Tab 键。
- 可用鼠标上、下、左、右滚动翻页和定位记录。

用户可以按照不同的需求定制浏览窗口。例如可以使用鼠标调整窗口的大小，重新调整每个字段的显示顺序和显示宽度，显示或隐藏表格线（显示|网格线）

图 4-17 编辑窗口

或者把浏览窗口分为两个窗格，可同时在浏览和编辑方式下查看同一记录等。

【例 4.6】 以学生表(XS.DBF)为例，说明浏览窗口的定制。

(1) 改变浏览窗口的大小。

在如图 4-16 所示的浏览窗口中，可以使用鼠标拖动边框或右下角的窗口角以调整浏览窗口的大小。

(2) 调整字段的显示顺序。

在如图 4-16 所示的浏览窗口中，选择要移动的字段名 JG，把它拖动到 CSRQ 字段名的位置上，即发现字段 JG 和字段 CSRQ 交换了显示位置。

(3) 调整字段的显示宽度。

在如图 4-16 所示的浏览窗口中，使用鼠标拖动字段名 JG 两边的虚线即可调整该字段的显示宽度。

(4) 使"学生表(XS.DBF)以"浏览"和"编辑"两种方式同时显示。

在如图 4-16 所示的浏览窗口的左下角有一个小黑竖条▌(称为窗口拆分条)，把它拖动到一个适当的位置，就可以把浏览窗口拆分成两个窗口，选择其中一个窗口，再选择"显示"菜单中的"编辑"命令，则可将窗口改变成如图 4-18 所示的有"浏览"和"编辑"两种显示方式的窗口。且两个窗口的内容同步变化。

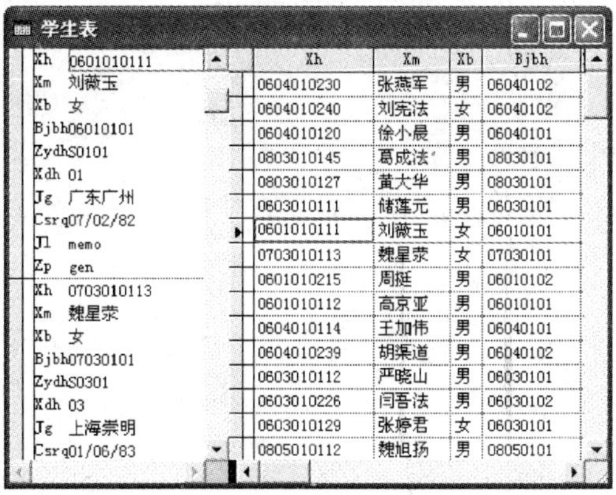

图 4-18 "浏览"和"编辑"两种显示方式的窗口

3. BROWSE 命令

BROWSE 命令也可以用来打开表的浏览窗口。BROWSE 命令可以简单到只有 BROWSE 一个词,也可以复杂到具有几十个选项,用于定制浏览窗口的外观、控制记录的编辑和筛选浏览的记录、字段等。这里只介绍几个常用选项的使用。

格式:BROWSE [FIELDS <字段名表>] [FOR <条件表达式>][<范围>]

功能:在浏览窗口显示记录。

说明:

(1) FIELDS <字段名表>用于筛选字段,即把<字段名表>所列的字段显示在浏览窗口中。

(2) FOR <条件表达式>用于筛选记录,即把满足条件的记录显示在浏览窗口中。

【例 4.7】 显示学生表(XS.DBF)中所有女同学的学号和姓名。

命令如下:

```
BROWSE  FIELDS XH,XM  FOR  XB = "女"
```

4.3.3 数据库表记录的编辑修改

用户可以通过菜单和命令两种方式对表中记录实施修改操作。

1. 菜单方式

(1) 单个记录的修改

首先打开数据库表文件,再选择"显示"菜单中的"浏览"命令,这时当前数据表的记录显示在浏览窗口中,再将光标移到需要修改的记录字段上进行修改即可。

(2) 批量记录的修改

如果需要对所有记录(或满足某种条件的记录)的某个字段内容进行有规律地批量修改,可以使用"表"菜单中的"替换字段"命令,打开"替换字段"对话框。如图 4-19 所示。

在"字段"下拉列表中指定当前表的哪个字段的值要替换。

在"替换为"右边的文本框中输入一个表达式或常量,用来替换上述所选字段。

"For"用于筛选替换记录应满足的条件。

"作用范围"用于限定筛选范围,可以选择的范围有如下 4 项。

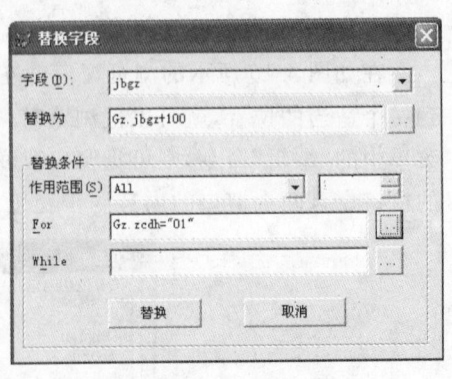

图 4-19 "替换字段"对话框

- All:表中的全部记录。
- Next<N>:从当前记录开始的 N 个记录。
- Record<N>:仅对第 N 条记录进行修改。
- Rest:当前记录及其后的所有记录。

2. 命令方式

(1) 单个记录的修改

方法 1:用 USE 和 BROWSE 命令或通过"项目管理器"打开浏览窗口,在浏览窗口中可以进行修改。

方法 2:用 EDIT 命令或 CHANGE 命令打开编辑窗口,在编辑窗口中进行修改。

例如,使用 EDIT 命令编辑修改 XS 表:

```
USE XS
EDIT
```

(2) 批量记录的修改

批量记录的修改命令有如下两个。

- UPDATE-SQL 命令

格式:UPDATE <表名> SET <字段 1 = 表达式 1>[,<字段 2 = 表达式 2>…] [WHERE <条件表达式>]

功能:用指定表达式的值对表中多个字段、多个记录进行批量地自动修改。

说明:

① <表名>用于指定需要修改记录的表文件名。

② <字段 1 =表达式 1>表示用表达式 1 的值替换现有的字段值。

③ WHERE 子句用于指定修改的记录的范围,默认值为所有记录。

④ 用 UPDATE-SQL 命令更新表时,被更新的表不必事先打开。

- REPLACE 命令

格式:REPLACE [范围]<字段 1 > WITH <表达式 1 >[ADDITIVE][,<字段 2 > WITH <表达式 2 > [ADDITIVE]…][FOR|WHILE <条件>]

功能:用指定表达式的值对表中多个字段、多个记录进行批量地自动修改。

说明:

① <字段 1> WITH <表达式 1>表示用<表达式 1>的值替换现有的字段值。

② 缺省[范围]和[FOR|WHILE <条件>]时,只对当前记录进行修改。

③ 用该命令更新表时,被更新的表必须事先打开,且在命令执行完后,记录指针定位于指定范围的末尾。

【例 4.8】 要把工资表(GZ.DBF)中所有职称代号(ZCDH)为"01"的教师的基本工资增加 100 元。

方法 1:

首先打开数据库表文件(GZ.DBF),再选择"显示"菜单中的"浏览"命令,打开浏览窗口,选择"表"菜单中的"替换字段"命令,打开"替换字段"对话框。按图 4-19 所示选择和输入各项内容。

方法 2:

```
UPDATE GZ SET JBGZ = GZ.JBGZ + 100 WHERE ZCDH = "01"
```

方法 3:

```
USE GZ
REPLACE ALL GZ.JBGZ WITH GZ.JBGZ + 100 FOR GZ.ZCDH = "01"
```

4.3.4　数据库表记录的删除

对于一些过时的、无用的记录应该及时删除,以提高查找访问速度和节省存储空间。通常删除记录的操作比较慎重,在 Visual FoxPro 中要分两步来完成。第一步是给要删除的记录加上删除标记,称为逻辑删除,做了逻辑删除标记的记录如果需要还可以恢复。第二步是彻底删除带有删除标记的记录,称为物理删除。

1. 记录的逻辑删除

（1）使用菜单命令对记录做逻辑删除标记

首先打开要操作的数据库表，用浏览方式或编辑方式显示该数据表中的记录，例如用浏览方式显示学生表（XS. DBF）中的记录。

再用鼠标单击记录左边的逻辑删除标记块，标记块颜色变成黑色，代表此记录已做了逻辑删除标记，如图 4-20 所示学号为"0604010120"和"0603010111"的记录已做了逻辑删除。

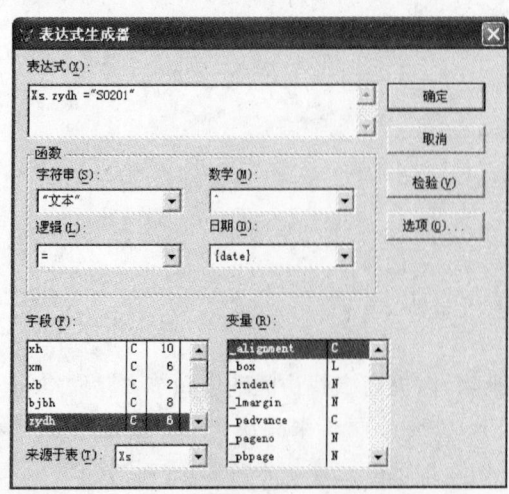

图 4-20　逻辑删除记录

另外，也可以选择"表"菜单中的"切换删除标记"命令来设置删除标记。

【例 4.9】　对学生表（XS. DBF）中专业代号（ZYDH）是"S0201"的所有学生记录做逻辑删除。操作过程如下。

① 打开学生表（XS. DBF）。

② 用浏览或编辑方式显示该数据表。

③ 选择"表"菜单中的"删除记录"命令，弹出"删除"对话框。

④ 将"作用范围"选项设定为 All。

⑤ 单击 For 选项右边的生成器按钮 ...，显示"表达式生成器"对话框，如图 4-21 所示。

⑥ 利用图 4-21 所示的对话框来建立条件表达式。先双击"字段"列表框中 ZYDH 字段，选取该字段。再在"逻辑"下拉列表框中选择"＝"，然后输入"S0201"，则在"表达式"列表框中显示建立的条件表达式。再单击"确定"按钮，将在"删除记录"对话框的 For 文本框中显示同样的条件表达式，如图 4-22 所示。

图 4-21　"表达式生成器"对话框　　　　图 4-22　"删除"对话框

⑦ 确认无误后,单击"删除"按钮,即将所有专业代号(ZYDH)是"S0201"的学生记录做了逻辑删除。如图 4-23 所示,共有 8 条记录做了逻辑删除标记。

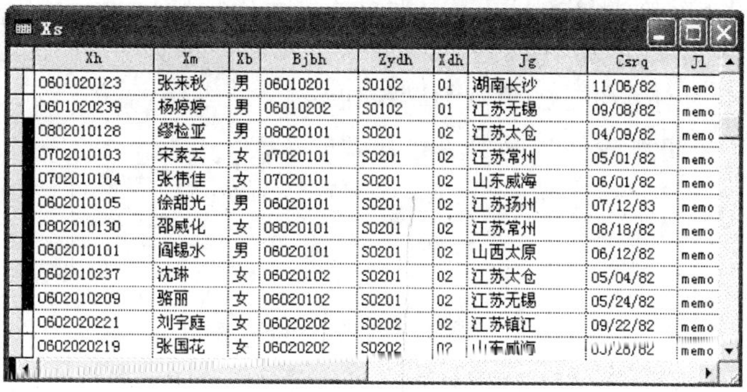

图 4-23 逻辑删除记录

(2) 用命令对记录做逻辑删除

格式:DELETE [范围] [FOR|WHILE <条件表达式>]

功能:对当前数据表中在指定范围内满足条件的记录做逻辑删除。若缺省[范围]和[FOR|WHILE <条件表达式>]选项,则只对当前记录做逻辑删除。

【例 4.10】 将学生表(XS.DBF)中姓名为"徐小晨"的记录做逻辑删除。命令代码为:

```
USE XS
DELE FOR XM = "徐小晨"
BROW                    && 查看删除效果
USE                     && 关闭表
```

2. 记录的恢复

(1) 使用菜单命令取消逻辑删除标记

对做了逻辑删除的记录取消逻辑删除标记称为记录的恢复,可以选择"表"菜单中的"恢复记录"命令,根据条件表达式来恢复删除的多条记录,也可在浏览或编辑窗口中通过鼠标单击记录左边的逻辑删除标记块,一条一条地恢复删除的记录。

(2) 使用命令取消逻辑删除标记

格式:RECALL [范围] [FOR <条件表达式>]

功能:恢复数据表中指定范围内满足条件的已有逻辑删除标记的记录。

【例 4.11】 恢复学生表(XS.DBF)中做了逻辑删除的所有女学生的记录。

命令序列为:

```
USE XS
RECALL ALL FOR XB = "女"
BROW
USE
```

3. 记录的物理删除

要想彻底删除带有删除标记的记录,应实施物理删除。物理删除的记录是无法恢复的,一定要慎重。物理删除记录可采用以下两种方法。

(1) 使用菜单

① 首先打开要删除记录的数据库表,用浏览方式或编辑方式显示该数据表中的记录,例如用浏览方式显示学生表(XS.DBF)中的记录。

② 再选择"表"菜单中的"彻底删除"命令。系统将询问是否真的要删除记录,单击"是"按钮,即可彻底删除做了逻辑删除标记的所有记录,如图 4-24 所示。

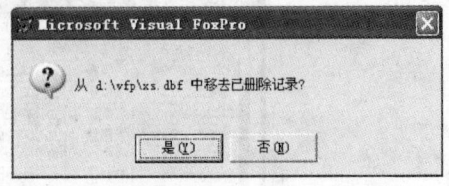

图 4-24　彻底删除记录提示对话框

(2) 使用命令

格式：PACK

功能：从当前表中永久删除做了逻辑删除标记的记录。

【例 4.12】　对学生表(XS.DBF)进行如下操作,逻辑删除"班级编号"(BJBH)是"06020202"的所有记录,再从表中物理删除这些记录,并查看结果。

命令代码如下：

```
USE XS
DELETE ALL FOR BJBH = "06020202"     && 逻辑删除
PACK                                  && 物理删除表中做了逻辑删除的记录
BROWSE                                && 查看结果
USE
```

(3) 清空数据表命令

格式：ZAP

功能：从表中删除所有记录,只保留表的结构。

说明：物理删除表中的全部记录,不管是否有删除标记。该命令只是删除全部记录,并不删除表,执行完该命令后表结构依然存在。

【例 4.13】　删除学生表(XS.DBF)中的全部记录。

```
USE XS
ZAP
```

这时,数据表 XS.DBF 中全部记录被彻底删除,记录数为 0,但该数据表的结构仍存在。

4.3.5　数据库表记录的显示

前面已介绍过用户可通过浏览窗口查看数据表的内容。这一节将介绍两个直观、实用的显示数据表内容的命令：DISPLAY 命令和 LIST 命令。这两个命令可以将当前表中的记录显示到 Visual FoxPro 的主窗口或用户自定义窗口中,它们的区别仅在于不使用条件时,LIST 默认显示全部记录,而 DISPLAY 则默认显示当前记录。

格式：LIST|DISPLAY [<范围>] [FIELDS <字段名表>] [FOR|WHILE <条件表达式>] [OFF] [TO PRINTER [PROMPT] |TO FILE <文件名>]

功能：在 Visual FoxPro 主窗口或用户自定义窗口中,显示与当前表有关的记录信息。

说明：

(1) FIELDS <字段名表>是用逗号间隔的字段名列表,默认显示全部字段。

(2) FOR|WHILE <条件表达式>限定只显示满足条件的记录。

(3) TO PRINTER 说明将结果输出到打印机,如果还使用了 PROMPT 则在打印之前出现一个打印设置对话框,可以对打印机进行设置。

(4) TO FILE 说明将结果输出到文件,默认文件扩展名为.TXT。

(5) [OFF]选项缺省时显示记录号,否则不显示记录号。

特别提醒注意的是:LIST 命令是连续滚动显示;而 DISPLAY 命令是分屏显示,显示一屏后暂停,按任意键继续显示下一屏。

【例 4.14】 显示学生表(XS.DBF)中的所有男生的记录。

```
USE XS
LIST FOR XB = "男"
```

4.3.6 数据库表记录的定位

1. 记录指针的概念

在 Visual FoxPro 中,对任何打开的数据表文件,都提供了一个记录指针,用于完成记录的定位。

记录指针指向的记录称为当前记录。对表中记录的操作一般都是针对当前记录进行的。刚打开的数据表,记录指针总是指向第一条记录(首记录),有些操作会改变记录指针的位置,例如用 LIST 命令显示表中的全部记录后,记录指针指向数据表的末尾。每一个数据表都有开始和结尾标志,可以用 BOF()函数和 EOF()函数来测试,根据函数的返回值".T."或".F."判断记录指针的当前位置。

2. 记录指针的定位

在建立数据表时,每条记录都有一个编号,称为记录号,记录号依据输入记录的顺序从1开始编号。对记录指针的定位,实际上就是将记录指针移到相应的记录号上。移动记录指针有菜单和命令两种操作方式。

(1) 菜单操作方式

在浏览窗口或编辑窗口显示记录时,选择"表"菜单中的"转到记录"命令,出现移动记录指针的子菜单命令选项,如图 4-25 所示。

根据这些选项可迅速移动记录指针到需要的记录位置。

命令选项的具体含义如下。

- 第一个:将记录指针移到第一条记录。
- 最后一个:将记录指针移到最后一条记录。
- 下一个:将记录指针移到当前记录的下一条记录。
- 上一个:将记录指针移到当前记录的上一条记录。
- 记录号:将记录指针移到指定记录号的记录上。
- 定位:将记录指针移到符合条件的记录上。当选择此菜单命令时将出现如图 4-26 所示的对话框。

(2) 命令操作方式

对于当前正在使用的表,用户可以使用 GOTO 命令进行记录的绝对定位,使用 SKIP 命令进行记录的相对定位,使用 LOCATE 命令进行条件定位。

- 记录指针的绝对定位

绝对定位是将记录指针直接定位到指定的记录上。

格式：[GO[TO]] <数值表达式>|TOP|BOTTOM

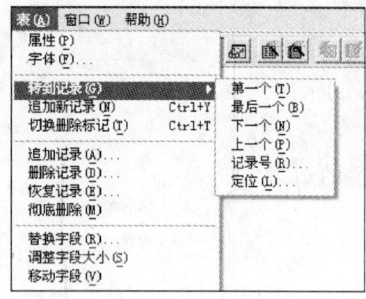

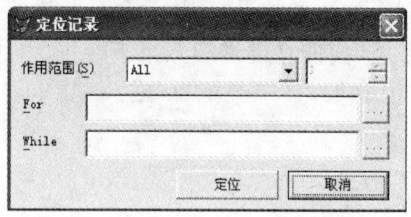

图 4-25 "表"菜单   图 4-26 "定位记录"对话框

功能：将记录指针定位到指定的记录上。

说明：

① <数值表达式>的值指明记录号，即直接按给定的记录号定位。

② 选择 TOP 或 BOTTOM 则分别将记录指针定位到表文件的首、尾记录上。

【例 4.15】 用 GO 命令移动学生表(XS.DBF)中的记录指针。在"命令"窗口输入如下命令序列：

```
USE XS
GO 5                    && 记录指针指向记录号为 5 的记录
GO TOP                  && 记录指针指向首记录
GO BOTTOM               && 记录指针指向尾记录
USE
```

• 记录指针的相对定位

格式：SKIP [<数值表达式>]

功能：以当前记录为基准向上或向下移动记录指针。

说明：

① <数值表达式>的值指明记录指针移动的相对记录数。

② 若为负数时，则表示记录指针向上移动，否则向下移动。

③ 缺省<数值表达式>，则记录指针向下移动 1 条记录。

【例 4.16】 用 SKIP 命令移动学生表(XS.DBF)中的记录指针。

在"命令"窗口输入如下命令序列：

```
USE XS
GO 5
SKIP 3                  && 指针从当前记录开始向下移动 3 条记录
SKIP                    && 指针从当前记录开始向下移动 1 条记录
SKIP - 2                && 指针从当前记录向上移动 2 条记录
USE
```

• 记录指针的条件定位

格式：LOCATE FOR <条件表达式> [<范围>]

功能：将记录指针定位到满足条件的第一条记录上。

说明：

① ＜条件表达式＞用于表示记录的定位条件。

② ＜范围＞用于指定进行条件定位的范围。

③ 可以使用 CONTINUE 命令从当前记录位置开始继续进行条件定位，即定位到下一条满足条件的记录。

④ 如果没有满足条件的记录则指针指向文件结束位置。

【例 4.17】　用 SKIP 命令移动学生表（XS.DBF）中的记录指针。

```
USE  XS
LOCATE FOR XM = "张丽娜"       && 指针移动到姓名为"张丽娜"的那条记录上
```

4.4　排序和索引

在 Visual FoxPro 系统中，记录默认的排列顺序是按记录输入的先后顺序排列的。而在实际应用中往往需要将记录按某些条件重新排序，以加快数据表记录的检索、显示、查询和打印速度。Visual FoxPro 是通过建立数据表的排序或索引来实现的。

4.4.1　排序

排序是指依据数据库表中某个或多个字段（称为关键字段）的值将表中的记录重新排列生成一个新的数据库表，实现的是从物理上对数据库表记录的重新排列。

格式：SORT TO ＜新表文件名＞ ON ＜字段 1＞[/A][/D][/C][,＜字段名 2＞[/A][/D][/C]…] [＜范围＞] [FIELDS ＜字段名表＞] [FOR|WHILE ＜条件表达式＞]

功能：将当前数据表中指定范围内满足条件的记录，按字段名 1、字段名 2、……关键字段值的大小重新排列，并将排序结果放到指定的新表文件中。

说明：

（1）排序的结果放入由＜新表文件名＞指定的表中，产生的新表是关闭的。

（2）排序字段可以是字符型、数字型、日期型、逻辑型等字段，不能是备注型和通用型字段。

（3）"/A"表示按字段值升序排序，为默认方式，"/D"表示按字段值降序排序，"/C"对于字符型字段不区分大小写字母。

（4）FIELDS ＜字段名表＞给出排序以后的表所包含的字段列表，默认是原表的所有字段。

（5）缺省＜范围＞和 FOR|WHILE ＜条件表达式＞时，则对当前表中的所有记录排序。

【例 4.18】　对学生表（XS.DBF）中的记录按下列要求排序。

（1）将学生表（XS.DBF）中的记录按"出生日期"（CSRQ）升序排列。排序后的文件名为 XS_SOR1.DBF，命令序列如下。

```
USE XS
SORT TO  XS_SOR1 ON CSRQ/A
USE XS_SOR1                 && 打开生成的新表文件
BROWSE
```

（2）将学生表（XS.DBF）中的记录按"班级编号"（BJBH）升序排列，班级相同时按"出生日期"（CSRQ）降序排列，排序后的文件名为 XS_SOR2.DBF。命令序列如下。

```
USE XS
SORT TO XS_SOR2 ON BJBH/A,CSRQ/D
USE XS_SOR2                    && 打开生成的新表文件
BROWSE
```

由于排序产生了一个与原数据表文件相同大小的新数据表文件,新数据表只是记录的排列顺序与原数据表不同罢了,这样会极大地浪费磁盘空间。例如:在例 4.18 中,采用不同的排序方式就产生了两个新数据表文件 XS_SOR1 和 XS_SOR2,并且当修改了原数据表(XS.DBF)的数据后,排序文件不能自动更新,这样还会造成这 3 个数据表的数据不一致。因此,在实际应用中,一般较少使用排序命令,而是使用索引来建立记录的排序机制。

4.4.2 索引的概念

所谓索引,是指对表中的有关记录按指定的索引关键字值重新排列,生成一个相应的索引文件。建立索引文件实质上就是建立了一个由指定索引字段的值和它对应的记录号组成的索引表,所以索引文件要比排序文件小得多。

由于索引文件建立的是索引字段值与记录号的对应关系,因此索引字段值的顺序实际上是表文件某种逻辑顺序的映射,而表文件的物理顺序并没有改变。一个表文件可以建立多个索引,在操作中可以同时打开多个索引,但是任何时候只有一个索引起作用,索引文件依赖于表文件而存在。

索引具有自动更新的特性,即当索引被打开后,在对表进行记录的添加、删除、修改时,相应的索引会自动进行更新。

4.4.3 索引文件的分类

根据索引文件含有的索引标识的多少可以分为:单索引文件(.IDX)和复合索引文件(.CDX)。复合索引文件又分为结构复合索引文件和非结构复合索引文件。

(1) 单索引文件(独立索引文件):只包含一个索引,索引文件的扩展名为.IDX,使用时必须先打开。

(2) 非结构复合索引文件:可以包含不同索引标识的多个索引,也可以为一个表建立多个非结构复合索引文件。其文件名由用户指定,扩展名为.CDX。使用时必须打开。

(3) 结构复合索引文件:可以包含不同索引标识的多个索引。一个表只有一个结构复合索引文件,其索引文件名与表名同名,扩展名为.CDX。结构复合索引文件随表的打开而打开,随表的修改而更新。

在 Visual FoxPro 中,主要使用结构复合索引文件。

4.4.4 索引文件的创建

1. 用命令方式创建单索引文件(独立索引文件)

格式:INDEX ON <索引关键字表达式> TO <单索引文件名> [FOR|WHILE <条件>] [ADDITIVE]

功能:根据<索引关键字表达式>的值建立一个索引文件,其扩展名为.IDX。

说明:

(1) <索引关键字表达式>只能是字符型、数字型、日期型和逻辑型数据。

（2）＜索引关键字表达式＞可以是表中的一个字段或多个字段组成的表达式，当表达式中各字段的数据类型不同时，必须转换为相同的数据类型。

（3）［FOR｜WHILE ＜条件＞］选项是指对满足条件的记录建立索引文件。

（4）若选择了［ADDITIVE］可选项，则执行该命令前不关闭已打开的索引文件，否则，将关闭已打开的索引文件。

（5）单索引文件只能按＜索引关键字表达式＞值的升序排列。

【例 4.19】 对学生表（XS.DBF）按"性别"（XB）字段升序建立单索引文件，索引文件名为 XBSY。命令序列如下。

```
USE XS
INDEX ON XB TO XBSY
LIST                              && 查看表中的记录顺序
```

2. 用"表设计器"创建结构复合索引文件

在"表设计器"中选择"索引"标签，如图 4-27 所示。

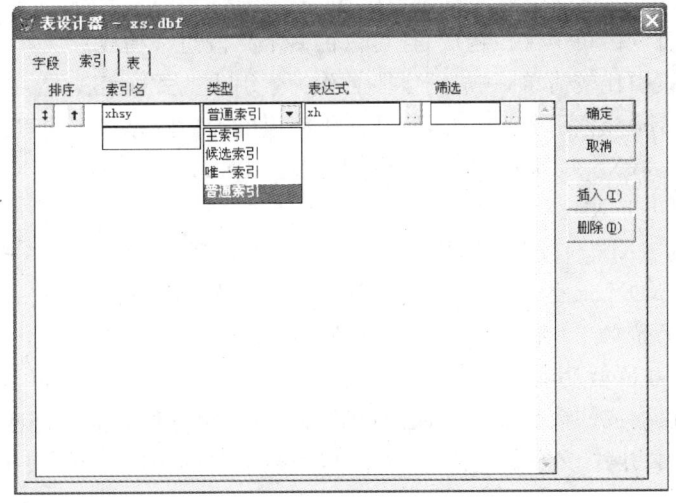

图 4-27 "索引"选项卡

（1）在"索引名"文本框中输入索引名称。

每一个索引都必须指定一个索引名，以区分与其他索引。

（2）在"类型"下拉列表框中选择一种类型。

根据索引功能的不同，索引可分为如下 4 种类型。

① 主索引

主索引是指组成主索引关键字的字段或表达式不允许出现重复值的索引。一个数据库表只能创建一个主索引。如果把任何已经包含了重复数据的字段指定为主索引，Visual FoxPro 将产生错误提示信息。主索引是一种只能对数据库表而不能对自由表建立的索引。

例如，学生表（XS.DBF）中的"学号"（XH）字段可以创建主索引，因为在每一张表中每一个学生的学号值是唯一的。而学生姓名则不能建立主索引，可能会有同名的学生。

② 候选索引

候选索引和主索引具有相同的特性，候选索引也不允许在指定的字段或表达式中出现重复值,因此它们在数据库表中有资格被选作主索引,即主索引的候选,一个数据库表中可以有多个候选索引。

③ 唯一索引

唯一索引允许索引关键字在数据库表中有重复的值。但在创建的索引文件里重复的值仅存储一次。它以重复字段值的首次出现的第一条记录为基础(即重复的索引字段值只有唯一一个值出现在索引项中),选定一组记录,并对记录进行排序。在一个数据库表中可以建立多个唯一索引。

例如,对教师表建立以"系代号"(XDH)作为关键字段的唯一索引,在此索引上浏览教师表时,仅显示每个系的第一个教师。

④ 普通索引

普通索引也可以决定记录的处理顺序,它允许索引关键字段在数据库表中有重复的值。在一个数据库表中可以建立多个普通索引。

例如,对教师表可以按"职称代号"(ZCDH)和"性别"(XB)创建普通索引。

(3) 在"表达式"文本框中输入索引表达式。

索引表达式可以由单个字段构成,也可以由多个字段组合构成。

单个字段的索引比较简单,一般用字段名作为索引表达式即可。

多个字段组合构成索引表达式时,表达式中字段的前后顺序将影响索引的结果。

例如,对学生表(XS.DBF)建立一个按"系代号"(XDH)和"性别"(XB)进行排序的索引,表达式是:XDH+XB。

注意:"XDH+XB"和"XB+XDH"两个索引表达式的索引顺序是不一样的,前者是先按 XDH 排序,在 XDH 值相同的情况下,才按 XB 字段的值排序;而后者是先按 XB 字段的值排序,XB 相同的情况下,再按 XDH 字段的值排序。

如果用多个"数值型"字段建立一个索引表达式,索引将按照字段的和对记录进行排序。

不同类型字段构成一个表达式时,必须转换为同一类型(通常为字符型)。

(4) 单击在"索引名"文本框左边的小按钮,切换索引的方向,"↑"表示升序,"↓"表示降序。

说明:创建了一个索引后,可在下一行创建第二个索引。一行代表一个索引。每一行索引以索引名标识。最前面的按钮标识当前选中的索引,拖动它可移动索引位置。

3. 用命令方式建立结构复合索引文件

格式:INDEX ON <索引关键字表达式> TAG <索引标识名> [FOR|WHILE <条件>] [ASCENDING|DESCENDING][UNIQUE|CANDIDATE]

功能:为当前表按<索引关键字表达式>创建索引。

说明:

(1) ASCENDING|DESCENDING 表示建立升序或降序索引,默认为升序。

(2) UNIQUE 表示建立唯一索引。

(3) CANDIDATE 表示建立候选索引。

【例 4.20】 以学生表(XS.DBF)的 XH 字段作为关键字为 XS 表创建结构复合索引,命令如下:

```
INDEX ON XH TAG XH
```

【例 4.21】 对学生表（XS. DBF）中的记录按 XB 升序，性别相同时再按 CSRQ（出生日期）升序建立结构复合索引，其标识名为 XB_CSRQSY。

```
USE XS
INDEX ON   XB + DTOC(CSRQ) TAG   XB_CSRQSY
LIST                                   && 查看表中的记录顺序
```

4. 创建结构复合索引需注意的问题

（1）不能对备注型字段和通用型字段建立索引。

（2）只要设置了索引就自动创建了结构复合索引文件。结构复合索引文件名与表文件同名，而扩展名为. CDX。

（3）普通索引、唯一索引、候选索引既可以在自由表中建立，也可以在数据库表中建立。主索引只能在数据库表中建立。

（4）一个自由表或数据库表可同时建立多个普通索引、唯一索引、候选索引，但一个数据库表只能建立一个主索引。有关自由表的概念将在 4.6 节做详细讲解。

（5）不要建立无用的索引，多余的索引将降低系统的性能。

4.4.5 索引的使用

为表建立索引主要是为了提高记录的查询速度，索引可以使表按某种指定的顺序显示和处理记录，还可以限制记录数据的唯一性。

一个复合索引文件可以包含多个索引标识。一个表可以同时打开多个索引文件，但任何时刻只能有一个索引起作用。当前正起作用的那个索引称为主控索引。

1. 打开索引文件

结构复合索引文件在打开表时自动打开，但是非结构索引必须在使用之前专门打开。

（1）打开数据表的同时打开索引文件

格式：USE <数据表文件名> INDEX <索引文件列表>

功能：在打开指定表的同时打开与其相关的一个或多个索引文件。

说明：<索引文件列表>用于指定要打开的一个或多个索引文件（最多 7 个），可以是. IDX 索引和. CDX 索引。打开多个索引文件时，索引文件之间用逗号分隔，第一个索引文件自动成为主控索引文件。

【例 4.22】 假设已为学生表（XS. DBF）建立了两个单索引文件 XBSY. IDX 和 ZYSY. IDX，打开学生表（XS. DBF）的同时打开这两个索引文件。命令为：

```
USE XS INDEX XBSY,ZYSY       && XBSY.IDX 为主控索引
LIST                         && 查看表中的记录顺序
USE
```

（2）索引文件的单独打开

格式：SET INDEX TO <索引文件列表>

功能：为当前表打开指定的一个或多个索引文件。

说明：<索引文件列表>用于指定要打开的一个或多个索引文件，可以是. IDX 索引和. CDX 索引。索引文件列表中，第一个索引文件将自动成为主控索引文件。

【例 4.23】 假设已为学生表(XS.DBF)建立了两个索引文件 XBSY.IDX 和 ZYSY.IDX，先打开学生表(XS.DBF)，再打开这两个索引文件。命令为：

```
USE XS
SET INDEX TO XBSY,ZYSY        && XBSY.IDX 为主控索引
LIST                          && 查看表中的记录顺序
USE
```

2. 关闭索引文件

索引文件使用完后应关闭。由于索引文件是依赖于数据表而存在的，所以关闭数据表文件时，索引文件也将关闭。另外，专门关闭索引文件的命令有：

格式：SET INDEX TO

功能：关闭当前工作区中打开的索引文件。

格式：CLOSE INDEX

功能：关闭所有工作区中打开的索引文件。

3. 设置主控索引

主控索引可以是复合索引（.CDX）文件中的任何一个索引。虽然结构复合索引文件会随着表的打开而自动打开，但复合索引中的任何一个索引却不会被自动设置为主控索引，此时，表中的记录仍按记录的原始输入顺序显示和访问。除非在打开表时指定某一索引标识为主控索引，或在表自动打开后，再用其他命令设置主控索引。

（1）打开表的同时指定主控索引

格式：USE <数据表文件名> ORDER [TAG] <索引标识名>

功能：指定相应的索引为主控索引。

（2）打开表后再设置主控索引

表打开后，可以通过界面或命令两种方式设置主控索引。

在界面方式下，在"数据工作期"窗口中，单击"属性"按钮，在"索引顺序"下拉列表中指定一个复合索引的索引标识为主控索引。

也可以使用如下命令设置主控索引：

格式：SET ORDER TO <单索引文件名>|[TAG] <索引标识名>

功能：指定相应的索引为主控索引。

【例 4.24】 对学生表(XS.DBF)分别以字段 BJBH、CSRQ 和 XB 建立 3 个结构复合索引标识，并分别使用它们主控显示。

命令序列为：

```
CLOSE ALL                    && 关闭所有文件
USE XS
INDEX ON  BJBH  TAG BJ
INDEX ON  CSRQ  TAG RQ
INDEX ON  XB  TAG XB         && 分别建立 3 个名为 BJ,RQ,XB 的索引标识
SET ORDER TO BJ              && 设置 BJ 为主控索引
LIST
SET ORDER TO RQ              && 设置 RQ 为主控索引
LIST
SET ORDER TO XB              && 设置 XB 为主控索引
LIST
USE
```

4. 索引的删除

对于结构复合索引文件中的索引标识,有如下两种删除方法。

(1) 在"表设计器"中,利用"索引"选项卡来选择并删除索引标识。

(2) 用 DELETE TAG 命令删除索引标识。

格式：DELETE TAG ALL|<索引标识 1>[,<索引标识 2>…]

功能：删除指定的索引标识。

说明：ALL 子句用于删除复合索引文件中的所有索引标识。若某索引文件的所有索引标识都被删除,则该索引文件也自动删除。

5. 使用索引快速定位

打开相应的索引后,记录将按索引关键字值升序或降序排列,查询的速度比按原顺序查询要快得多。

可以使用 FIND 命令和 SEEK 命令实现快速查找。

(1) FIND 命令

格式：FIND <字符串>|<数值型常量>|<& 字符变量>

功能：在索引文件中查找索引关键字值与指定的字符串或数值型常量相等的记录。

说明：

① FIND 只能找 C 和 N 型数据,字符串常量可不加定界符,字符变量前面必须用宏替换函数 &。

② FIND 找到了与索引关键字相匹配的记录,则 RECNO()返回匹配记录的记录号,FOUND()返回"真"(.T.),EOF()返回"假"(.F.)。

③ FIND 命令找到的是与查询数据相匹配的第一条记录。

(2) SEEK 命令

格式：SEEK <表达式>

功能：在索引文件中查找索引关键字值与指定表达式值相等的记录。

说明：

① SEEK 命令只能在索引文件打开后使用,并且只能搜索主控索引关键字。

② SEEK 命令查找的是表达式,表达式可以是 C、N、D、L 型的常量、变量及其组合。查找的字符串常量必须用定界符。

③ 如果 SEEK 找到了与索引关键字相匹配的记录,则 RECNO()返回匹配记录的记录号,FOUND()返回"真"(.T.),EOF()返回"假"(.F.)。

④ 若找不到相匹配的关键字,则 RECNO()返回值为表的记录个数加 1。FOUND()返回"假"(.F.),EOF()返回"真"(.T.)。

【例 4.25】 使用 FIND 命令和 SEEK 命令在学生表(XS.DBF)中按如下要求分别查找满足条件的第一条记录。

① 查找姓名为"蒋磊"的记录。

② 查找籍贯是"江苏苏州"的男生记录。

```
USE XS
INDEX ON XM TAG XMSY
FIND 蒋磊                    && 或 SEEK "蒋磊"
```

```
DISPLAY
INDEX ON XB + JG TAG XBJG
SEEK "男" + "江苏苏州"        && 按表达式的值查找
?RECNO()
?FOUND()
DISP
```

（3）SEEK()函数

SEEK()函数同先执行 SEEK 命令然后执行 FOUND()函数的结果一样。

格式：SEEK (<表达式>)

功能：在索引文件中查找索引关键字值与指定表达式值相等的记录。若找到了与索引关键字相匹配的记录，SEEK()函数返回"真"(.T.)，否则返回"假"(.F.)。

例如，USE XS
```
     INDEX ON XH TAG XH
     ?SEEK ("0703020161")
     DISP
```

4.5　数据完整性

在 Visual FoxPro 中，数据完整性对数据的输入和修改实施了约束。数据完整性包括实体完整性、域完整性和参照完整性。它们分别在字段级、记录级和数据表级提供了数据正确性的验证。通过字段级、记录级和表间三级完整性约束，可以有效实现数据的完整性和一致性。从而方便和简化了用户的数据维护。

4.5.1　实体完整性和主关键字

实体完整性保证表中记录的唯一性，即在表中不允许出现重复记录。在 Visual FoxPro 中利用主关键字和候选关键字来保证表中记录的唯一性，即实体唯一性。

如果一个字段的值或几个字段的值能够唯一标识表中的一条记录，则这样的字段称为候选关键字。在一个表中具有这种特性的字段可能会有多个，从中选出一个作为主关键字。在 Visual FoxPro 中可以将主关键字设置为主索引，候选关键字设置为候选索引。建立主索引和候选索引就能够确保记录的唯一性。

4.5.2　域完整性与约束规则

通过限定字段的类型类型和取值范围来保证域完整性，还可以进一步通过域约束规则来保证域完整性。域约束规则也称做字段有效性规则，在输入或修改字段时被激活，用于字段中数据输入正确性的检验。

4.2.2 节已介绍过，建立字段有效性规则通常是在"表设计器"中进行，通过"字段"选项卡定义字段有效性规则和错误提示信息。

4.5.3　参照完整性与永久关系

1. 参照完整性的概念

当插入、删除或修改一个表中的数据时，最大的问题就是如何保证存储在不同表中的数据的一致性。参照完整性(Referential Integrality,RI)就是用来控制数据库中各相关表间数据的一致性或完整性的。

参照完整性是关系数据库管理系统的一个很重要的功能。在 Visual FoxPro 中为了建立参照完整性,必须首先建立表之间的永久关系。

2. 为数据库表建立永久关系

Visual FoxPro 是一个关系型数据库管理系统。也就是说,多个数据库表中存储的数据之间是有联系的。可以在数据库中为存在一对多关系的两个表创建永久关系,永久关系一旦创建,一直有效,直到删除。

通常具有一对多关系的两张表包含有公共的字段,该字段在父表中称为"主关键字",在子表中称为"外部关键字"。

创建永久关系的一般步骤如下。

(1) 确定建立永久关系的两张表具有一对多的关系。

(2) 对主表的"主关键字"建立主索引或候选索引。

(3) 对子表的"外部关键字"建立普通索引。

(4) 在"数据库设计器"窗口中,将主表的主索引或候选索引标识拖放到子表相应的索引标识上,则完成了永久关系的创建。

【例 4.26】 在 JXSJK 数据库中,为学生表(XS.DBF)、学生成绩表(CJ.DBF)和课程表(KC.DBF)建立表间的永久关系。

XS 表与 CJ 表,KC 表与 CJ 表之间存在一对多关系,可以在这 3 个表之间创建永久关系。

为了建立表之间的永久关系,需要为表建立索引。在 XS 表中用 XH 建立索引标识名为 XH 的主索引。在 CJ 表中,用 XH 建立索引标识名为 XH 的普通索引,用 KCDH 建立索引标识名为 KCDH 的普通索引。在 KC 表中用 KCDH 建立索引标识名为 KCDH 的候选索引。

在 3 个表中建立永久关系,用学生表(XS.DBF)和成绩表(CJ.DBF)中的共有字段 XH 建立永久关系,在课程表(KC.DBF)和成绩表(KC.DBF)之间用 KCDH 建立永久关系。

具体操作为:在 JXSJK"数据库设计器"中拖动学生表(XS.DBF)的 XH 索引到成绩表(CJ.DBF)的 XH 索引处,松开鼠标,在这两个表间出现一对多的关系线。用同样的方法拖动课程表(KC.DBF)的 KCDH 索引到成绩表(CJ.DBF)的 KCDH 索引处,则建立了课程表(KC.DBF)与成绩表(CJ.DBF)的一对多的关系,如图 4-28 所示。

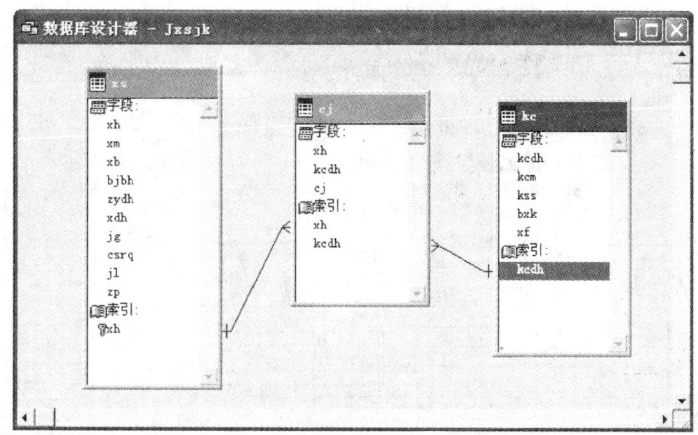

图 4-28 建立例 4.26 的永久关系

如果在建立永久关系时操作有误,随时可以编辑修改。方法是在"数据库设计器"中用鼠标右击要修改的关系线,关系线变粗,从弹出的快捷菜单中选择"编辑关系"命令,在弹出的如图4-29所示的"编辑关系"对话框中进行修改。

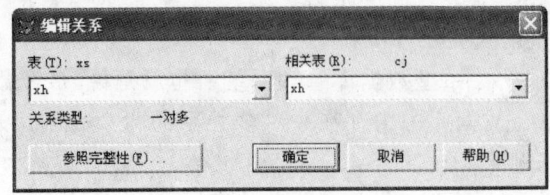

图4-29 "编辑关系"对话框

如果要删除两表间的永久关系,首先在"数据库设计器"中,单击两表间的关系线。关系线变粗,表明已选择了该关系。再按Delete键,就可删除表间永久关系。或者鼠标指向要删除的关系线,右击鼠标,从弹出的快捷菜单中选择"删除关系"命令。

3. 设置参照完整性约束

对于建立了永久关系的数据库中的各相关表而言,在对其记录进行更新、删除、插入时,如果只改变某个表中的数据而与之相关的表中的数据不改变,就可能导致各相关表中数据的不一致,从而影响到数据的完整性。数据完整性出现问题时,通常会在子表中出现孤立的记录。

Visual FoxPro中,可能导致子表出现孤立记录并引发数据完整性问题的常见操作如下。

• 修改了父表中的关键字值后,子表中相关记录的字段值却没有修改。

• 删除了父表中的某个记录后,子表中的相关记录却没有删除。

• 向子表插入或追加新记录,父表中却无关键字值与其相对应。

为了保证数据的完整性,最好对相关的表设置参照完整性规则。

在建立参照完整性之前必须首先清理数据库,所谓清理数据库是物理删除数据库各个表中所有带删除标记的记录。只要"数据库设计器"为当前窗口,主菜单栏上就会出现"数据库"菜单,这时可以在"数据库"菜单中选择"清理数据库"命令。

在清理完数据库后,用鼠标右击表之间的关系,从快捷菜单中选择"编辑参照完整性"命令,打开的"参照完整性生成器"对话框如图4-30所示。

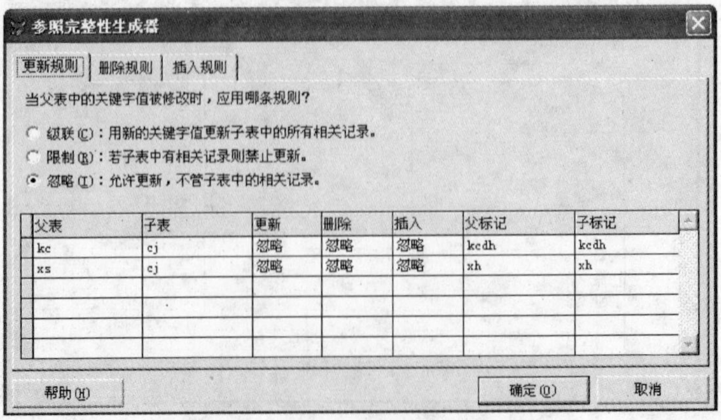

图4-30 "参照完整性生成器"对话框

注意：不管单击的是数据库中的哪个关系，所有关系都将出现在参照完整性生成器中。

参照完整性规则包括更新规则、删除规则和插入规则。

更新规则规定了当更新父表中的连接字段(主关键字)值时，如何处理相关的子表中的记录。

- 级联：用新的关键字值自动更新子表中的所有相关记录。
- 限制：若子表中有相关的记录，则禁止修改父表中的关键字值。
- 忽略：不做参照完整性检查，可以随意更新父表记录中的关键字值。

删除规则规定了当删除父表中的记录时，如何处理子表中的相关记录。

- 级联：自动删除子表中所有相关记录。
- 限制：若子表中有相关的记录，则禁止删除父表中的记录。
- 忽略：不做参照完整性检查，即删除父表的记录与子表无关。

插入规则规定了当插入子表中的记录时，是否进行参照完整性检查。

- 限制：若父表中没有相匹配的关键字值则禁止插入子记录。
- 忽略：不做参照完整性检查，即可以随意插入子记录。

【例 4.27】 在 JXSJK 数据库中，设置参照完整性规则。

(1) 在学生表(XS.DBF)与学生成绩表(CJ.DBF)之间要求：更新学生表的学号时，同时更新学生成绩表的相关记录值。删除学生表的记录时，如果学生成绩表有对应学号的记录则禁止删除。在学生成绩表中插入记录时，如果输入的学号不在学生表的代码中则禁止插入。

(2) 在课程表(KC.DBF)与学生成绩表(CJ.DBF)之间要求：更新课程表的课程代号时，同时更新学生成绩表的相关记录值。删除课程表的记录时，如果学生成绩表有对应课程代号的记录则禁止删除。在学生成绩表中插入记录时，如果输入的课程代号不在课程表中，则禁止插入。

操作步骤如下。

(1) 打开 JXSJK 数据库，在例 4.26 建立 XS.DBF 和 CJ.DBF 与 KC.DBF 和 CJ.DBF 的永久关系之后，执行"数据库"菜单中的"清理数据库"命令。

(2) 用鼠标右击表之间的关系，并从快捷菜单中选择"编辑参照完整性"命令，打开"参照完整性生成器"对话框。如图 4-31 所示。

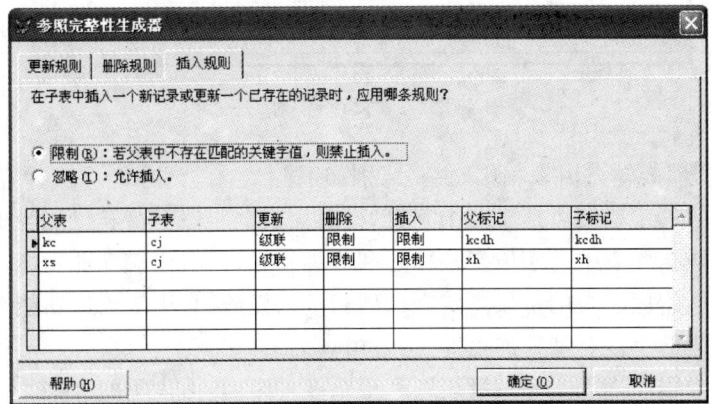

图 4-31 设置例 4.27 的参照完整性规则

（3）在学生表（XS.DBF）与学生成绩表（CJ.DBF）之间设置更新规则为级联、删除和插入规则为限制。

（4）在课程表（KC.DBF）与学生成绩表（CJ.DBF）之间设置更新规则为级联、删除和插入规则为限制。

（5）设置结果显示在图4-31下方表格中，单击"确定"按钮。在随即弹出的对话框中，单击"是"按钮，存储用户设置的规则，并生成参照完整性代码，完成参照完整性设置。

这样当修改学生表（XS.DBF）中的学号时，将会自动更新学生成绩表（CJ.DBF）中相关记录的学号。例如将学生表（XS.DBF）中的学号"0806020170"改为"0806020770"时，学生成绩表（CJ.DBF）中相关学号的值全部自动更改为"0806020770"。

4.6　自由表的操作

在 Visual FoxPro 中有数据库表和自由表两种形式的表。前面介绍的是数据库中的表，与数据库相关联，不属于任何数据库的表就是自由表。

4.6.1　自由表概念

在 Visual FoxPro 中创建表时，如果没有打开数据库，则创建的表就是自由表，可以将自由表添加到数据库中，使之成为数据库表，也可以将数据库表从数据库中移出，使之成为自由表。

建立自由表的"表设计器"界面如图4-32所示，可以与图4-9的"数据库表设计器"的界面相比较，比较明显的是，自由表不能建立字段级规则和约束等。

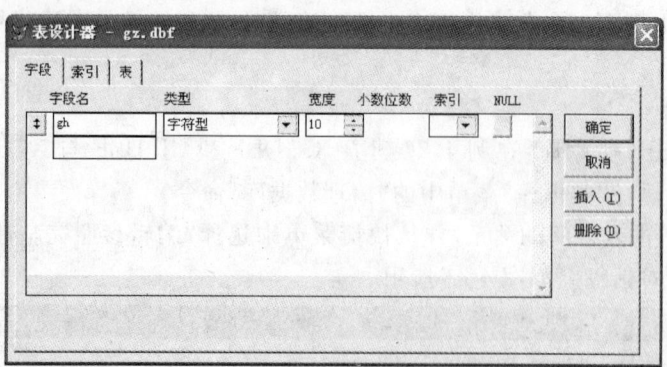

图 4-32　"表设计器"对话框

事实上，数据库表与自由表相比，主要区别如下。

（1）数据库表的字段名可达 128 个字符，而自由表的字段名最长仅能为 10 个字符。

（2）可以为数据库表中的字段指定标题和添加注释，而自由表无此功能。

（3）可以为数据库表中的字段指定默认值和输入掩码，自由表无此功能。

（4）数据库表的字段有默认的控件类，自由表无。

（5）可以为数据库表规定字段级规则和记录级规则，自由表不能。

（6）数据库表可以拥有主索引，自由表没有。

（7）数据库表可以创建表之间的永久性关系，可以设置参照完整性，自由表无此功能。

（8）数据库表支持插入、更新和删除事件的触发器，自由表不支持。

4.6.2　创建自由表

创建自由表的方法如下。

（1）在"项目管理器"中，从"数据"选项卡中选择"自由表"，然后单击"新建"按钮打开"表设计器"建立自由表。

（2）确认当前没有打开任何数据库，选择"文件"菜单下的"新建"命令，从"新建"对话框中的"文件类型"组框中选择"表"，然后单击"新建文件"按钮打开"表设计器"建立自由表。

（3）确认当前没有打开任何数据库，使用 CREATE 命令打开"表设计器"建立自由表。

4.6.3　将自由表添加到数据库

将自由表添加到数据库中通常使用以下 3 种方法。

（1）在"项目管理器"中，将要使用的数据库展开至表，并选择"表"，单击"添加"按钮，弹出"打开"对话框，选择要添加的自由表。

（2）打开"数据库设计器"，右击"数据库设计器"中的任一位置，从快捷菜单中选择"添加表"命令，或者选择"数据库"菜单中的"添加表"命令，在弹出的"打开"对话框中选择需要添加的自由表。

（3）当前数据库处于打开状态时，也可以使用 ADD TABLE 命令向数据库中添加表。

格式：ADD　TABLE　<自由表文件名>｜?

功能：向当前数据库中添加表。

说明：

① ＜自由表文件名＞指定添加到数据库中的表的名称。

② 使用"?"则显示"打开"对话框，从中可以选择需要添加到数据库中的自由表。

例如，在"命令"窗口输入如下命令可以将学生表（XS.DBF）添加到当前数据库中。

```
ADD TABLE  XS.DBF
```

注意：一个表只能属于一个数据库，当一个自由表添加到某个数据库后就不再是自由表了，所以不能把已经属于某个数据库的表添加到当前数据库，否则会有出错提示。

4.6.4　从数据库中移出和删除表

当数据库不再使用某个表，而其他数据库要使用该表时，必须将该表从当前数据库中移去，使之成为自由表。

从数据库中移出和删除表通常使用以下 3 种方法。

（1）在"项目管理器"窗口中选择要移去的表，然后单击"移去"按钮。这时系统会出现一个确认对话框，让用户确认是"移去"还是"删除"，如图 4-33 所示。

图 4-33　确认对话框

在确认对话框中单击"移去"按钮,则将数据表从数据库中移出;单击"删除"按钮,则将数据库表从磁盘上删除。

(2) 在"数据库设计器"中单击需要移去的表文件,用鼠标右击,从快捷菜单中选择"删除"命令,或者单击"数据库"菜单中的"移去"命令,系统也会弹出如图 4-33 所示的确认对话框,用户根据需要单击相应的按钮。

(3) 当前数据库处于打开状态时,也可以使用 REMOVE TABLE 命令从数据库中移去表。

格式：REMOVE TABLE <表文件名> |?[DELETE]

功能：从当前数据库移去表。

说明：

① <表文件名>指定要从当前数据库中移去的表的名称。

② 使用"?"则显示"移去"对话框,从中可以选择一个要从当前数据库中移去的表。

③ 使用选项 DELETE 则把所选表从数据库中移去,并从磁盘上删除。

需要注意的是：以上操作是从数据库中移出或删除表。从数据库移出某表后,该表就变成了自由表,与之关联的所有主索引、默认值及有关的规则都随之消失,因此,将某个表移出的操作会影响到当前数据库中与该表有联系的其他表。

4.7　多表操作

4.7.1　工作区概念

在 Visual FoxPro 中一次可以打开多个数据库,在每个数据库中都可以打开多个表,另外还可以打开多个自由表。为此,Visual FoxPro 引入了工作区和表的别名这两个概念。利用工作区,可以在不同的工作区中同时打开多个表。通过表的别名,可以引用在不同工作区中打开的各个表。

工作区实际上就是一个带有编号的内存区域,Visual FoxPro 通过它来标识一个打开的表,在一个工作区中只能打开一个表。如果在一个工作区中已经打开了一个表,再在此工作区中打开另一个表时,前一个表将自动被关闭。

如果在同一时刻需要打开多个表,则只需在不同的工作区中打开不同的表。在 Visual FoxPro 中,除了用编号表示工作区外,还可以用别名来标识工作区。

Visual FoxPro 提供了 32 767 个工作区,这 32 767 个工作区分别用 1~32 767 的数字来标识。此外,系统为前 10 个工作区指定的别名为字母 A~J。若在某工作区打开表时没有指定别名,则该表名即为表的别名;若打开表时同时指定了别名,则可以用此别名来引用该表或工作区。打开表时指定别名的方法如下。

格式：USE <表名> ALIAS <别名>

功能：打开一个表文件,并为该表定义一个别名。

当前正在操作的工作区称为当前工作区,系统默认 1 号工作区为当前工作区。用户可以根据需要改变当前工作区。

4.7.2　操作不同工作区中的表

1. 使用命令选择当前工作区

格式：SELECT　<工作区号>|<工作区别名>

功能：选择一个工作区为当前工作区。

说明：

(1) 命令 SELECT 0 表示选择尚未使用的编号最小的工作区为当前工作区。

(2) 当前工作区改变，不会改变各工作区的记录指针位置。

(3) 既可以通过工作区号，也可以通过<工作区别名>来选择当前工作区。

2. 多工作区中表文件的打开与关闭

格式：USE [<表文件名>] [IN <工作区号>] [AGAIN][ALIAS<别名>]

功能：在指定的工作区打开或关闭一个表文件。

说明：

(1) IN <工作区号>表示在指定的工作区打开表文件，缺省时在当前工作区打开表文件，该命令不会改变当前工作区。

(2) AGAIN 表示在不同的工作区同时打开一个在其他工作区已打开的表文件。

(3) ALIAS<别名>表示用户指定表的别名，缺省时系统自动把表名指定为别名。

(4) USE 命令不带任何参数，表示关闭当前工作区中已打开的表文件。

(5) USE IN <工作区号>是关闭指定工作区中的表文件。

【例 4.28】　在不同的工作区分别打开学生表（XS. DBF）、教师表（JS. DBF）和工资表（GZ. DBF）3 个表，命令序列如下。

```
USE XS                        && 在当前工作区中打开 XS 表,别名为 XS
USE JS ALIAS JIAOSHI IN 4     && 在工作区 4 中打开 JS 表,且定义别名为 JIAOSHI
USE GZ IN 0 NOUPDATE          && 在最小未用工作区中打开 GZ 表,且不允许修改
USE XS AGAIN IN 5             && 在工作区 5 中再次打开 XS 表
```

如果用户想了解表的打开和工作区的使用情况，可以从"窗口"菜单中选择"数据工作期"命令打开如图 4-34 所示的"数据工作期"窗口。通过该窗口，不仅可以直接查看工作区的使用情况，还能够打开、浏览或关闭指定的表。

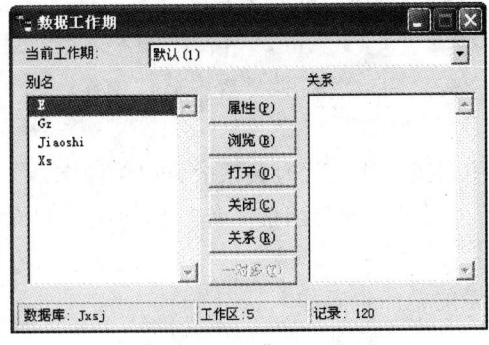

图 4-34　例 4.28 打开表的情况

3. 访问其他工作区中的表

用户不仅可以对当前工作区中的表进行各种操作,也可对其他工作区中的表进行访问。

(1) 利用 IN 命令在一个工作区内使用另一个工作区的表。

(2) 直接利用表名或表的别名引用另一个表中的数据,只需在别名后加上圆点分隔符
".".或"->"操作符,然后再接字段名即可。

【例 4.29】 在 1 号工作区打开 CJ 表,在 2 号工作区打开 XS 表。当前工作区为 1 号,
显示 XS 表中当前记录的学号和姓名字段的值。命令序列如下。

```
CLOSE ALL              && 关闭所有打开的文件
USE CJ IN 1            && 在 1 号工作区打开 CJ 表
USE XS IN 2            && 在 2 号工作区打开 XS 表,当前工作区为 1 号
? XS.XH,XS -> XM
```

4.7.3 创建表之间的临时关系

多个表打开后,记录指针的移动是相互独立的。如果建立了一对多两张表的临时关系
后,就会使得关系中的一个表(子表)的记录指针自动随着另一个表(父表)的记录指针移动
而移动。即在关系中选择父表的一个记录时,子表只显示与父表相关的记录。

建立临时关系的两个表通常符合一对多或一对一关系,而且子表必须按照与主表相关
联的字段建立索引。

1. 使用"数据工作期"窗口建立临时关系

在"数据工作期"窗口建立表间关联的操作步骤如下。

(1) 选择"窗口"菜单中的"数据工作期"命令,弹出"数据工作期"窗口。

(2) 在"数据工作期"窗口中打开需要关联的多个表。

(3) 选择进行关联的"父表",并单击"关系"按钮。

(4) 选择"子表",并建立关联条件。

(5) 如果此关联为一对多的关联,则需单击"一对多"按钮进行设置。

【例 4.30】 在"数据工作期"窗口中建立 XS 表与 CJ 表之间的临时关系。

依照上面 5 个步骤设置 XS 表与 CJ 表之间的临时关系。效果图如图 4-35 所示。

注意:子表中只显示与主表当前记录相关联的数据,不关联的数据不显示。

2. 使用 SET RELATION 命令建立临时关系

格式:SET RELATION TO <关系表达式> INTO <工作区号|别名>

功能:在相关联的两个表之间建立临时关系。

说明:

(1) <关系表达式>用于指定建立临时关系的索引关键字。

(2) <工作区号|别名>用于指定与当前工作区的表建立临时关系的表所在的工作区
号和别名。

使用命令建立临时关系的一般步骤如下。

(1) 分别在两个工作区中打开要建立临时关系的表。

(2) 确定<关系表达式>,并对子表按<关系表达式>建立索引。

(3) 设置子表的主控索引(可以在打开子表时同时设置)。

图 4-35　创建 XS 表与 CJ 表的临时关系

（4）选择主表工作区，并用 SET RELATION 命令建立临时关系。

以下一组命令等价于例 4.30 的界面操作。

```
SELECT 0
USE CJ ORDER TAG XH          && 打开子表并设置主控索引
SELECT 0
USE XS                       && 打开主表
SET RELATION TO XH INTO CJ   && 建立临时关系
```

3. 解除临时关系

在"数据工作期"窗口的关系列表中双击要关闭的关系连线，打开"表达式生成器"对话框，删除表达式，单击"确定"按钮即可。

也可以使用如下命令解除临时关系：

```
SELECT XS                    && 选择主表所在工作区
SET RELATION TO              && 解除所有与主表的临时关系
```

注意：SET RELATION TO 必须在主表工作区中执行，此外，在关闭主表或子表时，临时关系也自动解除。

习题 4

一、选择题

1. 数据库文件的扩展名是_____。

A．.DBF　　　　　　B．.DBC　　　　　　C．.PRG　　　　　　D．.MEM

2. 如果一个表文件中有 100 条记录，当前记录号为 76，执行命令 SKIP 30 后，再执行命令"? RECNO()"其结果是_____。

    A. 100   B. 106   C. 错误提示   D. 101

3. 假如数据表中有"数学"、"语文"、"物理"、"化学"、"英语"以及"总分"等字段,它们都为数值型数据,如果要求出所有学生的总分并填入总分字段中,应使用的命令是_____。

    A. REPLACE 总分 WITH 数学+语文+物理+化学+英语

    B. REPLACE 总分 WITH 数学,语文,物理,化学,英语

    C. REPLACE ALL 总分 WITH 数学+语文+物理+化学+英语

    D. REPLACE 总分 WITH 数学+语文+物理+化学+英语 FOR ALL

4. DELETE FROM S WHERE 年龄>60 语句的功能是_____。

    A. 从 S 表中彻底删除年龄大于 60 岁的记录

    B. S 表中年龄大于 60 岁的记录被加上删除标记

    C. 删除 S 表

    D. 删除 S 表的年龄列

5. 数据表结构包括职称号(C,4),工资(N,6,2),要求按工资升序,工资相同者按职工号升序建立索引文件,应使用命令_____。

    A. INDEX ON 工资/A,职工号/D TO ING

    B. SET INDEX ON 工资+职工号 TO ING

    C. INDEX ON STR(工资,6,2)+职工号 TO ING

    D. INDEX ON 工资/A,职工号/A   TO ING

6. 在打开的数据表文件中有工资字段(数值型),如果把所有记录的工资增加 10%,应使用的命令是_____。

    A. SUM ALL 工资 * 1.1 TO 工资

    B. 工资=工资 * 1.1

    C. REPLACE ALL 工资 WITH 工资 * 1.1

    D. STORE 工资 * 1.1 TO 工资

7. 不允许记录中出现重复索引值的索引是_____。

    A. 主索引   B. 主索引、候选索引和普通索引

    C. 主索引和候选索引   D. 主索引、候选索引和唯一索引

8. Visual FoxPro 参照完整性规则不包括_____。

    A. 更新规则   B. 查询规则   C. 删除规则   D. 插入规则

9. 下列有关索引的说法,正确的是_____。

    A. 可以在自由表中创建主索引

    B. 建立主索引的主关键字值不能为空,但可以有重复数值

    C. 不可以在自由表中建立候选索引

    D. 唯一索引中只保留关键字段值相同的第一条记录

10. 命令 DELETE ALL 和 ZAP 命令的区别是_____。

    A. DELETE ALL 只删除当前工作区的所有记录,而 ZAP 删除所有工作区的记录

    B. DELETE ALL 删除当前工作区的所有记录,而 ZAP 只删除当前记录

C. DELETE ALL 只删除记录,而 ZAP 连同表文件一起删除

D. DELETE ALL 删除记录后,可以用 RECALL 命令恢复,而 ZAP 删除后不能恢复

11. 自由表中字段名的最大长度是_____。

A. 10　　　　　　B. 254　　　　　　C. 8　　　　　　D. 128

12. 下述命令中的_____命令不能关闭表文件。

A. USE　　　　　　　　　　B. CLOSE DATABASE

C. CLEAR　　　　　　　　　D. CLOSE ALL

13. 对于向数据库添加表,_____说法是不正确的。

A. 可以将一个自由表添加到数据库中

B. 可以将一个数据库表直接添加到另一个数据库中

C. 可以在项目管理器中将自由表拖放到数据库中,使它成为数据库表

D. 将一个数据库表从一个数据库移至另一个数据库时,必须先使其成为自由表

14. 当数据库表移出数据库后,仍然有效的是_____。

A. 字段的默认值　　B. 表的触发器　　C. 结构复合索引　　D. 记录的验证规则

15. 执行 SELECT 0 选择工作区的结果是_____。

A. 选择了 0 号工作区　　　　　　B. 选择了空闲的最小号工作区

C. 关闭选择的工作区　　　　　　D. 选择已打开的工作区

16. 要在两个相关的表之间建立永久性关系,这两个表应该是_____。

A. 同一数据库内的两个表　　　　B. 两个自由表

C. 一个自由表和一个数据库表　　D. 任意两个数据库的表

二、填空题

1. Visual FoxPro 有两种类型的表:数据库表和_____。

2. Visual FoxPro 的数据库表之间存在一对一、一对多和_____ 3 种关系。

3. 在 Visual FoxPro 中,设置记录有效性规则在"表设计器"的_____选项卡中进行。

4. Visual FoxPro 中,索引分为主索引、_____、_____和普通索引。

5. 在参照完整性的设置中,如果要求在主表中删除记录的同时删除子表中的相关记录,则应将"删除"规则设置为_____。

6. 在定义字段有效性规则时,在规则框中输入的表达式类型是_____。

7. 在字段的"显示"栏中,包括格式、标题和_____ 3 项。

8. 建立表之间的临时关联的命令是_____。

第 5 章

SQL 语言

5.1 SQL 语言概述

1. 概述

SQL 是结构化查询语言(Structured Query Language)的英语缩写。SQL 语言是一种综合的、通用的、功能极强的关系数据库语言。当前流行的几乎所有的基于关系模型的数据库管理系统(DBMS)都支持 SQL,而且也被许多程序设计语言所支持。

最早的 SQL 标准是 1986 年 10 月由美国国家标准局 ANSI 公布的。随后,国际标准化组织 ISO 于 1987 年正式将 SQL 定为国际标准。1992 年 ISO 公布了 SQL-92 标准,亦称 SQL2。1999 年起 ANSI 又陆续公布增加了面向对象功能的新标准 SQL-99(亦称 SQL3)的 12 个标准文本。

目前大多数数据库管理系统均支持 SQL-92,仅有少部分支持 SQL-99。

SQL 语言包括数据定义、数据查询、数据操作和数据控制 4 个部分。对于 SQL 语言的 4 个组成部分,其功能和命令动词归纳如下。

(1) 数据定义方面的命令动词有 CREATE、DROP 和 ALTER,分别用来定义一般数据表或临时数据表、删除数据表、修改数据表的结构或参照完整性等。

(2) 属于数据查询的命令动词是 SELECT,用于对数据表中存储的数据进行提取和组合。

(3) 数据操作方面的命令动词有 INSERT、UPDATE 和 DELETE,分别用来进行记录的插入、更新和给记录加上删除标记等。

(4) 数据控制方面的命令动词有 GRANT、REVOKE,用于对数据库提供必要的控制和安全防护等。

由于 Visual FoxPro 自身的原因,它在 SQL 方面仅支持数据定义、数据查询和数据操作 3 部分的功能。SQL 语言的核心和精华是在数据查询方面,当然,其他方面也非常好用和具有优势。它是对数据库进行查询、更新等操作的标准数据语言。

2. SQL 语言的特点

(1) SQL 语言是一种一体化语言。它提供了完整的数据定义和操作功能。使用 SQL 语言可以实现数据库生命周期中的全部活动,包括数据库、表结构的定义和修改,表中数据的输入、修改、删除、查询与维护,数据库、数据表的重构,数据安全性控制等一系列操作的要求。

（2）SQL 语言是一种高度非过程化语言。在 SQL 命令中只需要说明要做什么，而不必说明如何去做，用户不必了解数据的存储格式、存取路径以及 SQL 命令的内部执行过程，就可以方便地对关系型数据库进行各种操作。

（3）SQL 语言非常简洁。SQL 命令条数少，语法简单，接近自然语言，易于学习和使用。

（4）SQL 语言的执行方式多样。它既可以直接以命令方式交互使用，也可以嵌入到程序设计语言中以程序方式使用。目前几乎所有的数据库管理系统或数据库应用开发工具都已将 SQL 语言融入自身的语言之中。

5.2 SQL 语言的定义功能

标准的 SQL 语言的定义功能非常完备，包括数据库的定义、表的定义、视图的定义、存储过程的定义、规则的定义和索引的定义等。本书仅介绍表的定义和视图的定义。

5.2.1 表的定义

在前面的章节中，我们已经学习了使用 Visual FoxPro 中的"表设计器"在可视化方式下定义数据表的方法。使用 SQL 语言也可以定义一个基本数据表、修改表的结构和删除一个数据表。

1. 表定义 SQL 命令的语法格式

```
CREATE TABLE <表名 1>[NAME <长表名>][FREE](<字段名 1><类型>[(<字段宽度>[,<小数位
数>])][NULL|NOT NULL][DEFAULT <表达式>]
[PRIMARY KEY|UNIQUE]
[REFERENCES <表名 2>[TAG <标识名>]]
[,<字段名 2>…]
[,PRIMARY KEY <表达式> TAG <标识名>]
[,FOREIGN KEY <表达式> TAG <标识名>
REFERENCES <表名 3> [TAG <标识名>]]
```

2. 关键字的含义

（1）<表名 1>是本命令创建的表名，当本命令是为当前数据库创建一个表时，可用 NAME <长表名>给该表创建一个长表名。FREE 也是在数据库中创建表时才有意义，用来指定该表为自由表，无 FREE 即为库表。

（2）NULL|NOT NULL 用于定义该字段是否允许为空，当无此关键字时，默认为不允许为空。

（3）DEFAULT <表达式>用于指定该字段的默认值。

（4）PRIMARY KEY 为该字段创建一个主索引，其索引标识符与字段名相同。UNIQUE 是用来创建一个候选索引。REFE<表名 2>TAG<标识名>为以<标识名>与其子表<表名 2>建立永久关系。

（5）FOREIGN KEY <表达式> TAG <标识名> REFERENCES <表名 3>是与父表<表名 3>建立永久关系。

请看一个 SQL 命令：create table XSb name"机电 09 学生表"(XH c(4)defa)"09";

```
prim key refe CJB tag XH,;
XM c(6),XB c(2) defa "男",;
YXBH c(4),fore key YXBH tag YXBBH refe YXB)
```

第1行：创建库表 XSB，其长表名为"机电09学生表"，设置 XH 字段，其默认值为"09"；第2行：设置 XH 为主关键字，并与子表 CJB 创建永久关系；第3行：设置 XM、XB字段，XB 的默认值为"男"；第4行设置 YXBH 字段，该字段是本表的父表 YXB 的外部关键字，并通过该字段与 YXB 建立了永久关系。

3. 应用示例

【例5.1】 在当前数据库中创建一个学生成绩表 CJ. DBF，该表描述如表 5-1 所示。

表 5-1　学生成绩表

字 段 名	含 义	字 段 类 型	宽 度	其 他 说 明
XH	学号	字符型	10	主索引、非空
XM	姓名	字符型	6	
KCDH	课程号	字符型	2	非空
CJ	成绩	数值型	5,1	

```
CREATE TABLE CJ(XH C(10);
PRIMARY KEY NOT NULL,;
XM C(6),KCDH C(2);
NOT NULL,CJ N(5,1))
```

【例5.2】 在当前数据库中创建一个教师奖金表 JJ. DBF，该表结构描述如表 5-2 所示，并对 KQJ 字段的数据进行有效性检测，要求 KQJ 在 500 到 2000 之间，同时通过表 5-2中的 GH 字段与 JS. DBF 表建立关联。

```
CREATE TABLE JJ(GH C(8);
PRIMARY KEY REFERENCES JS,;
KQJ N(6,1) CHEC(KQJ>500.AND.KQJ<2000);
ERROR"考勤奖在500到2000元之间!",;
KSJ N(5,1),HJ N(6,1))
```

表 5-2　教师奖金表

字 段 名	含 义	字 段 类 型	宽 度
GH	工号	字符型	8
KQJ	考勤奖	数值型	5,1
KSJ	课时奖	数值型	5,1
HJ	合计	数值型	6,1

5.2.2 表结构的修改

在修改表结构的操作中，包括添加、修改、删除字段和其他表的结构属性的修改。

1. 添加新字段

（1）格式

```
ALTER TABLE <表名>;
```

```
ADD[COLUMN[<字段名><字段类型>][<长度>{,<小数位数>}]][NULL|NOT NULL]]
[DEFAULT <表达式>]
```

（2）说明

① ADD［COLUMN］<字段名>用来向表中添加新字段。

② DEFAULT<表达式>设置新字段的默认值，仅对数据库表有效。

（3）示例

【例 5.3】 给 XS 表添加 SG（身高）字段，默认值为 168（厘米）。

```
ALTER TABLE XS;
ADD COLUMN SGN(3);
DEFAULT 168
```

2. 修改表的字段名

（1）格式

```
ALTER TABLE <表名>
ALTER [COLUMN] <字段名 1>[NULL|NOT NULL]
[SET DEFAULT <表达式>]
[RENAME COLUMN <字段名 2> TO <字段名 3>]
```

（2）说明

① ALTER［COLUMN］<字段名 1>指定要修改的字段名。

② ［NULL|NOT NULL]指明该字段是否可以为空。

③ ［SET DEFAULT <表达式>]设置该字段新的默认值。

④ ［RENAME COLUMN <字段名 2> TO <字段名 3>]将字段改名。

（3）示例

【例 5.4】 修改表 XS 中 XB 字段的默认值为"女"，BJBH 字段名改为 BJH。

```
ALTER  TABLE  XS;
ALTER  XB;
SET  DEFAULT  "女";
RENAME  COLUMN  BJBH  TO  BJH
```

3. 删除表中的字段、主索引等

（1）格式

```
ALTER TABLE <表名>
[DROP[COLUMN[<字段名>]
[DROP PRIMARY KEY]]]
```

（2）说明

［DROP[COLUMN[<字段名>]删除给定的字段；

［DROP PRIMARY KEY]]删除该数据库表的主索引。

（3）示例

【例 5.5】 删除 XS 表中的 JG 字段和主索引。

```
ALTER TABLE XS;
```

```
DROP COLUMN JG;
DROP PRIMARY KEY
```

5.2.3 表的删除

1. 格式

```
DROP TABLE [<数据库名>.]<表名>
```

2. 示例

【例 5.6】 删除当前数据库中的 XS11 数据表。

```
DROP   TABLE   XS11
```

3. 说明

(1) 使用该 SQL 命令可以删除数据库中的表、自由表或一般数据表文件。

(2) 如果删除的数据库表是在当前数据库中,则成功删除该表,否则会显示出错信息。

(3) 该命令也能在数据库不打开时删除数据库中的表、自由表或一般数据表文件,但是在以后对那个数据库进行操作时也会出现错误信息。

5.3 对数据操作的 SQL 命令

SQL 的数据操作命令主要是对数据表中记录进行操作。主要包括记录的插入、更新和删除等操作。

5.3.1 插入记录命令

1. 格式

插入记录命令用于在表中添加一条记录,同时给新记录的各字段赋值。Visual FoxPro 支持 SQL 的 3 种插入命令格式。

格式 1:记录值直接放在命令中。

```
INSERT INTO <表名> [(字段名 1[,字段名 2,…])] VALUES(表达式 1[,表达式 2,…])
```

格式 2:先将各字段值放在一个数组中,再用命令插入。

```
INSERT INTO <表名>  FROM  ARRAY <数组名>
```

格式 3:先将各字段值放在一组与字段同名的内存变量中,再用命令插入。

```
INSERT INTO <表名>  FROM  MEMVAR
```

2. 示例

【例 5.7】 向 XS 表中插入一条关于李敏同学的记录。

```
INSE INTO XS(XH,XM,XB,NL)VALU("0723551026","李敏","女",19)
```

【例 5.8】 用数组 FS 向成绩表 CJ08.DBF 中插入一条记录。

```
DIME FS(4)
```

```
FS(1) = "091234"
FS(2) = "201"
FS(3) = 88
INSE  INTO  CJ08  FROM  ARRAY  FS
```

【例5.9】 用变量XH,KCDH,CJ向成绩表CJ08.DBF中插入一条记录。

```
XH = "081238"
KCDH = "301"
CJ = 98
INSE INTO CJ08  FROM  MEMVAR
```

5.3.2 更新记录命令

SQL的更新记录命令UPDATE是用给定的新值去更新指定数据表中的有关记录。

1. 格式

```
UPDATE <表名>
SET <字段名1> = <表达式1>[,<字段名2> = <表达式2>… ]
[Where <条件1>[AND|OR <条件2>…]]
```

2. 说明

(1) UPDATE <表名>指明要进行修改的表文件名。

(2) <字段名1> = <表达式1>[,<字段名2> = <表达式2>…]用表达式值作为对应字段名的更新值。

(3) Where <条件1>[AND|OR <条件2>…]给出被更新字段要满足的条件。

3. 示例

【例5.10】 将教师表中年终考核为"优秀"的讲师的基本工资提高15%。

```
UPDATE JS;
SET JBGZ = JBGZ * (1 + 0.15);
WHERE ZC = "讲师"AND KH = "优秀"
```

5.3.3 删除记录命令

DELETE命令就是在指定表中将符合删除条件的记录加上删除标记。而对于被添加了删除标记的记录的彻底删除操作,使用Visual FoxPro命令PACK就能够将这些记录从数据表中不可恢复地清除掉。

1. 格式

```
DELETE FROM <表名>
[Where <条件1>[AND|OR <条件2>…]]
```

2. 示例

【例5.11】 将JS表中CSRQ(出生日期)在1947年1月1日之前的记录加上删除标记。

```
DELETE  FROM  JS;
WHERE CSRQ < CTOD("01/01/47")
```

5.4 SQL 的查询功能

5.4.1 SQL 查询命令

数据查询,就是根据给定的条件从一个或多个关系中找出符合记录的元组,可以说查询操作是 SQL 语言的核心。SQL 的查询命令通常就直接被称为 SELECT 命令,它的基本形式是 SELECT…FROM…WHERE,可以嵌套多个查询。

1. SELECT 命令的格式

```
SELECT [ALL|DISTINCT]
[<别名>.]< SELECT 表达式>[AS <列名>],[<别名 1>.]< SELECT 表达式>[AS <别名 2>…]
FROM[<数据库名>!]<表名>
[[[INNER|LEFT|OUTER]|RIGHT|OUTER]|FULL|OUTER]JOIN <数据库名>!]<表名>[ON<连接条件>…]
[[INTO <目标>]|TO FILE <文件名>|TO TRINTER|TO SCREEN]
WHERE <连接条件>[AND<连接条件>…][AND|OR<筛选条件>]
[GROUP BY<分组表达式>]
[HAVING<筛选条件>]
[UNION[ALL]< SELECT 命令>]
[ORDER BY<排序表达式>[ASC|DESC]
[TOP<数值表达式>[PERCENT]]
```

2. 子句的说明

(1) DISTINCT 为不重复的记录。

(2) FROM [<数据库名>!]<表名>为一个或多个数据源。

(3) [[[INNER|LEFT|OUTER]|RIGHT|OUTER]|FULL|OUTER]JOIN 为数据源之间的连接方式。

(4) [[INTO <目标>]|[TO…]] 设定查询结果的去向,如直接显示、保存在表中或打印等。

(5) WHERE 子句为查询条件。

(6) GROUP BY 是对查询数据进行分组的依据。

(7) HAVING 子句针对 GROUP BY 的分组条件。

(8) ORDER BY 是查询结果的排序依据。

(9) [TOP<数值表达式>[PERCENT]]是查询结果显示的记录数或比例。

(10) [UNION[ALL]<SELECT 命令>]对其前后的查询进行集合的并运算,使之输出一个查询结果。

显然,从以上 SELECT 命令的形式看来,该命令非常复杂,但是在实际应用中,只要能够理解命令中各个短语的含义,记住常用的几条命令的构成格式,在应用中是很快就可掌握的。

3. 应用示例

对于学生表、课程表和成绩表,使用 SELECT 命令查询学生的英语课程的成绩信息,查询结果中包含学号、姓名、课程名和成绩,显示按成绩的降序排列,结果如图 5-1 所示。

SELECT 命令如下:

学号	姓名	课程名	成绩
0703010113	魏星荥	英语	64.0
0604010230	林明琴	英语	83.0
0603010111	储莲元	英语	82.0
0604010240	刘宪法	英语	77.0
0705010125	王凯旋	英语	77.0
0803010222	卢志军	英语	63.0
0604010239	胡渠道	英语	44.0

图 5-1 SELECT 命令执行结果

```
SELECT 学生表.学号, 学生表.姓名, 课程表.课程名, 成绩表.成绩;
 FROM  学生表 INNER JOIN 成绩表 INNER JOIN 课程表;
  ON  课程表.课程代号 = 成绩表.课程代号;
  ON  学生表.学号 = 成绩表.学号;
 WHERE 课程表.课程名 = "英语";
 ORDER BY 成绩表.成绩 DESC
```

5.4.2 最简单的查询

最简单的查询操作是基于一个或两个表和简单的条件进行查询,两个表之间进行最简单的连接。

1. 单表查询

格式:SELECT <字段名表 > FROM <表名 > WHERE <查询条件>

【例5.12】 查询 XS.DBF 中男同学的情况,显示学号、姓名、性别、籍贯和出生日期。

```
SELECT XH,XM,XB,JG,CSRQ FROM  XS  WHERE XB = "男"
```

【例5.13】 查询教师表 JS.DBF 中系代号为"08",出生日期为 1949 年之前的教师情况,显示工号、姓名、系代号、出生日期。

```
SELECT GH,XM,XDH,CSRQ FROM JS;
  WHERE XDH = "08".AND.CSRQ <{^1949 - 01 - 01}
```

2. 最简单的连接查询

格式:SELECT <字段名表> FROM <表名> WHERE <连接和查询条件>

【例5.14】 通过学生表 XS 和成绩表 CJ 查询分数不低于 60 分的同学相关信息,显示学号、姓名、成绩代号和分数。

```
SELECT XS.XH,XS.XM,CJ.KCDH,CJ.CJ FROM . XS,CJ;
  WHERE XS.XH = CJ.XH.AND.CJ.CJ > = 60
```

5.4.3 查询中的排序

在查询命令中使用 ORDER BY 字句可方便地实现对查询结果的排序。默认情况下命令自动按升序排列查询结果,如需指明,则在语句后跟升序关键字 ASC 或降序关键字 DESC。

【例5.15】 按降序排列查询课程代号为 06 的学生分数,显示内容为 XH,KCDH,CJ。

```
SELECT XH,KCDH,CJ FROM CJ;
WHERE KCDH = "06";
ORDER BY CJ DESC
```

【例5.16】 按教师的工龄升序显示教师的 GH(工号)、XM(姓名)、GL(工龄)和 JBGZ(基本工资)的信息。(工龄用 GZRQ(参加工作日期)求得,YEAR(DATE( ))－YEAR(GZRQ))

```
SELE JS.GH, JS.XM, YEAR(DATE( )) - YEAR(GZRQ) AS GL, GZ.JBGZ  FROM JS, GZ;
WHERE JS.GH = GZ.GH;
ORDER BY GL
```

【例5.17】 查询系代号为"01"、"05"、"08"的 3 个系学生的信息,要求先按系代号降序,再按籍贯升序排列显示。

```
SELECT  XH,XM,XDH,JG  FROM  XS;
ORDER  BY  XDH  DESC,JG;
WHERE XDH IN ("01","05","08")
```

5.4.4 查询中的条件统计和分组统计

1. 条件统计

SQL 语言中最常用的统计函数有 COUNT（计数）、MIN（最小值）、MAX（最大值）、AVG（平均值）和 SUM（总和）等,用来在命令中实现对满足条件的记录的统计。

【例 5.18】 统计系代号为"08"的全系人数,平均、最高和最低工资。

```
SELECT COUNT( * )AS 全系人数,AVG(JBGZ)AS 平均工资,;
MAX(JBGZ) AS 最高工资,MIN(JBGZ) AS 最低工资 FROM GZ,JS;
WHERE JS.XDH = "08".AND.JS.GH = GZ.GH
```

2. 分组统计

在实际数据统计中除了以上的简单统计,更多的是要进行各种分类统计。我们采取在 SQL 中使用 GROUP BY 子句来实现。必要时还可以使用 HAVING 子句对分组进一步加以控制,定义这些组所要满足的条件,以便显示出更为精确的查询结果。

【例 5.19】 利用教师表 JS 和系名表 XIM 统计各个系的教师人数,显示出系代号、系名和教师数。

```
SELECT  JS.XDH  AS 系代号,XIM.XIMING  AS 系名,COUNT( * ) AS 教师数;
    FROM  JS,XIM  GROUP  BY  JS.XDH;
    WHERE XIM.XDH = JS.XDH
```

【例 5.20】 统计成绩表中平均分在 70 分以上的每门课程的平均分、最高分和最低分。

```
SELECT KCDH,AVG(CJ),MAX(CJ),MIN(CJ)  FROM CJ;
ORDER BY 1 GROUP BY KCDH  HAVING AVG(CJ)>70
```

【例 5.21】 统计教师表 JS 中男、女教师人数。

```
SELE SUM(IIF(XB = "男",1,0)) AS 男教师,SUM(IIF(XB = "女",1,0)) AS 女教师 FROM  JS
```

5.4.5 查询中的连接

连接是关系中的一种基本操作。当进行两张以上的多表查询时要进行表之间的连接。常见的有 5 种连接:无条件连接、内连接、左连接、右连接和完全连接。

为了使读者对 5 种连接有一个直观的理解,设计的例表如表 5-3 所示。

表 5-3 例   表

LXS. DBF				RCJ. DBF		
XH	XM	XB	JG	XH	KCDH	CJ
070101	欧阳枫	女	江苏南京	070101	01	41
070102	黄尧	男	山东青岛	070101	02	61
070103	洪祁连	男	云南昆明	070102	01	82
				070102	02	72
				070105	01	65

1. 无条件连接

当两张表进行无条件连接时,左表中任一条记录都与右表中每一条记录构成一条结果记录。所以,生成的结果记录条数为二表各自记录数的乘积,如下面的查询命令则生成 3×5＝15 条记录。很显然,这在实际应用中的一般情况下是没有实际意义的。

```
SELECT LXS.XH,,LXS.XM,RCJ.KCDH,,RCJ.CJ;
 FROM  LXS,RCJ
```

2. 内连接

内连接是实际中最普通、最常用的一种连接。由两张表中满足连接条件的记录生成所需要的记录。如下面的查询命令执行的结果是两边同时满足连接条件的记录生成的 4 条记录,如表 5-4 所示。

```
SELECT LXS.XH, LXS.XM, RCJ.KCDH, RCJ.CJ;
 FROM  LXS  INNER JOIN  RCJ;
 ON  LXS.XH = RCJ.XH
```

表 5-4 内连接结果

XH	XM	KCDH	CJ
070101	欧阳枫	01	41
070101	欧阳枫	02	61
070102	黄尧	01	82
070102	黄尧	02	72

3. 左连接

左连接的执行效果是左表中的所有记录和右表中满足连接条件的记录。当右表中无满足条件的记录与之相匹配,则在相应字段赋以空值。对于以下查询命令其执行结果如表 5-5 所示。

```
SELECT LXS.XH,LXS.XM,,RCJ.KCDH,RCJ.CJ;
 FROM  LXS LEFT OUTER JOIN RCJ;
 ON  LXS.XH = RCJ.XH
```

表 5-5 左连接结果

XH	XM	KCDH	CJ
070101	欧阳枫	01	41
070101	欧阳枫	02	61
070102	黄尧	01	82
070102	黄尧	02	72
070103	洪祁连	.NULL.	.NULL.

4. 右连接

右连接的执行效果是右表中所有记录和左表中满足连接条件的记录。当左表中无满足条件的记录与之匹配,则在相应字段赋以空值。以下右连接查询命令的执行结果如表 5-6

所示。

```
SELECT LXS.XH, LXS.XM,RCJ.KCDH,RCJ.CJ;
    FROM  LXS RIGHT OUTER JOIN  RCJ;
    ON  LXS.XH = RCJ.XH
```

表 5-6　右连接结果

XH	XM	KCDH	CJ
070101	欧阳枫	01	41
070101	欧阳枫	02	61
070102	黄尧	01	82
070102	黄尧	02	72
.NULL.	.NULL.	03	65

5. 完全连接

这种连接是先按左连接运算,再按右连接运算,对于记录中不满足连接条件的字段值填入空值。以下完全连接的 SQL 命令的运行结果如表 5-7 所示。

```
SELECT LXS.XH, LXS.XM, RCJ.KCDH, RCJ.CJ;
    FROM  LXS FULL JOIN RCJ;
    ON  LXS.XH = RCJ.XH
```

表 5-7　完全连接结果

XH	XM	KCDH	CJ
070101	欧阳枫	01	41
070101	欧阳枫	02	61
070102	黄尧	01	82
070102	黄尧	02	72
070103	洪祁连	.NULL.	.NULL.
.NULL.	.NULL.	03	65

5.4.6　查询的嵌套

1. 基本嵌套查询

嵌套查询是一类基于多个表的查询,查询的结果是出自一个表中的字段,但是查询的条件要涉及另外的一个或多个表。

在基本嵌套查询中,首先由内层查询得出一个结果,再由外层查询以第一次查询为基础从该结果中进行查询。

【例 5.22】 查询至少有一门成绩达 90 分的学生的学号、姓名和班级编号。

```
SELE XH,XM,BJBH  FROM  XS  WHERE  XH  IN;
(SELE XH FROM CJ WHERE CJ > = 90)
```

本例的内层查询从成绩表 CJ 中查出所有满足有一门以上成绩达到 90 分的学号,外层根据这些学号从学生表中查询出学生的相关信息。

2. 内外层互相嵌套查询

在嵌套查询中不都像上例那样简单,有时候内层查询的条件需要外层的查询提供数据,而外层查询的条件也需要内层查询的结果。

【例 5.23】 查询成绩表 CJ 中学生课程分数在平均分以上的"学号"(XH)、"课程代号"(KCDH)和"分数"(CJ)。

```
SELECT XH,KCDH,CJ FROM CJ,A;
    WHERE CJ >(SELE AVG(CJ) FROM CJ,B WHERE A.KCDH = B.KCDH)
```

【例 5.24】 查询"010404051"班级的男同学信息。

```
SELECT  XH,XM,XB,BJBH  FROM  XS;
    WHERE  XB = "男" .AND. XH  IN;
    (SELE  XH  FROM  XS  WHERE  BJBH = "010404051")
```

【例 5.25】 查询成绩表中每门课程的最高分的相关信息。

```
SELE  A.KCDH,A.CJ,A.XH  FROM  CJ,A  WHERE CJ = ;
    (SELE  MAX(CJ)  FROM  CJ,B  WHERE  A.KCDH = B.KCDH)
```

【例 5.26】 查询与"010103"号同学同年生的人。

```
SELE XH,XM,CSRQ FROM XS;
    WHERE  XH! = "010103".AND.YEAR(CSRQ) = (SELECT YEAR(XS.CSRQ);
    FROM  XS  WHERE  XS.XH = "010103")
```

如要将"010103"号同学也显示出来就将"XH!="010103".AND."删除即可。

5.4.7 查询的并运算

在 SQL 中可以进行查询的并运算,即可以将两个以上的 SELECT 命令的查询结果合并成为一个查询结果输出。其格式是在两个查询命令之间插入命令 UNION 即可。

这里首先对以下两个例题中出现的表和字段进行简要说明:所涉及的表有 JS(教师表)、GZ(工资表)、XS(学生表)和 XIM(系名表)。相关字段有 JBGZ(基本工资)、XDH(系代号)、XIMING(系名)、GH(工号)、ZCDH(职称代号,其中教授、副教授和讲师的职称代号依次为 01、02、03)。

【例 5.27】 查询各个系的教授、副教授和讲师的人数和平均工资。

```
SELE "教授" AS 类别,AVG(GZ.JBGZ) AS 平均工资,JS.XDH AS 系代号,COUNT( * ) AS 人数;
 FROM JS,GZ  WHERE JS.ZCDH = "01" .AND. JS.GH = GZ.GH GROUP BY JS.XDH;
UNION;
SELE "副教授" AS 类别,AVG(GZ.JBGZ) AS 平均工资,JS.XDH AS 系代号,COUNT( * ) AS 人数;
 FROM JS,GZ WHERE JS.ZCDH = "02" .AND.JS.GH = GZ.GH GROUP BY JS.XDH;
 UNION;
 SELE "讲师" AS 类别,AVG(GZ.JBGZ) AS 平均工资,JS.XDH AS 系代号,COUNT( * ) AS 人数;
 FROM JS,GZ  WHERE JS.ZCDH = "03" .AND.JS.GH = GZ.GH GROUP BY JS.XDH
```

【例 5.28】 通过系名表 XIM、学生表 XS 和教师表 JS 查询统计各系学生和教师的人数。

```
SELE "教师" AS 分类,XIM.XIMING,COUNT( * ) AS 人数 FROM JS,XIM WHERE XIM.XDH = JS.XDH GROUP BY
JS.XDH;
UNION;
```

```
SELE "学生" AS 分类,XIM.XIMING,COUNT( * ) AS 人数 FROM XS,XIM WHERE XIM.XDH = XS.XDH GROUP BY
XS.XDH;
ORDER BY 1,2
```

5.4.8　关于查询结果的选项

1. 显示部分查询结果

使用 SELECT 语句中的 TOP　＜数值表达式＞[PERCENT]子句显示查询结果中的最前若干条记录,或结果记录的百分比。

【例 5.29】　显示学生成绩分数最高的前 5 名记录。

```
SELE TOP 5 CJ.XH,XS.XM,CJ.KCDH,CJ.CJ　FROM XS,CJ;
WHERE XS.XH = CJ.XH ORDER BY CJ.CJ DESC
```

【例 5.30】　显示学生成绩分数最低的前 15% 的记录。

```
SELE TOP 15 PERC CJ.XH,XS.XM,CJ.KCDH,CJ.CJ　FROM XS,CJ;
WHERE XS.XH = CJ.XH ORDER BY CJ.CJ
```

2. 不显示重复记录

使用 SELECT 语句中的 DISTINCT 子句。

【例 5.31】　查询课程有不及格的学生的学号和姓名。

```
SELECT DIST CJ.XH, XS.XM FROM  XS,CJ WHERE XS.XH = CJ.XH.AND.CJ.CJ < 60
```

【例 5.32】　查询每个不及格成绩的同学的学号和姓名。

```
SELECT  CJ.XH, XS.XM FROM  XS,CJ  WHERE XS.XH = CJ.XH.AND.CJ.CJ < 60
```

如图 5-2 所示,(a)图是有课程不及格的学生名单,显然可能有一位同学几门课不及格,对应于例 5.31。而(b)图是一门课程不及格分数只对应一位同学,总记录数是我们实际应用中常说的不及格人次,对应于例 5.32。当然对于(b)图,为明确起见一般是再加上课程代号或课程名,但那就不是重复记录的问题了。

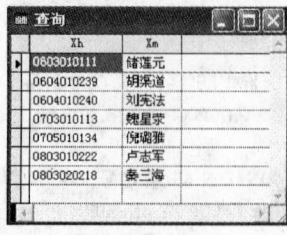

(a) 例5.31示例图　　　　　　(b) 例5.32示例图

图 5-2　DISTINCT 子句示例

3. 查询结果输出去向的设置

使用 SELECT 语句中的 [INTO ＜目标＞]|[TO FILE＜文件名＞|TO TRINTER|TO SCREEN]子句指定实际需要的查询去向。

常用的几种输出去向如表 5-8 所示。

表 5-8 常用查询去向设置

查 询 去 向	子 句	说 明
浏览	默认(无对应子句)	当前浏览结果
二维数组	INTO ARRA <数组名>	可供程序处理
临时表	INTO CURSOR <表名>	该表可当时使用,关闭时立即消失
自由表	INTO TABLE <表名>	结果保存在数据表中,可永久保存
屏幕	TO SCREEN	将查询结果显示在 Visual FoxPro 窗口中
保存到文本文件	TO FILE <文件名>	将查询结果保存在文件里,同时也显示在屏幕
打印	TO TPRINTER	执行时立即打印出来

【例 5.33】 将查询结果保存在数组 ABB 中,并显示前 10 名的数据。

```
PUBLIC ABB(4,99)
SELECT CJ.XH, XS.XM, CJ.KCDH, CJ.CJ;
   FROM  XS, CJ;
   WHERE  XS.XH = CJ.XH .AND.CJ.CJ > 60;
   INTO  ARRA  ABB;
   ORDER BY CJ.CJ
?  "    学  号 ","姓 名 "
?? " ","课程代号  "," 分数"
FOR I = 1 TO 10
  ? " ",STR(I,2),ABB(I,1),ABB(I,2)
  ?? " ",ABB(I,3),ABB(I,4)
ENDFOR
```

	学　号	姓 名	课程代号	分数
1	0803020218	秦三海	0402	99.0
2	0705010134	倪璐雅	0301	98.0
3	0803020218	秦三海	0102	96.0
4	0705010134	倪璐雅	0002	93.0
5	0604010230	林明琴	0302	91.0
6	0604010239	胡渠道	0002	91.0
7	0604010240	刘宪法	0402	90.0
8	0803010222	卢志军	0402	89.0
9	0703010113	魏星萦	0302	89.0
10	0603010111	储莲元	0301	88.0

图 5-3 查询结果

查询结果如图 5-3 所示。

【例 5.34】 将查询结果保存在临时表 ABC 中,并显示刘宪法的相关信息。

```
SELE XS.XH,XS.XM,CJ.KCDH,CJ.CJ FROM XS,CJ;
  WHERE XS.XH = CJ.XH.AND.CJ.CJ < 60;
  INTO CURSOR ABC;
  LOCA FOR XM = "刘宪法"
  DISPLAY
```

【例 5.35】 将查询结果保存在文本文件 WJ18 中,并显示在屏幕上。

```
SELE XS.XH,XS.XM,KC.KCM,CJ.CJ;
   FROM XS,CJ,KC;
   WHERE XS.XH = CJ.XH.AND.CJ.KCDH = KC.KCDH;
   TO FILE WJ18
```

【例 5.36】 统计成绩表中每门课程的平均分,并打印出来。

```
SELE CJ.KCDH AS 课程代码,KC.KCM AS 课程名,AVG(CJ.CJ) AS 平均分;
   FROM CJ ,KC;
   WHERE CJ.KCDH = KC.KCDH;
   GROUP BY CJ.KCDH TO PRINTER
```

【例 5.37】 利用学生表和成绩表统计成绩表中没有成绩的学生的学号和姓名,将查询结果显示出来,并保存在文本文件 QUEKAO.TXT 中。

```
SELE XH,XM FROM XS WHERE XH NOT IN (SELE XH FROM CJ);
  TO FILE QUEKAO
```

5.5 查询中可使用的特殊运算符

在进行一些更为复杂的嵌套子查询时，当查询涉及更多的关系时，可以使用一些特殊的谓词和量词运算符，能够给操作和查询命令的构成带来一定的方便。

1. IN 和 NOT IN

IN 相当于集合运算符"∈"，一般用在表示指定对象存在于一个集合之中。而 NOT IN 就是 IN 的相反。

例如，下例用来查询学生表 XS 内籍贯在指定这 3 个地方的学生有关信息。

```
SELE XH,XM,JG FROM XS  WHERE  JG IN  ("重庆万洲","甘肃天水","四川汶川")
```

例如，下例是利用学生表 XS 和交学费表 JXFB 查询本学期还没有交学清学费的同学名单。

```
SELE XH,XM,BJ FROM XS WHERE XH NOT IN(SELE XH FROM JXFB)
```

2. BETWEEN … AND

表示二者之间。例如，下例用成绩表查询分数在 60～85 之间的学生相关的信息。

```
SELE  XH, KCDH, CJ  FROM CJ  WHERE CJ BETWEEN 60 AND 85
```

可见："CJ BETWEEN 60 AND 85"等价于"CJ>=60   AND CJ<=85"。

3. LIKE

是字符串通配运算符，使用百分号"％"通配 0 个或数个任意字符，而使用下划线"_"表示 1 个字符。

例如，下例可以从学生表中查询李姓后跟一个字的和姓名最后一个字是海的学生。

```
SELE XH,XM FROM XS WHERE XM LIKE"李_".OR.XM LIKE"％海"
```

4. ANY、SOME 和 ALL

ANY、ALL 和 SOME 是量词。其中 ANY 和 SOME 是同义词，在进行比较运算时只要子查询中有一行能使结果为真，则结果就为真。而 ALL 则要求子查询中的所有行都使结果为真时，结果才为真。

例如，从教师工资表 JSGZ 中查询存在教师的应发工资数大于院系号为"03"中任何一位教师工资的院系（教师工资表 JSGZ.DBF 中包含院系号 XDH 和应发工资 YFGZ 等字段）。教师工资表数据示意图如图 5-4 所示。

代码如下：

```
SELE  DIST INCT XDH FROM JSGZ  WHERE  YFGZ > ANY;
(SELE  YFGZ  FROM  JSGZ  WHERE  XDH = "03")
```

将其中的 ANY 换成 SOME 后运行结果是相同的。

看另一种说法，从教师工资表 JSGZ 中查询存在教师的实发工资数大于院系号为"03"中所有教师实发工资的

GH	XM	XDH	YFGZ
A0004	谢 涛	01	1600.0
A0005	柏 松	01	1400.0
B0002	陈 林	02	3050.0
B0004	武 刚	02	1150.0
B0005	黄宏庆	03	2150.0
C0001	汪 杨	03	3100.0
B0006	黄海洋	03	2050.0
D0001	蒋方舟	04	2000.0
D0004	焦 洁	04	3500.0
E0001	王一平	05	1000.0
E0007	姜美群	05	2000.0

图 5-4 教师工资表数据示意图

院系,如果将上例中的 ANY 换成 ALL,如下所示代码:

```
SELE DIST INCT XDH FROM JSGZ;
    WHERE YFGZ > ALL;
    (SELE YFGZ FROM JSGZ;
    WHERE XDH = "03")
```

前者得出的结果是 02、03、04 三个院系,后者的结果是 04 一个院系。

5. EXISTS 和 NOT EXISTS

EXISTS 和 NOT EXISTS 是用来查询子查询中是否有结果返回,即存在或不存在元组。

例如,下例是利用 NOT EXISTS 在学生表 XS 和成绩表 CJ 中查询没有参加考试的学生的学号(XH)和姓名(XM)。当去掉"NOT"后,则下例就变成查询参加考试的学生名单了。

```
SELE XH, XM FROM XS WHERE NOT EXISTS;
    (SELE XH FROM CJ WHERE XH = XS.XH)
```

习题 5

一、选择题

1. SQL 查询语句的基本结构中用于表示查询分组设定的子句是_____。

A. GROUP BY B. WHERE

C. TO GROUP D. ORDER BY

2. 用 SQL 语句创建的查询里将查询结果输出到临时表中的子句是_____。

A. INTO ARRAY B. INTO CURSOR

C. INTO TABLE D. INTO FILE

3. 要用 DROP TABLE 命令彻底删除一个数据库表时,应该_____。

A. 首先打开该表 B. 首先将该表变为自由表

C. 首先打开所属数据库 D. 将所属数据库打开并为当前数据库

4. 用 SQL 语句创建表结构的命令是_____。

A. CREATE TABLE B. MODIFY TABLE

C. CREATE STRU D. ALTER TABLE

5. 用 SQL 语句创建的查询里将查询结果保存到文本文件中的子句是_____。

A. TO CURSOR B. TO FILE

C. TO PRINTER D. TO TXT

6. SQL 语句"SELE XK AS 系科,SUM(IIF(XB="男",1,0)) AS 男职工 FROM JS GROUP BY XK"的功能是统计教师表中_____。

A. 各系科的男职工人数 B. 所有的男职工人数

C. 所有的男、女职工人数 D. 所有系科的男职工总人数

7. "UPDATE JS SET GLGZ=GLGZ+50 WHERE YEAR(DATE( ))−YEAR(GZRQ)>30"语句的功能是_____。

A. 将教师表 JS 中年龄 30 岁以上的每人工资(GZ)更新为 50 元

B. 将教师表 JS 中年龄 30 岁以上的每人工资(GZ)增加 50 元

C. 将教师表 JS 中工龄 30 年以上的每人工龄工资(GLGZ)更新为 50 元

D. 将教师表 JS 中工龄 30 年以上的每人工龄工资(GLGZ)增加 50 元

8. 在下列 SQL 语句中,能将工资表 GZ.DBF 中"性别"(XB)为"女"的"综合补贴"(ZHBT)统一提高 15%的是_____。

A.　UPDATE　GZ SET ZHBT＝ZHBT＊(1＋0.15)　　WHERE XB="女"

B.　UPDATE　GZ ZHBT WITH　(1＋0.15)　　　　WHERE XB="女"

C.　UPDATE　GZ ZHBT＝ZHBT＊0.15　　　　　　WHERE XB="女"

D.　UPDATE　GZ SET ZHBT＝ZHBT＋15%　　　　WHERE XB="女"

二、填空题

1. 在用 SQL 语句创建的查询里,实现排序的子句是_____。

2. 请完善以下查询分数为前 3 名同学信息的 SELECT 命令。

```
SELECT _____ XS.XH,XS.XM,CJ.KCDH,CJ.CJ  FROM XS,CJ;
WHERE XS.XH = CJ.XH  ORDER BY CJ.CJ DESC
```

3. 在定义数据库表的 SQL 命令中 PRIMARY KEY 子句的功能是_____。

4. 完善下面把 GZ 表中 CQJ 字段改为 CHQJ 的 SQL 命令。

```
ALTER TABLE GZ _____ CQJ  TO  CHQJ
```

5. 下面 SQL 命令的功能是_____。

```
ALTER  TABLE  XS  DROP  BJBH
```

6. 以下是将数组 AA 中的数据添加到成绩表 CJ 中的代码行,请补充完整。

```
DIME AA(3)
AA(1) = "08122500"
AA(2) = "0103"
AA(3) = 90
INSERT  INTO  CJ  FROM _____
```

7. 下面是将成绩表 CJ 中 CJ 字段值全部增加 5 的 SQL 命令,请补充完整。

```
UPDATE CJ SET CJ = _____
```

8. 删除成绩表 CJ 中 CJ 小于 40 的记录的命令如下,请补充完整。

```
DELETE _____ WHERE CJ < 40
```

9. 请补充完整以下统计每一门课程的最高分、最低分和平均分的 SQL 命令。

```
SELE CJ.KCDH AS 课程号,MAX(CJ.CJ) AS 最高分,_____;
MIN(CJ.CJ) AS 最低分 FROM CJ GROUP BY CJ.KCDH
```

10. 以下查询的功能是查询课程代号的前 3 位是"050"的所有课程的信息,结果按 KCDH 升序显示。请完善该语句。

```
SELE  *  FROM  CJ  WHERE  KCDH _____ ORDER  BY  KCDH
```

第 **6** 章

查询和视图

数据库中的数据规模一般都是非常大的。对于用户而言,只需要关心其中的一部分数据,我们可以用查询来完成。正像第 5 章讲解的那样用 SQL-SELECT 语句来进行查询,但是编写 SQL-SELECT 语句不是件很容易的事,为此 Visual FoxPro 系统提供了"查询设计器",并通过可视化手段编写 SQL-SELECT 语句,这样一般的用户也能完成查询。另外,作为查询的补充与提升,Visual FoxPro 系统提供了视图。视图既有查询的功能,又可以改变数据库表中数据的功能。

从视图基于数据源的情况来讲,可以有本地视图和远程视图。本章介绍 Visual FoxPro 系统提供的"查询设计器"的使用与运行和本地"视图设计器"的使用与运行。

6.1 查询的创建和使用

使用 SQL-SELECT 语句建立查询,实际上就是从指定的表或视图中提取满足条件的记录,然后输出到浏览器、报表、表、标签等查询结果。由于 SQL-SELECT 语句比较复杂,一般用户很难直接使用 SQL-SELECT 语句完成查询,为此,Visual FoxPro 系统为 SQL-SELECT 语句提供了"查询设计器"的可视化设计。"查询设计器"可以与用户进行交互式操作以完成各种 SQL-SELECT 语句的查询。"查询设计器"所实现的查询命令以 .QPR 为扩展名并保存在一个文本文件中。

本节以 SQL-SELECT 语句为基础,说明"查询设计器"的使用。

6.1.1 查询设计器

1. "查询设计器"的启动

从"项目管理器"、"文件"菜单以及在"命令"窗口输入 CREATE QUERY 都可以启动"查询设计器"。

在"项目管理器"中启动"查询设计器"的步骤如下。

(1) 在"项目管理器"中选择"数据"标签。

(2) 选择"查询",然后单击"新建"按钮,系统将打开"新建查询"对话框。

(3) 单击"新建查询"按钮,系统启动"查询设计器"。

在创建新查询时,Visual FoxPro 将打开"添加表或视图"对话框,如图 6-1 所示。提示是否从当前表(数据库表或自由表)或视图中选择,例如选择 XS 表,然后单击"添加"按钮,选择了要查询的表或视图后,Visual FoxPro 就将选择的表或视图显示在"查询设计器"窗口的上方,如图 6-2 所示。

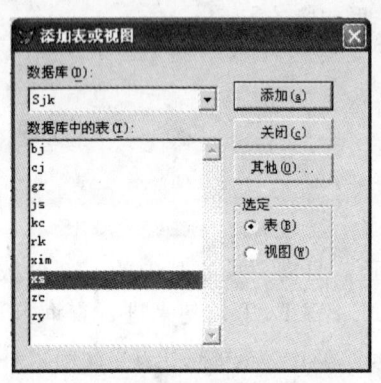

图 6-1 "添加表或视图"对话框

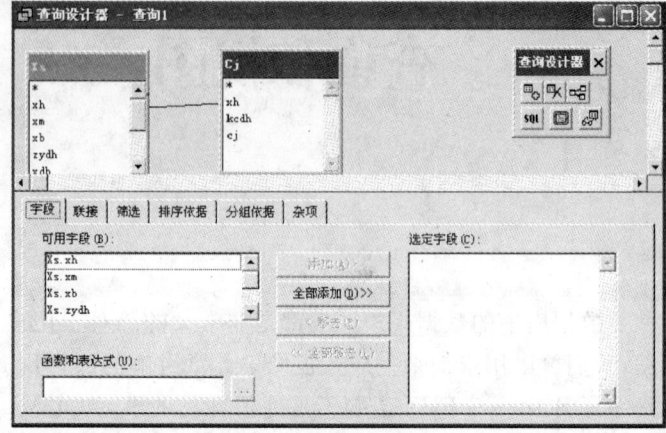

图 6-2 "查询设计器"窗口

Visual FoxPro 系统一旦启动了"查询设计器",则将在菜单栏中增加"查询"菜单。"查询"菜单和"查询设计器"中的选项卡实际上都是 SQL-SELECT 语句的子句。这些选项卡与 SQL-SELECT 语句中的子句的对应关系如下。

- "字段"选项卡对应 SQL-SELECT 语句中的输出部分的子句。
- "联接"选项卡对应 SQL-SELECT 语句中的 JOIN 部分的子句。
- "筛选"选项卡对应 SQL-SELECT 语句中的 WHERE 部分的子句。
- "排序依据"选项卡对应 SQL-SELECT 语句中的 ORDER BY 部分的子句。
- "分组依据"选项卡对应 SQL-SELECT 语句中的 GROUP BY 部分的子句。
- "杂项"选项卡对应 SQL-SELECT 语句中的 ALL/DISTINCT/TOP 部分的子句。

2. "查询设计器"的工具栏

利用"查询设计器"的工具栏可以很方便地使用"查询设计器"常用的功能操作。以下给出工具栏按钮以及使用说明。

(1) 添加表按钮:显示"添加表或视图"对话框,从而可以向"查询设计器"窗口添加一个表或视图。

(2) 移去表按钮:从"查询设计器"窗口的上部窗口中移去选定的表。

(3) 添加连接按钮:在视图中的两个表之间创建连接条件。

(4) 显示/隐藏 SQL 窗口按钮:显示或隐藏建立当前查询或视图的 SQL 语句。

(5) 最小化/最大化上部窗口按钮:缩小或放大"查询设计器"的上部窗口。

(6) 查询去向按钮:设置查询输出去向。

3. "查询设计器"中的选项卡

如图 6-2 所示,在"查询设计器"中,有如下 6 个选项卡。

(1) "字段"选项卡

在"字段"选项卡设置 SELECT 语句中要输出的字段,双击"可用字段"列表框中的字段,相应的字段就自动移到右边的"选定字段"列表框中;如果选择全部字段,单击"全部添加"按钮。在"函数和表达式"文本框中,输入或由"表达式生成器"生成一个计算字段。即在SELECT 语句中要输出的计算列,如 AVG(CJ)等。

(2)"连接"选项卡

如果要查询多个表或视图,可以在"连接"选项卡中完成连接表达式,如图 6-3 所示。

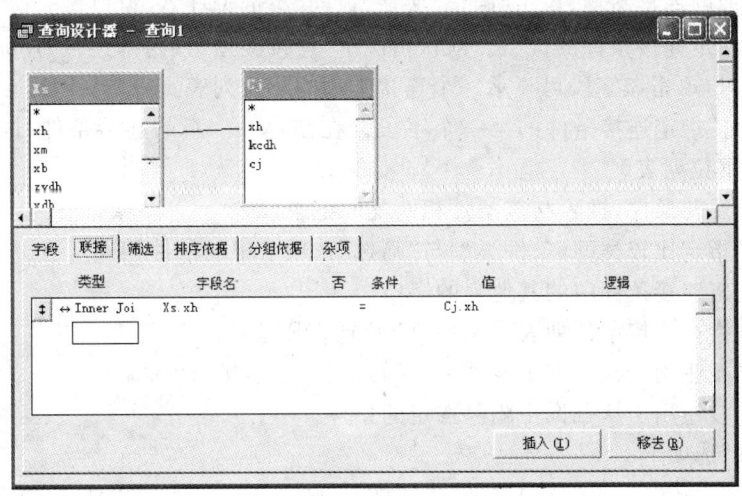

图 6-3　查询设计器中的"连接"选项卡

以下对"连接"选项卡中的各项进行说明。

① "类型"左边的水平双箭头。如果有多个表连接在一起,则会显示此按钮。单击它可以在"连接条件"对话框中编辑已选的条件。另外在"查询设计器"上面的"XS 表和 CJ 表"之间也有一条黑线,黑线的两端连接着两个表中的 XH 字段,双击这条黑线也会显示"连接条件"对话框,如图 6-4 所示。

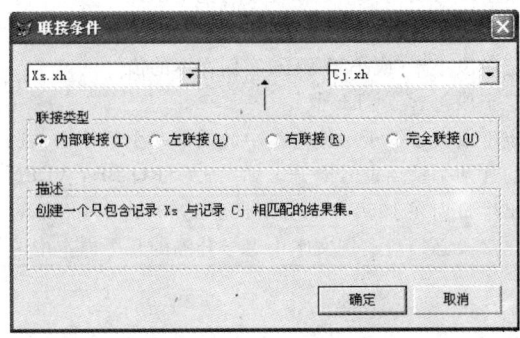

图 6-4　"连接条件"对话框

字段列表选项中,左边的字段列表显示的是 XS 表中的字段,右边的字段列表显示的是CJ 表中的字段,可以在列表中选择字段连接。"连接类型"选项组中有 4 个选项:内部连接、左连接、右连接和完全连接。

内部连接(Inner Join)指定满足连接条件的记录包含在结果中。此类型是默认的,也是最常使用的连接。

左连接(Left Outer Join)指定满足连接条件的记录,以及连接条件左侧的表中记录的都包含在结果中。

右连接(Right Outer Join)指定满足连接条件的记录,以及连接条件右侧的表中记录的都包含在结果中。

完全连接(Full Join)指定所有满足和不满足连接条件的记录都包含在结果中。

选择所需要的连接类型,单击"确定"按钮,返回"查询设计器"窗口。

②"类型"指定连接条件的类型。默认情况下,连接类型为(内部连接)Inner Join。新建一个连接条件时,单击该字段可显示一个连接类型的下拉列表。

③"字段名"指定连接条件的第一个字段。在创建一个新的连接条件时,单击字段,显示可用字段的下拉列表。

④"否"指反转条件,排除与该条件相匹配的记录。

⑤"条件"指定比较类型(条件类型与"筛选"选项卡中的条件相同)。

⑥"值"指定连接条件中的其他表的字段。

⑦"逻辑"指在连接条件列表中添加 AND 或 OR 条件。

⑧"插入"按钮用于在所选定条件之上插入一个空连接条件。

⑨"移去"按钮用于从查询中删除选定的条件。

(3)"筛选"选项卡

如图 6-6 所示,在"筛选"选项卡中,操作的是 WHERE 子句的表达式,其中"条件"下拉列表框中条件比较类型如表 6-1 所示。

表 6-1 条件类型

条件类型	说　　明
=	指定字段值等于右边的实例
LIKE	指定字段与实例文本相匹配。如"XS. XH LIKE 20％"与来自 200001 和 200002 等的记录相匹配
==	指定字段与实例文本必须逐字符完全匹配
>(>=)	指定字段大于(或大于等于)实例文本的值
<(<=)	指定字段小于(或小于等于)实例文本的值
IS NULL	指定字段包含 NULL 值
BETWEEN	指定字段大于等于示例文本中的低值并小于等于示例文本中的高值。实例文本中的这两个值用逗号隔开。如"JS. CSRQ BETWEEN 01/01/1950,01/01/1960"与出生日期在 1950 年 1 月 1 日至 1960 年 1 月 1 日的教师记录相匹配
IN	指定字段必须与实例文本中逗号分隔的几个样本中的一个相匹配

(4)"排序依据"选项卡

在"排序依据"选择卡中,操作的是 ORDER BY 子句的表达式。

在该选项卡中通过选定相关字段、指定排序选项、将选中字段添加到右边列表框或从中移出。在"排序条件"列表中上下拖动以改变各字段的先后次序,最后构成排序子句。

(5)"分组依据"选项卡

在"分组依据"选项卡中,操作的是 GROUP BY 子句的表达式。

如果在分组的基础上还需要对查询结果进行记录的筛选,即取查询结果记录的子集,可以单击"分组依据"选项卡上的"满足条件"按钮,相当于 GROUP BY 中的分组结果的筛选条件子句 HAVING。

（6）"杂项"选项卡

在"杂项"选项卡中设置是否允许重复记录以及结果范围。选中"无重复记录"复选框将排除结果中所有重复的记录，否则将允许重复记录的存在。

结果的记录范围有如下 3 种选择。

① 全部（ALL）；

② 前 n 个记录（TOP n）；

③ 前 n%个记录（n PERCENT）。

要选择全部记录，选中全部复选框。要选择前 n 个记录，在取消对"全部"复选框的选择的情况下，再在"记录个数"微调框中输入记录数值。要选择前 n%个记录，在取消对"全部"复选框的选择的情况下，选择"百分比"复选框，再在微调框中输入百分比的数值。

由此可见，查询设计器实际上是 SELECT 命令的图形化界面。

6.1.2 建立查询

下面通过基于单表的查询和基于多表的查询两个例子来说明如何使用"查询设计器"建立查询。

1. 基于单表的查询

【例 6.1】 输出籍贯是"江苏"的学生的姓名、性别、籍贯。

操作步骤如下。

（1）打开 JXGL 的"项目管理器"窗口。

（2）选择"数据"|"查询"|"新建"，在"新建查询"对话框中单击"新建查询"按钮，此时出现"查询设计器"窗口和"添加表或视图"对话框。

（3）在"添加表或视图"对话框中，选定数据库 SJK 及其 XS 表后单击"添加"按钮。再单击"关闭"按钮，以关闭此窗口，返回"查询设计器"窗口。

（4）在窗口的下部分，选择"字段"标签后，在"可用字段"列表框中选择 XS. XM、XS. XB 和 XS. JG，单击"添加"按钮，则这 3 个字段出现在"选定字段"列表中，结果如图 6-5 所示。

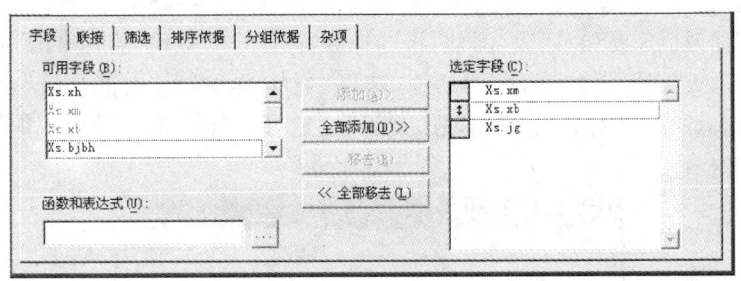

图 6-5 选择字段

（5）选择"筛选"标签，在"字段名"下拉列表框中选择 XS. JG，在"条件"下拉列表框中选择"="，在"实例"文本框中输入"江苏"，如图 6-6 所示。

（6）保存查询。选择"文件"|"另存为"，或者单击常用工具栏上的"保存"按钮，打开"另存为"对话框，然后选择查询文件将要保存的位置，输入查询文件名"query1"，最后单击"保存"按钮，返回"查询设计器"窗口。这时标题栏的内容已变为"查询设计器 query1"。保存

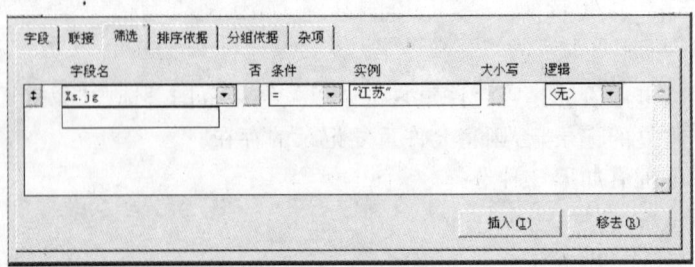

图 6-6　筛选条件

后查询文件的扩展名默认为.QPR。

（7）在"查询设计器"的空白区域右击鼠标，然后打开查询快捷菜单。选择"运行查询"命令，得到如图 6-7 所示的查询结果浏览窗口。

（8）选择"查询"菜单中的"查看 SQL"命令，可显示本查询对应的 SQL 语句为：

```
SELECT XS.XM , XS.XB , XS.JG;
    FROM JXSJ!XS;
    WHERE XS.JG = "江苏"
```

（9）关闭查询结果浏览窗口和"查询设计器"窗口。

2. 基于多表的查询

【例 6.2】 统计每位学生的总成绩、平均成绩。输出要求：学生的学号、姓名、总成绩、平均成绩，平均成绩从高到低排序。

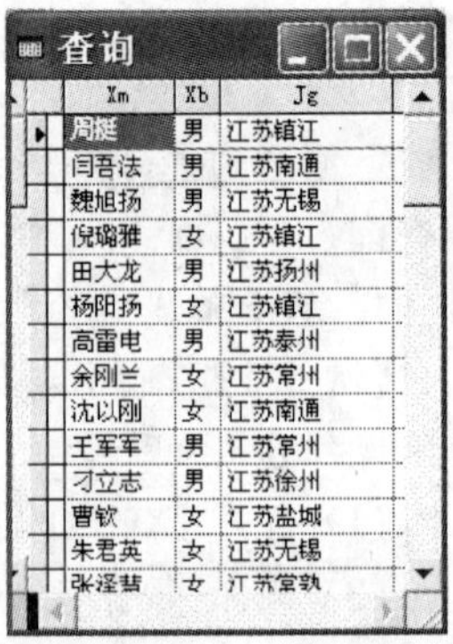

操作步骤如下。

图 6-7　例 6.1查询结果

（1）打开 JXGL 的"项目管理器"窗口。

（2）选择"数据"|"查询"|"新建"，在"新建查询"对话框中单击"新建查询"按钮，此时出现"查询设计器"窗口和"添加表或视图"对话框。

（3）在"添加表或视图"对话框中，选择数据库 SJK 及其 XS 表后单击"添加"按钮。由于例 6.2 查询涉及 XS 表和 CJ 表，因此，再选择数据库 SJK 及 CJ 表后单击"添加"按钮。此时弹出如图 6-8 所示的"连接条件"对话框，选择"连接类型"为"内部连接"，单击"确定"按钮，返回"添加表或视图"对话框，再单击"关闭"按钮，以关闭"添加表或视图"对话框，返回"查询设计器"窗口。

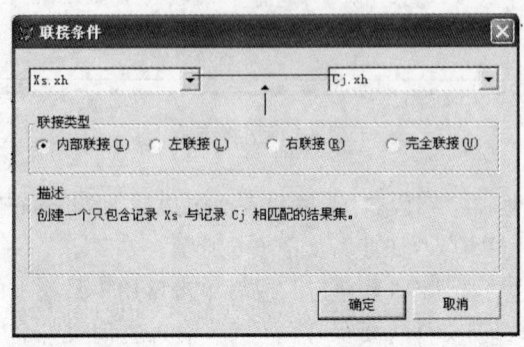

图 6-8　例 6.2的"连接条件"对话框

(4) 在窗口的下部分,选择"字段"标签后,在"可用字段"列表框中选择 XS. XH、XS. XM,单击"添加"按钮,则这两个字段出现在"选定字段"列表框中。然后在"函数和表达式"文本框中输入 SUM(CJ. CJ)AS 总成绩,单击"添加"按钮,则"SUM(CJ. CJ) AS 总成绩"出现在"选定字段"列表框中,再在"函数和表达式"文本框中输入"AVG(CJ. CJ) AS 平均成绩",单击"添加"按钮,则"AVG(CJ. CJ) AS 平均成绩"出现在"选定字段"列表框中,结果如图 6-9 所示。

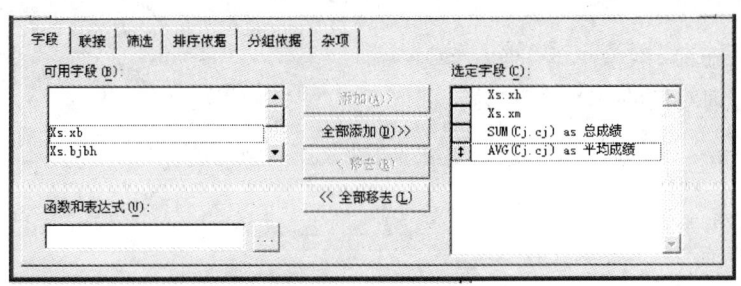

图 6-9　例 6.2 的选择字段

(5) 选择"排序依据"标签,在"选定字段"列表框中选择"AVG(CJ. CJ) AS 平均成绩",单击"添加"按钮,则"AVG(CJ. CJ) AS 平均成绩"出现在"排序条件"列表框中,并在"排序选项"中选择"降序",如图 6-10 所示。

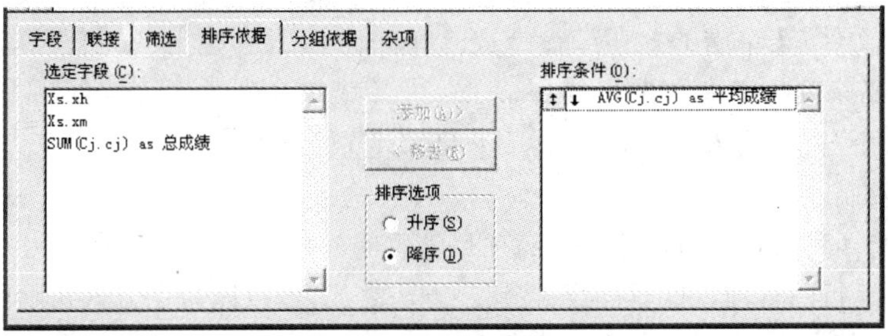

图 6-10　例 6.2 的输出排序依据

(6) 选择"分组依据"标签,在"可用字段"列表框中选择 XS. XH 单击"添加"按钮,则XS. XH 出现在"分组字段"列表框中,如图 6-11 所示。

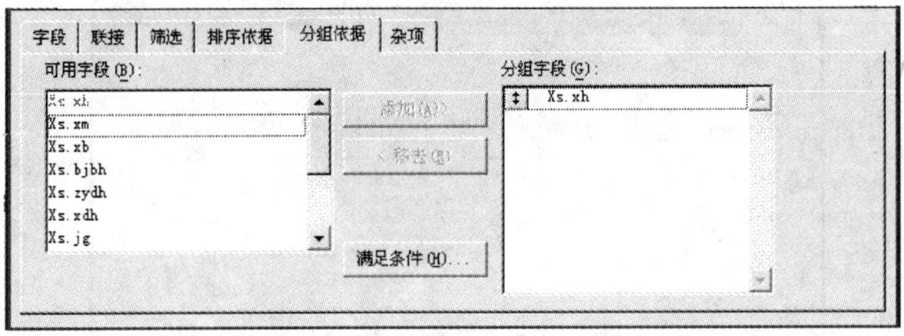

图 6-11　例 6.2 的分组依据

(7) 保存查询。选择"文件"|"另存为",或者单击常用工具栏上的"保存"按钮,打开"另存为"对话框,然后选择查询文件将要保存的位置,输入查询文件名"query2",最后单击"保

存"按钮,返回"查询设计器"窗口。这时标题栏的内容已变为"查询设计器 query2"。保存后查询文件的扩展名默认为. QPR。

（8）在"查询设计器"的空白区域右击鼠标,然后打开查询快捷菜单。选择"运行查询"命令,得到如图 6-12 所示的查询结果浏览窗口。

Xh	Xm	总成绩	平均成绩
▶ 0801020124	孙潇林	100.00	100.00
0604020230	周宗凯	99.00	99.00
0606010113	余刚兰	188.00	94.00
0703020161	张敏	188.00	94.00
0601010111	刘薇玉	181.00	90.50
0604010120	徐小晨	90.00	90.00

图 6-12　例 6.2 的查询结果

（9）选择"查询"菜单中的"查看 SQL"命令,可显示本查询对应的 SQL 语句为:

```
SELECT XS.XH,XS.XM,SUM(CJ.CJ) AS 总成绩,AVG(CJ.CJ) AS 平均成绩;
    FROM  JXSJ!XS INNER JOIN JXSJ!CJ ;
    ON  XS.XH = CJ.XH;
    GROUP BY XS.XH
```

6.1.3　修改查询和运行查询

1. 修改查询

如果对已建好的查询不满意,也可以在"查询设计器"进行可视化修改。若查询文件已关闭,可以用以下 3 种方法之一在"查询设计器"中打开查询文件,然后再修改它。

（1）从"项目管理器"中选择查询文件,然后单击"修改"按钮。

（2）执行"文件"菜单中的"打开"命令或者单击常用工具栏上的"打开"按钮,在"打开"对话框中指定要修改的查询文件。

（3）在"命令"窗口输入命令: MODIFY QUERY<查询文件名>。

2. 运行查询

运行查询有两种方法。方法之一,在"项目管理器"中,将"数据"选项卡中的查询子目录展开,然后选择要运行的查询,单击"运行"按钮。方法之二,可以以命令方式执行查询,命令格式是 Do queryFile,其中 QueryFile 是查询文件名。这里必须给出查询文件的扩展名. QPR。

3. 查询去向

使用"查询设计器"可以将查询结果以多种形式输出。如浏览窗口、临时表和表等。单击"查询设计器"工具栏中的"查询去向"按钮,得到如图 6-13 所示的对话框。

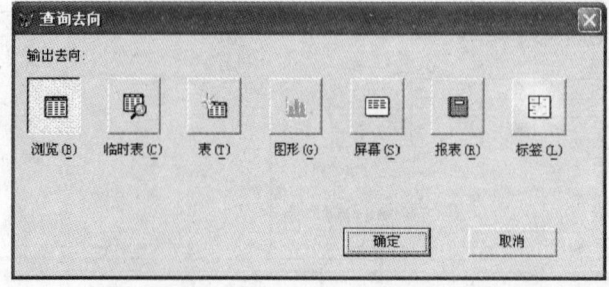

图 6-13　"查询去向"对话框

从图 6-13 中可以看出,查询结果的去向可以是浏览、临时表、表、图形、屏幕、报表和标签,其含义如下。

- 浏览：将结果输出到一个名为"查询"的内存表，并显示在浏览窗口中。下一次的输出将覆盖当前内存表中的内容。
- 临时表：将结果送到用户命名的内存表中。
- 表：将结果送到用户命名的数据库表中。
- 图形：是系统提供的一个独立的嵌入式 OCE 应用程序。将结果送到其中作图。
- 屏幕：将结果送到当前活动窗口，并可同时输出到打印机或文本文件中。
- 报表：将结果送到一个报表文件中。
- 标签：将结果送到一个标签文件中。

6.2 视图的创建和使用

视图属于数据库的一个组成部分。视图兼有查询和数据库表的部分性质。视图具有查询的功能，可以对表和视图进行查询，并生成一张虚拟表，这张虚拟表可以当数据表使用。视图具有"可更新"功能，对视图输出结果的修改可回送到源表中。视图的数据来源除了本机的 Visual FoxPro 表和视图之外，还可以是远程服务器上的表，Visual FoxPro 之外的表。创建视图可以使用视图设计器或使用 CREATE SQL VIEW 命令。以下主要介绍本地"视图设计器"的使用与运行。

6.2.1 视图设计器

"视图设计器"可以使用以下 3 种方法中任意一种来打开。

（1）从"项目管理器"窗口中选择一个数据库，选择"本地视图"，再选择"新建"按钮，则打开"视图设计器"窗口，如图 6-14 所示。

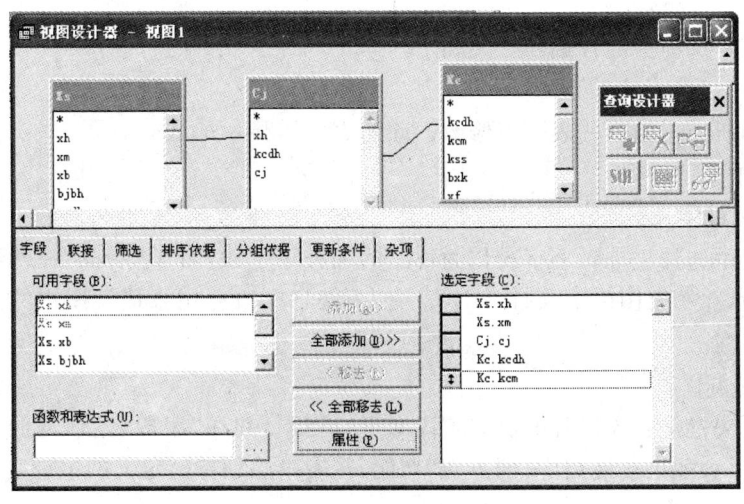

图 6-14 "视图设计器"窗口

（2）如果数据库已打开，使用 CREATE SQL VIEW 命令打开"视图设计器"窗口。

（3）选择"文件"菜单启动"视图设计器"，首先要打开 SJK 数据库，在"文件"菜单中选择"新建"命令，在弹出的"新建"对话框中选择"视图"，并单击"新建文件"按钮，则打开"视图设计器"窗口。

　　使用"视图设计器"创建视图的操作步骤与使用"查询设计器"创建查询基本相同,而且"视图设计器"的界面与"查询设计器"的界面基本相同,只是"视图设计器"比"查询设计器"多了一个"更新条件"选项卡,用它可以控制数据的更新。另外"视图设计器"工具栏比"查询设计器"工具栏少"查询去向"按钮,在"字段"选项卡中多了一个"属性"按钮。

　　在"字段"选项卡中单击"属性"按钮,打开"属性"对话框。利用它可以指定视图中的字段选项,这与在数据库表中对字段的操作相同。在"视图字段属性"对话框中定义的属性,可以决定表的数据类型,也可以控制和更新视图的数据输入,还可以控制字段的显示。

6.2.2　视图数据的更新

　　视图可以显示数据,也可以更新数据,如图 6-15 所示为"更新条件"选项卡。视图与查询的主要区别在于视图能够更新数据并能把更新的数据返回到源表中去,它还能保护源表中数据的安全性。这些功能是在"更新条件"选项卡中实现的,即"更新条件"选项卡用来指定更新视图的条件,将视图中的修改传送到视图所使用的表的原始记录中。

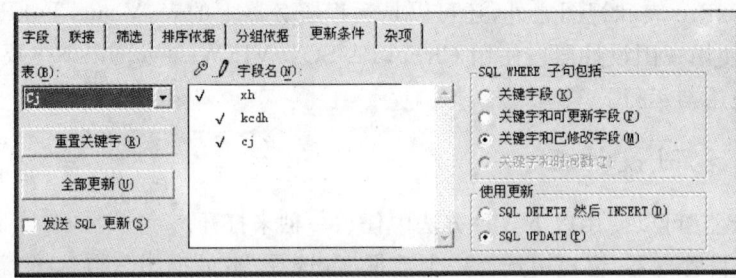

图 6-15　"视图设计器"中的"更新条件"选项卡

　　"更新条件"选项卡的各选项含义如下。

1. 表

　　指定视图所使用的哪些表可以修改。此列表中所显示的表包含了"字段"选项卡中"选定字段"列表框中的字段。

2. 重置关键字

　　从每个表中选择主关键字字段作为视图的关键字字段,对于"字段名"列表框中的每个主关键字字段,在钥匙图标下面打一个"√"。关键字字段可用来使视图中的修改与表中的原始记录相匹配。

3. 全部更新

　　选择除了关键字字段以外的所有字段来进行更新,并在"字段名"列表框的铅笔图标下打一个"√",注意如果要使用"全部更新"功能,在表中必须有已定义的关键字段。

4. 发送 SQL 更新

　　指定是否将视图记录中的修改传送给原始表。如果选择该选项,必须设置一个关键字段来使用这个选项。

5. 字段名

　　列表框中显示所选的字段,是用来输出的字段。

使用钥匙符号做标记的字段指定该字段是否为关键字段。使用铅笔符号做标记的字段指定该字段是否为可更新字段。字段名显示可标识为关键字段或可更新字段的输出字段名。

6. SQL WHERE 子句包括

该选项组控制将哪些字段添加到 WHERE 子句中,这样在将视图的修改传送到原始表时,就可以检测服务器上的更新冲突。冲突是由视图中的旧值和原始表的当前值之间的比较结果决定的。如果两个值相等,则认为原始值未做修改,不存在冲突;如果它们不相等,则存在冲突。

7. 使用更新

该选项组指定字段如何更新基本表,是先删除后插入,还是直接更新。

6.2.3　使用视图

【例 6.3】　创建一个名为"成绩"的视图,显示所有学生的学号,姓名,课程号,课程名和成绩,并按课程号和学号升序排序,且能使用该视图修改 CJ 表中的成绩数据。

操作步骤如下。

(1) 启动视图设计器(用 6.2.1 节所述 3 种方法之一)。

(2) 添加数据源:在添加表和视图对话框中添加表 XS、CJ 和 KC。

(3) 设置连接条件:XS.XH＝CJ.XH(INNER JOIN 类型),CJ.KCDH＝KC.KCDH (Inner Join 类型)。

(4) 选择视图字段:XS.XH,XS.XM,CJ.KCDH,KC.KCM,CJ.CJ。

(5) 设置关键字段:在"更新条件"选项卡中,单击字段 XS.XH 和 CJ.KCDH 前面的钥匙图标按钮,将这两个字段设置为关键字段。

(6) 设置可更新字段:在"更新条件"选项卡中,单击字段 CJ.CJ 前面的铅笔图标按钮,将这个字段设置为可更新字段,并选中"发送 SQL 更新"复选框。

(7) 设置排序依据:CJ.KCDH,XS.XH。

(8) 保存视图:输入视图名为"成绩"。这时建好的视图被添加到 SJK 数据库中。

(9) 运行视图:选择"查询"菜单中的"运行查询"命令或者单击常用工具栏上的"运行"按钮,在浏览窗口看到视图的运行结果,如图 6-16 所示。

(10) 关闭"视图设计器"。

Xh	Xm	Kcdh	Kcm	Cj
0602010101	阎锡水	0001	英语	89.00
0603010129	张婷君	0001	英语	55.00
0604010114	王加伟	0001	英语	90.00
0604010239	胡渠道	0001	英语	44.00
0605010108	蒋磊	0001	英语	78.00
0605010239	汤吉利	0001	英语	90.00
0606010131	石煜翔	0001	英语	42.00
0701010124	刘业业	0001	英语	64.00

图 6-16　视图"成绩"运行结果

习题 6

一、选择题

1. 要求仅显示两张表中满足条件的记录,应选择＿＿＿＿＿＿＿＿类型。

A. 内连接　　　　　　　　　　B. 左连接

C. 右连接　　　　　　　　　　D. 完全连接

2. 有关查询与视图,下列说法不正确的是＿＿＿＿＿＿＿＿。

A. 查询是只读型数据,而视图可以更新数据源

B. 查询可以更新源数据,视图也有此功能

C. 视图具有许多数据库表的属性,利用视图可以创建查询和视图

D. 视图可以更新源表中的数据,存在于数据库中

3. 不可以作为查询与视图的数据源的是_____。

A. 自由表   B. 数据库表

C. 查询   D. 视图

4. 视图与基表的关系是_____。

A. 视图随基表的打开而打开   B. 基表随视图的关闭而关闭

C. 基表随视图的打开而打开   D. 视图随基表的关闭而关闭

5. 查询文件中保存的是_____。

A. 查询的命令   B. 查询的结果

C. 与查询有关的基表   D. 查询的条件

6. 下列有关 Visual FoxPro 视图的说法中,正确的是_____。

A. 视图是独立的文件,它存储在数据库中

B. 视图不是独立的文件,它存储在数据库中

C. 视图是独立的文件,它存储在视图文件中

D. 视图的输出对象可以是浏览窗口或表

7. 在 Visual FoxPro 中创建一个查询时,默认的查询去向是_____。

A. 主窗口   B. 表

C. 浏览窗口   D. 报表文件

8. Visual FoxPro 的视图设计器中包括的选项卡有_____。

A. 字段,筛选,排序依据,更新条件

B. 字段,条件,分组依据,更新条件

C. 条件,分组依据,排序依据,更新条件

D. 条件,筛选,杂项,更新条件

二、填空题

1. "查询"文件的扩展名为_____。

2. 运行查询 AAA. QPR 的命令是_____。

3. 查询和视图在本质上都是一条_____语句。查询和视图的基表可以有_____个。

4. 视图可以在"数据库设计器"中打开,也可以用 USE 命令打开,但在使用 USE 命令打开视图之前,必须打开包含该视图的_____。

5. Visual FoxPro 的视图有_____和_____两类。

6. 创建查询可以使用_____命令,或者使用 SQL 的_____命令。

7. 视图是在数据表的基础上创建的一种虚拟表,只能存在于_____中。

8. 视图与查询最根本的区别在于视图不但可以查阅数据,还可以_____,并且把_____送回到源数据表中。

第 7 章

表单的设计和应用

　　表单在图形界面的应用软件中得到大量的应用,是程序和用户进行交互的重要接口。在实际应用中经常遇到的对话框、向导、设计器等各类窗口,在 Visual FoxPro 中都一律称为表单。Visual FoxPro 不仅支持传统的结构化程序设计,也支持现在流行的面向对象的程序设计,并且提供了一系列可视化的开发工具,"表单设计器"就是其中一个可视化的开发工具。表单内可以包含命令按钮、文本框、列表框等各种界面元素(也称为控件),可以用控件来进行数据的操作。如图 7-1 所示的"选项"对话框,在 Visual FoxPro 中经常使用,它就是一个表单。

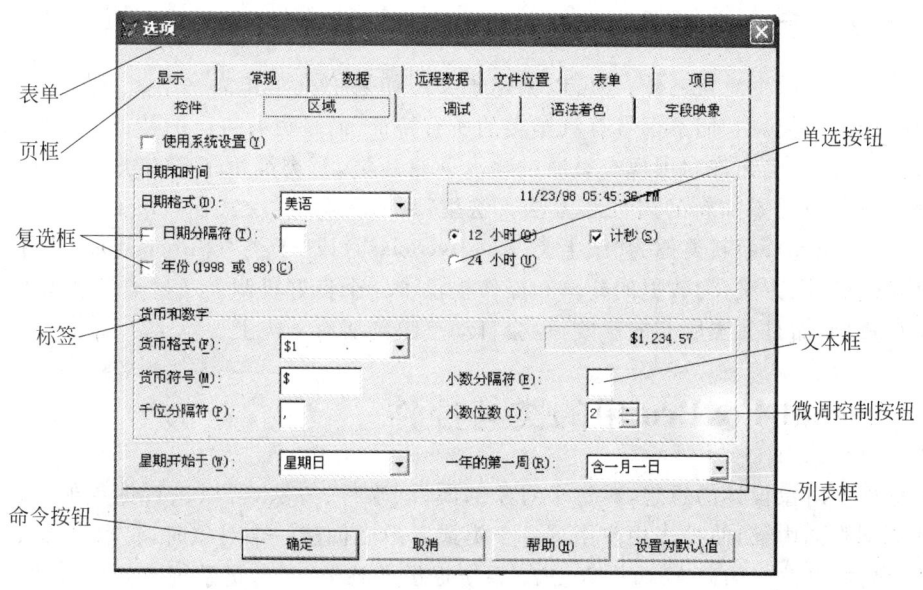

图 7-1　常用控件的表单

7.1　面向对象的概念

　　Visual FoxPro 的表单设计是利用系统提供的面向对象概念——类,并且由类产生的对象来进行设计的。如图 7-1 所示表单,命令按钮、文本框、列表框等就是一个一个的对象(可以称做表单对象、命令按钮对象、文本框对象、列表框对象等）。对象以及对象所归纳的类是面向对象程序设计的两个最基本的概念。

7.1.1 对象和类

1. 对象（Object）

对象就是客观世界里存在的任何实体，对象（实体）可以是具体的事物，例如一名学生、一台计算机等，也可以是指某些概念，例如开会、一个表单、一个命令按钮等。每个对象都有自己的属性，例如一名学生，由姓名、性别、身高等属性来描述他的状态，每个对象会有自己的行动，例如："王一"学生每天早晨 6:30 起床。6:30 起床就是"行动"，为什么会产生这个行动呢？因为早晨时间 6:30 已到的事件发生，王一用从床上起来这种方法来实现起床行动。每个对象都有自己的属性、事件和方法。同样，一个表单、一个命令按钮也有自己的属性、事件、方法。

2. 类（Class）

类是一种对对象的归纳与抽象。类好比一个模具或一张图纸，所有对象均是由类派生出来的，类确定了由它生成的对象所具有的属性、事件和方法。尽管类生成的对象具有同样属性、事件和方法，但是每个对象都有自己的属性的值。例如学生类中有属性：学号、姓名、性别等。"王一"学生姓名属性的值为"王一"，性别属性的值为"男"。同样的方法，如果由不同的对象执行，一般会产生不同的结果。如果在类中定义的属性有值，这个值将对生成的每个对象的属性自动赋予这个值。

7.1.2 子类与继承

类除了可以派生对象之外，还可以创建子类。如果把汽车作为一个类，那么运输车、小汽车就是两个子类。它们不仅具有汽车类的所有特征，而且也有自己的特征。因此，在面向对象程序设计中，也允许利用现有类通过继承创建新类，新类继承了现有类的属性和方法，而且还可以为新类添加新的属性和方法。这里，现有类称为"父类"（Superclass）或者称为"基类"（Baseclass），而新类称为"派生类"（Derivedclass）或"子类"（Subclass）。这种子类继承了父类的属性、方法，为数据的共享和操作提供了一个良好机制。通过类的继承可以实现代码的可重用，而且父类所有的修改，也会自动反映到所有子类上。

7.2 Visual FoxPro 中的类与控件

根据面向对象设计的思想，对每个对象的属性、事件、方法，可以进行抽象处理，将它们封闭在不同类的内部，使得当用户用到一个类或者由类创建一个对象时，它本身具有了一定的属性、事件、方法。为此 Visual FoxPro 系统提供了基类，基类是系统本身所有的，不是由其他类派生出来的，也不存放在某一类库文件中。基类又可分为容器类和控件类。

7.2.1 Visual FoxPro 中基类简介

在 Visual FoxPro 系统中，提供了如表 7-1 所示的基类，这些基类按可视性可分为可视类和非可视类。可视类通常使用相应图标表示，例如命令按钮用 ▭ 图标表示。每一个基类都有表 7-2 所示的最小事件集和表 7-3 所示的最小属性集。基类是系统本身含有的，不在某个类库中,用户可以基于基类生成所需要的对象,也可以扩展基类创建自己的类。但是,用户不能定义对象的新的事件。另外,如果用户没有为事件添加代码,该事件将不会执行任何操作。与事件不同,用户可以为对象定义新的方法。虽然用户不能修改方法中已存在的代码,但用户可以为方法添加新的代码,以扩展方法的功能。

表 7-1 Visual FoxPro 的常用基类

类　　名	说　　明	可　视　性
CheckBox	复选框	是
Column	表格控件上的列	是
ComboBox	组合框	是
CommandButton	命令按钮	是
CommandGroup	命令按钮组	是
Container	容器类	是
Control	控件类	是
Cursor	游标类	
Custom	自定义类	
DataEnvironment	数据环境类	
EditBox	编辑框	是
Form	表单	是
Formset	表单集	是
Grid	表格	是
Header	表格列的标头	是
Image	图像	是
Label	标签	是
OleControl	OLE 容器控件	是
ListBox	列表框	是
Line	线条	是
OptionButton	选项按钮	是
OptionGroup	选项按钮组	是
Page	页	是
PageFrame	页框	是
ProjectHook	项目	
Relation	关系	
Separator	分隔符	是
Shape	形状	是
Spinner	微调	是
TextBox	文本框	是
Timer	计时器	
ToolBar	工具栏	是

表 7-2 基类的最小事件集

事　　件	说　　明
Init	对象创建时激活
Destroy	对象从内存中释放时激活
Error	类中的事件或方法中发生错误时激活

表 7-3   基类的最小属性集

属 性	说 明
Class	属于何种类型
BaseClass	由何种类型派生而来的
ClassLirary	从属于哪种类库
ParentClass	基于的类

7.2.2   Visual FoxPro 中容器类与控件类

Visual FoxPro 中的类基本上可以分成两大类型：容器类和控件类。

由控件类生成的控件对象，例如一个命令按钮、一个文本框就是单独的控件对象，可以包含在容器对象中，如图 7-1 所示。

由容器类生成的容器对象，容器可以包含其他容器和控件，例如图 7-1 中的表单和页框就是单独的容器对象。

表 7-4 是容器类和它所能包含的对象，表 7-1 中列出的类除去表 7-4 中的容器类即为 Visual FoxPro 的控件类。

表 7-4   Visual FoxPro 的容器类及其能包含的对象

容 器	能包含的对象
表单集	表单、工具栏
表单	任意控件以及页框、Container 对象、命令按钮组、选项按钮组、表格等对象
表格	列
列	标头和除表单集、表单、工具栏、定时器及其他列以外的任意对象
页框	页面
页	任意控件以及 Container 对象、命令按钮组、选项按钮组、表格等对象
命令按钮组	命令按钮
选项按钮组	选项按钮
Container 对象	任意控件以及页框、命令按钮组、选项按钮组、表格等对象

7.2.3   Visual FoxPro 中的属性、事件和方法

属性是对象的特征，方法是对象的行为，事件是对象所能识别和响应的动作。每个对象都有各自的属性、事件和方法，但是 Visual FoxPro 中各个对象还有一些共有属性、事件和方法，下面对这些共有的属性、事件和方法进行介绍。

1. 属性

属性用来描述对象的特征和状态。Visual FoxPro 中每一类对象都有不同的属性集，并且同类对象中各个对象的属性值又可以不相同。Visual FoxPro 中对象常见属性如表 7-5 所示。

2. 事件

事件是指由用户或系统对对象所触发的一个特定的操作，事件都是由系统预先定义，并为对象所能识别与接受。例如鼠标单击某个按钮，将产生一个单击(Click)事件。一个对象可以响应多个不同的事件，对象产生事件时会产生相应动作，该动作由相应的程序段去完成，这一程序段称为事件过程。事件过程一般由用户根据需要进行编写。Visual FoxPro 中

常见的事件如表 7-6 所示。

表 7-5 Visual FoxPro 常见属性

属 性 名	说　明
Name	指定对象的名称
Value	指定对象的当前值
Caption	指定对象的标题
Aligment	指定对象中文本的排列方式
ForeColor	指定对象的前景颜色
BackColor	指定对象的背景颜色
FontName	指定对象文本字体名
FontSize	指定对象文本字体大小
Enabled	指定对象当前是否可用
Visible	指定对象是可见还是隐藏
ReadOnly	指定对象是否可读
Height,Width,Left,Top	指定对象的高度、宽度以及其与容器左边和顶边的距离
ControlSource	指定对象的数据源
TabIndex	指定对象上各控件的 Tab 键次序和表单集中各表单的 Tab 键次序
ToolTipText	指定对象的工具提示文本
Comment	储存对象的有关信息

表 7-6 Visual FoxPro 常见的事件

事　件	触 发 时 间	事　件	触 发 时 间
Load	创建对象前	Click	单击鼠标时
Init	创建对象时	DbClick	双击鼠标时
Activate	对象激活时	KeyPress	按下键盘键时
When	对象得到焦点前	MouseMove	在对象上移动鼠标时
GotFocus	对象得到焦点时	MouseDown	按下鼠标键时
Valid	对象失去焦点前	MouseUp	释放鼠标键时
LostFocus	对象失去焦点时	Unload	释放对象时
InteractiveChange	交互式改变对象值时	ProgrammaticChange	可编程序改变对象值

当程序中某一对象有事件产生时,系统就会立即执行对应的事件过程,等事件过程执行后,系统又处于等待状态。这是面向对象程序设计的特点,即由事件驱动的工作方式。

Visual FoxPro 中事件的产生有如下 3 种。

(1) 用户触发。例如:单击某个命令按钮,产生一个 Click 事件。

(2) 系统触发。例如:计时器事件,系统按设定的时间间隔,自动产生 Time 事件。

(3) 语句产生。例如:通过语句调用某个事件过程。

事件过程由用户根据需要进行编写,其代码编写在代码编辑窗口中完成。Visual FoxPro 提供了多种打开代码编辑窗口的方法,如下所述。

(1) 双击该对象。

(2) 选择"显示"菜单中的"代码"命令。

(3) 使用快捷菜单的"代码"命令。

3. 方法

方法是对象可以进行的动作,是对对象行为进行调控的手段。如汽车可以刹车、启动、加速等,这些是在汽车生产时都已设计好的,即在创建对象时已定义好的。在 Visual FoxPro 中也为对象定义好了相应的方法。方法是 Visual FoxPro 为对象内定的通用过程。对用户来说它们是不可见的,但可以直接使用。

Visual FoxPro 中部分常用方法如表 7-7 所示。

表 7-7   Visual FoxPro 常用方法

方 法 名	说 明
Cls	清除表单中的图形和文本
Clear	清除组合框或列表框控件中的内容
AddItem	在组合框或列表框中添加一个新的列表项
Hide	通过把 Visible 设置为.F. 来隐藏表单、工具栏
Show	显示并激活一个表单,并确认表单的显示模式
Refresh	重画表单或控件,并刷新所有值
Release	从内存中释放表单
SetFocus	指定控件获得焦点

7.2.4 对象的引用

1. 对象的绝对引用与相对引用

对象有属性、方法和事件。根据不同类派生的对象,有容器类对象和控件类对象。这样,在编程中引用对象的属性、方法和事件时都需要知道该对象所在位置(即层次关系)。如同在操作系统环境下引用某个文件,首先需要弄清该文件在哪个子目录文件夹中(即文件的存取路径)。对象引用分为绝对引用和相对引用两种(如同操作系统中的绝对路径与相对路径),引用时容器中各个对象之间用“.”进行分隔。

首先了解一下对象的层次关系。与类的层次不同,对象的层次关系是包含与被包含的关系,只有容器类的对象才可以包含其他对象。

如图 7-2 表示一种包含关系:表单集“表单集 1”中包含两个表单 Form1 和 Form2;表单 Form2 中包含 1 个文本框、1 个选项按钮组、1 个页框;页框中包含的两个选项卡是页面 Page1 和 Page2;页面 Page1 中包含 1 张表格 Grid1;表格中包含 3 个列控件对象。

(1) 绝对引用

绝对引用是指从容器的最高层次对象开始,给出引用对象的绝对地址。例如,图 7-2 中的表单 Form1 对象的绝对引用与表格的第一列中的文本框 Text1 对象的绝对引用,可以分别表示为:

```
FormSet1.Form1
FormSet1.Form2.PageFrame1.Page1.Column1.Text1
```

(2) 相对引用

相对引用是指在容器层次中相对于某个容器层次的引用。相对引用通常运用于某个对象的事件处理代码或方法程序代码中,即在某个容器对象的事件处理代码或方法程序代码中对所包含的对象的引用,引用时可以直接使用其对象名。表 7-8 列出了在相对引用对象

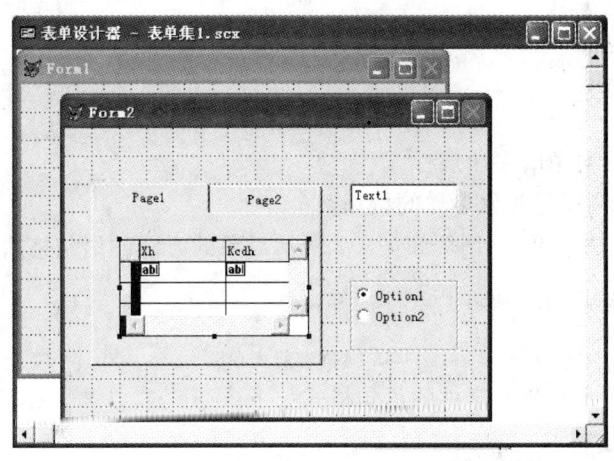

图 7-2 容器的嵌套

时所涉及的一些关键字,其中 This、ThisForm、ThisFormSet 只能在方法程序或事件处理代码中使用。

例如,假设当前对象是表单 Form2:

```
This.Caption                &&引用当前对象的标题属性
```

例如,假设当前对象是表格 Grid1:

```
This.Parent.Option1.Caption    &&引用与当前对象(表格)同一容器中选择按钮;
                               &&对象的标题属性
```

表 7-8   Visual FoxPro 中相对引用对象时所用的关键字

关 键 字	说　明	关 键 字	说　明
ActiveForm	当前活动表单	This	该对象
ActivePage	当前活动表单中的活动页面	ThisForm	包含该对象的表单
ActiveControl	当前活动表单中具有焦点的控件	ThisFormSet	包含该对象的表单集
Parent	该对象的直接容器		

2. 对象属性值的设置

一个对象创建后,其各个属性都有默认的属性值。用户可以通过表单设计器的属性窗口或编程的方式来设置对象的属性值。

利用编程方式设置对象属性值的语句格式 1:

```
<对象名>.<属性>=<属性值>
```

说明:设置对象的一个属性。

例如,利用格式一把表单的标题设置为"表单 1"。

```
ThisForm.Caption="表单 1"        &&当前表单的标题设置为"表单 1"
```

设置对象属性值的语句格式 2:

```
WITH<对象名>
```

```
.<属性1>=<属性值>
.<属性2>=<属性值>
…
ENDWITH
```

说明：连续设置对象的多个属性。

3. 对象方法的调用与对象事件的调用

对象有属性、方法和事件，调用如表7-7所示对象的方法的语句格式如下。

`<对象名>.<方法名>[(<参数表>)]`

例如：`ThisForm.Refresh`   && 刷新当前表单

调用如表7-6所示对象的事件的语句格式如下。

`<对象名>.<事件名>[(<参数表>)]`

例如：单击表单对象时会执行表单的 Click 事件过程，可以使用如下命令显式调用。

`ThisForm.Click`

7.3　表单的创建

表单类似于 Windows 中各种标准窗口与对话框，一般是作为应用程序与用户之间的交互界面。如图7-1所示，这就是表单(Form)的一个具体应用。在 Visual FoxPro 中，有如下4种方法可以创建表单。

- 使用表单向导创建表单。
- 使用表单设计器创建表单或修改已有的表单。
- 在"表单"菜单中选择"快速表单"命令，创建一个通过添加控件来定制的简单表单。
- 利用程序创建表单。

这一节中主要讲解怎样使用第一种方法和第二种方法来创建表单。

7.3.1　使用表单向导创建表单

表单向导是一种利用用户回答一系列问题来生成表单的工具。启动表单向导有如下3种方法。

(1) 打开相应的项目进入"项目管理器"，选择"文档"标签，从中选择"表单"，单击"新建"按钮，系统弹出如图7-3所示的"新建表单"对话框。单击"表单向导"按钮，系统弹出如图7-4所示的"向导选取"对话框。

(2) 选择"文件"菜单中的"新建"命令或单击常用工具栏上的"新建"按钮，在"新建"对话框中选择"表单"，然后单击"向导"按钮，系统会弹出如图7-4所示的"向导选取"对话框。

(3) 选择"工具"菜单中的"向导"子菜单，再从中选择"表单"，系统弹出如图7-4所示的"向导选取"对话框。

如图7-4所示，"向导选取"对话框提供两种类型的表单向导。

"表单向导"——为单个表创建操作数据表的表单。

"一对多表单向导"——为具有一对多关系的两张表创建操作数据表的表单。

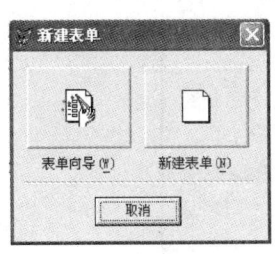

图 7-3 "新建表单"对话框

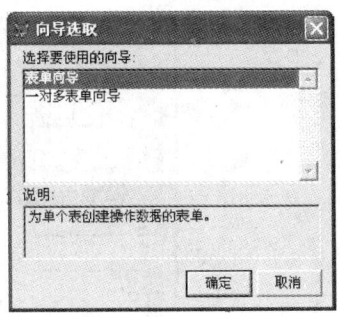

图 7-4 "向导选取"对话框

首先选择向导类型,然后单击"确认"按钮,系统将打开相应的对话框,逐步地引导用户完成表单的创建。下面举例说明利用"表单向导"创建数据表表单的过程。

1. 利用"表单向导"创建基于单数据表的表单

【例 7.1】 利用"表单向导"创建基于表 JS 的表单,表单名为 JS.SCX。

操作步骤如下。

(1)启动"向导选取"对话框如图 7-4 所示,选择"表单向导",并单击"确认"按钮,系统弹出"表单向导"的"步骤 1-字段选取"对话框,如图 7-5 所示。

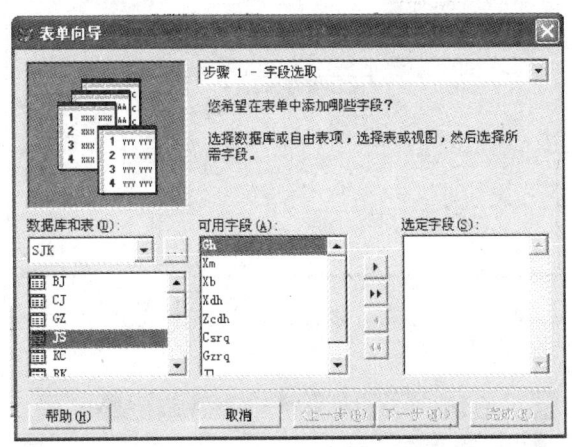

图 7-5 字段选定前的对话框

(2)单击"数据库和表"栏右边的 ... 按钮,在弹出的"打开"对话框中选择数据库文件 SJK.DBC;然后选择数据表 JS.DBF,把"可用字段"列表框中选择的字段移动到"选定字段"列表框中,结果如图 7-6 所示。完成后单击"下一步"按钮。

(3)出现"表单向导"的"步骤 2-选择表单样式"对话框,如图 7-7 所示。系统提供 9 种表单样式供选择,对话框左上角的放大镜中会自动显示所选样式的预览。在"按钮类型"选项组中可以选择按钮类型。选择好后,单击"下一步"按钮。

(4)接下来出现的"步骤 3-排序次序"对话框如图 7-8 所示,可选择字段或索引标识用于记录的排序。在本例中,可以从"可用的字段或索引标识"列表框中选择 GH 字段添加到"选定字段"列表框中,排序方式选择"升序",选择好后,单击"下一步"按钮。

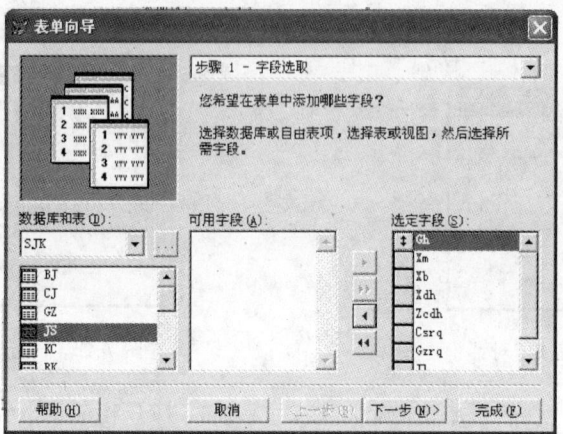

图 7-6　字段选定后的对话框

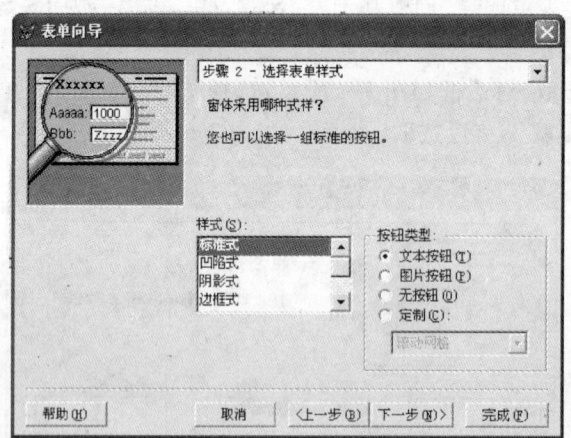

图 7-7　步骤 2-选择表单样式

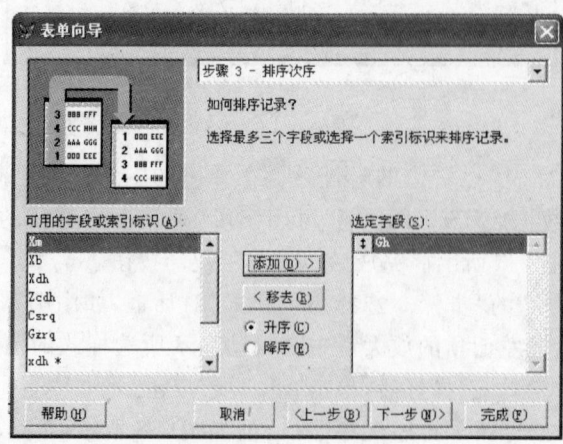

图 7-8　步骤 3-排序次序

（5）在如图 7-9 所示的"步骤 4-完成"对话框中。输入表单标题"JS"，单击"预览"按钮，结果如图 7-10 所示。

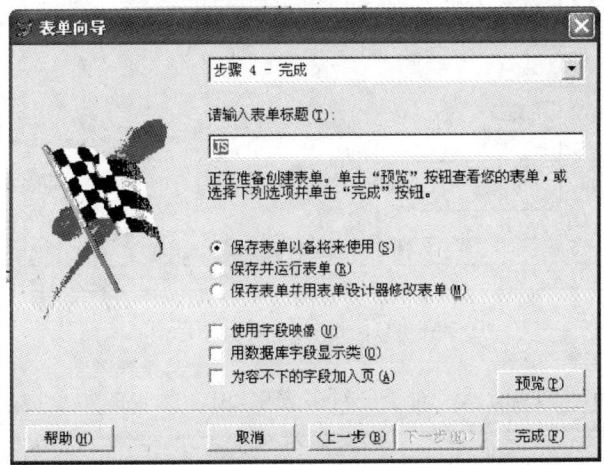

图 7-9 步骤 4-完成

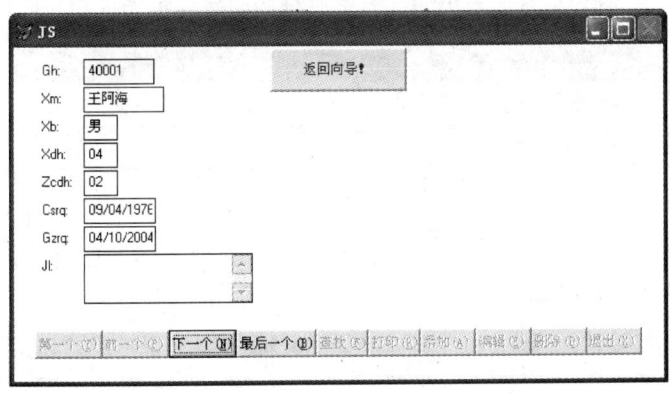

图 7-10 教师表的表单预览

（6）单击"返回向导"按钮返回"步骤 4-完成"对话框，单击"保存表单以备将来使用"单选按钮，单击"完成"按钮，在弹出的"另存为"对话框输入表单文件名"JS"，最后单击"确定"按钮即完成整个设计。在本步骤中，可以为表单设置一个标题。表单保存后，在磁盘上产生两个文件：表单文件和表单的备注文件，扩展名分别为.SCX 和.SCT。

（7）要运行表单文件，选择"程序"菜单中的"运行"命令，打开"运行"对话框，选择文件类型为"表单"，指定文件名为 JS，单击"运行"按钮，运行结果如图 7-11 所示。

如图 7-11 所示，表单向导所创建的表单底部有一行命令按钮，前 4 个按钮用于定位记录，"查找"按钮用于查询满足指定条件的记录，"添加"和"删除"按钮用于添加和删除记录，"编辑"按钮用于修改记录内容，"退出"按钮用于关闭表单并返回系统界面。

2. 利用表单向导创建一对多关系表的表单

"一对多表单向导"可以创建基于两个相关表中数据的表单。在一对多表单中，显示父表数据的同时以表格形式显示相关的子表数据。例如：创建基于表 XS（父表）和表 CJ（子表）的

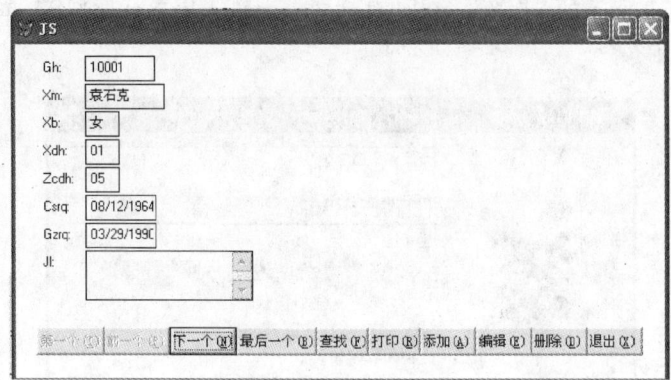

图 7-11　JS.SCX 运行结果

一对多表单。结果如图 7-12 所示。对于一对多表单,由于父表的每个记录对应于子表中的多个记录,所以表单运行时,父表在表单中每次显示一个记录,子表的相关数据在表单中利用表格形式以浏览窗口的形式显示。在一对多表单中,用于记录定位的按钮只对父表产生控制,子表记录可通过子表的窗口操作控制。其操作步骤为:利用表单向导新建表单,并在如图 7-4 的"向导选取"对话框中选择"一对多表单向导",然后按照向导提示完成相关的设计。

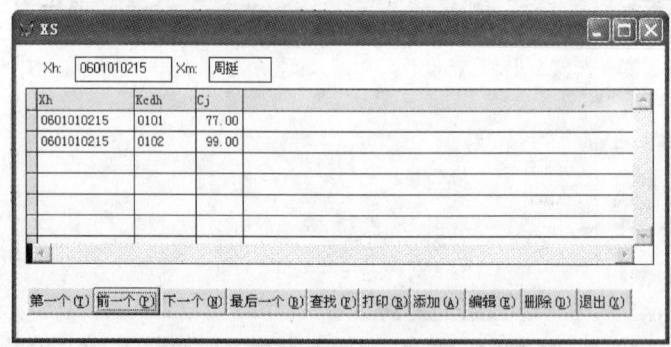

图 7-12　一对多表单运行结果

7.3.2　使用表单设计器创建表单

由表单向导生成的两种表单,其外观、形式和功能基本上固定,通常不能满足实际工作的需要。利用 Visual FoxPro 系统提供的"表单设计器",可以根据用户的需求,可视化地修改或创建表单。

1. 启动"表单设计器"窗口

有 3 种方法来启动"表单设计器",其窗口界面如图 7-13 所示。

(1) 在"项目管理器"中选择"文档"标签,然后选择"表单",再单击"新建"按钮,系统弹出"新建表单"对话框,再单击"新建表单"按钮。

(2) 选择"文件"菜单或工具栏的"新建"按钮。

(3) 在"命令"窗口输入 CTREATE FORM 命令。

若要修改表单,在"项目管理器"中选择需要修改的表单,单击"修改"按钮。

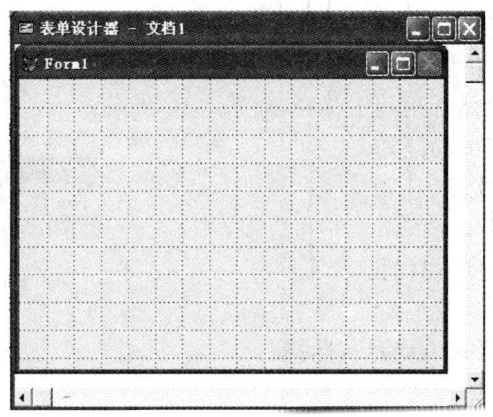

图 7-13 "表单设计器"窗口

利用命令打开"表单设计器"以创建新表单或修改表单。

例如,在"命令"窗口输入并执行下列命令:

```
CREATE  FORM  FrmJS                && FrmJS 为表单文件的文件名
MODIFY  FORM  FrmJS
```

2. 在"表单设计器"中调用表单生成器

利用"表单生成器"可以方便、快捷地在当前表单中生成字段对象。调用"表单生成器"的方法有如下 3 种。

(1) 选择"表单"菜单中的"快速表单"命令。

(2) 单击"表单设计器"工具栏中的"表单生成器"按钮。

(3) 右击表单,在快捷菜单中选择"生成器"命令。

"表单生成器"对话框如图 7-14 所示。在这个对话框窗口中,用户可以利用"数据库和表"下拉列表框右边的 ... 按钮打开相关数据库和表,选取指定数据表或视图的字段,这些字段将以控件的形式被添加到表单中。利用"表单生成器"只能以默认格式生成字段对象。若不能满足设计要求,用户还需在"表单设计器"中进一步修改。

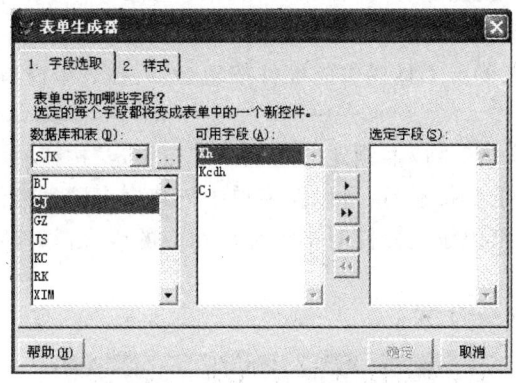

图 7-14 "表单生成器"对话框

3. "表单设计器"工具栏及属性窗口

当"表单设计器"窗口活动时,Visual FoxPro 显示"表单"菜单、"表单控件"工具栏、"表单设计器"工具栏和"属性"窗口等。

（1）"表单设计器"工具栏

"表单设计器"工具栏是常用的工具栏，如图 7-15 所示。

从左至右各命令按钮的功能如下。

图 7-15　"表单设计器"工具栏

- 设置对象 Tab 键次序。
- 显示/隐藏属性窗口。
- 显示/隐藏表单控件工具栏。
- 显示/隐藏布局工具栏。
- 打开/隐藏"自动格式生成器"对话框。
- 设置表单数据环境。
- 打开/隐藏代码窗口。
- 显示/隐藏调色板工具栏。
- 打开/隐藏"表单生成器"对话框。

（2）"表单控件"工具栏

"表单控件"工具栏如图 7-16 所示。

图 7-16　"表单控件"工具栏

第一行从左至右依次为"选定对象"按钮和"查看类"按钮。当"选定对象"按钮处于按下状态时，只能编辑表单中的控件，不能用于添加控件。"查看类"按钮用于把类库中所保存的用户定义类添加到工具类，供用户使用。

第二行由 21 个 Visual FoxPro 基类的控件按钮组成。其中：前 7 个按钮依次为标签、文本框、编辑框、命令按钮、命令按钮组、选项按钮组和复选框；第 8～14 个按钮依次为组合框、列表框、微调按钮、表格、图像、计时器和页框；第 15～21 个按钮依次为 OLE 容器控件、OLE 绑定型控件、线条、形状、容器、分隔符和超级链接控件。利用它们可以方便地向表单中添加控件。方法是首先单击工具栏中的控件按钮，然后在表单窗口中单击或拖动鼠标，即可在表单上建立控件。

第三行从左至右依次为"生成器锁定"按钮和"按钮锁定"按钮。"按钮锁定"按钮呈按下状态时，再单击第二行中某个按钮后，可以在表单中创建多个同类控件。"生成器锁定"按钮呈按下状态时，每当向表单中添加控件时都会弹出相应的生成器对话框。

（3）"调色板"工具栏

"调色板"工具栏如图 7-17 所示。

图 7-17　"调色板"工具栏

第一行第一个按钮呈按下状态时表示设置对象的前景颜色(ForeColor 属性),第二个按钮呈按下状态时表示设置对象的背景颜色(BackColor 属性)。

第二行由 16 种颜色按钮组成。用于给选定控件设置颜色。

第三行只有一个"其他颜色"按钮,用于设置更多的颜色。

(4)"属性"窗口

Visual FoxPro 的"属性"窗口如图 7-18 所示。

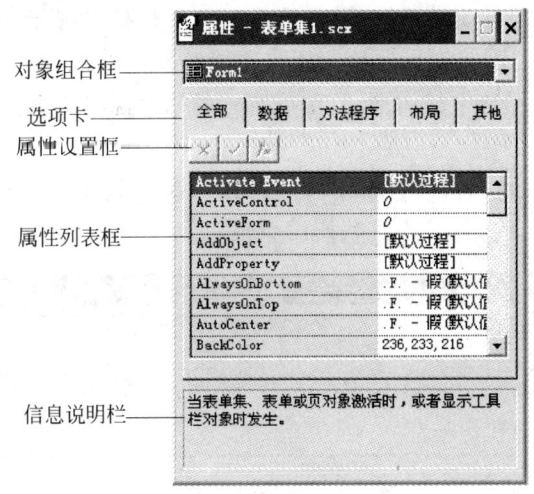

图 7-18 "属性"窗口

一般"属性"窗口会随着"表单设计器"的打开而自动打开,若"属性"窗口被关闭,可利用下面 3 种方法打开"属性"窗口。

- 选择"显示"菜单中的"属性"命令。
- 单击"表单设计器"工具栏中的"属性"窗口按钮。
- 右击"表单设计器"窗口,选择快捷菜单中的"属性"命令。

"属性"窗口自上而下分为对象组合框、选项卡、属性设置框、属性列表框和信息说明栏 5 个部分。

① 对象组合框:包含当前表单及其所包含的所有对象的列表,并用树形结构描述它们之间的关系。用户可以在其中选择要编辑的对象,其效果与表单选中对象的效果是一样的。

② 选项卡:共有 5 个选项卡,分别用来显示选中对象的属性、方法和事件。

- "全部"选项卡:列出选中对象的全部属性、方法和事件。
- "数据"选项卡:列出选中对象的操作控制数据属性及属性值。
- "方法程序"选项卡:列出选中对象的方法和事件。其中后缀为 Event 的是事件,其余都是方法。
- "布局"选项卡:列出选中对象的位置、大小和形状等属性。
- "其他"选项卡:列出选中对象的名称、所属类的类库等属性及属性值。

③ 属性设置框:用于修改选中对象的选定属性的值。

当在属性列表框中选中某一属性时,该属性的当前值显示在属性设置框中,用户可以在框内重新设置选中对象的属性值。当用户选中多个对象时,"属性"窗口将显示这些对象的共同属性值,用户对某个属性的设置会作用于被选中的所有对象。

属性设置框有如下 3 个操作按钮。

- ×在单击"确定"按钮之前,单击此按钮可以取消刚才输入的内容。
- ✓单击此按钮确认对属性的修改。
- fx单击该按钮将打开"表达式生成器",并将表达式的值作为属性值。

④ 属性列表框:显示选中对象归属当前选项卡的各个属性的名称和当前值。选中对象的属性的初始值是系统自动赋给的,用户修改过的属性值被显示为黑体。若属性值用斜体显示,则表明该项是只读的,在设计阶段用户不能修改。

⑤ 信息说明栏:显示选中的属性、方法或事件的简要说明信息。

4. 代码编辑窗口

Visual FoxPro 的代码编辑窗口用于编写指定对象的指定事件(或方法)的程序代码。如图 7-19 所示为 Form1 的 Load 事件代码编辑窗口。

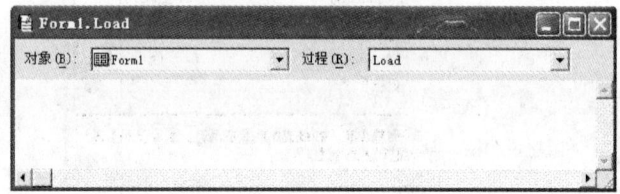

图 7-19　事件代码窗口

在表单设计环境中打开代码编辑窗口的方法如下。

- 选择"显示"菜单中的"代码"命令。
- 右击"表单设计器"窗口,选择快捷菜单中的"代码"命令。
- 双击选定的对象。
- 单击"表单设计器"工具栏中的"代码窗口"图标。
- 双击"属性"窗口中指定的方法或事件。

任一对象的某方法或事件的代码编辑窗口打开后,可以在"对象"下拉列表框 重选对象,在"过程"下拉列表框中重选方法和事件。

5. 控件的布局

利用"格式"菜单或"布局"工具栏,可以方便地调整表单上各控件的布局。调整各控件的对齐方式、控件间的间距方式、控件的大小、控件重叠时相对位置。"布局"工具栏如图 7-20 所示。

图 7-20　"布局"工具栏

从左至右各按钮的功能如下。

- 左边对齐按钮:让选定的所有控件沿其中最左边那个控件的左侧对齐。
- 右边对齐按钮:让选定的所有控件沿其中最右边那个控件的右侧对齐。

- 顶边对齐按钮：让选定的所有控件沿其中最顶部那个控件的顶边对齐。
- 底边对齐按钮：让选定的所有控件沿其中最底部那个控件的底边对齐。
- 垂直居中对齐按钮：让所有被选控件的中心处在一垂直轴上。
- 水平居中对齐按钮：让所有被选控件的中心处在一水平轴上。
- 相同宽度按钮：调整所有被选控件的宽度，使其与其中最宽控件的宽度相同。
- 相同高度按钮：调整所有被选控件的高度，使其与其中最高控件的高度相同。
- 相同大小按钮：使所有被选控件大小相同。
- 水平居中按钮：使所有被选控件在表单内水平居中。
- 垂直居中按钮：使所有被选控件在表单内垂直居中。
- 置前按钮：将被选控件移至最前面一层。
- 置后按钮：将被选控件移至最后面一层。

6. 设置 Tab 键次序

设计表单时，系统按照各控件设置的前后次序，自动给每一个控件指定获得焦点的次序，这就是 Tab 键次序，其值就是 TabIndex 的值。表单运行时，系统首先按 Tab 键次序依次激化各控件的 Init 事件。按键盘上的 Tab 键可以使焦点按 Tab 键次序在各控件间移动。在"表单设计器"环境中，系统允许用户根据应用程序的需要，重新设置各控件的 Tab 键次序。其方法有交互式和列表式。用户可以选择"工具"菜单中的"选项"命令，打开"选项"对话框中的"表单"选项卡，选择一种方法（交互式或列表式）进行设置。

如果采用的是交互式，那么选择"显示"菜单中的"Tab 键次序"命令，将弹出如图 7-21 所示界面。用户只要依次单击深蓝色的小方块，即可重新设置表单上的各个控件的"Tab 键次序"。如果采用的是列表式，那么选择"显示"菜单中的"Tab 键次序"命令，将弹出如图 7-22 所示界面。用户只要拖动列表框左边的"移动"按钮，就可以重新安排各个控件的"Tab 键次序"。

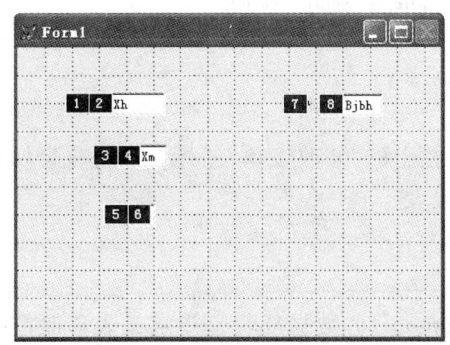

图 7-21　交互式设置控件的"Tab 键次序"

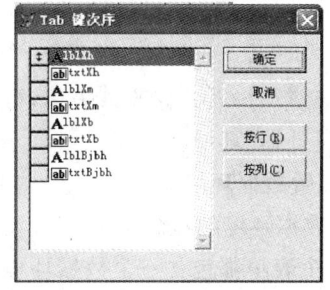

图 7-22　列表式设置控件的"Tab 键次序"

7.4　表单的管理

7.4.1　表单的编辑和运行

1. 保存表单

在"表单设计器"窗口中，用户可以选择"文件"菜单中的"保存"命令或单击常用工具栏中的"保存"按钮，选择表单存放的路径且输入文件名，系统将自动生成两个文件，扩展名为

.SCX 的表单文件和扩展名为.SCT 的表单备注文件。

2. 修改表单

一个表单文件无论是用何种方法创建的,都可以使用"表单设计器"进行编辑修改。使用下述 3 种方法都可以把已经存在的表单文件调入"表单设计器"中。

(1) 选择"文件"菜单中的"打开"命令,在弹出的"打开"对话框中,"文件类型"选择"表单"(＊.SCX),在文件列表框中选择目标文件(如 Myform.SCX),单击"确定"按钮。

(2) 在命令窗口输入命令:

```
MODIFY FORM <表单文件名>
```

例如:修改表单文件 Myform.SCX,在"命令"窗口输入如下命令:

```
MODIFY FORM Myform
```

(3) 若要修改"项目管理器"中的表单文件,可以先打开"项目管理器",在"文档"选项卡中选择"表单"下的表单文件名,单击右边的"修改"按钮即可。

3. 运行表单

运行表单文件就是根据表单文件和表单备注文件的内容生成表单对象。

运行表单有下述几种方法。

(1) 在"项目管理器"的"文档"选项卡中,选择"表单"下要运行的表单文件,然后单击"运行"按钮。

(2) 在"表单设计器"环境中打开相应的表单文件,选择"表单"菜单中的"执行表单"命令或单击常用工具栏上的"运行"图标。

(3) 选择"程序"菜单中的"运行"命令,在"运行"对话框中,"文件类型"选择"表单(＊.SCX)",在文件列表框中选择要执行的表单文件,单击"确定"按钮。

(4) 在"命令"窗口输入命令:

```
DO FORM <表单文件名>[WITH<实参 1>][,<实参 2>, … ]
```

表单运行时,若要修改该表单,可单击常用工具栏上的"修改表单"图标。系统将会切换到"表单设计器"环境。

4. 设置数据环境

(1) 数据环境的概念

每一个表单都包含一个数据环境(Data Environment)。数据环境是指定义表单时需要使用的数据源,它包含与表单相互作用的表或视图,以及表单所要求的表之间的关系。当打开或运行表单时,数据环境中的表或视图就会自动打开,在关闭或释放表单时表或视图也能自动关闭。

(2) 数据环境常用属性

数据环境常用属性主要有如下两个。

AutoOpenTables 属性:默认值为.T.。若为.T.,数据环境中的表和视图自动打开;若为.F.,数据环境中的表和视图不会自动打开。

AutoCloseTables 属性:默认值为.T.。若为.T.表单释放时,自动关闭数据环境中的表和视图;若为.F.,数据环境中的表和视图不会自动关闭。

（3）数据环境设计器

在创建一个表单或表单集时，都有一个数据环境，用户可以用"数据环境设计器"来设置数据环境。打开"数据环境设计器"的方法有如下 3 种。

- 选择"显示"菜单中的"数据环境"命令。
- 单击"表单设计器"工具栏中的数据环境图标 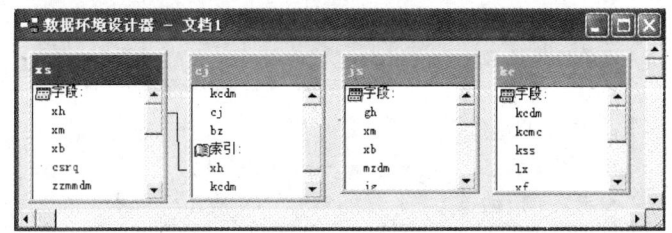。
- 右击表单，选择快捷菜单中"数据环境"命令。

这 3 种方法都可以打开"数据环境设计器"，如图 7-23 所示。

图 7-23 "数据环境设计器"窗口

打开"数据环境设计器"后可以添加表或视图。其方法如下：①选择"数据环境"菜单中的"添加"命令，也可以选择"数据环境设计器"快捷菜单中的"添加"命令，系统则弹出"添加表或视图"对话框。②在"添加表或视图"对话框中，在"选定"选项组中选择"表"或"视图"；在"数据库"下拉列表框中选择相应数据库，在"数据库中表"或"数据库中的视图"列表框中选择表或视图；单击"添加"按钮，即可将选定的表或视图添加到"数据环境设计器"中。可以重复以上操作添加多个表。③表添加结束后，单击"关闭"按钮即可。

如果添加到数据环境中的是两个已建立永久关系的数据库表，系统将自动建立与永久关系相同的临时关系。如果它们是两个尚未建立永久关系的数据库或者是两个自由表，那么可以根据需要在"数据环境设计器"中为其建立临时关系。方法是：将父表的某个字段拖动到子表中与之相匹配的索引标记上。如果子表中没有与之相匹配的索引标记，可以将父表中的字段拖动到与之相匹配的某个字段上，然后根据系统提示创建索引，即可设置相应的关系。

7.4.2 表单常用的属性、事件和方法

为了更好地设计符合实际应用需要的表单，必须了解并知道表单常用的属性、方法和事件。以下列出表单常用的属性、方法和事件。

1. 表单常用的属性

表单大约有 100 个属性，经常使用的一些属性如下。

（1）外观属性

表单的外观属性用于设置表单的外观、大小、运行时的位置。表单外观常用属性如表 7-9 所示。

（2）表单标题栏属性

表单标题栏属性如表 7-10 所示。

表 7-9　表单外观常用属性

属　　性	说　　明	默　认　值
AutoCenter	指定表单对象首次显示时,是否自动在 Visual FoxPro 主窗口内居中	.F.
Height	指定表单的高度(量度单位是像素)	
Width	指定表单的宽度(量度单位是像素)	
Left	指定表单的左边与 Visual FoxPro 主窗口左边的距离(量度单位是像素)	
Top	指定表单的顶边与 Visual FoxPro 主窗口顶边的距离(量度单位是像素)	
BorderStyle	指定表单边框样式:0-无边框,1-单线边框,2-固定对话框,3-可调边框	3
WindowState	指定表单状态:0-正常,1-最小化,2-最大化	0
ScrollBars	指定表单滚动条类型:0-无,1-水平,2-垂直,3-既水平又垂直	0
BackColor	指定表单的背景色	192,192,192

表 7-10　表单标题栏属性

属　　性	说　　明	默　认　值
Caption	指定表单标题栏的显示文本	Form1
Icon	指定表单的控制菜单图标	
Closable	指定是否可以通过双击控制菜单框或单击"关闭"按钮来关闭表单	.T.
MaxButton	设定表单是否有最大化按钮	.T.
MinButton	设定表单是否有最小化按钮	.T.
Moveable	指定表单运行时,用户能否通过拖动标题来移动表单,只能在表单设计阶段设置,在表单的运行中不能设置	.T.
Titlebar	设置表单标题栏是否可见:0-关闭,1-打开	1

（3）表单其他常用属性

表单其他常用属性,如表 7-11 所示。

表 7-11　表单其他常用属性

属　　性	说　　明	默　认　值
AlwaysOnTop	指定表单运行时是否总在其他窗口之上	.F.
DataSession	指定打开表单中表的设置:1-默认数据工作期,2-私有数据工作期	1
Enabled	指定表单当前是否可用	.T.
Visible	指定表单是否可见	.T.
ShowTips	设置当鼠标停留在表单中的控件上时,是否显示提示信息	.F.
WindowType	指定表单模式:0-无模式,1-模式	0

2. 表单常用的事件

表单常用的事件如表 7-12 所示。

表 7-12 表单常用的事件

事 件	触 发 时 机
Load	装载表单时触发,是表单运行后首先被触发的事件
Init	创建表单时,在表单所包含控件 Init 之后触发
Destroy	释放表单时,在表单所包含控件 Destroy 之前触发
Unload	卸载表单时,在表单所包含控件 Destroy 之后触发

3. 表单常用的方法

表单常用的方法如表 7-13 所示。

表 7-13 表单常用的方法

方 法	说 明
Release	将表单从内存中释放,并关闭表单
Refresh	刷新表单,同时刷新表单所含控件的内容
Show	设置表单的 Visible 属性为 .T.,并设置该表单窗口为当前窗口
Hide	设置表单的 Visible 属性为 .F.
Setfocus	设置该表单窗口为当前窗口

【例 7.2】 利用表单设计器设计表单 RGB.SCX,其属性设置如表 7-14 所示。

表 7-14 RGB.SCX 表单的属性设置

属 性 名	属 性 值	属 性 名	属 性 值
AutoCenter	. T.	ScrollBars	3-既水平又垂直
Height	240	Caption	黑色
Width	230	MaxButton	. F.
BackColor	0,0,0	Closable	. T.
BorderStyle	2-固定对话框	MinButton	. T.

操作步骤如下。

(1) 先调用"表单设计器",在"属性"窗口中按上述要求设置属性。

(2) 保存表单并运行,结果如图 7-24 所示。

【例 7.3】 要求运行表单 RGB.SCX 时改变属性,按任意键显示红色背景,单击表单的"关闭"按钮,表单背景改为绿色,再按任意键关闭表单。

操作步骤如下。

(1) 选择 RGB.SCX 表单进行"修改",调用"表单设计器"。

(2) 打开表单的 Init 代码编辑窗口,并输入代码:

```
ThisForm.Caption = "红色"
```

图 7-24 运行结果

```
ThisForm.BackColor = RGB(255,0,0)
Wait "按任意键将显示表单" Windows
```

(3) 打开表单的 Destroy 代码编辑窗口,并输入代码:

```
ThisForm.Caption = "绿色"
ThisForm.BackColor = RGB(0,255,0)
Wait "按任意键将关闭表单" Windows
```

(4) 保存表单,并运行。

7.5   常用表单控件

面向对象程序设计的基本操作单元是控件。控件是放在表单上用以显示数据、执行操作的一种图形对象。在 Visual FoxPro 中控件主要有标签控件、命令按钮控件、命令组件件、文本框控件、编辑框控件、复选框控件、选项组控件、列表框控件、组合框控件、表格控件、页框控件和计时器控件。每种控件都有各自的属性、事件和方法。本节详细介绍这些控件在表单设计中的具体应用。

7.5.1   标签控件

标签(Label)控件用于在表单上显示字符型文本信息。所显示的信息既可以在设计时通过"属性"窗口设定,也可以在程序运行过程中,利用语句通过设置 Caption 属性来实现。标签控件没有数据源,不能直接编辑,不能用 Tab 键选择。标签控件的常用属性如表 7-15所示。

表 7-15   标签的常用属性

属　性	说　明
Caption	设置标签显示的文本内容,最多 256 个字符
AutoSize	确定是否根据文本的长度来自动调整标签的大小
BackStyle	确定标签是否透明
Alignment	确定文本在标签中的对齐方式
BorderStyle	设置标签是否带边框
WordWrap	设置文本内容是否可自动换行
BackColor	设置背景颜色
FontColor	设置文本的颜色
FontName	设置文本的字体
FontSize	设置文本的字号
FontBold	设置文本是否为粗体
FontItalic	设置文本是否为斜体
Top	设置控件与表单窗口顶边距离
Left	设置控件与表单窗口左边距离
Height	设置控件的高度
Width	设置控件的宽度

【例7.4】　创建一个表单,其中有一个显示"学生成绩管理系统",字体为隶书,字号为 24,颜色为黑色的标签,完成后如图 7-25 所示。

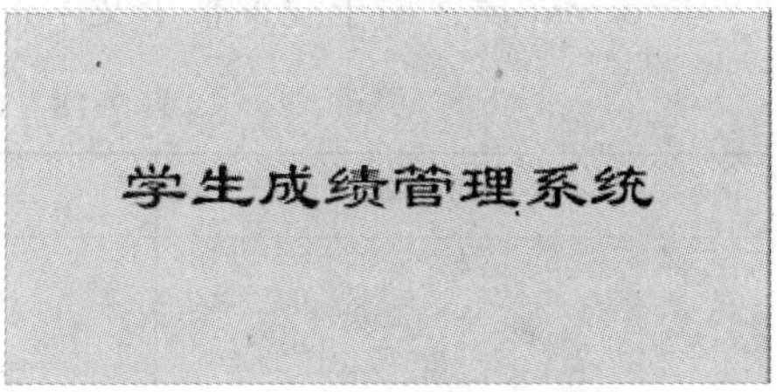

操作步骤如下。

(1) 调用"表单设计器",创建一个表单 (Form1),再调用"表单控件"工具栏。单击工具栏中的"标签控件"按钮,然后在表单窗口中单击或拖动,即可在表单上建立一个标签控件对象(Label1)。

(2) 在"属性"窗口中设置表 7-16 所示的属性值。

学生成绩管理系统

图 7-25　例 7.4 运行结果

表 7-16　例 7.4 属性设置

对 象 名	属　　性	属　性　值
Form1	TitleBar	0-关闭
Label1	Caption	学生成绩管理系统
	FontName	隶书
	FontSize	2 4
	ForeColor	0,0,0
	BackStyle	0-透明

(3) 保存表单,并运行表单。

7.5.2　文本框控件

文本框主要用于输入和编辑数据,当前值由它的 Value 属性决定。Value 值可以为数值型、字符型、日期型和逻辑型,默认类型为(无),表示字符型。

1. 文本框常用属性

文本框控件的常用属性如表 7-17 所示。

表 7-17　文本框的常用属性

属　　性	说　　明
Value	指定文本框的当前值
ReadOnly	指定该文本框是否可以编辑
ControlSource	指定文本框的数据源
SelText	指定在文本框中所选定的文本
TabStop	指定能否用 Tab 键选定该控件
SelStart	指定选定文本起点位置或指出插入点的位置
SelLength	指定选定字符的数目或指定要选定的字符数
PasswordChar	指定输入文本时在文本框中所显示的"实际"字符
SelectBackColor	指定文本框中选定文本的背景色
SelectedForeColor	指定文本框中选定文本的前景色
Alignment	设置数据在文本框中对齐方式
Enable	指定文本框是否可用
InputMask	设置文本框中各位数据输入和显示的格式(与数据表的相同)
Format	设置整个文本框的输入和显示格式

Format 属性用于设置整个文本框的数据格式。该属性由表 7-18 所示格式符组成。

表 7-18　Format 属性格式符及其功能

格 式 符	功 能
A	仅允许字母字符
T	截去字符的前导和后置空格
D	使用当前系统日期格式
^	用指数法显示数值数据
!	小写字母转换为大写字母
K	当文本框接收焦点时,选择文本框的内容
E	按 British 日期格式编辑日期数据
L	在文本框中显示数值的前导零

2. 文本框常用方法

文本框常用方法有 SetFocus,该方法是将焦点移动到指定的文本框上,可以来触发 GetFocus 事件。

3. 文本框常用事件

文本框常用事件如表 7-19 所示。

表 7-19　文本框常用事件

事 件	触 发 时 机
GetFocus	文本框获得焦点后
Valid	文本框失去焦点前
KeyPress	当键盘按任一键时
LostFocus	文本框失去焦点后
InteractiveChange	当文本框中数据发生变化后

4. 数据绑定

文本框的值除了可以通过键盘输入外,还可以将它指定为表中某个字段或内存变量的值,这就是控件的数据绑定。对应的字段或内存变量称为该控件的数据源。数据源由控件的 ControlSource 属性确定。当为数据环境添加数据表后,"属性"窗口中将给出表中各字段供用户选择。

当文本框与某个字段绑定后,文本框的值就与该字段的值保持一致了。文本框的值由字段的值决定,而字段的值也可由改变文本框的值来进行修改。如果禁止修改表数据,可以设置文本框的 ReadOnly 属性为.T.。

5. 文本框生成器

控件生成器是 Visual FoxPro 系统为用户提供的控件属性设置工具,利用控件生成器可以很方便地为控件设置属性。

打开控件生成器的方法:在该控件的快捷菜单中选择"生成器"命令或单击控件工具栏中的"生成器锁定"按钮。当创建控件时,系统会自动打开相应的控件生成器,但是并非所有控件都有控件生成器。

"文本框生成器"有如下 3 个页面。

（1）"格式"选项卡：用于设置文本框的数据类型和格式，如图 7-26 所示。

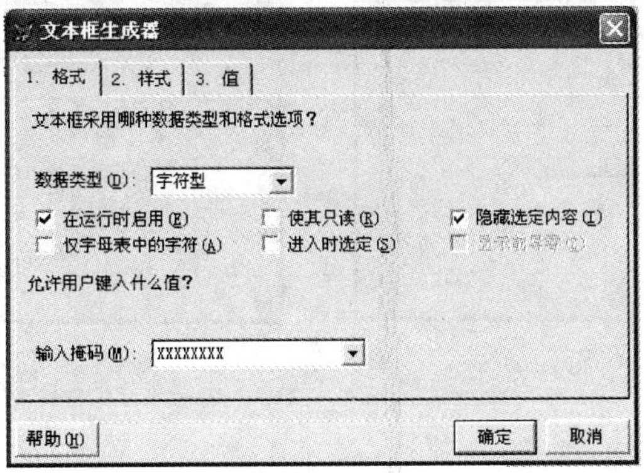

图 7-26 "文本框生成器"的"格式"选项卡

（2）"样式"选项卡：用于设置文本框的样式，如图 7-27 所示。

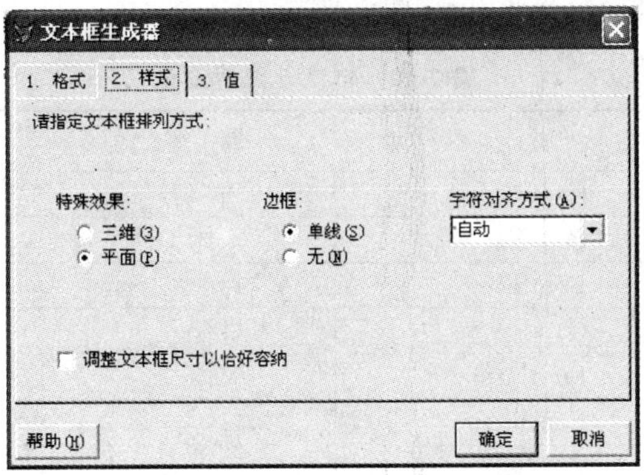

图 7-27 "文本框生成器"的"样式"选项卡

（3）"值"选项卡：用于设置文本框的数据源，如图 7-28 所示。

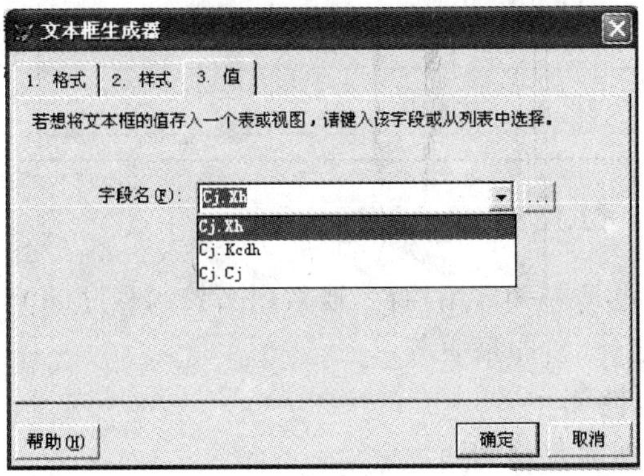

图 7-28 "文本框生成器"的"值"选项卡

【例 7.5】 用"表单设计器"设计一个用户登录界面（表单），设计界面如图 7-29 所示，运行结果如图 7-30 所示。

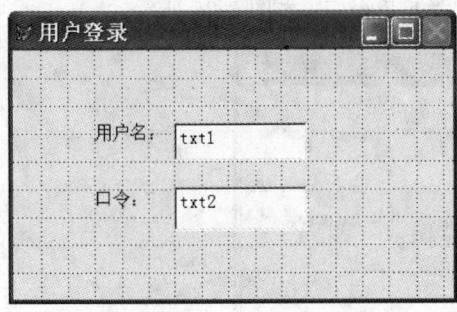

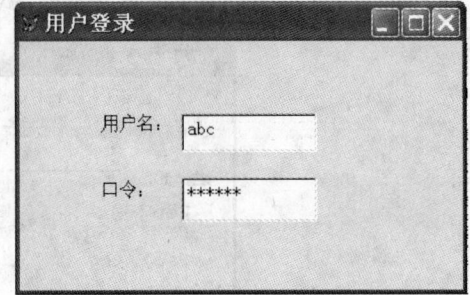

图 7-29　例 7.5 设计界面　　　　　　　　图 7-30　例 7.5 运行结果

操作步骤如下。

（1）创建表单（Form1），根据图 7-29 所示放置两个标签控件（Label1 和 Label2），两个文本框控件（Txt1 和 Txt2）。

（2）按表 7-20 所示设置各控件的属性值。

（3）保存表单并运行，结果将如图 7-30 所示。

表 7-20　例 7.5 属性设置

对　象　名	属　　性	属 性 值	说　　明
Label1	Caption	用户名	
	FontName	宋体	
	FontSize	12	
Label2	Caption	口令	
	FontName	宋体	
	FontSize	12	
Txt1	ControlSource	USER. XM	用户表的姓名字段
	FontName	宋体	
	FontSize	12	
Txt2	ControlSource	USER. PS	用户表的密码字段
	FontName	宋体	
	FontSize	12	
	PasswordChar	*	用户所按的每一个键都以"＊"显示

7.5.3　命令按钮控件

命令按钮在表单中也是一种常用控件，通常用来控制程序的流程，完成特定的操作。例如关闭表单、移动记录指针、打印报表等。

1. 命令按钮常用属性

命令按钮常用属性如表 7-21 所示。

在命令按钮的标题中可以设置热键，方法是在其 Caption 属性值中的某个字符前插入符号"\<"。

2. 命令按钮常用事件

命令按钮最常用的事件是 Click 事件，命令按钮的功能一般通过 Click 事件代码来实现。当用户单击某个命令按钮时,Click 事件被触发,其相应的事件代码被执行,从而实现该命令按钮的功能。

表 7-21　命令按钮常用属性

属　　性	说　　明
Caption	设置按钮的标题
Enabled	设置按钮是否可用
Default	用于指定在按下 Enter 键时,哪个命令按钮做出响应
Cancel	指定命令按钮是否为"取消"按钮,即当按钮 Esc 键
Picture	指定显示在按钮上的. BMP 图片
DisablePicture	指定当按钮不可用时显示的图片
DownPicture	指定当按钮按下时显示的图片
ToolTipText	指定提示文本的内容

【例 7.6】　在例 7.5 创建的表单中,添加一个"确认"命令按钮,以确定输入的用户名和口令是否存在,另外,在"确认"按钮右边再添加一个"取消"命令按钮,退出表单。完成后的表单运行结果如图 7-31 所示。

操作步骤如下。

(1) 进入"项目管理器"修改例 7.5 的表单(Form1),根据图 7-31 所示放置两个按钮控件(Command1 和 Command2),并设置 Command1 按钮的 Caption 属性值为"确认",Command2 按钮的 Caption 属性值为"取消",并对 Txt2 的 InputMask 属性设置为 999999,这样 Txt2 文本框只能输入 6 个数字。注意,Txt1 的 ControlSource 属性和 Txt2 的 ControlSource 属性不能与 USER 表的 XM 字段和 PS 字段绑定。

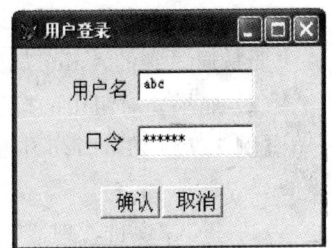

图 7-31　例 7.6 运行结果

(2) 编辑事件过程代码。

"确认"按钮 Command1 的 Click 事件代码:

```
LOCATE FOR XM = ALLTRIM(ThisForm.Txt1.Value )AND PS = ALLTRIM(ThisForm.Txt2.Value)
IF Foun( )
    ThisForm.Release
ELSE
    Wait Windows "用户名或口令不正确,请重新输入" Timeout(1.5)
    ThisForm.Txt1.Value = ""
    ThisForm.Txt2.Value = ""
    ThisForm.Txt1.SetFocus
ENDIF
```

"取消"按钮 Command2 的 Click 事件代码:

```
ThisForm.Release
```

如果要在"口令"文本框中按 Enter 键后也能确定输入的用户名和口令是否存在,可编辑文本框 Txt2 的 KeyPress 事件:

```
LPARAMETERS nKeyCode,nShiftAltCtr1
IF NKeyCode = 13                        && 按了 Enter 键
```

```
        ThisForm.Command1.Click
    ENDIF
```

(3) 保存表单并运行,结果将如图 7-31 所示。

7.5.4 命令按钮组控件

命令按钮组是将能执行一系列相关操作的命令按钮放在一起而构成的组合。它的优点是可以将公共代码放在组内的同一个方法程序里。命令按钮组内的每一个命令按钮都具有与一般命令按钮相同的属性、事件和方法,命令按钮组还有如表 7-22 所示的特有属性。

表 7-22　命令按钮组特有的属性

属　　性	说　　明	属　　性	说　　明
ButtonCount	命令按钮组中按钮的数目	AutoSize	命令按钮是否自动调整大小
Value	当前选中的命令按钮的序号	Buttons	保存各按钮索引号的数组

说明:

(1) 对于命令按钮组来说,整个组对应一个事件,而究竟是组中的哪个按钮触发了该事件主要是通过它的 Value 属性来判断。

(2) 如果要对组中的按钮单独设置,可通过该对象的快捷菜单选择"编辑"命令。

【例 7.7】　在例 7.6 中也可以使用命令按钮组来设置"确认"按钮与"取消"按钮。

操作步骤如下。

(1) 进入"项目管理器"修改例 7.6 的表单(Form1),根据图 7-31 所示删去原来的两个按钮,在原处放置一个按钮组对象(CommandGroup1),并设置 CommandGroup1 的 Command1 按钮的 Caption 属性值为"确认",CommandGroup1 的 Command2 按钮的 Caption 属性值为"取消",其他都不改变。

(2) 编辑事件过程代码。

对于命令按钮组来讲,可以为各个命令按钮设置各自的 Click 事件过程代码,也可以为命令按钮组设置如下的 Click 事件过程代码以统一处理各个命令按钮。

```
DO CASE
    CASE This.Value = 1                && 用户选择"确认"按钮
  LOCATE FOR XM = ALLTRIM(ThisForm.Txt1.Value) AND PS = ALLTRIM(ThisForm.Txt2.Value)
IF Foun( )
    ThisForm.Release
ELSE
    Wait Windows "用户名或口令不正确,请重新输入" Timeout(1.5)
    ThisForm.Txt1.Value = ""
    ThisForm.Txt2.Value = ""
    ThisForm.Txt1.SetFocus
ENDIF
CASE This.Value = 2                && 用户选择"取消"按钮
ThisForm.Release
ENDCASE
```

（3）保存表单并运行，结果将如图 7-31 所示。

7.5.5 编辑框控件

编辑框的作用与文本框基本相同，主要属性、事件、方法及生成器也基本相同，与文本框不同之处仅仅在于编辑框的数据只能是字符型，不能为其他类型。另外文本框只能输入一段数据，而编辑框能输入多段文本，因此一般编辑框处理备注字段的内容。

编辑框常用属性如表 7-23 所示。

表 7-23 编辑框常用属性

属 性	说 明
ControlSource	设置数据源，通常是数据表
Value	逻辑框的当前值
AllowTabs	设置是否可以插入 Tab 键
ScrollBars	设置编辑框是否有垂直滚动条：0-没有垂直滚动条，2-有垂直滚动条
SelStart	指定或返回选定内容的起始位置
SelLength	指定返回选定内容的长度
SelText	返回选定内容
ReadOnly	设置逻辑框中数据是否只读
HideSelection	当逻辑框失去焦点时，该编辑框中被选定内容是否仍以选定时状态显示
Format	设置输入或显示数据格式

说明：编辑框的属性不包括 PasswordChar、InputMask 属性。

7.5.6 复选框控件

复选框有如下两种状态。

- 选中状态：这时框中有一个"√"，表示用户选择了该选择框。
- 未选状态：这时框中无任何标识。

通常复选框用于表示一个逻辑型字段的值。在同一时刻可有多个复选框处于选中的状态。

1. 复选框常用属性

复选框常用属性如表 7-24 所示。

表 7-24 复选框常用属性

属 性	说 明
Style	设置复选框样式：0-标准，1-图形
Value	返回复选框状态：0-未选，1-选中，2-灰色
ControlSource	指定复选框的数据源
Caption	指定复选框的标题
ReadOnly	设置数据是否只读

2. 复选框常用事件

（1）InteractiveChange：复选框值发生变化时被触发。

（2）Click：单击复选框时被触发。

7.5.7　选项按钮组控件

选项按钮组是一个容器类控件,其中包含了若干个选项按钮。它由若干单选按钮组成,单个按钮不能独立存在。每个按钮有如下两种状态。

- 选中状态:这时按钮的中心有黑色圆点显示。
- 未选中状态:按钮的中心无黑色圆点。

在同一选项按钮组中只能有一个按钮处于选中状态。

1. 选项按钮组常用属性

选项按钮组常用属性如表 7-25 所示。

表 7-25　选项按钮组常用属性

属　　性	说　　明	属　　性	说　　明
Value	选中的单选按钮序号	ControlSource	选项按钮组的数据源
ButtonCount	组中单选按钮的数目	Caption	单选按钮的标题

说明:

(1) 对选项按钮组:其 Value 属性返回选中按钮的序号,如未选中,则返回 0。

对选项按钮:其 Value 属性返回该按钮的状态,选中返回 1,未选中返回 0。

(2) 对选项按钮组来说,其数据源可以是字符型或数值型字段。如果是字符型字段,则将选中按钮的标题内容写入该字段,如果是数值型字段,则将选中的按钮的序号写入该字段。

2. 选项按钮常用事件

(1) InteractiveChange:选项按钮组值发生变化时被触发。

(2) Click:单击选项按钮组时被触发。

7.5.8　列表框控件

列表框是一种将所需要的信息以列表的形式显示,单击列表框中的选项值,可以将其值存储到变量或字段之中。

1. 列表框常用属性

列表框常用属性如表 7-26 所示。

在使用列表框时,首先要确定的问题是列表项的内容,该问题涉及 ControlSource 属性和 RowSourceType 属性。ControlSource 属性确定列表项的数据源,用于数据绑定,确定用户从列表框中选择的值保存在何处,一般为字段,仅单向传递。

RowSourceType 属性,用于指定列表项来源的类型,可以选择下列中的任一种。

- 0——无:可用 AddItem 方法添加列表项。
- 1——值:可以通过在"属性"窗口设置 RowSource 属性的值(用","号分隔的数据项)作为列表项。
- 2——别名:将由 RowSource 属性指定的表内容作为列表项。
- 3——SQL 语句:将由 RowSource 属性指定的 SQL 语句的结果作为列表项。
- 4——查询:将由 RowSource 属性指定的结果作为列表项。
- 5——数组:将由 RowSource 属性指定的数组作为列表项。

表 7-26 列表框常用属性

属 性	说 明
ColumnCount	指定列表框的列数
ControlSource	用于数据绑定,列表框中选择的值保存在何处,如字段、内存变量
MoverBars	是否在列表框右边显示滚动条
Value	返回选中的列表项内容
List	格式:List(n,m)返回列表框 第 n 个,第 m 列的内容
ListCount	返回列表项的个数
Selected	判断指定的列表项是否被选中
MultiSelect	是否选择多项
RowSource	列表框的列显示的数据来源
Storded	指定列表项是否排序
RowSourceType	指定列表项来源的类型

- 6——字段:将由 RowSource 属性指定的字段作为列表项。
- 7——文件:将用文件名作为列表项。
- 8——结构:将由 RowSource 属性指定的表结构作为列表项。
- 9——弹出式菜单:将弹出式菜单作为列表框条目的数据源。

2. 列表框的主要方法

(1) AddItem 方法

作用:向列表框或组合框添加列表项,当 RowSourceType 属性设置为 0 时可用。

一般格式:AddItem(cItem[,nIndex][,nColumn])

说明:

cItem——指定到列表框或组合框中的列表项内容。

nIndex——指定列表项的位置。

nColumn——指定列,新列表项加入到此列中。默认值为 1。

(2) RemoveItem 方法

作用:从组合框或列表框中移去一项。

一般格式:RemoveItem(nIndex)

说明:nIndex——指定被移去项的序号。对于列表框或组合框中的第一项,nIndex=1。

3. 列表框常用事件

列表框常用事件如表 7-27 所示。

表 7-27 列表框常用事件

事 件	说 明	事 件	说 明
InteractiveChange	当列表框中值发生改变时	Valid	列表框失去焦点之前
Init	创建列表框时	Click	单击列表框时
When	列表框获得焦点之前		

7.5.9 组合框控件

组合框是文本框和列表框的组合,也就是说既可以直接输入并显示数据,又可以通过列表框选取显示数据。

　　根据 Style 属性值,组合框可分为下拉组合框和下拉列表框。当 Style 值为 0(默认值)时,表示为下拉组合框,可以从列表中选取列表项,也可以在组合框中输入列表项内容;当 Style 值为 2 时,表示为下拉列表框,只能从列表中选取列表项,不能在组合框中输入列表项内容。

　　列表框和组合框的作用都是提供一组列表项供用户选择,因此常用的属性、事件和方法基本相同,除了 MultiSelect 属性不同。

　　【例 7.8】　创建如图 7-32 所示的表单,列表框用于选择字体,组合框用于设置字体大小(可从下拉列表中选择,也可以在组合框中输入)。

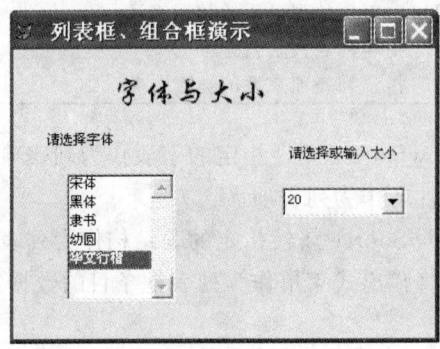

图 7-32　例 7.8 运行结果

　　操作步骤如下。

　　(1) 创建一个表单(Form1),并在表单上创建 3 个标签(Label1、Label2 和 Label3),一个列表框(List1)和一个组合框(Combo1)。其属性设置如表 7-28 所示。

表 7-28　属性设置表

对　象　名	属　性　名	属　性　值
Form1	Caption	列表框、组合框演示
Label1	Caption	字体与大小
	AutoSize	.T.
Label2	Caption	请选择字体
Label3	Caption	请选择或输入大小
List1	RowSourceType	0
Combo1	RowSourceType	0

　　(2) 编辑过程代码。

　　List1 的 Init 事件:

```
This.AddItem("宋体")
This.AddItem("黑体")
This.AddItem("隶书")
This.AddItem("幼圆")
This.AddItem("华文行楷")
```

Combo1 的 Init 事件：

```
This.AddItem("12")
This.AddItem("14")
This.AddItem("16")
This.AddItem("18")
This.AddItem("20")
```

List1 的 Click 事件：

```
ThisForm.Label1.FontName = This.Value
```

Combo1 的 Click 事件：

```
ThisForm.Label1.FontSize = Val(This.Value)
```

Combo1 的 KeyPress 事件：

```
LPARAMETERS nKeyCode,nShiftAltCtrl
    If nKeyCode = 13
    ThisForm.Label1.FontSize = Val(This.DisplayValue)
    EndIf
```

（3）保存并运行。

7.5.10 表格控件

表格是一个按行和列显示数据的容器对象，与浏览窗口相似。表格对象包含了若干列对象，每个列对象包含一个标头对象（Header）和若干控件（可以是文本框、编辑框、列表框、组合框、复选框、微调按钮等控件），而且表格对象、列对象、标头对象和控件对象都拥有自己的属性、事件和方法，这样，使用用户还可以对表格单元进行控制。

1. 表格常用属性

表格常用属性如表 7-29 所示。

表 7-29　表格常用属性

属　　　性	说　　　明
ColumnCount	设置表格对象包含列对象的数目。默认值为 -1，表格将包含与连接的表中字段同样数量的列
RecordSourceType	设置表格对象的数据源类型：0-表，数据源来自 RecordSource 属性指定的表，表单运行时该表自动打开
	1-别名，数据源来自打开的表（该表已添加在表单的数据环境中），由 RecordSource 属性指定该表别名
	2-提示，表单运行时用户根据提示选择表格的数据源
	3-查询，数据源为运行一个查询文件名由 RecordSource 属性设定（.QPR）
	4-SQL 说明，数据源为运行一个 SQL 语句的结果，SQL 语句由 RecordSource 属性设定
RecordSource	设置表格对象的数据源
AllowAddNew	运行时是否允许用户添加记录：.T.-允许添加记录，.F.-不允许添加记录
DeleteMark	是否显示删除标记列：.T.-显示删除标记列（默认），.F.-隐藏删除标记列

续表

属　性	说　明
GridLines	设置表格是否显示网格线
ReadOnly	设置表格中数据是否为只读
ScrollBar	设置滚动条
LinkMaster	指定表格控件中所显示的子表的父表名称。使用该属性在父表的表格中显示的子表(由 RecordSource 属性指定)之间建立一对多的关联关系。要在这两个表之间建立这种一对多关系,除了要设置该属性,还要用到 ChildOrder 和 RelationalExpr 两个属性
ChildOrder	用于指定为建立一对多的关联关系,子表所要用到的索引
RelationalExpr	设置基于主表(由 LinkMaster 属性指定)字段的关联表达式

2. 列常用属性

列常用属性如表 7-30 所示。

表 7-30　列常用属性

属　性	说　明
ControlSource	设置列显示的数据源
CurrentControl	指定列的控制类型,默认类型是文本框
Sparse	值为.T.时指定仅当列中单元格被选中时才显示为 CurrentControl 设置的控件,其余单元格显示为文本框,否则列中所有单元格都显示为 CurrentControl 设置的控件

3. 标头常用属性

标头常用属性如表 7-31 所示。

【例 7.9】　创建一个表单查询学生所选课的成绩,运行结果如图 7-33 所示。

表 7-31　标头常用属性

属　性	说　明
Caption	设置标头对象的标题文本
Alignment	设置标题文本的对齐方式

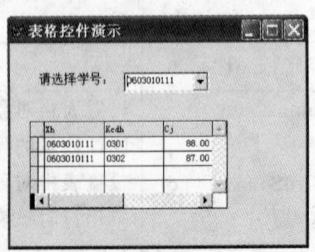

图 7-33　例 7.9 运行结果

操作步骤如下。

(1) 创建表单(Form1),把 XS 表和 CJ 表添加到表单的数据环境中,并在表单中创建一个标签(Label1),一个下拉列表框(Combo1)和一个表格(Grid1)。其属性设置如表 7-32 所示。

(2) 保存并运行。

表 7-32 例 7.9 属性设置

对 象 名	属 性	属 性 设 置
Form1	Caption	表格控件演示
Label1	Caption	请选择学号
Grid1	RecordSourceType	1-别名
	RecordSource	CJ
	ColumnCount	3
	LinkMaster	XS
	RelationalExpr	XH
Combo1	RowSourceType	6-字段
	RowSource	XS

7.5.11 页框控件

如图 7-1 所示,页框(PageFrame)是包含页面的容器对象,而页面也是一种容器,其中可以包含各种控件对象。页框定义了页面的总体的大小、位置、边界类型以及哪页是活动的等。页框中的页面相对于页框的左上角定位,并随页框在表单中移动而移动。

1. 页框的常用属性

页框的常用属性如表 7-33 所示。

表 7-33 页框的常用属性

属 性	说 明
PageCount	设置页框对象所包含的页对象的数量
Pages	是一个数组,用于存取各页面对象
Tabs	设置页框中是否显示页面标题。如果属性值为.T.(默认值)则页框包含页面标题,如果属性值为.F.则页框不包含页面标题
ActivePage	仅适合于页框,设置页框中活动页的页号

2. 页面常用属性

页面的常用属性如表 7-34 所示。

表 7-34 页面常用属性

属 性	说 明	属 性	说 明
Caption	设置页面的标题	PageOrder	指定页面在页框中显示顺序

【例 7.10】 创建一个如图 7-34 所示的关于查询教师情况的表单。用户输入一个工号,单击"查询"命令按钮后,在页框的两个页面中分别显示相关信息如图 7-35 所示。

操作步骤如下。

(1) 创建表单,按图 7-34 设置 1 个页框控件(PageFrame1)、1 个标签控件(Label1)、1 个文本框(Text1)和两个命令按钮(Command1、Command2)。

(2) 设置数据环境。打开数据环境设计器,添加 JS 表、RK 表和 KC 表。

(3) 激活页框后,选中第一个页面,然后从数据环境器中将 JS. GH、JS. XM、JS. XDH、ZC. ZCM 4 个字段拖动到该页中,实现各字段与相关控件的数据绑定。

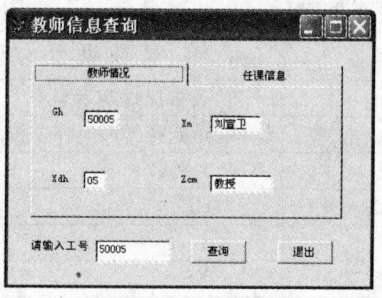

图 7-34 例 7.10 运行结果

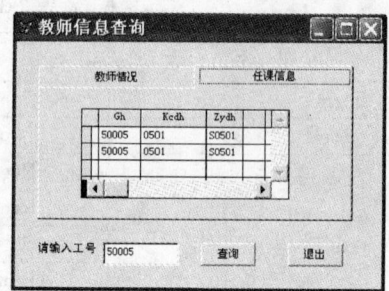

图 7-35 例 7.10 运行结果

（4）在页框第二个页面（Page2）中添加表格控件。

（5）按表 7-35 设置属性。

表 7-35 例 7.10 属性设置

对 象 名	属 性 名	属 性 值
Form1	Caption	教师信息查询
Page1	Caption	教师情况
Page2	Caption	任课信息
Grid1	RecordSourceType	4-SLQ 说明
Label1	Caption	请输入工号
Command1	Caption	查询
Command2	Caption	退出

（6）编写代码。

Form1 的 Activate 事件代码：

```
ThisForm.Text1.SetFocus            && 当表单激活时将焦点置于文本框中
```

Command1 的 Click 事件代码：

```
num = ALLTRIM(ThisForm.Text1.Value)
LOCATE FOR JS.GH = num
IF !EOF( )
ThisForm.Pageframe1.Page1.Refresh
ThisForm.PageFrame1.Page2.Grid1.RecordSource = " Select js.gh, rk.kcdh, rk.zydh From js, rk
WHERE JS.GH = RK.GH AND JS.GH = num Into Cursor Lab"
ELSE
MessageBox("工号不对,请重新输入")
ThisForm.Text1.Value = ""
ENDIF
ThisForm.Text1.SetFocus
```

Command2 的 Click 事件代码：

```
Close DBF All
ThisForm.Release
```

（7）表单运行。

在表单运行时,输入工号后单击"查询"按钮,则表单的页框上的"教师情况"页面显示教师信息如图 7-34 所示,此时单击"任课信息"页面选项卡,则显示相关信息如图 7-35 所示。

7.5.12 计时器控件

计时器(Timer)控件可以按给定的时间间隔自动地触发事件,因此可以自动定时执行一些特定的任务。计时器控件的主要属性有 Enabled 属性和 Interval 属性等,主要事件有 Timer 事件等,主要方法有 Reset 方法等。计时器属于后台执行的一种控件,运行时是看不见的。

1. 计时器的常用属性

计时器的常用属性如表 7-36 所示。

表 7-36　计时器的常用属性

属　　性	说　　明
Interval	设置执行 Timer 事件代码的时间间隔(单位:毫秒),取值范围是 0～2 147 483 647
Enabled	控制计时器是否启动:.T.-启动(默认),.F.-暂停

2. 计时器的常用方法

计时器的常用方法主要有 Reset 方法,调用 Reset 方法可以重新设置计时器控件,让它从 0 开始。

3. 计时器的常用事件

计时器的常用事件主要有 Timer 事件,Timer 事件是处理在 Interval 属性所规定的时间间隔内发生的事件。

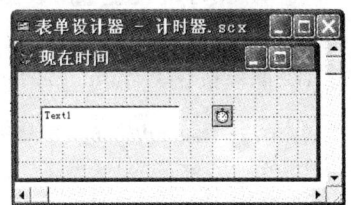

图 7-36　例 7.11 设计图

【例 7.11】 创建如图 7-36 所示的"数字时钟"。

操作步骤如下。

(1) 创建表单(Form1),并设置 Form1. Caption 为"现在时间"。再创建文本框(Text1)、计时器(Timer1),并设置 Timer1. Interval 为 500。

(2) 编写 Timer 事件处理代码:

```
ThisForm.Text1.Value = TIME( )
```

(3) 保存并运行。

7.6　表单设计实例

1. 修改密码对话框的设计

(1) 设计要求:输入用户名和现有密码后,再输入要新设定的密码两次,如果用户名和原密码输入正确,且新密码两次输入相同,则密码修改成功并显示成功信息,否则显示不成功信息。设计及运行界面如图 7-37 所示。

(2) 界面设计:在表单中添加 5 个标签控件,4 个文本框控件,两个命令按钮。属性设置如表 7-37 所示,其他属性按默认值。

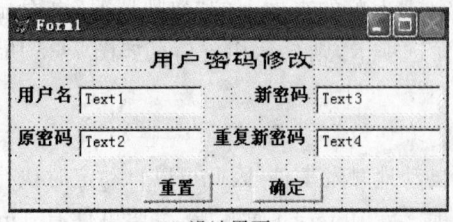
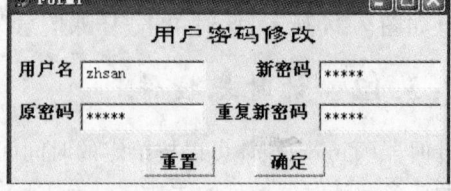

(a) 设计界面　　　　　　　　　　　　(b) 运行界面

图 7-37　用户密码修改表单

表 7-37　密码修改框控件属性表

控件名称	属性名称	属性值	控件名称	属性名称	属性值
Label1	Caption	用户名	Text1	PassWordChar	（无）
Label2	Caption	原密码	Text2	PassWordChar	*
Label3	Caption	新密码	Text3	PassWordChar	*
Label4	Caption	重复新密码	Text4	PassWordChar	*
Label5	Caption	用户密码修改	Command2	Caption	确定
Command1	Caption	重置			

（3）数据环境设置：在数据环境中添加用户表 YHB. DBF(Name C　10，Pwd C　8)。

（4）相关过程代码如下。

① 重置按钮 Command1 的 Click 过程：

```
ThisForm. Text1. Value = ""
ThisForm. Text2. Value = ""
ThisForm. Text3. Value = ""
ThisForm. Text4. Value = ""
ThisForm. Refresh
```

② 确定按钮 Command2 的 Click 过程：

```
  USE YHB
LOCATE FOR NAME = ALLT(ThisForm. Text1. Value)
xkl1 = ALLT(ThisForm. Text3. Value)
xkl2 = ALLT(ThisForm. Text4. Value)
IF ALLT(ThisForm. Text2. Value) = ALLT(PWD) .AND. xkl1 = xkl2
   REPL PWD WITH ALLT(ThisForm. Text3. Value)
   mm = MessageBox("密码修改成功!",64,"密码修改")
ELSE
   mm = MessageBox("密码修改失败!",64,"密码修改")
ENDIF
   USE
```

通过对上述代码的分析，容易做到将密码修改失败的原因具体到是用户名错、原密码错或新密码两次输入不一致。

（5）保存并运行，如果输入密码无误，弹出如图 7-38 所示对话框。

图 7-38　"密码修改"对话框

2. 计时器的设计

（1）设计要求：界面如图 7-39 所示，4 个文本框分别显示当前、开始、结束和所用时间。单击"开机"按钮后显示当前时间，同时"开机"按钮立即变为"关闭"按钮。单击"关闭"按钮时，4 个文本框全被清空，按钮再一次变为"开机"按钮。单击"计时"按钮后显示开始（计时）时间，同时"计时"按钮立即变为"停止"按钮。单击"停止"按钮后显示结束（计时）时间和计时所用时间，同时"停止"按钮又立即变为"计时"按钮，如图 7-39(b) 所示。

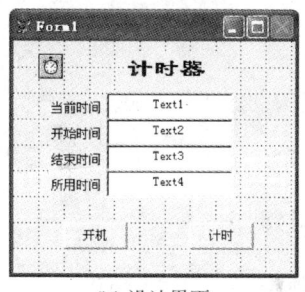 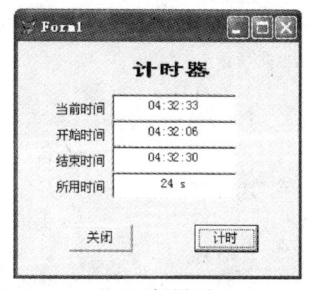

(a) 设计界面　　　　　　　　　(b) 运行界面

图 7-39　计时器表单设计及运行界面

（2）界面设计：在表单中添加 5 个标签控件，4 个文本框控件，两个命令按钮，1 个计时器控件。属性设置如表 7-38 所示，其他属性按默认值。

表 7-38　计时器属性表

控件名称	属性名称	属性值	控件名称	属性名称	属性值
Label1	Caption	计时器	Text1	Alignment	2-中间
Label2	Caption	当前时间	Text2	Alignment	2-中间
Label3	Caption	开始时间	Text3	Alignment	2-中间
Label4	Caption	结束时间	Text4	Alignment	2-中间
Label5	Caption	所用时间	Command1	Caption	开机
Timer1	Interval	500	Command2	Caption	计时

（3）相关过程代码如下。

① 计时器 Timer1 的 Timer 过程：

```
ThisForm.Text1.Value = TIME( )
```

② 按钮 Command1 的 Click 过程：

```
PUBLIC a,b                        && 定义两个全局变量用于开始和停止时间
IF This.Caption = "开机"
    ThisForm.Timer1.Enabled = .T.
    This.Caption = "关闭"
ELSE
    This.Caption = "开机"
    ThisForm.Timer1.Enabled = .F.
    ThisForm.Text1.Value = ""
    ThisForm.Text2.Value = ""
    ThisForm.Text3.Value = ""
```

```
        ThisForm.Text4.Value = ""
    ENDIF
```

③ 按钮 Command2 的 Click 过程：

```
IF This.Caption = "计时"
    ThisForm.Text2.Value = TIME( )
    a = TIME( )                         && 将计时开始时间赋给变量 a
    ThisForm.Text3.Value = ""
    ThisForm.Text4.Value = ""
    This.Caption = "停止"
ELSE
    ThisForm.Text3.Value = TIME( )
    b = Time( )                         && 将计时停止时间赋给变量 b
    This.Caption = "计时"
    ah = VAL(SUBS(a,1,2))               && 提取小时数
    bh = VAL(SUBS(b,1,2))
    am = VAL(SUBS(a,4,2))               && 提取分钟数
    bm = VAL(SUBS(b,4,2))
    as = VAL(SUBS(a,7,2))               && 提取秒数
    bs = VAL(SUBS(b,7,2))
    aa = ah * 360 + am * 60 + as        && 计算总秒数
    bb = bh * 360 + bm * 60 + bs
    ThisForm.Text4.Value = STR(bb - aa,3) + " s"
ENDIF
```

3. 查询表单的设计

（1）设计要求：设计一个按分数段查询学生成绩的表单，按输入的分数段，显示符合要求同学的学号、姓名、课程代码、课程名和成绩和该分数段内的人次，如图 7-40 所示。

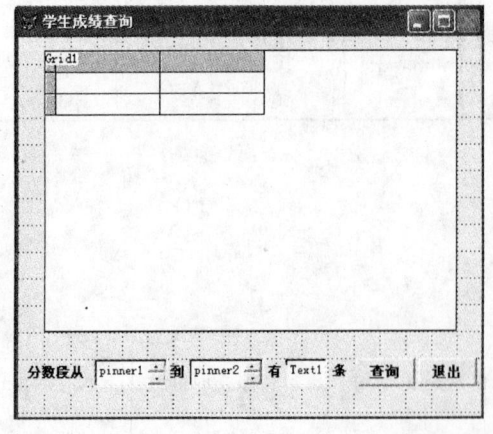

图 7-40　分数查询表单

（2）界面设计：在表单中添加 1 个表格控件、4 个标签控件、两个微调按钮控件、1 个文本框和两个命令按钮。属性设置如表 7-39 所示，其他属性按默认值。

（3）数据环境设置：在数据环境中添加学生表（XS.DBF）、成绩表（CJ.DBF）和课程表（KC.DBF）。分别设置学生表与成绩表、成绩表与课程表之间的临时关系。用鼠标将学生

表中的 XH 字段拖动到成绩表中 XH 字段上释放即可见到学生表与成绩表之间的关系连线。用鼠标将成绩中的 KCDM 字段拖动到 KC 表中 KCDM 字段上释放即可见到成绩表与课程表之间的关系连线。

表 7-39 属性设置

控件名称	属性名称	属性值	控件名称	属性名称	属性值
Label1	Caption	分数段从	Spinner1	SpinnerHightValue	0
Label2	Caption	到	Spinner1	SpinnerLowValue	100
Label3	Caption	有	Spinner1	Value	30
Label4	Caption	条	Spinner2	SpinnerHightValue	0
Command1	Caption	查询	Spinner2	SpinnerLowValue	100
Command2	Caption	退出	Spinner2	Value	50
Form1	Caption	学生成绩查询	Text1	Alignment	2-中间
Form1	RecordSourceType	4-SQL 说明			
Form1	RecordSource	SELE XS. XH, XS. XM,CJ. KCDM,CJ. CJ FROM XS,CJ			

（4）相关控件过程代码如下。

① 查询按钮 Command1 的 Click 过程：

```
IF FILE('B888.DBF')
    ERASE B888.DBF
ENDIF
ll = ThisForm.Spinner1.Value
hh = ThisForm.Spinner2.Value
ThisForm.Grid1.RecordSource = "SELE XS.XH, XS.XM, CJ.KCDM, KC.KCMC, CJ.CJ;
    FROM XS,CJ,KC   ORDER BY XS.XH,CJ.KCDM;
    WHERE XS.XH.AND.CJ.KCDM = KC.KCDM.AND.CJ.CJ > = ll.AND.CJ.CJ < = hh;
    INTO TABLE B888"
    USE B888 AGAIN IN 8
    SELE 8
    cc = Reccount( )
    USE
    ThisForm.Text1.Value = cc
    ThisForm.Refresh
```

② 退出按钮 Command2 的 Click 过程：

```
CLOSE ALL
ERASE b888.DBF
ThisForm.Release
```

习题 7

一、选择题

1. 下列对于事件的描述不正确的是_____。

A. 事件是由对象识别的一个动作

B. 事件可以由用户的操作产生,也可以由系统产生

C. 如果事件没有与之相关联的处理程序代码,则对象的事件不会发生

D. 有些事件只能被个别对象所识别,而有些事件可以被大多数对象所识别

2. 下列事件中,所有基类均能识别的事件是_____。

A. Click   B. Load

C. InteractiveChange   D. Init

3. 所有类都可识别的事件即最小事件集包括_____。

A. Init、Destroy 和 Error 事件   B. Load、Init 和 Destroy 事件

C. Load、Init、Destroy 和 Unload 事件   D. Init、Activate 和 Destroy 事件

4. 在对象的"相对引用"中,可使用的关键字有_____。

A. This、ThissForm、Parent   B. This、ThisFormSet、PageFrame

C. This、ThisForm、ThisFormSet   D. This、Forms、FormSets

5. 要将表 CJ.DBF 与 Grid 对象绑定,应设置 Grid 对象的两个属性的值是_____。

A. RecordSourceType 属性为 CJ,RecordSource 属性为 0

B. RecordSourceType 属性为 0,RecordSource 属性为 CJ

C. RowSourceType 属性为 0,RowSource 属性为 CJ

D. RowSourceType 属性为 CJ,RowSource 属性为 0

6. 下列有关 Visual FoxPro 对象(控件)的叙述中错误的是_____。

A. 复选框控件的 Value 值只能为 1(.T.)或 0(.F.),不能为空值(.NULL)

B. 一个标签控件可显示多行文本

C. 命令按钮控件上可同时显示文本和图片

D. 表格中的每一列都是容器对象,而且拥有自己的属性、事件和方法

7. 假定表单上有一个文本框对象 Text1 和一个命令按钮组对象 Cmd,命令按钮组 Cmd 中包含 Cmd1 和 Cmd2 两个命令按钮,如果要在 Cmd1 命令按钮的某个方法中访问文本框对象 Text1 的 Value 属性值,下列表达式中正确的是_____。

A. This.ThisForm.Text1.Value

B. This.Parent.Parent.Text1.Value

C. Parent.Parent.Text1.Value

D. This.Parent.Text1.Value

8. 在下列几组控件中,均可以直接添加到表单中的是_____。

A. Page、PageFrame、Grid

B. CommandGroup、OptionButton、TextBox

C. TextBox、Column、Header

D. CommandButton、PageFrame、EditBox

二、填空题

1. 表单文件的扩展名是_____,表单备注文件的扩展名是_____。在程序代码中通过_____属性来引用表单,而_____属性是设置表单标题栏中的信息。

2. 如果一个表单的名为 FRMA,表单的标题为 FORM_A,表单保存为文件 FORMA,则在命令窗口中运行该表单的命令是_____。

3. 要使标签(Label)中的文本能够换行,应将_____属性设置为.T.。

4. 文本框绑定到一个字段后,文本框中输入或修改的文本,将同时保存到_____属性和_____字段中。

5. 计时器(Timer)控件中设置时间间隔的属性为_____,定时发生的事件为_____。

6. 表格是一个容器对象,它能包含的对象是_____。

7. 属性 RowSource 应用于对象:列表框和_____;事件 Activate 应用于对象:_____、表单、工具栏和页面。

8. 复选框(CheckBox)的 Value 属性值指定控件的当前状态,其取值可以为 1、2 或_____ 3 种,以表示不同的状态。

9. 在一个表单中需要多个按钮时一般使用按钮组比较方便。而命令按钮组控件的 ButtonCount 属性是用来表示按钮组中按钮的个数的。它的默认值是_____。

10. 在 Visual FoxPro 中进行表单设计时,多个控件的同一属性可以同时设置,但是在设置前必须同时_____这些对象。

第 8 章

菜单与工具栏的设计

菜单是 Windows 环境下必不可少的交互式操作界面工具。一个标准的 Windows 应用程序大都采用一个菜单系统把应用程序的功能模块有效地按类组织起来,并以可视化的形式展示在用户界面上。当用户单击其中某一菜单项时,就激活并执行一个与该菜单项相对应的程序段,完成特定的任务。

Visual FoxPro 系统的菜单是一个可视化的系统控制工具,它设计简单,控制可靠,提供给用户的信息量大,给用户带来操作上的便捷,因此得到了用户广泛的好评。Visual FoxPro 也同时给用户提供了开发应用程序菜单的工具,就是"菜单设计器"。使用"菜单设计器"可以快速设计出与 Visual FoxPro 系统菜单相媲美的菜单系统。

8.1 菜单设计概述

8.1.1 菜单基本概念及其结构

1. 相关基本概念

- 菜单:由一系列命令或文件名组成的控制或应用功能的清单列表。
- 菜单栏:于窗体上部,包括各菜单名的一条水平区域。
- 菜单项:于菜单上的菜单命令或文件名。可以使用菜单设计器为应用程序创建或定义菜单项。
- 菜单标题:于菜单上用于表示菜单的一个单词、短语或图标。选择菜单标题可以展开菜单。
- 菜单系统:菜单栏、菜单、菜单项和菜单标题组成的集合。

2. 菜单的结构

典型的菜单系统一般是一个下拉式菜单,由一个条形菜单和一组弹出式菜单组成。其中条形菜单作为主菜单,弹出式菜单作为下拉子菜单。当选择一个条形菜单选项时,激活相应的弹出式菜单。

Visual FoxPro 支持下拉式菜单和快捷菜单两种。每一个下拉式菜单都有一个内部名称和一组菜单选项,每个菜单选项都有一个名称(或称标题)和内部名字。快捷菜单一般是从属于一个界面对象,当鼠标在该对象上右击时,就会在右击处弹出快捷菜单。快捷菜单大都是一个弹出式菜单,在其中列出与处理该对象有关的一些功能命令。每一个快捷菜单也都有一个内部名字和一组菜单选项,每一个菜单选项则有一个名称(或称标题)和选项序号。菜单项的名称显示在屏幕上供用户识别,菜单及菜单项的内部名字或选项序号则用于在代码中引用。

每个菜单项都可以有选择地设置一个热键和一个快捷键。快捷键通常是 Ctrl 键和另一个字符键组成的组合键,不管菜单是否激活,都可以通过快捷键选择相应的菜单选项。

根据需要,每个菜单项还可以激活一个对话框或下一级菜单(子菜单)。还可以按照当前条件使某些菜单项隐藏或显示,使某些菜单项可用或不可用。

如图 8-1 所示,"编辑"所对应的下拉菜单中,菜单项"剪切"后的"T"是热键,Ctrl＋X 是快捷键。菜单项"粘贴"是属于当前不可用状态(无效)。菜单项"查找"是要激活一个对话框的。而菜单项之间的横线称为分组线,用来划分同一类功能的菜单项。

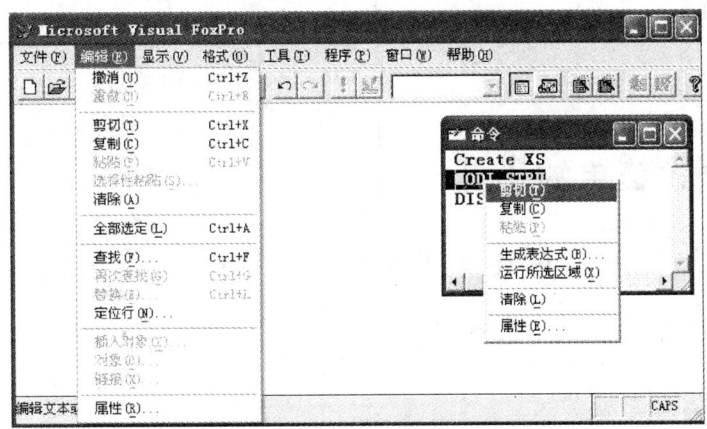

图 8-1　菜单示例

图 8-1 右边命令窗口中所显示的就是一个快捷菜单。当用户右击时,立即在右击处弹出一个菜单,其菜单的结构与前述下拉菜单是相同的。

8.1.2　菜单设计的基本步骤

在 Visual FoxPro 环境中创建一个完整的菜单系统一般包括以下几个步骤。

1. 规划菜单系统

在这一步里,要根据用户的使用需求合理设计菜单的结构,根据系统的功能规划菜单的总体安排。如下拉菜单的布局、子菜单的分组、何处需要快捷菜单等。

2. 设计菜单

一般使用"菜单设计器"进行。在"菜单设计器"窗口中,定义菜单栏中各主菜单项的名称、所属的各子菜单项名称。

3. 指定各菜单选项所要执行的任务

设置各菜单项所对应的操作等。利用"菜单"和"显示"菜单中的相关命令对整个菜单做进一步的设置。

4. 保存菜单定义

整个菜单设计完成后,在指定文件夹中将菜单定义保存为扩展名为. MNX 的菜单文件和扩展名为. MNT 的菜单备注文件。需要时可随时在"菜单设计器"中将其打开进行修改。

5. 生成菜单程序

在"菜单设计器"处于打开的状态时,使用"菜单"菜单中的"生成"命令选项,生成与当前菜单同名而扩展名为. MPR 的菜单程序文件。此文件是不能在"菜单设计器"进行编辑的,但是可以直接对其代码进行编辑。

6. 运行菜单程序

运行扩展名为. MPR 的菜单程序文件有如下两种方法。

(1) 使用"程序"菜单中的"运行"命令选项,在其对话框中选择要运行的菜单程序文件,单击"运行"按钮运行。

(2) 在"命令"窗口中输入"DO<菜单程序文件名. MPR>"命令行运行。要注意的是,命令行中的文件扩展名不可省略,如图 8-2 所示。图中第二行命令的作用是恢复到 Visual FoxPro 系统菜单状态。

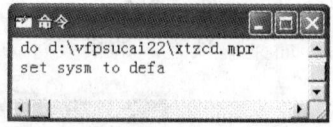

图 8-2　运行菜单的"命令"窗口

8.2　下拉式菜单的设计

8.2.1　用菜单设计器定义菜单

1. "菜单设计器"的打开及组成

(1) 打开"菜单设计器"

打开"菜单设计器"的方法有如下几种。

① 选择"文件"菜单中的"新建"命令,在"新建"对话框中单击"菜单"后再单击"新建文件"按钮打开"新建菜单"对话框,在其中单击"菜单"或"快捷菜单"则打开"菜单设计器",如图 8-3 所示。

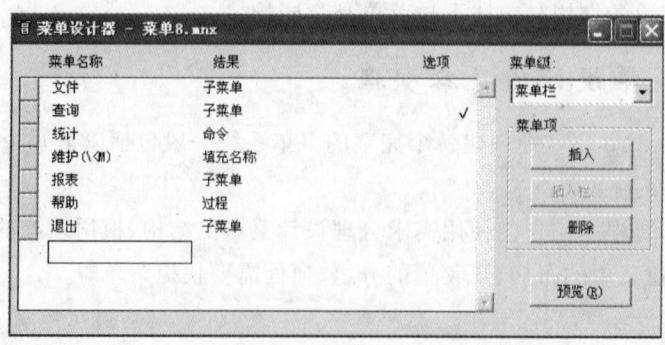

图 8-3　"菜单设计器"窗口

② 在"项目管理器"中的"其他"选项卡里,选择"菜单"后单击"新建"按钮打开"新建菜单"对话框,在其中单击"菜单"或"快捷菜单"打开"菜单设计器"。

③ 在"项目管理器"中的"其他"选项卡里,选择一个具体菜单后单击"修改"按钮或直接

双击该菜单文件打开"菜单设计器"。

④ 在"命令"窗口中输入代码行"MODIFY MENU［＜菜单文件名＞］"打开"菜单设计器"。

(2)"菜单设计器"的组成

① "菜单名称"栏：用来输入菜单标题或菜单项的名称。如果需要也可在其中直接定义热键,方法是在要定义的字符前面加上"\<"即可。如图 8-3 中"维护"菜单后的 M。当执行该菜单时,显示为"维护(M)",只要按下 Alt＋M 键就打开了"维护(M)"所属的下拉菜单。

② "结果"栏：此栏用来设置菜单项的功能类别,其下拉选项有命令、过程、子菜单和菜单项等。

③ "选项"栏：此栏用来设置所定义的菜单系统中的各菜单项的属性。如定义菜单项的快捷键,控制如何禁止或允许使用菜单项等。

2. "结果"栏下拉列表中各项的设计

(1) 命令：选择"命令"后,在其右边的文本框中输入命令行即可。例如 DO AB. PRG。

(2) 填充名称：用来自行定义第一级菜单的菜单名或子菜单的菜单项序号,所以在子菜单中显示的是"菜单项♯",一般不需考虑此项,系统自动会进行设定的。

(3) 子菜单：选择"子菜单"后,单击其右边的"创建"按钮进入子菜单的设计。

(4) 过程：选择"过程"后,单击其右边的"创建"按钮,在随之出现的编辑框中输入该过程代码行即可。

3. 关于"选项"的设置

(1) 菜单栏"选项"列中的"提示选项"

选择某个菜单项,单击其右边"选项"列中的按钮,打开"提示选项"对话框,如图 8-4 所示。

① 定义快捷键：鼠标单击"键标签"右侧的文本框,按下所设定的组合键(例如 Ctrl＋Q),则该文本框及下面文本框中立即显示出来。要取消此项设置时,再次单击"键标签"右侧的文本框,按空格键即可。

② 设定灰色菜单项：在"跳过"右侧文本框中输入使该菜单项的跳过条件表达式。条件满足时跳过,显示为灰色(无效即不可用),条件不

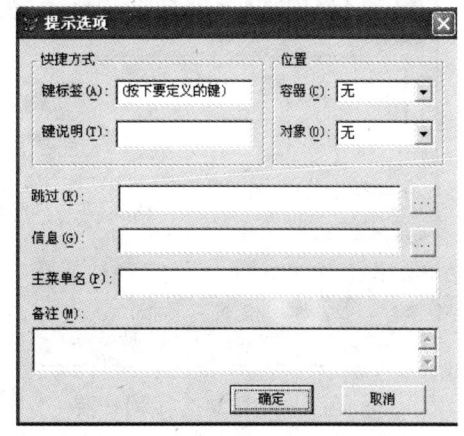

图 8-4 "提示选项"对话框

满足时清晰显示(有效即可用)。显然,输入". T."时一直显示灰色,输入". F."时不跳过,一直清晰显示。

③ 状态栏上显示信息的设置：如果希望将该菜单项说明信息显示在状态栏上,就在"提示选项"对话框的"信息" 右侧文本框中输入用双引号括起来的说明信息内容(例如"教师工资和学生成绩报表!")即可。在执行菜单文件时,当鼠标指向该菜单项时,在状态栏上显示出说明信息。

(2) "显示"菜单下的"常规选项"

在"菜单设计器"处于打开状态时,Visual FoxPro 系统菜单"显示"菜单中会出现"常规

选项"和"菜单选项"。"常规选项"对话框如图 8-5 所示。

在"菜单设计器"里选择一个菜单项,从 Visual FoxPro 系统菜单"显示"菜单中打开"常规选项"对话框。

① 在其"过程"文本框中输入该菜单系统的默认菜单过程的代码。当本菜单系统中某个主菜单项没有设定具体动作时就会执行该过程代码。

② "位置"选项组的 4 个选项。

- "替换":用本菜单系统替换现有菜单系统。
- "追加":将本菜单系统追加到现有菜单系统后面。
- "在…之前":将本菜单系统插入到现有菜单系统的指定菜单项之前。
- "在…之后":将本菜单系统插入到现有菜单系统的指定菜单项之后。

③ "菜单代码"选项组的两个选项。

- "设置":选中此项后输入的代码段是在本菜单产生之前执行。
- "清理":选中此项后输入的代码段是在本菜单产生之后执行。

④ "顶层表单"复选框。

如果要将本菜单系统添加到某个顶层表单上,就勾上该选项。

(3) "显示"菜单下的"菜单选项"

"菜单选项"对话框如图 8-6 所示,在该对话框中输入的过程是为本菜单系统中所有子菜单项定义一个默认的过程代码。当某个子菜单项没有设定具体动作时就会执行该过程代码。

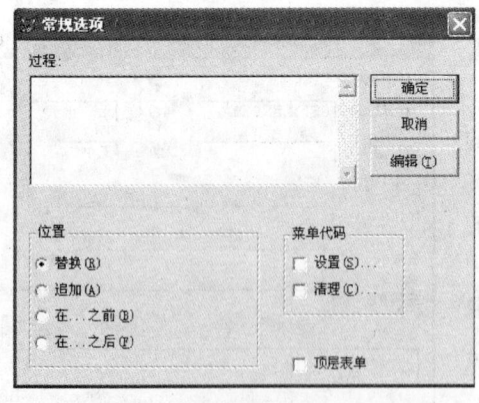
图 8-5　"常规选项"对话框

图 8-6　"菜单选项"对话框

4. "菜单项"选项组的 3 个按钮

在"菜单设计器"的"菜单项"选项组有 3 个按钮:"插入"、"插入栏"和"删除",如图 8-3 所示。

- "插入"按钮:用于在当前菜单项之前插入一个新的菜单项。
- "插入栏"按钮:用于在当前菜单项之前插入一个 Visual FoxPro 的系统菜单项。
- "删除"按钮:用于删除当前菜单项。

8.2.2　创建菜单示例

1. 菜单设计要求

用"菜单设计器"创建如表 8-1 所示的菜单系统。

表 8-1　菜单设计要求

菜单项名	结　果	要 求 说 明
文件	子菜单	含有4个菜单选项：新建、打开、关闭、打印。调用系统菜单项
编辑	子菜单	含有3个菜单选项：剪切、复制、粘贴。调用系统菜单项
退出	过程	显示信息"谢谢使用，再见！"，然后恢复系统菜单

2. 创建步骤

（1）打开"菜单设计器"，输入主菜单内容，如图8-7所示。

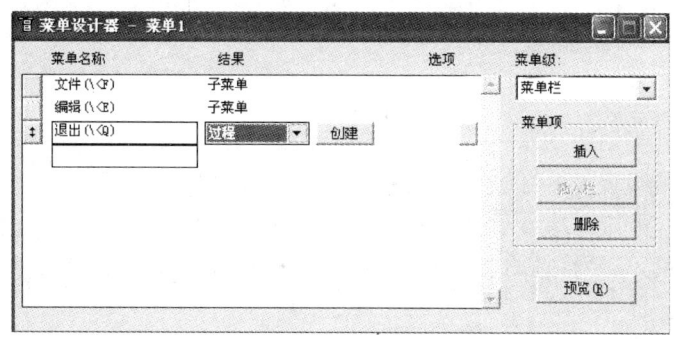

图 8-7　主菜单界面

（2）设计子菜单项：分别设计"文件"和"编辑"的下拉子菜单。

单击"文件(\<F)"所在行"子菜单"右边的"创建"按钮进入创建该子菜单的对话框，单击"插入栏"按钮依次进行系统菜单项的插入。在"提示选项"对话框中设置"关闭"菜单项的快捷键为Ctrl+G，如图8-8所示。"编辑"的下拉子菜单创建过程与此类似，此处不再重复。

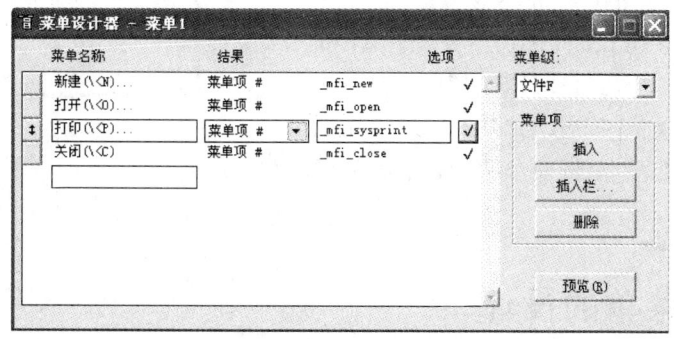

图 8-8　文件子菜单创建界面

（3）设置"退出"的"过程"：单击"过程"右边的"创建"按钮，如图8-7所示。在过程编辑框中输入所需代码后关闭对话框即可，如图8-9所示。

（4）保存菜单文件：文件名为"D:\vfp0808\caidshli.mnx"。

（5）生成菜单程序文件：使用主菜单"菜单"中的"生成"菜单项生成菜单程序文件"D:\vfp0808\caidshli.mpr"，如图8-10所示。

（6）运行菜单有如下3种方法。

① 使用主菜单"程序"中的"运行"菜单项，在运行对话框中选择该文件运行。

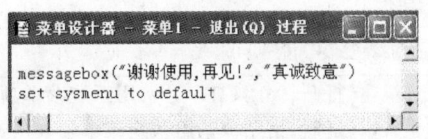

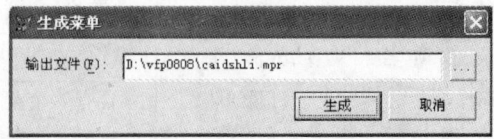

图 8-9 过程代码编辑框　　　　　　　　图 8-10 菜单程序文件的生成

② 在"命令"窗口中输入"Do D：\vfp0808\caidshli. mpr"命令运行。

③ 在"项目管理器"中选择该菜单文件后单击"运行"按钮即可运行。

8.2.3 为顶层表单添加菜单

1. 顶层表单

顶层表单常用于创建 SDI(单文档界面)应用程序,也可以作为 MDI(多文档界面)应用程序的父表单。顶层表单本身没有父表单,它可与其他 Windows 应用程序一样显示在桌面的上面。

对于一个表单,只要将它的 ShowWindows 属性设置为"2-作为顶层表单",该表单就是一个顶层表单了。

2. 创建 SDI 菜单

SDI 菜单就是出现在顶层表单上的菜单。在设计菜单系统时,打开"显示"菜单中的"常规选项"对话框,选中对话框中的"顶层表单"复选项后单击"确定"按钮即可将该菜单系统设置成一个 SDI 菜单。

3. 将 SDI 菜单加到指定的顶层表单上

(1) 在"表单设计器"中打开该表单。

(2) 在表单的 Init 事件添加命令代码：DO ＜菜单程序名.MPR＞ WITH THIS,. T. 。

例如："DO D：\ VFPSUCAI22\mycaian. mpr WITH THIS, . T. ",示例表单的运行效果如图 8-11 所示。

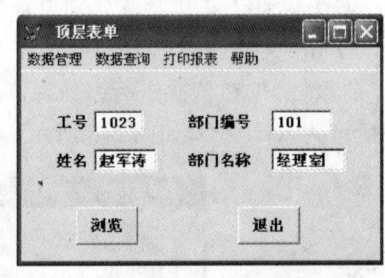

图 8-11 添加到顶层表单上的菜单系统

8.3 快捷菜单的设计

快捷菜单是指用鼠标右击某个界面对象时弹出的菜单。通常将该对象的一些常用操作集中在快捷菜单中,在实际应用中给用户的操作提供很大的方便。

快捷菜单的创建分为两步：一是使用"菜单设计器"创建快捷菜单；二是将执行该菜单文件的命令添加到指定对象的右击事件代码段中。本节用一个简明的实例来说明快捷菜单的设计过程。

8.3.1 用菜单设计器定义快捷菜单

与创建下拉菜单一样,通常是使用"菜单设计器"来创建一个快捷菜单系统。

1. 创建两个快捷菜单

（1）在图 8-12 所示的"新建菜单"对话框中单击"快捷菜单"按钮，先后分别创建两个快捷菜单：KJAA.MNX、KJBB.MNX。

（2）分别选择"菜单"中的"生成"命令将上述菜单文件生成菜单程序文件 KJAA.MPR 和 KJBB.MPR。

2. 创建一个示例表单 KJBD.SCX

利用"表单设计器"创建一个表单，该表单上有一个页框控件、一个标签控件和两个命令按钮，如图 8-13 所示。

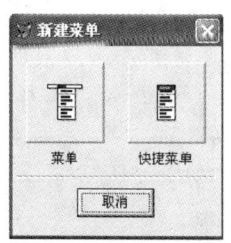 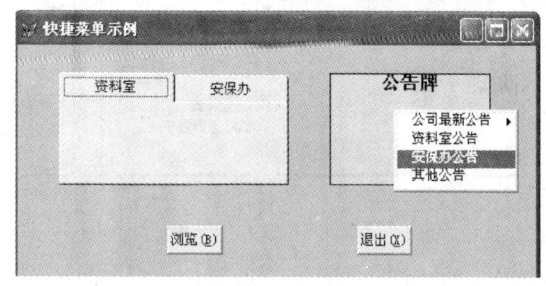

图 8-12　创建快捷菜单对话框　　　　图 8-13　右击标签控件弹出快捷菜单

8.3.2　将快捷菜单添加到控件对象上

（1）在"表单设计器"中打开相应表单，首先选择页框控件，在其属性框中双击 RightClick Event，在其过程编辑框中输入命令 DO KJAA.MPR 后关闭该过程编辑框。

（2）选择标签控件，在其属性框中双击 RightClick Event，在其过程编辑框中输入命令行"DO KJBB.MPR"后关闭该过程编辑框。

（3）保存该表单后，再运行该表单。运行期间用鼠标右击页框控件，则在右击处弹出快捷菜单 KJAA 的菜单选项，如右击标签上则会弹出快捷菜单 KJBB 的菜单选项。如图 8-13 所示。

8.4　工具栏的创建和应用

如果应用程序中包含一些用户经常要重复执行的操作，那么就可以创建相应的自定义工具栏，从而达到简化操作、加速任务执行的目的。

Visual FoxPro 系统中设定了许多内置的工具栏，它们为用户的操作提供了很大的方便。用户可以定制 Visual FoxPro 提供的工具栏，也可以通过选取其他工具栏上的按钮组成一个工具栏来创建自己的工具栏。或者由用户自己设计，重新定义一个工具栏类，放入经常使用的工具栏并定义它们的功能。

8.4.1　定制 Visual FoxPro 工具栏

1. 定制 Visual FoxPro 工具栏

就是通过添加或移去按钮的操作修改现有的工具栏成为所定制的工具栏。

(1) 在 Visual FoxPro 系统中将要定制的工具栏显示出来,例如"报表设计器"。

(2) 选择"显示"菜单中的"工具栏"命令打开"工具栏"对话框,然后单击"定制"按钮,打开"定制工具栏"对话框,如图 8-14 所示。

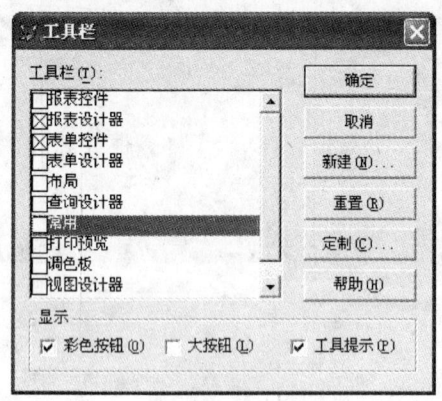
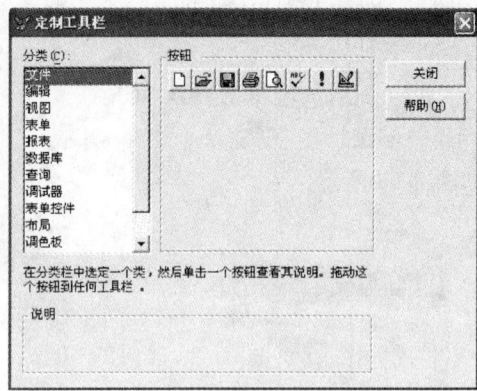

(a)"工具栏"对话框　　　　　　　　(b)"定制工具栏"对话框

图 8-14　"工具栏"和"定制工具栏"对话框

(3) 在"定制工具栏"对话框的"分类"列表框中单击所需要的那个类,例如"文件",如图 8-14(b)所示。然后在"按钮"栏中将所要的按钮分别拖动到要定制的"报表设计器"工具栏上,例如"打开"、"保存"和"打印"3 个按钮。这样就成为一个自己定制的工具栏了。它可以像系统原有的工具栏一样使用,其上的各按钮都具有正常的功能,如图 8-15 所示。退出系统后该设置仍保留。若要将所定制的工具栏还原成为系统原来的工具栏,就在"工具栏"对话框中选择该工具栏,再单击"重置"按钮即可。

图 8-15　系统原有的和用户定制的"报表设计器"工具栏

2. 创建自己的工具栏

创建自己的工具栏就是使用来自其他工具栏的按钮组成新的工具栏。

(1) 选择"显示"菜单中的"工具栏"命令打开"工具栏"对话框,如图 8-14(a)所示。

(2) 在"工具栏"对话框中单击"新建"按钮,打开"新工具栏"对话框,如图 8-16 所示。输入工具栏名称,单击"确定"按钮,则打开"定制工具栏"对话框,如图 8-14(b)所示。

(3) 选择"定制工具栏"对话框中的一个工具栏,再单击需要的按钮并拖动到新工具栏上,可多次从"分类"列表框中选择一个类,以便将所需的各类按钮添加到新工具栏上。新工具栏中的按钮顺序还可以用鼠标拖动重新排列。

(4) 单击"定制工具栏"对话框中的"关闭"按钮,完成新工具栏的创建,如图 8-17 所示。

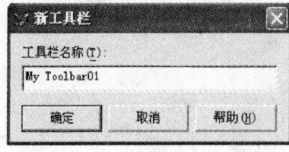

图 8-16　"新工具栏"对话框

图 8-17　创建好的新工具栏

3. 删除所创建的工具栏

（1）选择"显示"菜单中的"工具栏"命令打开"工具栏"对话框。

（2）在"工具栏"对话框中选择要删除的工具栏。

（3）单击"删除"按钮。

（4）单击"确定"按钮即可。

8.4.2 创建自定义工具栏

若要创建一个工具栏，使它包含系统已有的工具栏上所没有的按钮，只能采用创建自定义工具栏的方法。也就是利用 Visual FoxPro 提供的工具栏基类，用户自定义一个类，然后将其添加到表单集中。只是它必须添加在表单集中，原因是自定义工具栏就是一种表单。本节通过一个浏览数据表记录的工具栏的制作和应用来说明创建和应用自定义工具栏的基本步骤和方法。

1. 创建工具栏类

在"项目管理器"的"类"选项卡中，单击"新建"按钮，打开"新建类"对话框，如图 8-18 所示。在"类名"文本框中输入自己定义的类名称，从"派生于"下拉列表框中选择 ToolBar 基类，在"存储于"文本框中输入类库的文件名，若打算将这个新类保存到已有的类库文件内，就使用该文本框右侧的按钮选择相应文件。单击"确定"按钮则打开"类设计器"窗口，如图 8-19 所示。

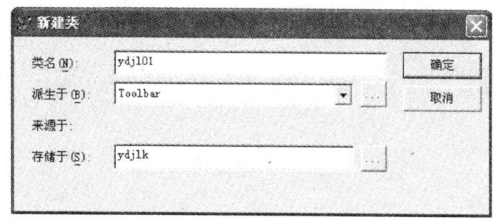

图 8-18 "新建类"对话框

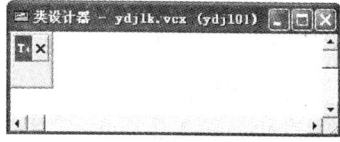

图 8-19 "类设计器"窗口

2. 在"类设计器"中给工具栏添加对象

打开控件工具栏，将所需要的控件从控件工具栏上选中，再单击该自定义类，即可将一个控件添加到该工具栏上面。为了使工具栏上的控件之间分开一些，可以在两个控件之间插入一个"分隔符"控件。本例仅依次在工具栏上添加 5 个命令按钮 Command1 ～ Command5 和 4 个"分隔符"控件 Separator1～Separator4。设置各命令按钮的 Caption 属性分别为："首记录"、"前一记录"、"后一记录"、"末记录"和"退出"。如图 8-20 所示。

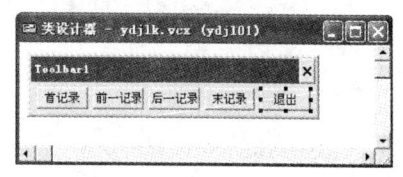

图 8-20 给工具栏添加对象

3. 定义工具栏上按钮的功能

就像在表单上设置按钮的事件代码段一样，分别双击各按钮，打开其 Click 过程代码对话框，输入相应的代码，然后关闭"类设计器"对话框完成类的设计。各按钮的 Click 事件响应代码段如下。

（1）Command1 按钮

```
GO TOP
    This. Parent. Command1. Enabled = .F.
    This. Parent. Command2. Enabled = .F.
    This. Parent. Command3. Enabled = .T.
    This. Parent. Command4. Enabled = .T.
ThisFormSet. Refresh
```

（2）Command2 按钮

```
    This. Parent. Command3. Enabled = .T.
    This. Parent. Command4. Enabled = .T.
    SKIP - 1
IF BOF( )
    This. Parent. Command1. Enabled = .F.
    This. Parent. Command2. Enabled = .F.
ENDIF
    ThisFormSet. Refresh
```

（3）Command3 按钮

```
  This. Parent. Command1. Enabled = .T.
  This. Parent. Command2. Enabled = .T.
SKIP 1
IF EOF( )
    This. Parent. Command3. Enabled = .F.
    This. Parent. Command4. Enabled = .F.
ENDIF
ThisFormSet. Refresh
```

（4）Command4 按钮

```
GO BOTTOM
This. Parent. Command1. Enabled = .T.
This. Parent. Command2. Enabled = .T.
This. Parent. Command3. Enabled = .F.
This. Parent. Command4. Enabled = .F.
ThisFormSet. Refresh
```

（5）Command5 按钮

```
ThisFormSet. Release
```

4. 在表单集上添加自定义工具栏

（1）新建表单或打开已有表单，本例是打开表单文件 Form1008. SCX，在表单控件工具栏上单击 ■ "查看类"按钮，选择其中的"添加"选项，在"打开"对话框中找到类库的名称，本例就是 YDJLK. VCX，选择后单击"打开"按钮就可将所创建的新类 YDLJ01 控件添加到表单控件工具栏上。

（2）就像在表单上添加一般命令按钮一样，将 YDLJ01 控件添加到表单空白处，此时会出现一个要求创建表单集的对话框，单击"是"按钮。将 YDLJ01 控件拖放到合适的位置，如

图 8-21(a)所示。

(3) 将自定义工具栏添加到表单上的方法还可以打开"项目管理器",直接从"类"选项卡中拖动 YDLJ01 控件到表单上。

(4) 保存并运行该表单,运行效果图如图 8-21(b)所示。

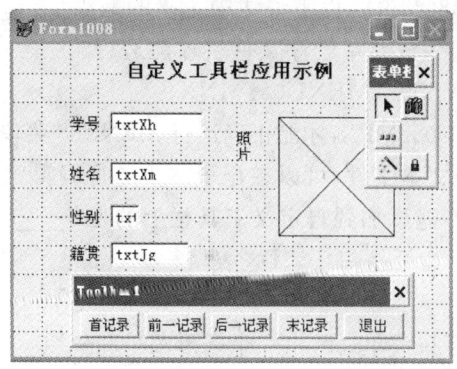

(a) 设计界面

(b) 运行效果图

图 8-21　自定义工具栏应用设计和运行效果图

习题 8

一、选择题

1. 在两个菜单项之间插入一条分组线的实现方法是_____。

A. 在前项名称框里直接输入"\-"即可

B. 在后项名称框里的前头直接输入"\-"即可

C. 在这两项之间插入一新的菜单项,名称框中输入"\-"即可

D. 使用系统菜单直接插入"分隔线-"菜单项

2. 在 Visual FoxPro 的"项目管理器"中处理菜单文件的选项卡是_____。

A. 数据　　　　B. 文档　　　　C. 类　　　　D. 其他

3. 在默认文件夹中存在菜单文件 XSGL. MNT 和生成的菜单程序文件 XSGL. MPR,要运行该菜单的命令是_____。

A. DO XSGL. MNT　　　　　　　B. DO XSGL. MPR

C. DO MENU XSGL　　　　　　D. DO XSGL

4. 在菜单设计时,"结果"下拉列表框中有 4 种选择。以下不属于其中选项的是_____。

A. 过程　　　　B. 子菜单　　　　C. SDI 表单　　　D. 命令

5. 用"菜单设计器"刚设计的菜单文件 JX828 保存后就会生成的两个文件是_____。

A. JX828. MPR 和 JX828. MNT　　　　B. JX828. MPR 和 JX828. MPX

C. JX828. MNX 和 JX828. MPX　　　　D. JX828. MNX 和 JX828. MNT

6. 在"菜单设计器"中设置一个菜单项的快捷键使用的对话框是_____。

A. 菜单选项　　　B. 提示选项　　　C. 菜单级选项　　　D. 常规选项

7. 对于 Visual FoxPro 中 SDI 菜单 SD08. MPR 的设计,以下叙述不正确的是_____。

A. 必须在设计时就指出该菜单应用于顶层表单

B. 快捷菜单不能设置为 SDI 菜单

C. 必须为 SDI 表单的 Init 事件添加代码"DO SD08. MPR"

D. 必须在该表单的编辑状态下中将其"ShowWindows"属性设置为"顶层表单"

8. 关于 Visual FoxPro 菜单文件 MENU08. MNX,以下说法中正确的是_____。

A. 对于设计好的菜单文件,一定要先专门生成菜单程序文件后才能运行

B. 运行菜单程序文件的命令为:DO MENU MENU08. MNX

C. 必须同时存在 MENU08. MPR 和 MENU08. MPX,才能正确运行 MENU08 菜单系统

D. 菜单程序文件 MENU08. MPR 是一个文本文件,可以在记事本中进行编辑

9. 下列控件中,可以添加到表单上,但是不能添加到自定义工具栏上的是_____。

A. 标签　　　　　B. 文本框　　　　　C. 命令按钮　　　D. 表格

二、填空题

1. 典型的菜单系统一般是一个下拉菜单,下拉菜单通常由一个条形菜单和一组_____菜单组成。

2. 要将某个弹出式菜单作为一个对象的快捷菜单,通常是在对象的_____事件代码中添加调用该弹出式菜单程序的命令。

3. 在设计 Visual FoxPro 菜单时如果指定菜单项名称为"编辑(\<E)",那么_____就是该菜单项的热键。

4. 在两个菜单项之间插入一条分组线的方法是插入一个"菜单名称"为_____的菜单项。

5. 要将一个 SDI 菜单附加到指定 SDI 表单中,其方法是在该表单的_____代码段中添加代码 "DO <菜单程序名. MPR> WITH THIS,. T."。

6. 要把系统菜单项插入到当前设计的快捷菜单中的方法是单击_____按钮,在随之出现的对话框中选择其相应菜单项插入即可。

7. 在一菜单系统运行时,如某一菜单项的"跳过"条件满足,则该菜单项为_____显示。

8. 在一个用户设计的菜单程序运行后,Visual FoxPro 的系统菜单会被改变。而恢复 Visual FoxPro 系统默认菜单的命令是_____。

9. 在向一个表单上添加工具栏对象时,系统会提示"是否需要创建一个_____对象?",这时,应该单击"是"按钮。

第 9 章

报表与书签设计

报表是各种数据库应用系统中信息处理功能的重要组成部分,是数据库管理系统中重要的应用项目,是各种数据最常用的输出形式。

在数据库应用系统中经常要将数据及其处理结果以指定的格式打印出来用于上报、存档或交流。Visual FoxPro 是通过系统提供的报表和标签设计器来完成数据的打印功能设计的。

9.1 概述

9.1.1 报表和标签

报表和标签的任务是按指定的数据组织规则将数据源中的数据用设计好的格式打印出来或在屏幕上浏览。

报表和标签的的数据源可以是数据库表、视图,也可以是查询、自由表或临时表。

设计完成后的报表是以扩展名为.FRX 保存的报表文件,且每一个报表文件还有一个相关的扩展名为.FRT 的报表备注文件,其中存储了报表的数据源和设计报表打印布局的所有信息。

标签实质上是一种多列布局的特殊报表,具有为匹配特定标签布局的特殊设置。设计完成的标签是以扩展名为.LBX 保存的标签文件,与报表文件类似,标签也有一个相关的扩展名为.LBT 的标签备注文件,其中存储了数据源和标签设计打印布局的所有信息。

报表的创建主要包括两个方面工作,设定数据源和设计报表的打印布局。

9.1.2 报表布局

报表布局就是报表的格式与打印输出形式。Visual FoxPro 中报表布局的常规类型有列报表、行报表、一对多报表、多栏报表等。关于这 4 种常规布局的说明如表 9-1 所示。

表 9-1　报表的常规布局

布局类型	说　　明	示　　例
列报表	每个页面上方有一行字段名,每行一条记录,各行字段按列对齐,相当于数据表的浏览显示方式	学生情况表、进货清单、销售流水账等

布局类型	说　　　明	示　　例
行报表	多行打印一条记录,每个字段名与其数据占一行,相当于数据表的编辑显示方式	单列报表
一对多报表	打印一对多关系的多表数据,一条主表记录对应多条子表记录,相当于一对多表单显示方式	发票、会计报表、学生多门功课分数等
多栏报表	相当于多栏行报表,每条记录的字段沿分栏左边缘对齐排列	电话簿等
标签	多列记录,相当于多栏报表	商品标签、名片、准考证等

9.1.3　报表的设计步骤

1. 创建报表的方法

在 Visual FoxPro 中,系统提供了如下 3 种创建报表的方法。

(1) 使用"报表向导"创建报表。

(2) 使用"快速报表"创建简单规范的报表。

(3) 使用"报表设计器"创建各种各样的报表。

2. 创建报表的步骤

设计报表一般按以下 5 个步骤进行。

(1) 确定报表类型。

(2) 添加数据源。

(3) 创建报表布局文件。

(4) 修改报表布局文件。

(5) 预览和打印报表。

9.1.4　设置报表和标签的数据源

一个报表总是和数据源相联系的。报表的数据源可以是已经存在的数据库表或自由表,也可以是视图、查询或临时表。

与表单的数据源类似,通常是将数据源添加到报表的数据环境中。

在使用"报表向导"或使用"快速报表"创建报表时,不需要特意将数据源添加到数据环境中,而是在操作中系统自动将所选定的数据源添加到数据环境。当然,在创建"快速报表"时也可以不把数据源放入数据环境中。

在使用"报表设计器"创建报表时,一般应在打开"报表设计器"后首先将所需的数据源添加到数据环境中。可按如下步骤进行添加数据源的过程。

(1) 在"项目管理器"的"文档"选项卡中选取"报表",然后单击右边的"新建"按钮,在弹出的"新建报表"对话框中单击"新建报表"按钮,打开"报表设计器"窗口。

(2) 执行主窗口"显示"菜单中的"数据环境"命令,打开"数据环境设计器"窗口。

(3) 执行主窗口"数据环境"菜单中的"添加"命令,打开"添加表或视图"对话框,在该对话框中选择作为报表数据源的表或视图,单击"添加"按钮即可,如图 9-1 所示。

(4) 表之间的永久关系。在添加到数据环境中的表之间,如果已经建立了永久关系,就仍然以此为默认连接,否则,也可以像在数据库中一样的方法建立它们之间的永久关系。

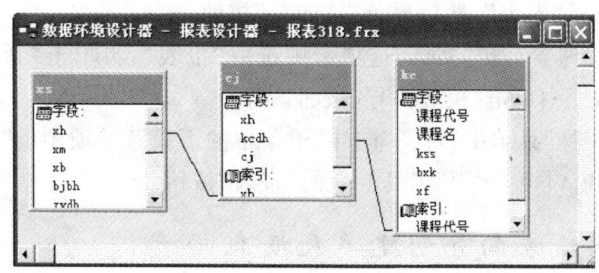

图 9-1 报表 318 的数据环境

（5）表的索引。如果需要可以在数据环境中设置某个表的主控索引。方法是：在数据环境中的该表上右击，选择其快捷菜单中的"属性"命令，在"属性"对话框中单击"数据"标签，选取"Order"条目，然后在相应的下拉列表中选择所需的索引名即可。

在数据环境中设定的作为报表数据源的表或视图，将会随着报表文件的打开或关闭而自动地跟随着打开或关闭。而且报表文件中反映的也是数据源中最新的数据。

如果使用某个查询作为报表的数据源，就将命令"DO QUERY ＜查询文件名＞"或该查询的 SELECT-SQL 语句添加到报表数据环境的 Init 事件代码段中即可。而在"细节"带区中添加的域控件的表达式文本框中直接输入相应的字段名即可。

例如，将查询语句命令"SELECT XSB. XH，XSB. XM，XSB. XB，XSB. YXMC，XSB. JG，XSB. JXJ FROM SJK0！XSB INTO CURSOR XSB83"复制到数据环境的 Init 事件代码段中，而在"细节"带区中添加的域控件的表达式文本框中只需直接输入相应的字段名（如 XH、XM 及 XB 等）即可。

9.2 使用向导创建报表

初学者利用"报表向导"可以比较容易地创建简单的报表。"报表向导"引领用户按给出的步骤操作，并且在每一个步骤中向用户提出一系列问题，用户按要求回答向导的询问，就可以顺利地创建所需的报表。

一般用户也常用"报表向导"首先创建出满足其部分要求的报表，然后再通过"报表设计器"进行修改，以便高效率地完成报表的创建任务。

"报表向导"提供两种创建报表的向导：一是"报表向导"，即用一个数据表（或视图）创建带格式报表的向导；二是"一对多报表向导"，即用两个表从具有一对多关系的父表和子表中提取数据创建较复杂的报表。

9.2.1 启动报表向导

启动"报表向导"常用的方法有以下 4 种。任选其中一种方法都可以启动"报表向导"，打开如图 9-2 所示的"向导选取"对话框。

（1）执行主窗口"文件"菜单中的"新建"命令，在弹出

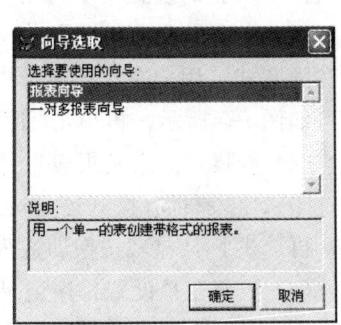

图 9-2 "向导选取"对话框

的"新建"对话框中选择"报表",然后再单击"向导"按钮。

（2）打开"项目管理器",在"文档"选项卡中选取"报表",再单击"新建"按钮,然后在弹出的"新建报表"对话框中单击"报表向导"按钮。

（3）在主窗口"工具"菜单中,选择"向导"子菜单的下级菜单项中的"报表"命令。

（4）直接单击主窗口中"常用"工具栏上的"报表"按钮。

9.2.2　利用报表向导创建单表报表

当使用单个数据表或视图创建报表时,就是所谓单表报表。此时选中图 9-2 中的"报表向导"后单击"确定"按钮即进入了创建单表报表的过程。该过程有如下 6 个步骤。

（1）步骤 1 是字段选取。在此对话框中先选择一个数据表或视图,再从中选择报表所需的字段。例如选取学生表 XS.DBF 作为数据源,选择其中的学号、姓名、系代号和籍贯作为报表的输出字段,如图 9-3 所示。再单击"下一步"即进入"步骤 2"。

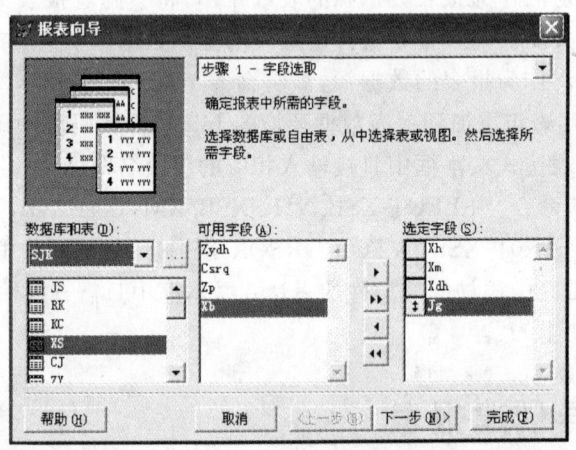

图 9-3　步骤 1-字段选取

（2）步骤 2 是分组记录。确定记录的分组方式,以便对输出的记录进行分组处理,需要时可设置 3 层分组层次。对于步骤 1 中的实例,可以选择"系代号"作为分组字段,将同一个系的学生放在一组处理。在实际工作中还可进一步设置"分组选项"和"总结选项"。这里为了说明步骤 4 的报表布局,故不设置分组字段。否则报表布局中的"列数"和"字段布局"中的"行"或"列"的设置就不可用了。如图 9-4 所示。再单击"下一步"按钮即进入"步骤 3"。

（3）步骤 3 是选择报表样式。系统提供 5 种样式,分别是经营式、账务式、简报式、带区式和随意式。用户在具体设计中可分别选择各个样式比较其外观效果。本例中选择"账务式",如图 9-5 所示。再单击"下一步"按钮即进入"步骤 4"。

（4）步骤 4 是定义报表布局。可设置的选项有：方向（选择纵向还是横向）、列数（按几列打印）、字段布局（按列还是按行布局）。本例中设置为：2 列、纵向、按列布局,如图 9-6 所示。再单击"下一步"按钮即进入"步骤 5"。

（5）步骤 5 是设置排序记录的字段。允许从"可用的字段或索引标识"列表框中选 0～3 个字段作为排序依据。本例中选择 XH,如图 9-7 所示。再单击"下一步"按钮即进入"步骤 6"。

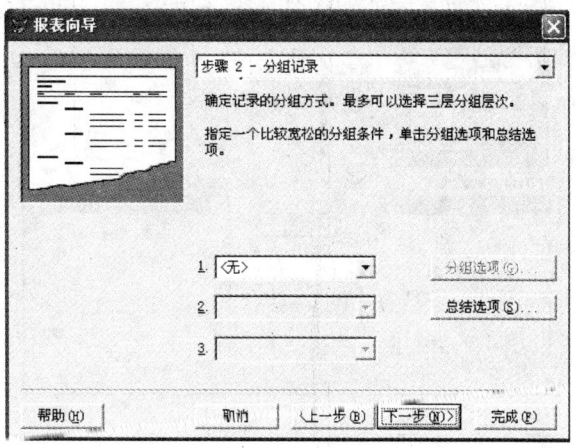

图 9-4　步骤 2-分组记录

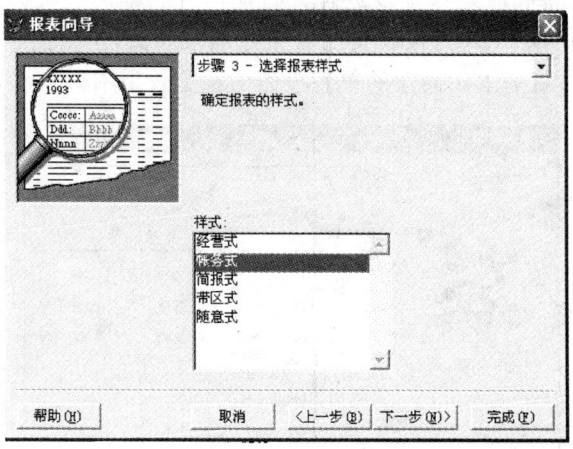

图 9-5　步骤 3-选择报表样式

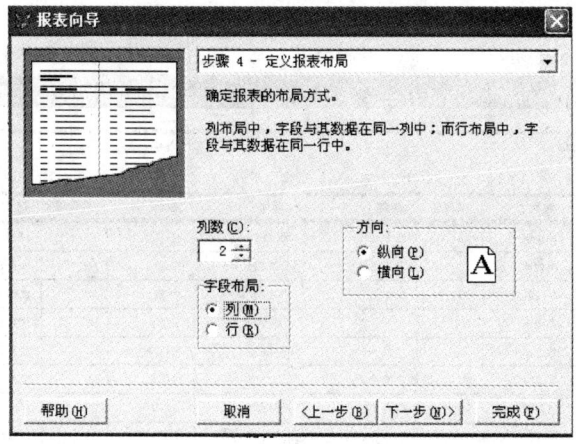

图 9-6　步骤 4-定义报表布局

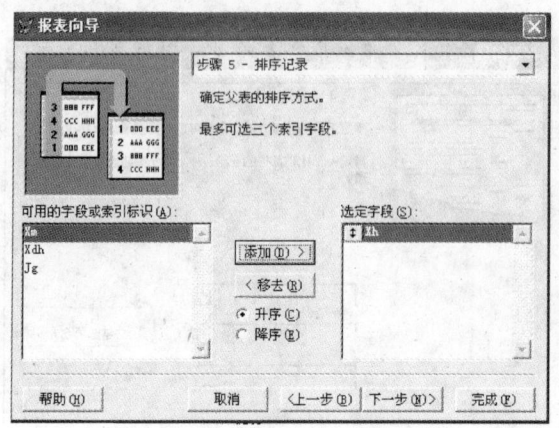

图 9-7　步骤 5-排序记录

（6）步骤 6 是进行报表创建"完成"时的几项工作，包括设置报表标题、保存报表的有关选项、预览报表打印效果和对过长字段进行分行显示等。本例设置如图 9-8 所示。最后单击"完成"按钮以 XSQKB.FRX 为报表文件名保存该报表文件。单击"预览"按钮查看报表是否符合要求。图 9-9 就是本次创建的单表报表的预览效果图。

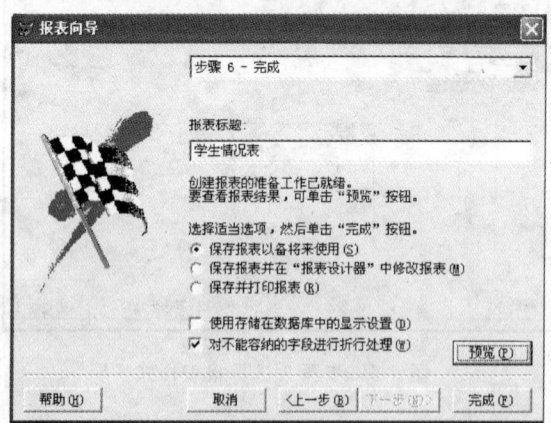

图 9-8　步骤 6-完成

图 9-9　单表报表预览效果图

9.2.3 利用报表向导创建一对多报表

利用"一对多报表向导",可以比较容易地创建由具有一对多关系的两个数据表(或视图)提供数据的一对多报表。在报表中,主表的一条记录可能会对应于子表的若干条记录。例如学生表中的一条记录对应于成绩表内的几门课程的成绩。

利用"一对多报表向导"创建一对多报表有如下 6 个步骤。

(1) 从父表中选择字段。在图 9-2"向导选取"对话框中选择"一对多报表向导"并单击"确定"按钮后就进入了"一对多报表向导"的步骤1,如图 9-10 所示。在这个步骤里,要先选择父表,再从父表中选择报表中所需要的字段。本例选择学生表 XS.DBF,并选择学号、姓名、系代号和籍贯 4 个字段。

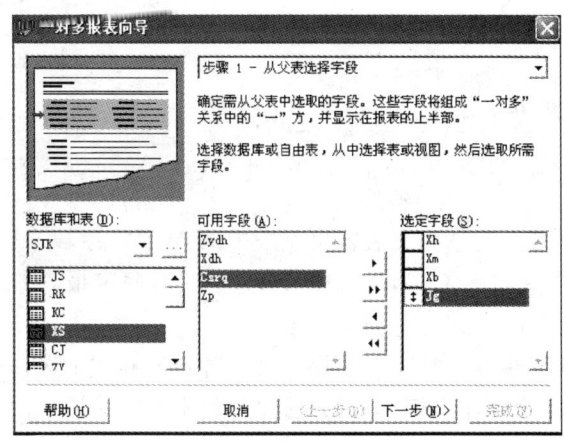

图 9-10 从父表选择字段

(2) 从子表中选择字段。在父表字段选择后单击"下一步"按钮就进入步骤2,选择子表并从子表中选择所需字段。如图 9-11 所示,本例选择成绩表 CJ.DBF 作为子表,并选择学号、课程代号和成绩 3 个字段。

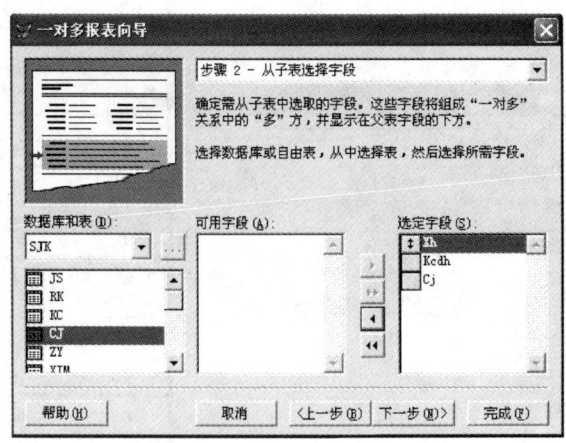

图 9-11 从子表中选择字段

（3）为表建立关系。在子表字段选择后单击"下一步"按钮就进入步骤3，为父表和子表建立一对多关系。如图9-12所示，本例是在父表和子表中同时选择XH（学号）建立二者的一对多关系。然后单击"下一步"按钮进入步骤4。

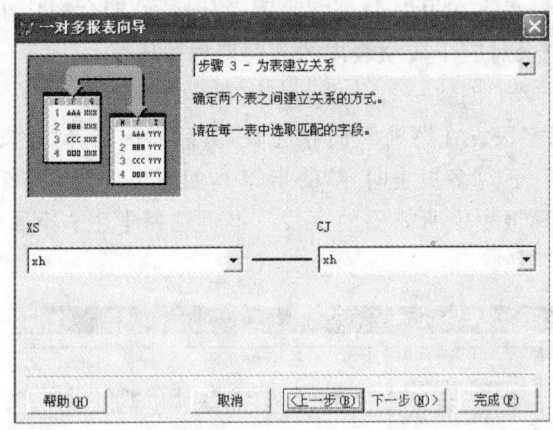

图 9-12　为表建立关系

（4）排序记录。步骤4是选择父表输出字段中的0～3个字段来确定父表的排序方式。如图9-13所示，本例选择父表 XS.DBF 中的 XH（学号），确定报表的父表记录按 XH 的升序排列打印。然后单击"下一步"按钮进入步骤5。

（5）选择报表样式。步骤5是从系统提供的5种报表样式中选择一种。与单表报表的步骤3相同，如图9-5所示。而本例不同的是选择"简报式"，然后单击"下一步"按钮进入步骤6。

（6）完成。步骤6的含义与单表报表的步骤6完全相同，如图9-8所示。本例以文件名 XSCJ.FRX 保存该报表文件。预览效果如图9-14所示。

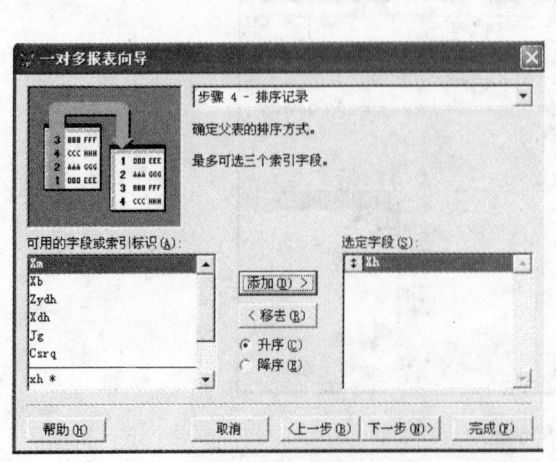

图 9-13　排序记录

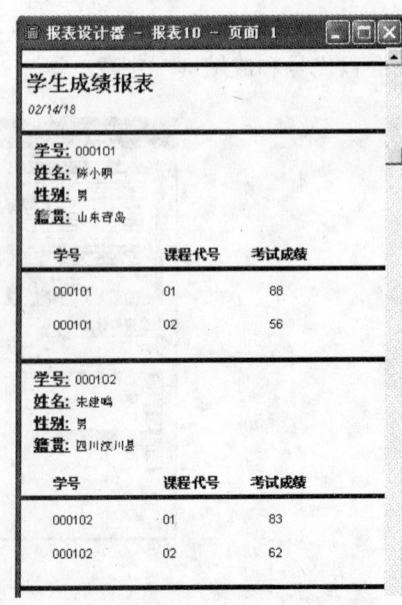

图 9-14　一对多成绩报表效果图

9.3 创建快速报表

除了使用上节的"报表向导"外,也可以使用 Visual FoxPro 系统提供的"快速报表"功能方便、快捷地创建一个格式简单的报表。

"快速报表"仅能创建单表报表,而且必须在打开"报表设计器"的情况下才能创建。但是,直接在"报表设计器"中添加每一个控件并分别调整其布局是一件非常麻烦的事情,所以用户往往是在"报表设计器"中先创建一个最低限度满足要求的"快速报表",然后在此基础上再进行修改。这样可以大大提高设计报表的速度,真正达到快速构建所需报表的目的。

9.3.1 报表设计器的打开

要打开"报表设计器",可在以下 5 种方法中任选一种。

1. 使用主窗口"文件"菜单中的"新建"命令

执行主窗口"文件"菜单中的"新建"命令,在随即打开的"新建"对话框中选择"报表"单选项,再单击"新建文件"按钮即可打开"报表设计器",如图 9-15 所示。

2. 使用工具栏上的"新建"按钮

单击主窗口中工具栏上的"新建"按钮,在随即打开的"新建"对话框中选择"报表"单选项,再单击"新建文件"按钮即可打开"报表设计器",如图 9-15 所示。

3. 在"项目管理器"窗口中打开

在"项目管理器"窗口中选择"文档"标签,在该选项卡内选择"报表"选项后单击

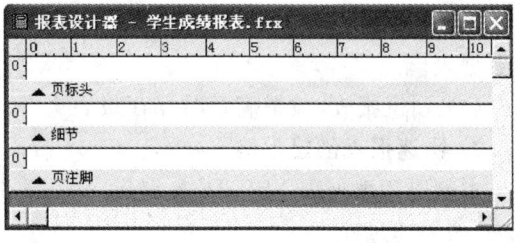

图 9-15 "报表设计器"窗口

"新建"按钮,在随即打开的"新建报表"对话框中单击"新建报表"按钮即可打开如图 9-15 所示的报表设计器。

4. 在"命令"窗口中使用创建报表命令

命令格式:CREATE REPORT <报表文件名>

示例:CREATE REPORT 学生成绩报表

说明:本命令打开"报表设计器",进入设计指定报表文件的过程,如图 9-15 所示。

5. 在"命令"窗口中使用修改报表命令

命令格式:MODIFY REPORT <报表文件名>

示例:MODIFY REPORT 员工工资报表

说明:本命令打开如图 9-15 所示的"报表设计器"窗口,进入对这个已存在的报表文件进行修改的过程。

9.3.2 创建快速报表

1. "快速报表"的创建步骤

在已经打开了"报表设计器"的情况下进行"快速报表的"设计要经过以下 4 个步骤。

(1) 执行主窗口"报表"菜单中的"快速报表"命令。

（2）在"打开"对话框中选择所需的数据源（一个数据表或一个视图），如图9-16所示。

（3）在如图9-17的"快速报表"对话框中进行布局选择、字段选择和3个复选框的勾选后单击"确定"按钮即可。

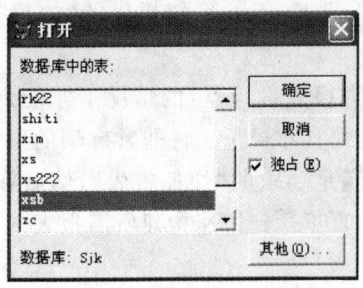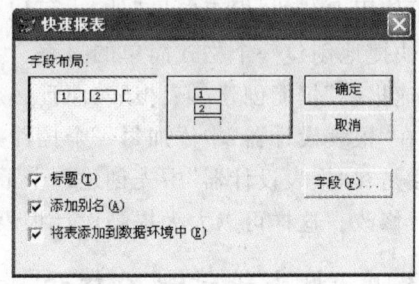

图9-16 "打开"对话框　　　　图9-17 "快速报表"对话框

- 字段布局：左侧为"列报表"，右侧为"行报表"。
- 字段：默认为选择所有字段，单击"字段"按钮可在其对话框中选择具体所需字段。
- 复选框：第1项标题必须选，否则报表中无字段名。

第2项别名可选可不选，无实际意义，因为无须在字段前加上表的别名。

第3项必须选，否则，不将数据表添加进数据环境，每次预览、打印时要重新选择设计时的数据表。

（4）预览报表，效果满意时保存报表文件。

2. 快速报表创建示例

本例以用数据表 XSB.DBF 创建一个"学生情况简表.FRX"的"快速报表"来说明"快速报表"的创建过程。

（1）执行主窗口"报表"菜单中的"快速报表"命令。

（2）在"打开"对话框中选择数据表 XSB.DBF 后单击"确定"按钮，如图9-16所示。

（3）在如图9-17的"快速报表"对话框中选择布局为"列报表"，3个复选项按默认为全选，单击"字段"按钮，在如图9-18所示的"字段选择器"对话框中选择所需的5个字段后单击"确定"按钮关闭"字段选择器"对话框，返回到图9-17所示对话框，再单击其中的"确定"按钮即出现如图9-19所示的报表。

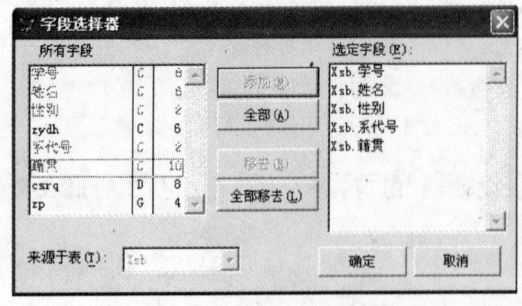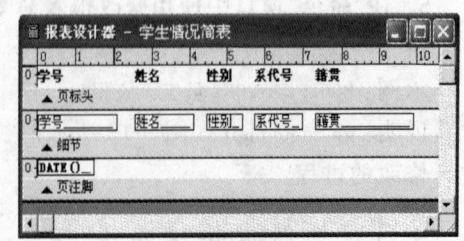

图9-18 "字段选择器"对话框　　　图9-19 生成的"快速报表"

（4）单击主窗口"工具栏"上的"打印预览"按钮可看到该报表的效果图，如图9-20所示。

图 9-20 "快速报表"的预览效果

（5）单击主窗口"工具栏"上的"保存"按钮将报表保存为"学生情况简表.FRX"报表文件。

9.4 利用报表设计器创建报表

9.4.1 报表设计器的带区

1."报表设计器"的基本带区

报表的带区就是"报表设计器"中划分的区域。"报表设计器"常用的带区共有9个。带区的作用主要是控制数据在页面上的打印位置。在打印或预览报表时，系统会自动以不同的方式处理各个带区的数据。

在打开的"报表设计器"中默认出现3个带区，如图9-15所示。这3个依次是"页标头"、"细节"和"页注脚"的带区称为基本带区。如有需要还可以再添加另外的6个带区。"报表设计器"中的带区及其作用详见表9-2。

表 9-2 "报表设计器"中的带区及其作用

带 区 名 称	作 用
标题	每张报表开头打印一次，也可以单独占用一页
页标头	每个页面打印一次，例如列报表的字段名称等
列标头	在分栏报表中，每页的页标头下每列打印一次
组标头	数据分组时，每组开始时打印一次
细节	在页标头和组标头后每条记录打印一次
组注脚	数据分组时，每组结束时打印一次
列注脚	在分栏报表中，页注脚前每列打印一次
页注脚	每个页面下方打印一次，例如页码、日期等
总结	每张报表最后一页打印一次，也可以单独占用一页

2. 添加其他带区

如上所述，在"报表设计器"常用的带区共有9个。如果设计需要，可以分别采用以下具体方法进行添加和设置。

（1）添加"标题"和"总结"带区。

执行主菜单"报表"中的"标题/总结"命令，在弹出如图9-21所示的"标题/总结"对话框中勾上对应的复选框即可。如将"新页"也勾上，则这两个带区都要单独占一页。

（2）添加"组标头"和"组注脚"带区。

选择主菜单"报表"中的"数据分组"命令，在弹出如图 9-22 所示的"数据分组"对话框中单击▭按钮打开"表达式生成器"对话框，在其"字段"列表中双击所需的分组字段，构造完成分组表达式后单击"确定"按钮关闭"表达式生成器"对话框。在"数据分组"对话框中单击"确定"按钮后，在"报表设计器"中会出现"组标头"和"组注脚"带区，如图 9-23 所示。（注意，在添加组标头和组注脚之前，一定要将所需数据源添加到数据环境中）。本例是以 XS.DBF 中的系代号作为分组字段的。

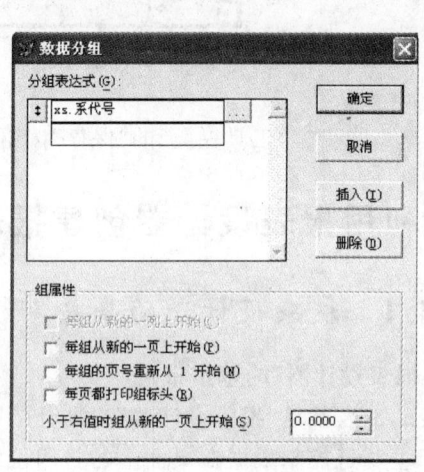

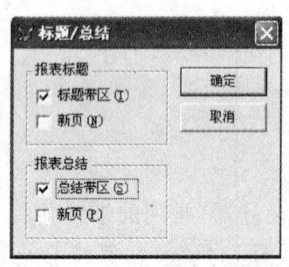

图 9-21　"标题/总结"对话框　　　　　图 9-22　"数据分组"对话框

（3）添加"列标头"和"列注脚"带区。

选择主菜单"文件"中的"页面设置"命令，在弹出如图 9-24 所示的"页面设置"对话框中将列数设置为所需要的列数后（本例中设置为 2 列），单击"确定"按钮即可在"报表设计器"中会出现"列标头"和"列注脚"带区，如图 9-23 所示。

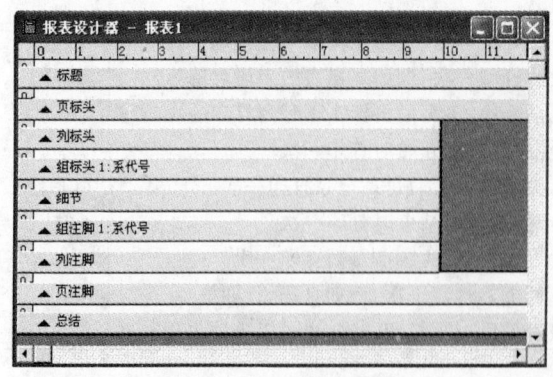

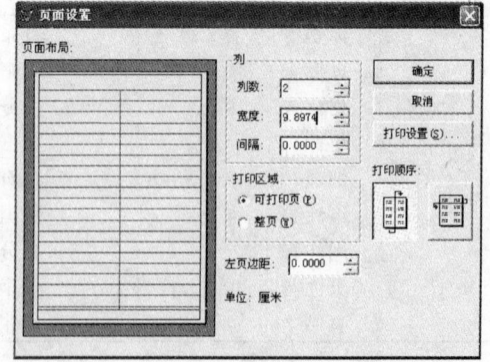

图 9-23　添加带区效果图　　　　　　图 9-24　"页面设置"对话框

9.4.2　报表设计工具

在用户人工使用如图 9-23 所示的"报表设计器"进行所需各种报表设计时，一般要将"报表控件"、"报表设计器"和"布局"3 个工具栏显示出来，以便在设计时使用。

在 Visual FoxPro 环境中,选择主菜单"显示"中的"工具栏"命令打开"工具栏"对话框,用鼠标单击"报表控件"、"报表设计器"和"布局"复选框使其中出现"☒"的符号即选中。然后单击"确定"按钮关闭"工具栏"对话框。此刻立即出现如图 9-25 所示的 3 个工具栏。

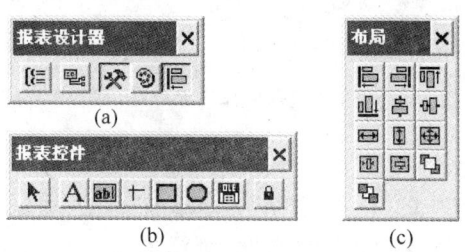

图 9-25　报表设计中的 3 个工具栏

1. "报表设计器"工具栏

如图 9-25(a)所示,在该工具栏上的 5 个按钮从左到右依次为"数据分组"、"数据环境"、"报表控件"、"调色板"和"布局"。在使用中,单击某个按钮,使其呈按下状态,即可打开相应的对话框(或工具栏),再次单击使其呈弹起状态,则关闭相应的对话框(或工具栏)。可见使用这种方法打开或关闭这 5 个对话框(或工具栏)要比直接从主菜单中操作更便捷。

2. "报表控件"工具栏

如图 9-25(b)所示,在该工具栏上的 8 个按钮从左到右依次如下。

(1) 选取指针:用来选取报表中的对象。

(2) 标签控件:用来添加文本。

(3) 域控件:用来添加表字段、内存变量和其他表达式。

(4) 线条控件:用来添加直线条。

(5) 矩形控件:用来添加矩形和边框。

(6) 圆角矩形控件:用来添加圆角矩形、椭圆、圆形和边界。

(7) 图片/OLE 绑定控件:用来添加位图或通用型字段。

(8) 按钮锁定控件:用在多次添加同一种控件时,无须每次先去单击那个控件。

3. "布局"工具栏

如图 9-25(c)所示,该工具栏上共有 13 个按钮。其功能与在表单设计中的"布局"工具栏完全相同。利用这些按钮可以方便地调整"报表设计器"中本次被同时选定的控件的相对大小或位置。

9.4.3　用报表设计器创建报表

这里以使用学生表(XS.DBF)、成绩表(CJ.DBF)和课程表(KC.DBF)创建一个学生成绩报表为例,表述其创建过程。

1. 数据环境设置

在打开"报表设计器"后,选择主菜单"显示"中的"数据环境"命令打开"数据环境设计器",在其中依次添加学生表(XS.DBF)、成绩表(CJ.DBF)和课程表(KC.DBF),如图 9-26 所示,并在数据环境中右击学生表打开其属性对话框,在其"数据"选项卡中从 Order 下拉列表框中选择 YXMC,设置 YXMC(院系名称)为主控索引。

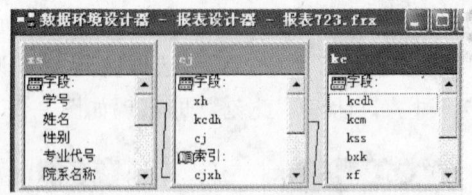

图 9-26　"数据环境设计器"窗口

2．添加其他带区

（1）选择主菜单"报表"中的"标题/总结"命令添加"标题"和"总结"带区，如图 9-27 所示。

（2）选择主菜单"报表"中的"数据分组"命令添加"组标头"和"组注脚"带区，本例以院系名称为分组关键字，如图 9-27 所示。

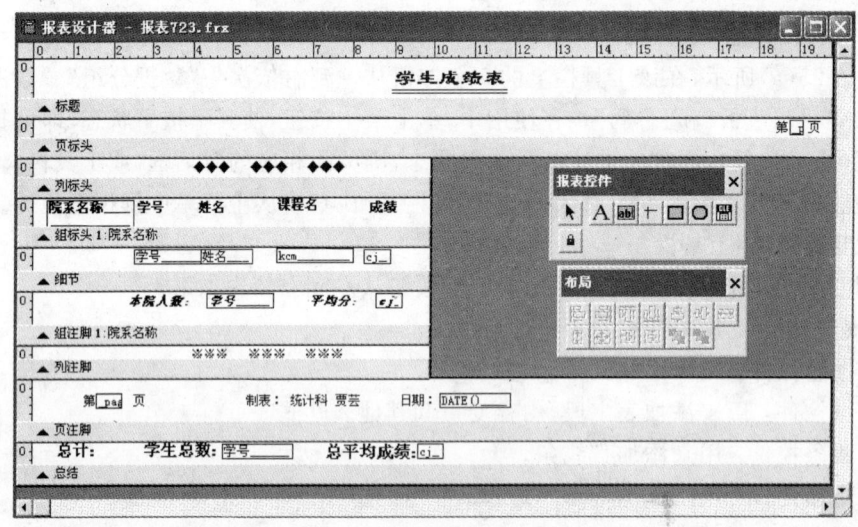

图 9-27　添加带区及具体内容效果图

（3）选择主菜单"文件"中的"页面设置"命令添加"列标头"和"列注脚"带区。本例设置为两列，如图 9-24 所示。

3．在各带区中添加具体内容

（1）在"标题"带区中添加标题内容。

单击"报表控件"工具栏中的"标签"按钮图标，然后到"标题"带区中适当位置单击鼠标后输入"学生成绩表"。单击"报表控件"工具栏中的"线条"按钮图标，然后到"标题"带区中适当位置单击后拖动鼠标即可画出一条线段，将该线段单击选中后复制并粘贴，向下移动可得图 9-27 所示效果。

（2）在"页标头"和"页注脚"带区中添加内容。

在这两个带区中首先按（1）中方法分别添加"第　页"、"制表：统计科 贾芸"、"日期："。再单击"报表控件"工具栏上的"域控件"，到"第"和"页"字之间用鼠标拖动，此时弹出"报表表达式"对话框，如图 9-28 所示，单击"表达式"文本框右边的"表达式生成器"按钮打开其对话框，如图 9-29 所示。双击"变量"列表中的_pageno，使之出现在"报表字段的表达式"列表框中，再单击"确定"按钮，返回"报表表达式"对话框。此时该"表达式"文本框中出现了

_pageno,再单击"确定"按钮关闭"报表表达式"对话框。于是完成了在"第"和"页"字之间设置页码的域控件的任务。与此方法类似,可设置"日期:"后面的日期的域控件的设置,结果如图9-27所示。

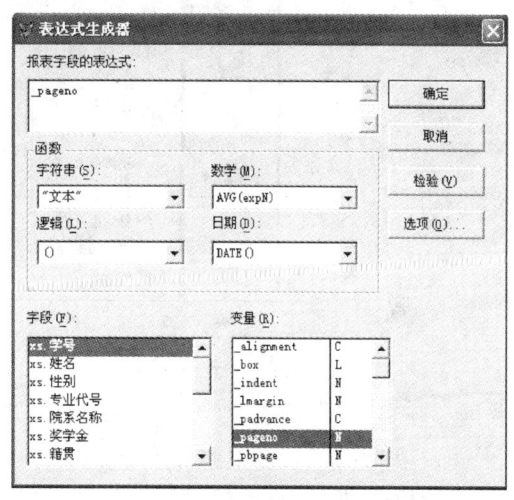

图9-28 "报表表达式"对话框   图9-29 "表达式生成器"对话框

(3) 在"组标头"和"组注脚"带区中添加内容。

在"报表控件"工具栏上用鼠标单击"标签"按钮图标后再单击"锁定"按钮,到"组标头"带区相应位置单击后输入"学号"、"姓名"、"课程名"和"成绩"。到"组注脚"带区中的相应位置输入"本院人数:"和"平均分:"。打开"数据环境",从学生表(XS.DBF)中拖动"院系名称"字段到"组标头"带区的最左边。

"统计本院人数"的域控件的设置如下:①首先单击"报表控件"工具栏上的"域控件",到"本院人数:"右边用鼠标拖动,此时弹出"报表表达式"对话框,如图9-28所示。②单击"表达式"文本框右边的"表达式生成器"按钮打开"表达式生成器"对话框,如图9-29所示。③双击"字段"列表框中的"XS.学号"使之出现在"报表字段的表达式"的列表框中。单击"确定"按钮返回到"报表表达式"对话框,可见其表达式文本框中显示"XS.学号"。④单击"计算"按钮,如图9-30所示,在"计算字段"对话框中选择"计数",单击"确定"关闭"计算字段"对话框。再单击"确定"按钮关闭"报表表达式"对话框即完成"统计本院人数"的域控件的设置。

对于"统计平均分"的域控件的设置过程,与设置上述"统计本院人数"只有两点不同:一是在图9-29所示的"表达式生成器"对话框双击"字段"列表框中的CJ.CJ(拖动垂直滚动条下移可见到成绩表中的成绩字段CJ.CJ);二是在图9-30所示的"计算字段"对话框中选择"平均值",其他都是一样的。

(4) 在"细节"带区中添加内容。

打开"数据环境",从学生表(XS.DBF)中拖动"学号"和"姓名"字段,从课程表(KC.DBF)中拖动课程名(KC.KCM)字段,从成绩表(CJ.DBF)中拖动成绩(CJ.CJ)字段到"细节"带区的相应位置,如图9-27所示。使各字段与"组标头"中对应标签对齐。

(5) 在"列标头"和"列注脚"带区中添加内容。

可以使用类似的方法设置所需的内容。这里为避免重复,仅在这两个带区中分别使用标签控件设置了"◆◆◆　◆◆◆　◆◆◆"和"※※※　※※※　※※※"体现效果,如

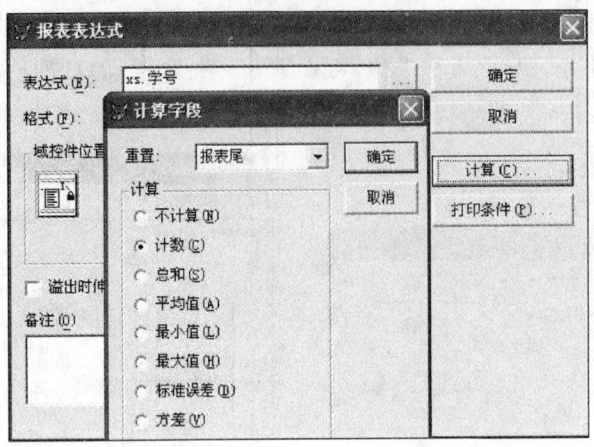

图 9-30　计算字段的设置

图 9-27 所示。

（6）在"总结"带区中添加内容。

对于如图 9-27 所示的"总结"带区中内容的设置，与"组注脚"带区中设置几乎完全相同，只是添加了一个"总计："标签、"本院人数"变为"学生总数："和"平均分"变成"总平均成绩："。

（7）经过以上 6 个步骤，初步完成报表设计的任务。单击常用工具栏上的"打印预览"按钮显示报表的实际打印效果。如不符合设计要求，可回到"报表设计器"中继续修改。请对比图 9-27 中各带区的设计内容看图 9-31 中对应的显示的实际数据。

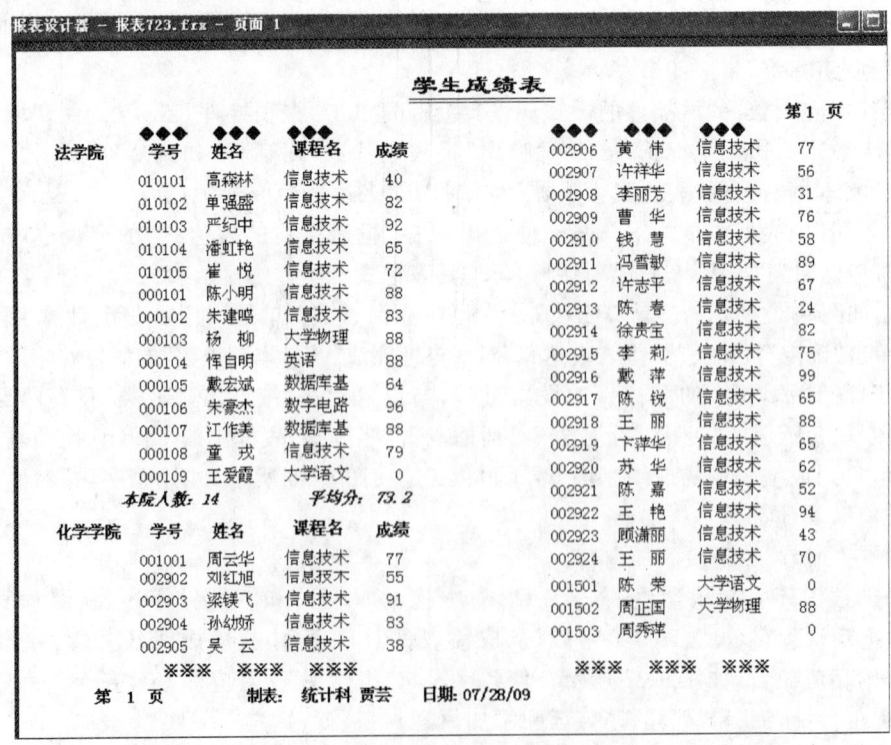

(a) 报表第1页

图 9-31　报表打印效果

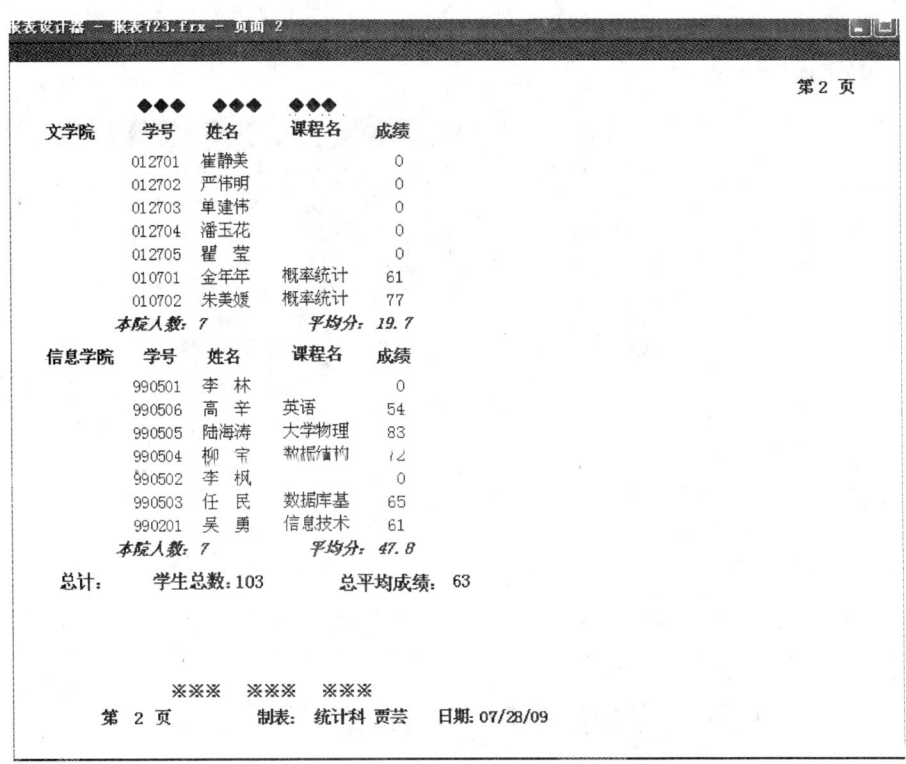

(b) 报表第2页

图 9-31 （续）

9.5 标签的设计

标签同样在实际工作中有着非常广泛的用途。实际上，标签也属于报表，是一种多栏报表，因此标签的设计与报表的设计非常相似。标签通常是以数据源中的一条记录的数据作为一个单元，每条记录生成一个标签。

创建标签就是设计标签的格式和布局，然后将数据中的信息以标签的格式打印出来。在 Visual FoxPro 环境中，用户既可以使用系统提供的"标签向导"或"标签设计器"创建标签，也可以使用"报表设计器"创建标签。

标签的定义存储在扩展名为".LBX"的标签文件中，每一个标签文件还伴随一个扩展名为".LBT"的标签备注文件。

9.5.1 利用向导创建标签

利用向导创建标签一共有 5 个步骤：选择表、选择标签类型、定义布局、指定排序字段和完成。按照步骤进行，可以非常容易地制作类似于如图 9-32 所示的标签文件。下面就以此为例介绍利用向导创建标签的过程。

与使用向导创建报表相似。首先在"项目管理器"的"文档"选项卡中选择"标签"，单击"新建"按钮，在"新建标签"对话框中单击"标签向导"，于是进入了"用向导创建标签"的第 1 个步骤。

(1) 步骤 1-选择表：如图 9-33 所示，选择所需的表(本例选学生表(XS. DBF)后单击
"下一步"按钮进入"步骤 2"。

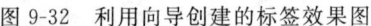

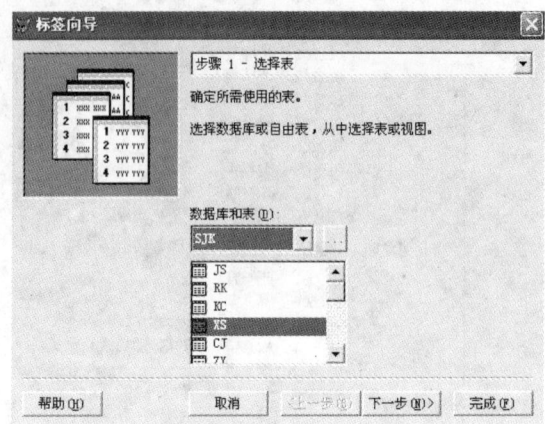

图 9-32　利用向导创建的标签效果图　　　　　　　　图 9-33　步骤 1-选择表

　　(2) 步骤 2-选择标签类型：如图 9-34 所示，本例选第 1 行"Avery 4143…2 列"的标签类
型。单击"下一步"按钮进入"步骤 3"。

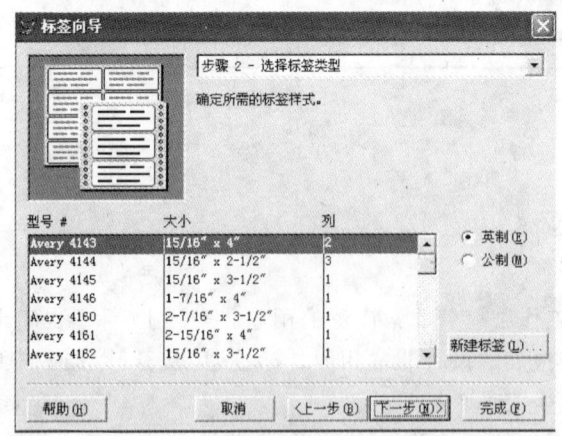

图 9-34　步骤 2-选择标签类型

　　(3) 步骤 3-定义布局：标签设计的操作大都在这一步骤里。以如图 9-35 所示的内容说
明其设计过程。

　　① 首先将插入点放入"选定的字段"的列表框中，用鼠标单击 空格 按钮 6 次，在"文
本"的文本框中输入"出入证"，单击 ▸ 按钮使这 3 个字进入"选定的字段"的列表框的第一
行中间，再单击 空格 按钮 6 次，第 1 行完成。

　　② 再单击 ↵ 按钮进入第 2 行，如图 9-35 所示。在"文本"的文本框中输入"学号"，
单击 ▸ 按钮使其进入"选定的字段"列表框的第 2 行的行首，单击 ː 按钮输入冒号后再单
击 空格 按钮两次，再到"可用字段"列表框中双击"学号"，使其进入"选定的字段"列表框的
第 2 行后即完成第 2 行的设置，如图 9-35 所示。

　　③ 按照第 2 行的设计方法，可设置第 3、4、5 行内容，如图 9-35 所示。需要时还可单击
字体⑩... 按钮进行标签文字格式的设置。单击"下一步"按钮进入"步骤 4"。

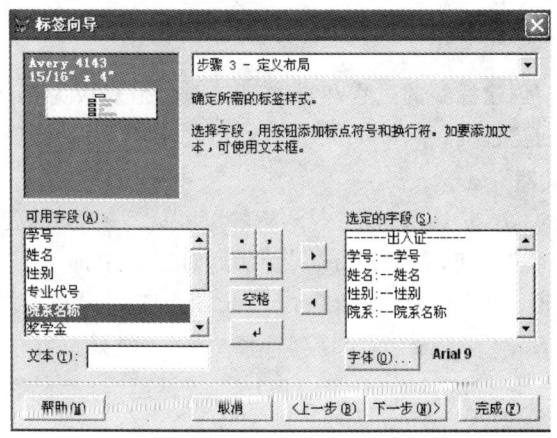

图 9-35 步骤 3-定义布局

（4）"步骤 4-排序记录"、"步骤 5-完成"的作用和设置方法与报表中基本相同，这里不再赘述，如图 9-36 和图 9-37 所示。在如图 9-37 所示界面中单击 预览(P) 按钮可显示如图 9-32 所示效果。满意时保存该标签文件。

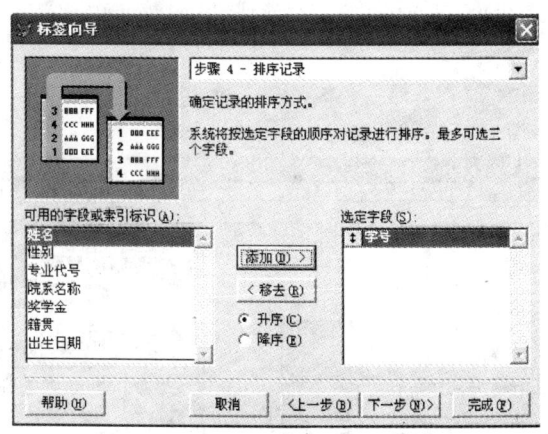

图 9-36 步骤 4-排序记录

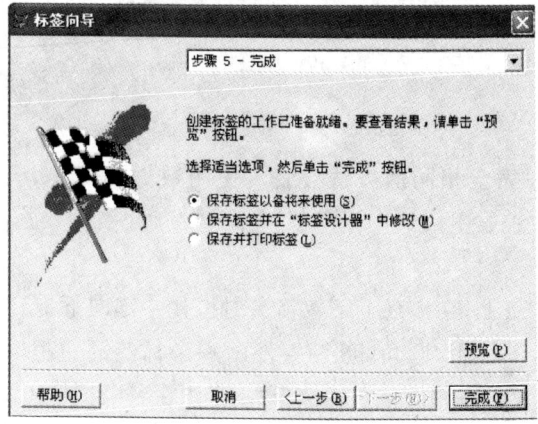

图 9-37 步骤 5-完成

9.5.2 利用标签设计器创建标签

利用"标签设计器"创建标签的过程和方法都与创建报表极为相似,这里以创建准考证为例说明标签的一般创建过程。

1. 打开"标签设计器"

在"项目管理器"的"文档"选项卡中选择"标签"后单击"新建"按钮,在如图 9-38 所示的对话框中单击"新建标签"按钮,在如图 9-39 所示的对话框中选择型号为"4143"的标签布局,于是打开了"标签设计器"界面,如图 9-40 所示。由于"4143"型号的布局是两列,所以"标签设计器"打开时自动有"列标头"和"列注脚"带区,如果选择的是 1 列的型号,则不显示"列标头"和"列注脚"带区。需要时还可以添加"标题"、"总结"、"组标头"、"组注脚"等带区。

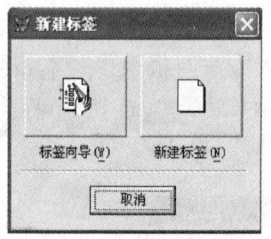

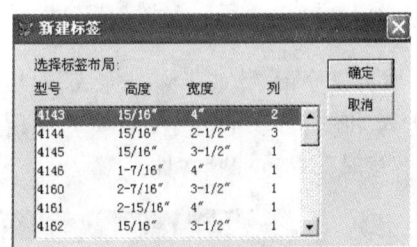

图 9-38 "新建标签"对话框   图 9-39 "新建标签"对话框

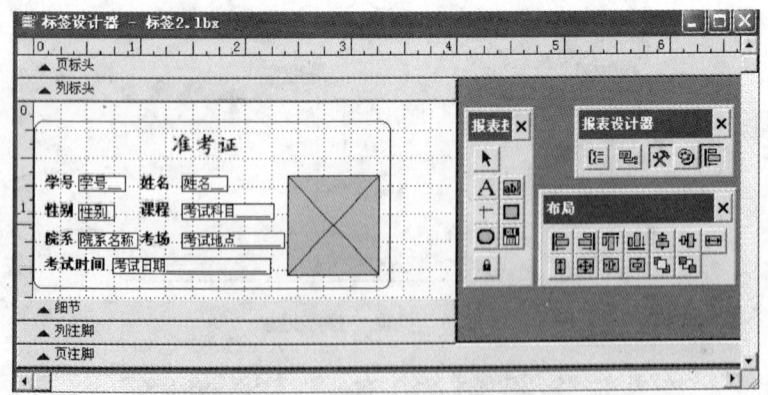

图 9-40 标签设计器

2. 设置数据环境

采用和报表设计中完全相同的方法设置。使用数据表 KAOSHIBIAO.DBF,并设置 YXMC(院系名称)为主控索引。

3. 添加控件

将鼠标移到"细节"条上,在出现上下双箭头时按住左键向下拖到所需的宽度。

首先在"细节"带区中使用"圆角矩形"控件画一个标签的边框,在第一行的中间用"标签"控件输入"准考证"3 字,在相应位置输入"学号"、"姓名"、"性别"、"院系"、"考试时间"、"课程"和"考场"。然后,打开数据环境,直接将所需字段(学号、姓名、性别、考试科目、院系名称、考试地点、考试日期、照片)拖动到"细节"带区的相应位置,如图 9-40 所示。必要时用布局工具对各控件进行纵向和横向位置对齐等的调整。

4. 保存

一般在保存之前都会用常用工具栏上的"打印预览"按钮查看设计效果,如图 9-41 所示。不符合要求时再进行修改,满意时保存。保存时系统默认保存一个扩展名为".LBX"的标签文件,同时,还自动生成一个扩展名为".LBT"的标签备注文件。本例保存为"标签 2.LBX"和"标签 2.LBT"两个文件。

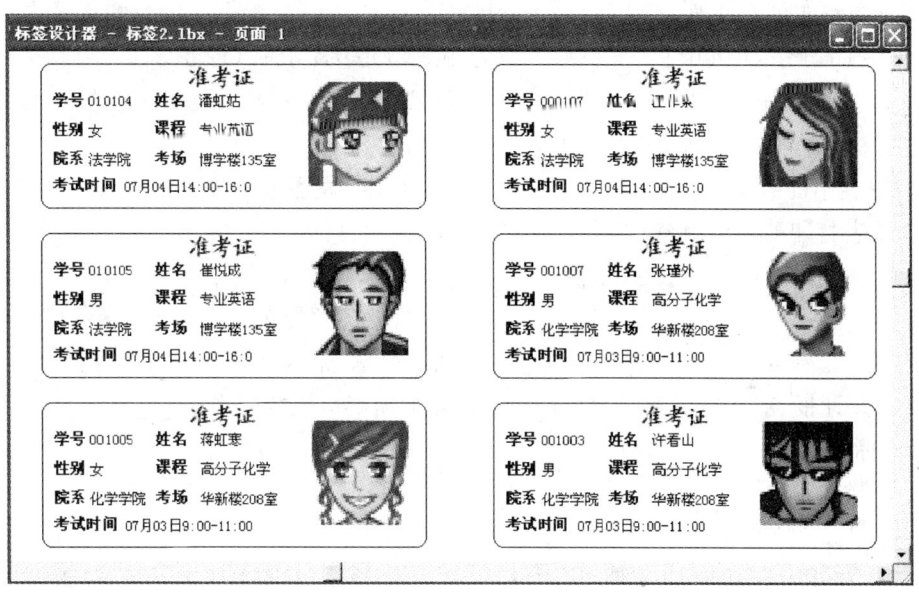

图 9-41　标签预览效果

9.5.3　标签的预览和打印

1. 使用"打印"按钮进行预览和打印

在"标签设计器"中将标签设计好时可以立即使用常用工具栏上的"打印预览"按钮进行查看,使用"打印"按钮进行打印。

在"项目管理器"的"文档"选项中选择具体标签文件后单击"预览"按钮进行预览,同时可以在"预览"窗口中单击"打印"按钮进行打印。

2. 使用命令进行预览和打印

(1) 预览

LABEL/REPORT FORM <标签文件名.LBX> TO PREVIEW [<范围>][FOR<条件>]

(2) 打印

LABEL/REPORT FORM <标签文件名.LBX> TO PRINTER [<范围>][FOR<条件>]

注意:在打印或预览命令中,标签文件的扩展名.LBX 是不能省略的。

(3) 示例

LABEL FORM D:\vfpshy09\标签 2.LBX TO PREVIEW FOR 院系名称 = "法学院"

习题 9

一、选择题

1. 在报表设计中，可以作为报表数据源的是_____。

A. 自由表和其他报表
B. 自由表、数据库表和视图
C. 自由表和数据库表
D. 自由表、数据库表、查询和视图

2. 创建报表的命令是_____。

A. CREATE REPORT
B. MODIFY REPORT
C. UPDATE REPORT
D. REPORT ＜报表文件名＞

3. 在扩展名为.FRX 的报表文件中，保存的信息是_____。

A. 报表中的数据
B. 报表中的数据和格式
C. 报表打印的预览内容
D. 报表设计格式的定义

4. 报表设计中默认的带区不包括_____。

A. "页标头"带区
B. "页注脚"带区
C. "细节"带区
D. "标题"带区

5. 在设计报表时，每一条记录在报表中打印的内容应该放置在_____。

A. "标题"带区
B. "细节"带区
C. "总结"带区
D. "页注脚"带区

6. 打印标签文件的命令是_____。

A. REPORT FORM ＜文件名＞
B. LABEL FORM ＜文件名.LBX＞
C. LABEL FORM ＜文件名＞
D. PREPORT FORM ＜文件名.LBX＞

7. 标签文件的扩展名是_____。

A. .LBX
B. .LBT
C. .BTX
D. .FRX

8. 在"页注脚"带区里，能够统计打印本页共打印的记录数的控件是_____。

A. 圆角矩形
B. 域控件
C. 标签控件
D. 图片/OLE 绑定控件

二、填空题

1. 报表是由_____和_____两个基本部分组成。

2. 报表的数据源通常是数据库表，也可以是_____和_____。

3. 报表的向导可以分为_____和_____两种。

4. 首次启动"报表设计器"时，报表布局中只有"页标头"、_____和_____带区。

5. 只有"报表设计器"的_____带区为空时，才能创建快速报表。

6. 标签实质上是一种_____报表。

7. 创建分组报表时需要按_____进行索引或排序，否则不能保证正确分组。

8. 预览报表文件"XSCJ.FRX"的命令是_____。

三、操作题

操作所需的数据表结构为：学生表（学号、姓名、性别、院系、籍贯），成绩表（学号、课程名、成绩），二者已建立一对多关系。商品表（货号、名称、产地、单位、单价、等级、保质期）。

1. 用学生表和成绩表创建一对多成绩报表。
2. 用商品表创建 3 列的商品标签。

第 10 章

数据库应用程序的创建

在前几章,我们已经学习了 Visual FoxPro 中各类常用文件及组件元素的创建和操作方法。本章将集中讨论开发一个数据库应用程序的方法和步骤。学习如何通过一种方法,把事先设计好的数据库、表单、报表、查询、菜单等这些独立分离的应用系统中的文件在项目管理器中有机地结合在一起,构成一个完整的数据库应用系统,并且最终将应用系统编译成为一个可脱离 Visual FoxPro 开发环境的可执行文件。

10.1 数据库应用系统开发的一般步骤

数据库系统可分为以数据库为中心和以处理为中心两类:前者以提供数据为目的,重点在数据采集、数据库建立及对数据库维护等工作;后者虽然也包含这些内容,但重点是使用数据,即进行查询、统计、打印报表等工作,其数据量比前者小得多。一般企事业单位使用的管理信息系统基本都属于以处理为中心的数据库系统。本章主要介绍此类系统的开发方法,其开发过程一般有如下步骤。

(1) 需求分析。

(2) 数据库设计。

(3) 应用程序设计。

(4) 系统测试。

(5) 系统试运行。

(6) 系统运行与维护。

10.1.1 需求分析

数据库应用系统的开发活动从系统的需求分析开始。系统需求包括对数据的需求和对应用功能的需求两个方面的内容,分别称为数据分析和功能分析。数据分析的结果是归纳出系统应该包括哪些数据,以便进行数据设计;功能分析的目的是为应用程序设计提供依据。

在需求分析阶段应该注意的问题如下。

(1) 确定需求必须建立在调查研究的基础上,包括访问用户、了解人工系统模型,采集和分析有关资料等工作。

（2）需求分析阶段应该让最终用户更多地参与其中。即使做了仔细分析，在系统实施过程中也会需要不断修改设计，为此需要随时接收最终用户的反馈。

10.1.2 数据库设计

在设计应用程序之前，应当先组织数据。在 Visual FoxPro 中是通过设置数据库、数据表来统一管理数据的。这样既能增加数据的完整性和可靠性，也便于进行系统开发。数据库的设计一般包括数据库的逻辑设计和物理设计。

1. 创建数据库的优点

（1）创建数据库是实现数据集成的有效手段。数据库按一定的结构集中了应用系统中的数据，使之更便于管理。

（2）可以定义数据字典的功能，其内容包括表的属性、字段属性、记录规则、表间关系及参照完整性。

（3）允许在数据库中建立永久关系，使其具有以下功能。

① 永久关系在查询和视图中能自动成为连接条件。

② 能用作表单和报表的默认关系，若在"数据环境设计器"中添加有关的数据表，则相应的关系连线会自动显示出来。

③ 允许建立参照完整性，确保在更新、插入或删除记录时永久关系数据的完整性。

2. 数据库的逻辑设计和物理设计

数据库的逻辑设计和物理设计的工作是需要开发人员来完成的。

（1）数据库的逻辑设计

数据库的逻辑设计的任务主要包括：①按一定的原则将数据组织成一个或多个数据库，指明数据库中包含哪几个表，并列出每个表包含的字段。②安排表之间的关联。

（2）数据库的物理设计

数据库的物理设计就是用指定的软件来创建数据库，定义数据库表以及表之间的关联。在 Visual FoxPro 中，可以用以下工具来实现数据库的物理设计。

① 利用"数据库设计器"可创建数据库并添加数据表，还可建立永久关系。

② 利用"表设计器"可创建数据库表或自由表。

③ 利用表单、表单集或报表的"数据环境设计器"可添加表，并可建立表之间的关联。

④ 利用"数据工作期"能保存表单、表单集或报表所使用的工作环境，它所含的数据环境与"数据环境设计器"一样有效。"数据工作期"文件还可为各种表单、表单集和报表一次性设置数据环境。

3. 设置有效性规则

为维持数据的一致性和提供操作的方便性，系统中需要为某类数据设置一套规则，如字段有效性规则、表的有效性规则和控制参照完整性的关联记录的规则。

10.1.3 应用程序的设计

在以处理为中心的数据库应用系统中，应用程序的设计和数据库设计两方面的需求是相互制约的。具体地说，应用程序设计时将受到数据库当前结构的约束，而在设计数据库时，也必须考虑到实现应用程序数据处理功能的实际需要。

在面向对象程序设计中是以对象设计为重点的。下面简要说明 Visual FoxPro 应用程序的设计步骤。

1. 创建子类

使用 Visual FoxPro 系统提供的基类就可以创建出可靠的面向对象的应用程序,但是若要创建具有用户统一特色的界面(例如,凡是创建的表单显示统一的徽标,表单的其标题栏中都统一显示"×××管理系统"等),就需要由设计者来定义表单或控件的子类,并将这些子类添加到表单控制工具栏中备用。

在应用系统的设计中,创建用户自定义的子类可以简化系统的设计工作,使界面风格一致,并方便系统的维护与修改。

2. 用户界面的设计与编码

Visual FoxPro 的用户界面包括表单、菜单和工具栏等,它所包含的控件与菜单命令应能实现应用程序的功能。也就是说,用户界面应能直接表现应用程序的功能。事实上,对于终端用户来说,他们所能见到并进行操作的只是应用系统提供的用户界面,而应用程序内部的设计算法、程序代码的优劣对用户都是看不见的。因此用户操作界面的质量直接关系到该应用系统的成功与否。

Visual FoxPro 具有丰富的设计界面工具,能支持用户创建各种风格且功能完善的操作界面。一般界面设计与编码可包括以下内容。

(1) 用户根据需要定义类。

(2) 创建表单、SDI、MDI 界面、菜单、工具栏以及其他所需要的控件。

(3) 定义对象属性,编写对象的事件过程处理代码。

(4) 为方法程序添加处理代码。

(5) 用户定义属性。

(6) 用户定义方法程序。

3. 数据输出设计

数据输出可包括视图、查询、报表、标签、表单和应用 ActiveX 控件来共享其他应用程序的信息等方面的内容。

视图的设计根据需要选择无参还是有参,更新还是不更新。

查询的设计要提供根据需要选择不同的查询去向:浏览、保存为数据表还是直接打印等。

报表的设计要提供根据需要选择预览或打印,打印还要考虑允许全部、部分或概要打印。

4. 数据库维护功能

数据库维护功能是数据库应用系统的一个重要方面。数据库的维护应包括对数据表、自由表、查询、视图等所包含数据的增加、删除、更新等操作。

数据库的数据完整性和安全性同样是数据库维护中必须注意的一项常规工作。

5. 使用"项目管理器"

(1) 通过"项目管理器"管理项目

使用 Visual FoxPro 开发的数据库应用系统项目一般应该包括以下几个部分:一个或多个存储数据的数据库;一个方便用户使用的菜单和工具栏;若干个用于输入、显示数据的表单；若干个用于检索或输出数据的查询和报表；一个用于设置应用程序系统环境，控制和调用整个系统运行的主程序等。使用 Visual FoxPro 的项目管理器作为集成管理工具可以方便地对系统的各组件进行有效管理。

（2）用向导生成项目及目录结构

为了便于组织和管理一个应用系统的所有组件，开发 Visual FoxPro 数据库应用系统最好是使用 Visual FoxPro 的向导工具自动生成相应的项目及目录结构。

选择系统主菜单"工具"中子菜单"工具"|"向导"|"应用程序"，在如图 10-1 所示对话框中输入项目名称、选择路径和勾上选项"创建项目目录结构"，单击"确定"按钮后系统立即在选定文件夹中自动创建指定的项目文件和用来保存各类组件的 9 个文件夹：DATA、FORMS、HELP、GRAPHICS、LIBS、INCLUDE、MENUS、PROGS 和 REPORTS。按常规，在这些文件夹中存放相应文件。

- DATA：存放库、表、索引、查询等文件。
- FORMS：存放表单文件。
- GRAPHICS：存放图像、图标等文件。
- HELP：存放帮助文件。
- INCLUDE：存放头文件。
- LIBS：存放类库帮助文件。
- MENUS：存放菜单文件。
- PROGS：存放程序文件。
- REPORTS：存放报表和标签文件。

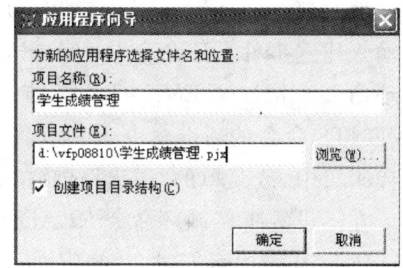

图 10-1　自动生成项目文件

（3）设置项目信息

选择"项目管理器"的"项目"菜单中的"项目信息"选项，可以设置关于本项目的相关信息，包括作者、单位、地址、本地目录及应用程序的附加图标等内容。

6. 构造 Visual FoxPro 应用程序框架

在 Visual FoxPro 中将具有扩展名为". APP"的文件称为应用程序。而通常所说的应用程序是一种统称。一般都将具有扩展名为". EXE"可执行文件称为应用程序。". EXE"可执行文件是脱离 Visual FoxPro 环境而直接在 Windows 操作系统中运行的，而扩展名为". APP"的应用程序文件只能在 Visual FoxPro 环境中运行。

用户可以在"项目管理器"中将所开发的项目连编成一个扩展名为". APP"的应用程序文件或具有扩展名为". EXE"可执行文件。

在进行一个应用程序的连编之前，必须先构造一个应用程序的框架。应用程序框架主要包括一个项目文件、一个主程序文件、一个主菜单和配置文件等。

（1）主程序文件

主程序文件简称为主程序或主文件。可以是一个". PRG"程序文件、". MPR"菜单文件或". SCX"表单文件。

主程序文件应具有能够调用应用程序框架中各功能模块的功能，再由这些功能模块去调用其他部件，以实现整个应用系统所要完成的功能。一个完整的主文件应包括 4 个方面的作用：对应用程序的环境进行初始化；作为应用程序的起始点；控制事件的循环；恢复初始化之前的环境。

① 初始化环境

应用程序环境初始化包括以下几个方面内容。

- 设置状态,包括 SET 命令和窗口状态等的值。
- 初始化、建立所需的公共变量。
- 建立应用程序的默认路径。
- 打开需要的数据库、表及索引。

② 显示初始的用户界面

初始用户界面可以是菜单或表单,例如可以显示应用系统的封面或注册、登录对话框等。

③ 控制事件的循环

为了使编译后的.EXE 可执行文件应用程序既能够在 Visual FoxPro 环境中正确运行,又能够脱离开发环境而直接在 Windows 环境也可以正常运行,就必须在主文件中的合适位置输入建立事件循环命令 READ EVENTS。而在应用程序的另一位置输入一条结束事件循环命令 CLEAR EVENTS 来结束事件循环,使 Visual FoxPro 系统能够执行 READ EVENTS 命令的后继命令。一般将结束事件循环命令放在表单的"退出"按钮的 Click 事件代码段中,或菜单的"退出"选项的命令代码中。

在不设置事件循环命令 READ EVENTS 的情况下,.EXE 可执行文件应用程序直接在 Windows 环境中运行时会"一闪而过",程序刚启动就立即终止了。

④ 恢复初始的开发环境

在退出应用程序时,应该恢复初始化环境以前的开发环境。

根据初始化之前保存当时环境值的不同情况,采用相应方法对初始值进行恢复。例如对于 SET 命令可以使用宏代换将它们恢复为原来的 SET 命令。

(2) 主程序示例

以下是一个主程序 MAIN.PRG 的示例。通过分析这个程序的组成结构,可以帮助我们学习创建一个主程序的方法及过程。

```
SET DEFA TO D:\ JXGL              && 设置默认路径
CCE = SET("CENT")
SET CENT ON
CTA = SET("TALK")                 && 保存 SET TALK 命令的默认值
SET TALK OFF
CLEAR WINDOWS
CLEAR ALL
OPEN DATA JXSJK EXCLUSIVE         && 以共享方式打开数据库
DO FORM CHSHIFORM.SCX             && 显示初始用户界面
DO MAIN.MPR                       && 启动应用程序主菜单
READ EVENTS                       && 建立事件循环
SET SYSMENU TO DEFA               && 恢复开发环境系统菜单
SET TALK &CTA                     && 恢复 SET TALK 命令的默认值
SET CENT &CCE                     && 恢复 SET CENT 命令的默认值
SET SAFE ON                       && 恢复修改安全提示
CLOSE ALL
CLEAR ALL
```

10.1.4　系统的测试和调试

1. 程序的测试和调试

程序的测试和调试是程序设计中必不可少的一个环节。前者是指发现程序代码中存在的错误,后者是指从程序中找出每一个错误并逐一纠正。

测试和调试应用程序,一般是先分别测试各个独立的组件,再测试整个应用系统。单个组件的测试主要是测试应用程序是否能够实现设计的功能,应用程序中是否有错以及应用程序的容错及纠错能力。而整个应用系统的测试,则主要是测试应用程序是否能够实现设计的功能。

Visual FoxPro 提供了丰富的测试和调试的工具,能够帮助测试者发现应用程序中存在的绝大部分错误,有效地解决问题。

2. 应用程序中常见的错误

应用程序中常见的错误可归纳为如下 3 大类。

(1) 语法错误:命令及格式、变量、数据类型、文件操作等方面错误。

(2) 超出系统允许范围的错误:文件大小和嵌套层数量等。

(3) 逻辑错误:这类错误表现主要是执行结果与设计意图不符,在代码检查中更具隐蔽性。

3. 常用的程序调试方法

(1) 设置断点。在调试中常采用插入暂停命令的方法来设置断点,将错误限制在某个小范围。

(2) 单步执行。逐行执行某个程序段中命令,查找错误。

(3) 跟踪。在程序执行过程中跟踪某些信息的变化,判断错误。

4. 系统的试运行

应用程序在经过系统测试后就可进入试运行阶段。在此阶段中一般先装入少量数据,等确认没有重大问题后再正式装入大量数据,以免导致较大的人力和物力的浪费。

10.1.5　应用程序的连编

一般地,投入实际使用的应用程序大都是在编译后直接运行在操作系统平台上,而较少在原开发环境中以源程序方式运行。

利用 Visual FoxPro 项目管理器可以很方便地将一个项目编译(连编)成为对应的应用程序。

1. 连编对话框

Visual FoxPro 连编对话框如图 10-2 所示。其中各选项说明如下。

(1) "操作"选项组

① 重新连编项目:编译项目中所有文件,并生成.PJX 和.PJT 文件。

② 连编应用程序:用于连编项目并生成以.APP 为扩展名的应用程序。该应用程序只能在开发环境中运行。

③ 连编可执行文件:用于连编项目并生成以.EXE 为扩展名的应用程序。该应用程序既可在开发环境中又可脱离开发环境运行。

④ 连编 COM DLL：该选项用于连编项目并生成以. DLL 为扩展名的动态链接库文件。

（2）"选项"选项组

① 重新编译全部文件：重新编译项目中所有文件，并对每个文件创建对象文件。

② 显示错误：显示编译时遇到的错误。

③ 连编后运行：用于指定连编后是否立即运行所生成的应用程序。

2. 文件的"包含"与"排除"

在对项目进行上述的连编之前，在实际应用中先要对项目里的所有文件进行"包含"或"排除"的设置。一般地，只读文件设置为"包含"，可改写文件设置为"排除"。通常将可执行文件（例如表单、菜单、报表查询、程序等）设置为"包含"（属于只读类型）；而数据文件则根据是否允许改写来设置为"排除"或"包含"。

项目中被设置为"包含"的文件在连编时都以只读的方式编译进. APP（或. EXE）应用程序中。对于设置为"排除"的文件则被排除在应用程序之外。

将项目中只读文件设置为"包含"的优点是可有效地保护相关源文件和大大减少用户文件的数量。缺点是当包含的文件过多会使生成的应用程序过于庞大，运行时会占去更多的内存空间。

设置文件的"包含"与"排除"状态的操作十分简单。在"项目管理器"中找到该文件后用鼠标右击，在弹出的快捷菜单中选择"包含"（或"排除"，二者只有其一）即可。被设置为"排除"的文件左边显示有"⊘"符号，被"包含"的文件则无此符号，如图 10-3 所示。

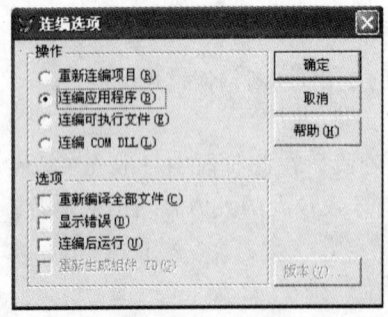

图 10-2 "连编选项"对话框　　　　图 10-3 文件的"包含"和"排除"

10.1.6 应用程序的发布

所谓发布应用程序，就是为所开发的应用程序制作一套应用程序安装盘。使之能方便地安装到其他电脑上使用。下面介绍发布应用程序（脱离 Visual FoxPro 的. EXE 文件）的方法和步骤。

1. 发布之前的准备

（1）首先在"项目管理器"中将完成的应用程序连编成为一个. EXE 可执行程序。

（2）创建发布树目录，用来存放用户运行应用程序所需的全部文件，最好在 Visual FoxPro 文件夹之外新建一个专用子文件夹，并且仅将必需的文件复制进去。这些文件包括如下几种。

① 连编生成的那个".EXE"可执行程序。

② 连编时自动加入"项目管理器"的文件。

③ 设置为排除类型的文件。

④ 支持库"vfp6r.dll"、特定地区资源文件 vfp6rchs.dll(中文版)或 vfp6renu.dll(英文版)。这些文件都存放在 Windows 的 System 文件夹中。

2. 创建发布磁盘

使用主菜单"工具",按"工具"|"向导"|"安装"顺序启动安装向导,然后按以下步骤展开创建安装盘工作。

(1)定位文件:就是定位发布树目录。

(2)指定可选组件:指定应用程序使用或支持的可选组件。

(3)磁盘映像:指定映像类型和存放目录。

(4)安装选项:设置安装对话框标题、版权信息,以及设置在安装时执行的一个文件,例如常见的 README.TXT 文件等。

(5)默认目标目录:指定安装程序的默认目录。

(6)改变文件设置:需要时可对文件的名称、保存路径以及其他一些属性进行修改。

(7)完成:单击"完成"按钮即可生成磁盘映像,并进行压缩和其他处理,然后生成最终的磁盘安装程序。将该安装程序复制到相应的发布软盘或刻录到发布光盘上即制成通常所说的发布软件包。

在发布软件包中,用户通过运行其中的 SETUP.EXE 文件,按提示操作就能将应用程序安装到用户的计算机系统上。

10.2 创建应用程序实例

本节力求通过一个简明的学生成绩管理系统的开发实例使读者能够较为系统、全面地理解和掌握开发一个简单的数据库应用系统的完整过程和基本技能。为简明起见,这里只是给出了设计的大致过程。而详细的设计内容(如表单、查询、报表、事件代码段等)大都略去。希望读者能够根据自己的兴趣和需求加以补充和细化。

10.2.1 需求分析

1. 系统功能分析

本系统主要应用于学生的成绩信息管理,使用计算机对学生学习成绩相关的各种信息进行日常管理和维护。该系统的设计功能主要有学生基本信息查询、学生成绩查询、教师任课查询、教学信息维护(包括学生和教师相关信息的修改、添加、删除等)及学生基本信息和成绩的报表打印。

2. 功能模块设计分析

根据系统的功能分析,本系统可分为以下4大模块。

(1)界面模块

该模块作为系统的主界面和入口,由一个表单和主菜单组成。通过该菜单分级调用系统的全部功能。

（2）查询模块

本模块又按类别分为学生基本信息查询,学生成绩查询和教师任课查询3个子模块。

① 学生基本信息查询

本查询模块允许用户选择按指定班级查询,按某一给定学号（或姓名）查询学生的基本信息。

② 学生成绩查询

在本查询模块中,允许用户选择按指定班级,按某一学号（或姓名）查询学生的所有课程成绩信息,或按某一课程查询全体学生的成绩信息。

③ 教师任课查询

本模块具有查询本学期全体教师任课信息,按班级或按课程查询相应任课教师信息,按教师工号或姓名查询其3年内所承担课程的相关信息。

（3）打印模块

该模块采取调用报表文件的形式打印学生基本信息、学生成绩和教师任课等信息。

（4）信息维护模块

通过若干个表单提供给用户输入或修改数据表数据的界面,实现对各类数据的添加、更新或删除。

10.2.2　创建数据库及数据表

1. 创建数据库

根据本系统功能要求创建一个数据库 CJGL.DBC。

2. 创建数据表

在 CJGL.DBC 数据库中创建以下几个数据表。

（1）学生基本信息表 XS.DBF（学号,姓名,性别,出生日期,班级代码,备注,照片）;

（2）教师基本信息表 JS.DBF（工号,姓名,性别,出生日期,专业代码,备注）;

（3）任课安排表 RK.DBF（课程代码,班级代码,工号）;

（4）学生成绩表 CJ.DBF（学号,课程代码,成绩）;

（5）课程表 KC.DBF（课程代码,课程名,课程属性,学时,学分）;

（6）班级表 BJ.DBF（班级代码,班级名称,专业代码,人数,班主任）;

（7）专业表 ZY.DBF（专业代码,专业名称,所属院系）。

10.2.3　创建交互界面

用户界面主要包括表单、菜单和工具栏,它们可以将应用程序的所有功能与界面中的控件或菜单命令选项联系起来。

1. 表单的创建

应用程序中需创建登录保护表单 DLBH.SCX、系统入口表单 XSCJ.SCX、学生基本信息输入表单 XSXXSR.SCX、学生基本信息维护表单 XSXXWH.SCX、成绩信息输入表单 XSCJSR.SCX、成绩信息维护表单 XSCJWH.SCX、教师任课安排信息输入表单 JSRKSR.SCX、教师任课安排信息维护表单 JSRKWH.SCX、帮助表单 HELPBD.SCX、关于我们表单 GYWM.SCX 等。本例仅举例创建 3 个表单,其他表单略。

（1）登录保护表单 DLBH. SCX 的创建

① 表单控件属性设置。

创建登录保护表单"DLBH. SCX"，如图 10-4 所示，表单上各控件属性及功能列于表 10-1 中。

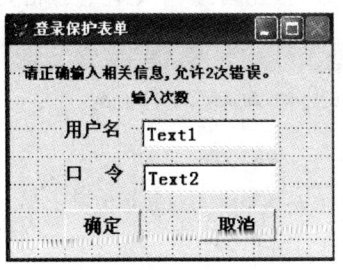

图 10-4　登录保护表单

表 10-1　DLBH 表单控件属性

控 件 名 称	属性及值
Command1	Caption＝"确定"
Command2	Caption＝"取消"
Label1	Caption＝"用户名"
Label2	Caption＝"口令"
Label3	Caption＝"请正确…"
Label4	Caption＝"输入次数"
Text1	默认
Text2	默认

② 事件代码如下。

• 表单 Load()代码段

```
PUBLIC n
n = 0
```

• Command1 按钮 Click()代码段

```
SELECT YHB                                && 选定数据环境中的用户名表 YHB. DBF
n = n + 1
ThisForm. Label4. Caption = "第" + str(n,1) + "次输入."      && 显示当前是第几次输入
LOCATE FOR ALLT(yhm) = ALLT(ThisForm. Text1. Value)
IF found(). AND. ALLT(kl) = ALLT(ThisForm. Text2. Value)
    dlz = ThisForm. Text1. Value            && 登录者就是控件 Text1 中显示的内容
    ThisForm. Release                       && 释放登录表单
    DO FORM XSCJ. SCX                        && 运行系统入口表单
ELSE
IF n < 3
    MessageBox("用户名或密码存在错误,请重新输入!",48,"提示")
    ThisForm. Text1. SetFocus
ELSE
    MessageBox("连续 3 次都未能正确输入,无法进入系统!",48,"提示")
    ThisForm. Release
    QUIT                                    && 登录失败, 无法进入系统
    ENDIF
ENDIF
```

• Command2 按钮 Click()代码段

```
xx = MessageBox("真要退出系统吗?",36,"提醒")
    IF xx = 6
        ThisForm. Release                   && 单击"是"按钮退出系统
    ELSE
```

```
        ThisForm.Text1.SetFocus          && 单击"否"按钮,光标返回到 Text1 中
    ENDIF
```

（2）学生基本信息输入表单 XSXXSR. SCX

① 表单界面设置。

表单界面如图 10-5 所示。该表单执行时,单击"输入记录"按钮可以输入学生的相关信
息。需要时,还可以单击相应的浏览按钮进行
顺序浏览,所以该表单是顺序输入和顺序浏览
学生信息的共用表单。

② 控件属性设置在将学生表 XS. DBF 添
加到数据环境后,从数据环境中直接拖动相关
字段到表单上,将各字段对应的标签控件的
Caption 设置为该字段的汉字表示。添加 6 个
命令按钮,其各自的 Caption 属性依次为：第一
条、上一条、下一条、最后一条、输入记录、退出。
添加两个标签控件,分别用来显示本表单的功
能和显示当前记录号,如图 10-5 所示。

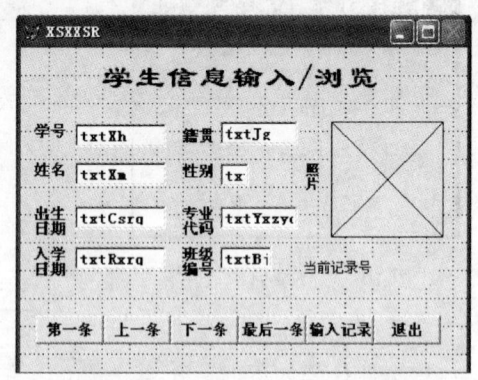

图 10-5　学生信息输入/浏览表单界面

③ 各按钮的 Click 事件过程代码段如下。

• Command1 第一条

```
GO TOP
    ThisForm.Label2.Caption = "当前记录号: " + str(recno(),3)
    ThisForm.Refresh
```

• Command2 上一条

```
SKIP - 1
ThisForm.Label2.Caption = "当前记录号: " + str(recno(),3)
IF BOF()
    GO BOTTOM
ENDIF
ThisForm.Refresh
```

• Command3 下一条

```
SKIP 1
ThisForm.Label2.Caption = "当前记录号: " + str(recno(),3)
IF EOF()
    GO TOP
ENDIF
ThisForm.Refresh
```

• Command4 最后一条

```
GO BOTTOM
ThisForm.Label2.Caption = "当前记录号: " + str(recno(),3)
ThisForm.Refresh
```

• Command5 输入记录

```
APPEND BLANK
ThisForm.Label2.Caption = "当前记录号: " + str(recno(),3)
ThisForm.lblzp.Visible = .F.
ThisForm.Refresh
```

- Command6 退出

```
CLOSE ALL
ThisForm.Release
```

④ 学生信息输入和信息浏览执行效果图如图 10-6 所示。

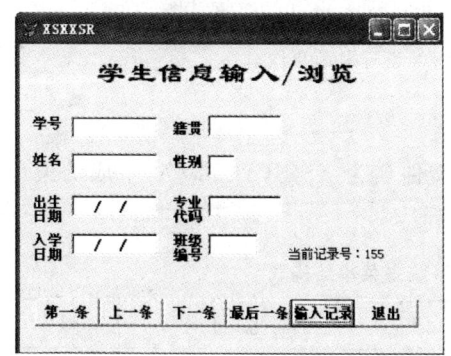
(a) 输入记录前

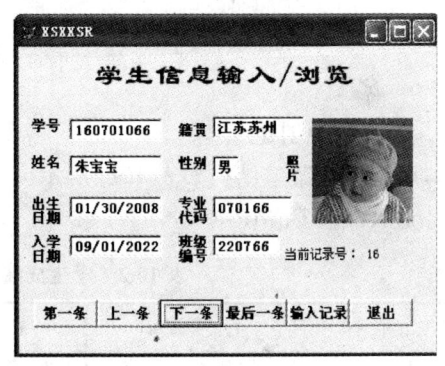
(b) 输入记录后

图 10-6   表单 XSXXSR 执行效果图

（3）关于我们表单 GYWM.SCX 的创建

这类表单主要用来显示一些对本应用系统进行说明的一些信息，如版权、设计者、软件使用权的授权等。有些是静态信息，有些是使用系统函数读取的动态数据。本例试图利用几个系统函数读出系统的相应参数。

① 表单界面和控件属性设置。

创建一个表单，在该表单上添加 7 个标签 Label1～Label7 和一个图像控件 Image1，如图 10-7（a）所示。设置 Image1 的 Picture 的值为"E:\TP1.JPG"，Label1、Label2、Label3 的 Caption 值依次为"学生成绩管理系统"、"版权所有……"、"本产品的使用……University"，其他取默认值。

② 表单相关事件代码如下。

- 表单的 Init()代码段

```
ThisForm.Label4.Caption = "操作系统: " + ALLT(os()) && 读取本机操作系统名称
ThisForm.Label5.Caption = "Visual FoxPro 系列号: " + ALLT(sys(9)) && 读取 Visual FoxPro 系列号
ThisForm.Label6.Caption = "文件位置: " + ALLT(LOCFILE("formc117.scx")) && 读取本表单文件名
ThisForm.Label7.Caption = "警告: 本软件受著作权法和国际版权公约保护. "
ThisForm.Refresh
```

- 表单的 Click()代码段

```
ThisForm.Release
```

③ 保存并运行，其执行效果如图 10-7（b）所示。

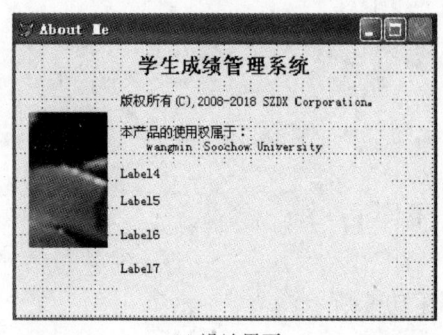

(a) 设计界面

(b) 执行效果图

图 10-7　表单 GYWM.SCX 设计及效果图

2. 主菜单的创建

本系统的主菜单结构如表 10-2 所示。菜单文件名为 XSCJCD.MNX，生成的菜单程序文件名为 XSCJCD.MPR。

表 10-2　学生成绩管理系统主菜单结构表

数据维护	信息查询	查询统计	信息打印	退　　出
教师基本信息维护	按教师查任课信息	按课程统计学生人数	按班级打印课程信息	帮助
教师任课信息维护	按课程查学生成绩	按课程统计学生成绩	按课程打印学生成绩	关于我们
学生基本信息维护	按班级查学生信息	按班级统计学生成绩	按班级打印学生成绩	退出系统
学生成绩信息维护	按学号查学生成绩	按班级统计补考人数	按学号打印学生成绩	
数据备份	按班级查补考学生		按班级打印补考名单	

说明：

(1) 在"数据维护"菜单中，前 4 项各自有下一级子菜单，分为信息输入和信息修改，用独立的表单来完成。

(2) 表 10-2 中其他下拉菜单项各自使用一条命令打开一个表单或执行一个过程完成操作任务。

3. 设置应用程序主窗口

如果要用自定义的系统入口表单作为应用程序的主窗口，就需要把应用系统主菜单 XSCJCD 显示在该表单中，如图 10-8 所示。于是就要进行如下设置。

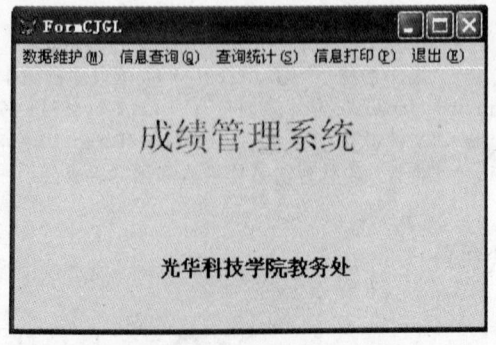

图 10-8　系统入口表单 XSCJ.SCX

（1）将应用系统主菜单设置成 SDI 菜单。

在"菜单设计器"中打开应用系统主菜单 XSCJCD，单击"显示"菜单中的"常规选项"。在该对话框中勾上复选框"顶层表单"后关闭对话框即可。

（2）将 SDI 菜单 XSCJCD 加到系统入口表单中。

首先在"表单设计器"中将表单 XSCJ 设置成顶层表单（表单的 ShowWindow 属性为"2-顶层表单"），然后在表单的 Init 事件代码段中添加代码"DO XSCJCD. MPR WITH THIS,. T."。

经过如此设置后，该应用系统主菜单 XSCJCD 就会自动显示在 XSCJ 表单上，如图 10-8 所示。

10.2.4 创建查询和报表

1. 创建查询

根据设计的查询功能创建每一个查询文件。考虑如何提供查询所需参数（如按课程查询全体学生成绩时如何获得指定课程）。

例如，对于按班级查询学生信息的功能，可从一个表单中获得班级信息，再将该班级信息用到查询命令中即可。实现代码如下：

```
BJH = ThisForm.Text1.Value
SELE XH,XM,BJBH,JG FROM XS WHERE BJBH = BJH
```

2. 创建报表

按设计要求创建每一个报表文件，例如教师任课报表、学生名单、学生成绩报表、班级课程表等。考虑如何在菜单中获得选择关键字和调用报表文件。

10.2.5 创建主程序

这里仅用如下几行代码作为主程序。希望读者根据本系统具体情况设计一个更合适的主程序。

```
** XSCJGL MAIN.PRG
SET TALK OFF
SET DEFA TO E:\VFP0808
CLEAR ALL
DO FORM BDANCJGL.SCX
READ EVENTS
CLEAR
RETURN
```

10.2.6 应用程序的连编和发布

1. 应用程序的连编

（1）将各个功能模块调试一次，使能够正确运行。

（2）保护程序源代码的处理。

打开项目文件，在"项目信息"对话框中勾上"加密"复选框，而不要勾上"调试信息"选项。

（3）按常规设置项目中文件的"包含"或"排除"状态。

（4）单击"项目管理器"中的"连编"按钮打开"连编选项"对话框，如图 10-2 所示。

该对话框中各选项的含义如下。

① "操作"选项组

- 重新连编项目：对项目中现有全部文件进行编译，重新生成扩展名为.PJX 和.PJT 文件。
- 连编应用程序：用于连编项目，将项目中全部文件编译，生成一个扩展名为.APP 的必须在 Visual FoxPro 环境中运行的应用程序。
- 连编可执行文件：用于连编项目，将项目中全部文件编译，生成一个可以脱离开发环境而独立运行在 Windows 平台上的扩展名为.EXE 的可执行文件。
- 连编 COM DLL：将本项目中的全部文件编译成为一个扩展名为.DLL 的动态链接库文件。该类文件可以被其他应用程序调用。

② "选项"选项组

- 重新编译全部文件：重新编译项目中所有文件，并对每个文件创建其对象文件。
- 显示错误：编译时显示遇到的错误信息。
- 连编后运行：连编应用程序完成后马上运行该应用程序。
- 重新生成组件 ID：重新生成项目组件 ID。

③ "版本"按钮

当单击"连编可执行文件"或"连编 COM DLL"单选按钮时，"版本"按钮立即变为可用。单击它将显示"EXE 版本"对话框，用于指定版本号以及版本类型。

在"操作"选项组选择"重新连编项目"，在"选项"选项组选择"重新编译全部文件"，单击"确定"按钮进行首次连编。

（5）再一次打开"连编选项"对话框，在"操作"选项组选择"连编可执行文件"，单击"确定"按钮进行再次连编，生成.EXE 文件。

2. 应用程序的发布

发布应用程序，是指为所开发的应用程序制作一套应用程序安装盘，使之能够方便地安装到其他计算机上使用。

（1）发布前的准备工作

① 首先将开发完成的应用程序在"项目管理器"中连编成为一个.EXE 可执行文件。

② 在硬盘上重新创建一个文件夹作为发布树目录，用来存放运行应用程序所需的全部文件。

③ 将连编生成的那个.EXE 文件、连编时未自动加入"项目管理器"的文件，设置为排除类型的文件。原存放在系统的 Windows\System32 文件夹中的运行支持库 vfp6r.DLL 和特定地区资源文件 vfp6rchs.dll（中文版）或 vfp6renu.dll（英文版）复制到发布树目录中。

（2）创建发布盘

使用 Visual FoxPro 系统提供的"安装向导"可以方便地创建发布磁盘并预设磁盘的安装路径。磁盘映像由安装向导生成在硬盘上的指定文件夹中，它含有 2 级发布文件。第一级包括若干个子文件夹，每一个子文件夹中的文件可供复制到一张磁盘上。安装时，这些文件自动解压缩安装到默认或另行指定的目录中。

创建发布盘的操作过程如下。

① 进入 Visual FoxPro 环境，单击菜单命令"工具"|"向导"|"安装"打开"安装向导"对

话框,步骤 1 是将发布树目录正确选入此对话框,如图 10-9 所示。

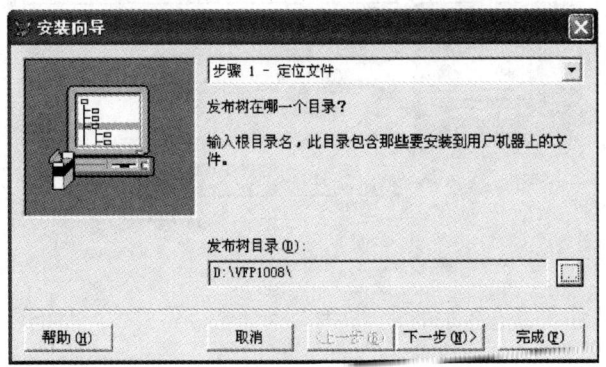

图 10-9　步骤 1 定位文件

② 对于步骤 2 中的 6 个组件选项,进行以下说明。

- Visual FoxPro:运行时刻组件:如连编生成的是.EXE 文件,则一定要选此项。
- Microsoft Graph 8.0 运行时刻:如系统中有使用 Graph8 控件的表单,一定要选此项。
- ODBC 驱动程序:如系统中使用 ODBC 连接远程数据源,应选择该项。
- COM 控件:若系统中创建了 ActiveX 或 COM 组件,应选择该项。
- ActiveX 控件:若系统使用了外部库文件(.OCX 文件或.FLL 文件),应选择该项。
- HTML 帮助引擎:若系统中包含了 HTML 帮助文件则应选择该项。

本例由于在上述的连编中生成.EXE 文件,所以必须勾上第 1 项,而第 2 项不是必须选择的。如图 10-10 所示。

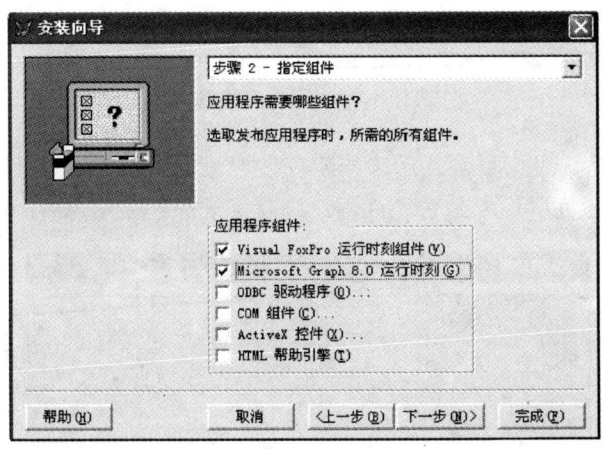

图 10-10　步骤 2 指定组件

③ 步骤 3 是指定一个文件夹作为发布子目录保存生成的发布映像,还要指定 1～3 种映像的形式。虽然软盘目前基本不用,此类文件同样可以复制到其他存储介质上,如图 10-11 所示。

④ 步骤 4 是设置安装程序的标题和版权信息。还可以像当前大多数商品软件一样,安装完成后自动打开一个"README"文档,如图 10-12 所示。

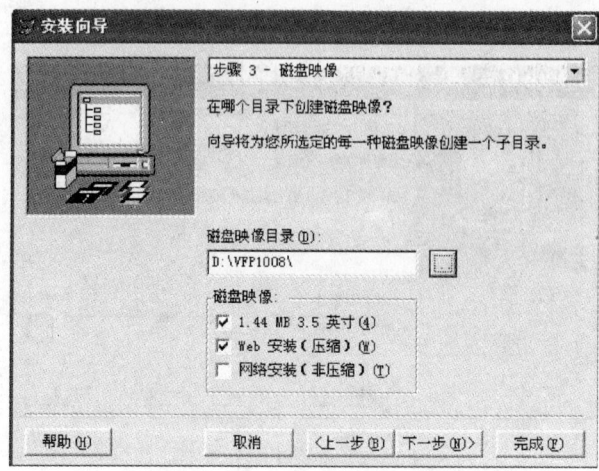

图 10-11　步骤 3 磁盘映像

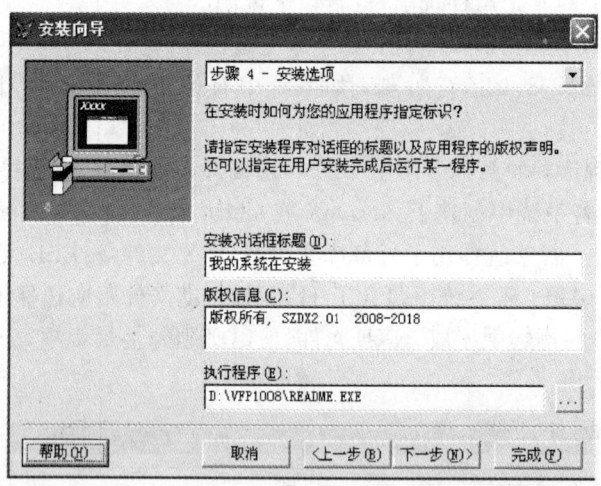

图 10-12　步骤 4 安装选项

⑤ 步骤 5 设置默认目标目录。用来指定安装时默认的文件安装目标目录和在"开始"菜单中的程序组名,还可以设置是否允许用户修改目录和程序组,如图 10-13 所示。

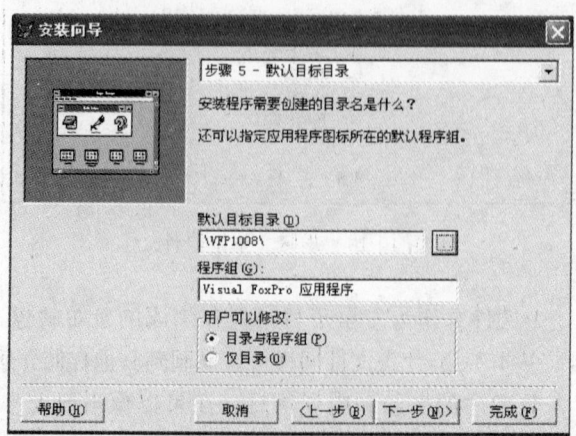

图 10-13　步骤 5 默认目标目录

⑥ 步骤 6 改变文件设置。需要时可在此对话框中修改某文件的设置，如图 10-14 所示。

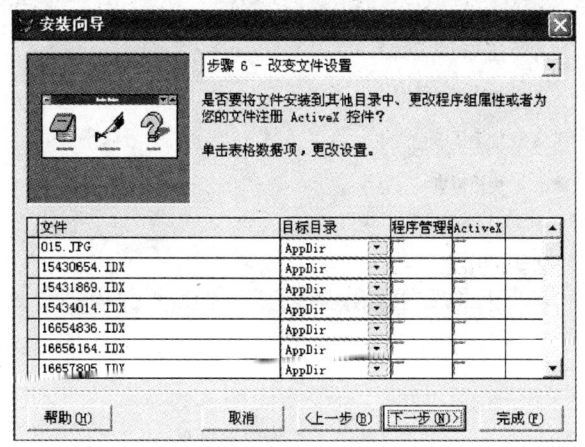

图 10-14　步骤 6 改变文件设置

⑦ 步骤 7 完成。单击"完成"按钮，即完成所有设置，如图 10-15 和图 10-16 所示。安装向导顺序生成相应文件，并显示磁盘统计信息，如图 10-17(a)所示。当然，若有错误，则显示出错提示信息并且不生成磁盘映像。

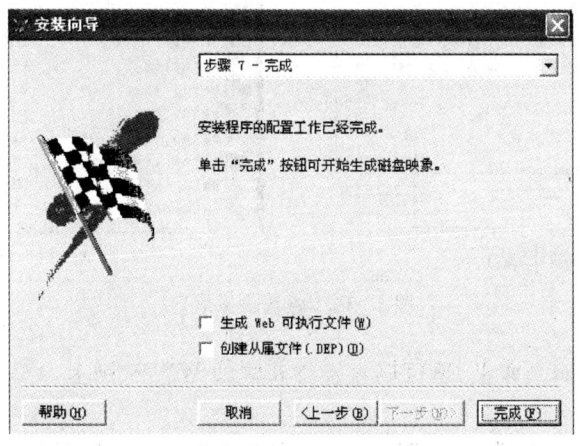

图 10-15　步骤 7 完成

⑧ 生成的磁盘映像。

从图 10-17(b)中可以看出，本例因为在步骤 3 中选择了"3.5 寸软盘"和"Web 安装"两项，所以在发布树目录 D:/VFP1008 中就生成了两个文件夹：DISK144 和 WEBSETUP。从"安装向导磁盘统计信息"对话框中可以看出，本例在 DISK144 子目录中生成了 6 个磁盘映像。其中在第一个磁盘文件夹 DISK1 中包含安装配置信息和一个压缩包，而另外 5 个文件夹中就只有一个压缩包了。同样，在 WEBSETUP 文件夹中包含 Web 安装配置信息和一个压缩包。

⑨ 复制安装盘。

将 DISK144 中 6 个文件夹分别复制到 6 个软盘上。将 WEBSETUP 文件夹中的文件

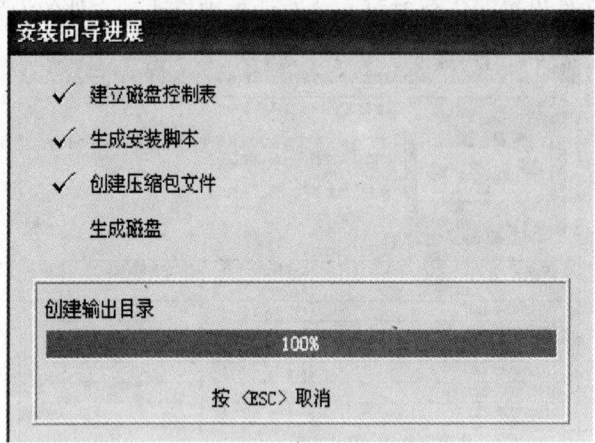

图 10-16　安装向导进展

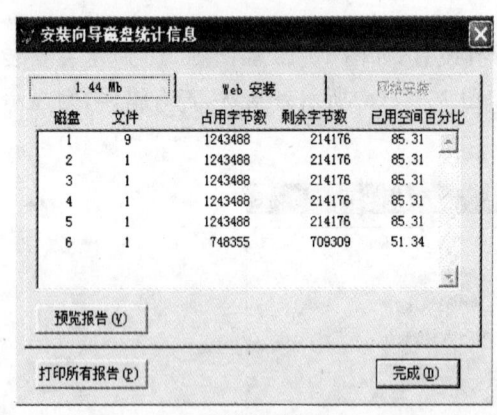

(a) 磁盘统计信息

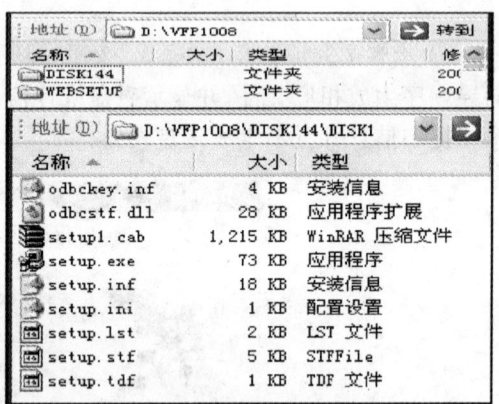

(b) 文件夹的内容

图 10-17　磁盘映像信息

复制到光盘或其他存储介质上,也可以直接将其放到 WWW 网上。

（3）应用程序的安装

对于软盘映像,一定要先插入 DISK1,运行其中的 SETUP. EXE 文件,按照提示顺序进行操作即可安装。

对于 Web 安装映像,同样是运行其中的 SETUP. EXE 文件,按照提示一步一步顺序进行操作即可安装。

习题 10

1. 将本章中图 10-8 所示表单上添加一个从左向右重复滚动的字幕"光华科技学院教务处欢迎你!"

2. 创建一个用户能够在成功登录后自行修改自己口令的表单。

3. 开发一个学生考勤管理应用程序,以此全面体验创建应用程序的全过程。

附录 A　各章习题参考答案

第 1 章

一、选择题

1. C　2. B　3. C　4. A　5. A　6. B　7. A　8. D　9. D　10. C

二、填空题

1. 属性

2. 关键字

3. 元组

4. 文件系统

5. 关系数据模型

6. 外部关键字

7. 非空并且是唯一的

8. 投影

9. 一

10. 数据库系统包含数据库和数据库管理系统

第 2 章

一、选择题

1. D　2. B　3. A　4. D　5. D　6. A　7. D　8. B

二、填空题

1. .PJX、.PJT

2. 工具、选项

3. 移去、删除

4. 分号(；)

5. 交互操作、程序执行

6. 向导

7. 退出 Visual FoxPro 系统环境

8. 表单、报表和标签

第 3 章

一、选择题

1. C　2. B　3. C　4. D　5. C　6. A　7. A　8. C　9. D　10. C　11. A　12. A

13. A 14. B 15. C 16. A 17. C

二、填空题

1. 0

2. Focus

3. ABS(a * b − c ^ 3)

4. 单引号、双引号、方括号

5. 在变量名前加上前缀"M−>"或"M."表示内存变量

6. 公共变量

7. IIF(X>=85,"优秀",IIF(X>=60,"合格","不合格"))

8. 15

9. N * 2 − 1

10. I * (I+1)、EXIT

11. Sum=Sum+X * X,X=X+2

12. LEN(CH)−L,MCH

13. j=i TO i * i STEP i

第 4 章

一、选择题

1. B 2. D 3. C 4. B 5. C 6. C 7. C 8. B 9. D 10. D 11. A 12. C

13. B 14. C 15. B 16. A

二、填空题

1. 自由表

2. 多对多

3. 表

4. 候选索引、唯一索引

5. 级联

6. 逻辑表达式

7. 输入掩码

8. SET RELATION TO

第 5 章

一、选择题

1. A 2. B 3. D 4. A 5. B 6. A 7. D 8. A

二、填空题

1. ORDER BY

2. TOP 3

3. 设置关键字

4. RENA COLU

5. 删除 XS 表中的 BJBH 字段

6. ARRAY AA

7. CJ+5

8. FROM CJ

9. AVG(CJ.CJ) AS 平均分

10. LIKE "050_"

第 6 章

一、选择题

1. A   2. B   3. C   4. C   5. A   6. B   7. C   8. A

二、填空题

1. .QPR

2. DO AAA. QPR

3. SQL-ELECT 语句、多个

4. 数据库

5. 本地、远程

6. 菜单、SELECT

7. 数据库

8. 更新数据、更新的结果

第 7 章

一、选择题

1. C   2. D   3. D   4. A   5. B   6. C   7. B   8. D

二、填空题

1. .SCX、.SCT、Name、Caption

2. DO FORM FORMA

3. WordWrap

4. Value、ControlSource

5. Interval、Timer

6. 列控件

7. 组合框、表单集

8. 0

9. 2

10. 选中

第 8 章

一、选择题

1. C   2. D   3. B   4. C   5. D   6. B   7. C   8. D   9. D

二、填空题

1. 弹出式

2. RightClick

3. 字母 E

4. "\－"

5. Init 事件

6. "插入栏"

7. 灰色

8. SET SYSM TO DEFA

9. 表单集

第 9 章

一、选择题

1. D　2. A　3. D　4. D　5. B　6. B　7. A　8. B

二、填空题

1. 数据源、布局

2. 自由表、视图

3. 基于单表(或视图)、基于一对多数据表

4. 细节、页注脚

5. 细节

6. 多列布局的特殊

7. 分组关键字

8. REPORT FORM XSCJ PREVIEW

三、略

第 10 章

略

附录 B Visual FoxPro 常用函数

一、字符及字符串处理函数

字符及字符串处理函数的处理对象均为字符型数据,但其返回值类型各异。

1. 取子串函数

格式:SUBSTR(c,$n1$,$n2$)

功能:取字符串 c 第 $n1$ 个字符起的 $n2$ 个字符。返回值类型是字符型。

例:取姓名字符串中的姓。

```
XM = "赵奥运" to XM
?SUBSTR(XM,1,2)
```

结果为:赵

2. 删除空格函数:以下 3 个函数都可以删除字符串中多余的空格,3 个函数的返回值均为字符型。

① TRIM(字符串):删除字符串的尾部空格。

② ALLTRIM(字符串):删除字符串的前后空格。

③ ITRIM(字符串):删除字符串的前面的空格。

例:去掉第一个字符串的尾空格后与第二个字符串连接。

```
x = "abcd "
y = "efg"
?TRIM(x) + y
abcdefg
```

3. 空格函数

格式:SPACE(n)

功能:该函数的功能是产生指定个数的空格字符串(n 用于指定空格个数)。

例:定义一个变量 dh,其初值为 8 个空格。

```
STORE SPACE(8) to dh
```

4. 取左子串函数

格式:LEFT(c,n)

功能:取字符串 c 左边 n 个字符。

5. 取右子串函数

格式:RIGHT(c,n)

功能:取字符串 c 右边的 n 个字符。

例:a = "上海外滩"

```
    ?RIGHT(a,4)
```

外滩

?LEFT(a,2)

上

6. EMPTY(*c*):用于测试字符串 *c* 是否为空格

7. 求子串位置函数

格式：AT(字符串 1,字符串 2)

功能：返回字符串 1 在字符串 2 的位置。

例：?AT("教授","副教授")

2

8. 大小写转换函数

格式：

LOWER(字符串)

UPPER(字符串)

功能：LOWER()将字符串中的字母一律变小写，UPPER()将字符串中的字母一律变大写。

例：b1 = "FlashMX"

?LOWER(b1) + SPACE(2) + UPPER(b1)

flashmx FLASHMX

9. 求字符串长度函数

格式：LEN(字符串)

功能：求指定字符串的长度。

例：a = "北京人"

?LEN(a)

6

二、数学运算函数

1. 取整函数

格式：INT(数值)

功能：取指定数值的整数部分。

例：?INT(25.69)

25

2. 四舍五入函数

格式：ROUND(数值表达式,小数位数)

功能：根据给出的四舍五入小数位数，对数值表达式的计算结果做四舍五入处理。

例：? ROUND(3.141 59,4),ROUND(2048.9962,0),ROUND(2048.9962, − 3)

3. 1416 2049 2000

3. 求平方根函数

格式：SQRT(数值)

功能：求指定数值的算术平方根。

例：?SQRT(100)

  10

4. 最大值、最小值函数

格式：

MAX(数值表达式 1,数值表达式 2)

MIN(数值表达式 1,数值表达式 2)

功能：返回两个数值表达式中的最大值和最小值。

例：x1 = 123.456

  x2 = 234.567

  ?MAX(x1,x2)

  234.567

  ?MIN(x1,x2)

  123.456

5. 求余数函数

格式：MOD(表达式 1,表达式 2)

功能：求表达式 1 对表达式 2 的余数。

例：? MOD(10,3),MOD(- 10, - 3),MOD(10, - 3),MOD(- 10,3)

  1 - 1 - 2　2

6. 求指数、对数函数

格式：EXP(数值表达式)

   LOG(数值表达式)

功能：(1) EXP()计算自然数 E 为底，表达式的值为指数的幂。

(2) LOG()计算表达式值的自然对数，返回 lnx 的值。

例：?EXP(1),LOG(1),LOG(2.72)

  2.72 0 1

三、转换函数

1. 数值转数字字符串函数

格式：STR($n,n1,n2$)

功能：将数值 n 转换为字符串，$n1$ 为总长度，$n2$ 为小数位。

例：? STR(321.56)

322 && 隐含四舍五入取整转换为字符型数据

?STR(123.45,6,2),STR(123.45,7,3),STR(123.45,7,2)

123.45 123.450 123.45

2. 字符转数值函数

格式：VAL(s)

功能：将数字字符串 s 转换为数值。

例：?VAL("23") + VAL("66")

  89

3. 字符转日期函数

格式：CTOD(c)

功能：将日期字符串 c 转换为日期。

例：SET DATE ANSI && 日期格式设为美国标准化协会格式。

```
?CTOD("^2005.11.14")
2005.11.14
```

4. 日期转字符函数

格式：DTOC(d)

功能：将日期 d 转化为日期字符串。

例：将日期型数据转化为字符型日期数据并显示汉字日期。

```
SET CENTURY ON          && 开启世纪前缀,即日期中年份用 4 位表示
SET DATE ANSI
rq = {^2005.11.14}
rq = DTOC(rq)
?SUBSTR(rq,1,4) + "年" + SUBSTR(rq,6,2) + "月" + SUBSTR(rq,9,2) + "日"
```

5. 时间转字符函数

格式：TTOC(时间)

功能：将时间转为时间字符串。

例：xx = {^1989 - 03 - 12 09:21:09}
```
    yy = TTOC(xx)
    ? xx, yy,TYPE("xx"),TYPE("yy")
```

6. 字符转时间函数

格式：CTOT(c)

功能：将时间字符串 c 转化为时间。

例：AA = "^2008 - 08 - 08 09:21:07"
```
    BB = CTOT(AA)
```

7. 字符串替换函数

格式：STUFF(<字符表达式 1>,<起始位置>,<字符个数>,<字符表达式 2>)

功能：从指定位置开始，用<表达式 2>的值去替换<表达式 1>中指定个数字符。若<字符个数>为零，直接插入；若<表达式 2>为空字符串，则删除<表达式 1>中指定个数的字符。

例：x = "祝大家新年好!"
```
    ?STUFF(x,7,4,"春节")
    祝大家春节好
    ?STUFF(x,11,0,"春节")
    祝大家新年春节好
    ?STUFF(x,7,4," ")
    祝大家好
```

8. 字符转 ASCII 码函数

格式：ASC(<字符表达式>)

功能：把<字符表达式>左边第一个字符转成相应的 ASCII 码值。

例：x = "FlashMX"
```
    ?ASC(x),ASC(LOWER(x))
```

70 102

9．ASCII 码值转字符函数

格式：CHR(数值表达式)

功能：把数值转成相应的 ASCII 码字符，返回值为字符型。

例：?CHR(70) + CHR(111) + CHR(111 + 9)

Fox

四、日期函数

1．系统日期函数

格式：DATE()

功能：给出系统的当前日期，返回值是日期型数据。

例：显示系统日期。

```
?DATE()
12/28/08
SET DATE ANSI
SET CENTURY ON
?DATE()
2008.12.28
```

2．年、月、日函数

格式：(1) YEAR(日期表达式)：从日期表达式中返回一个由四位数字表示的年份。

(2) MONTH(日期表达式)：从日期表达式中返回一个用数字表示的月份。

(3) DAY(日期表达式)：从日期表达式中返回一个用数字表示的日数。

例：测试系统日期。

```
rq = DATE()
?YEAR(rq),MONTH(rq),DAY(rq)
2008   12   28
```

3．系统时间函数

格式：TIME()

功能：得到当前时间字符串。

例：? TIME()

20:32:26

4．系统日期时间函数

格式：DATETIME()

功能：得到当前日期时间。

例：?DATETIME()

2008.12.28 09:26:17 AM

5．星期函数

格式：DOW(日期表达式)

CDOW(日期表达式)

功能：DOW 用数字表示星期，1 表示星期日，7 为星期六，CDOW 用英文表示星期。

例：?DATE()
　　2008.12.28
　　?DOW(DATE()),CDOW(DATE())
　　1　Sunday

五、测试函数

1. 测试文件尾函数

格式：eof([n])

功能：

(1) n 指定被测工作区号,其范围为 1～32 767。

(2) 该函数用于测试指定工作区中的表的记录指针是否指向文件尾,是则返回真值;否则返回假值;省略可选项指当前工作区。

例：测试文件记录指针是否指向文件尾。

```
USE XSB
GO BOTTOM
?EOF()
.F.
SKIP
?EOF()
.T.
```

2. 测试文件头函数

格式：BOF([n])

功能：

(1) n 指定被测工作区号,其范围为 1～32 767。

(2) 用于测试指定工作区中的表的记录指针是否指向文件头,是则返回真值;否则返回假值;省略可选项指当前工作区。

例：测试记录指针是否指向文件头。

```
USE XSB
GO TOP
?BOF()
.F.
SKIP - 1
?BOF()
.T.
```

3. 测试当前记录号函数

格式：RECNO()

功能：得到当前的记录号。

例：USE XSB
　　?RECNO()
　　1
　　SKIP
　　?RECNO()

2

4. 测试表文件记录数函数

格式：RECCOUNT( )

功能：得到表的记录数。

例：测试"职工档案"表的记录数。

```
USE ZGDA
?RECCOUNT()
18
```

5. 测试表字段数函数

格式：FCOUNT( )

功能：得到当前的字段数。

例：测试学生表 XSB 中共有多少个字段。

```
USE XSB
?FCOUNT()
8
```

6. 测试查找记录是否成功函数

格式：FOUND( )

功能：测试 FIND、SEEK 和 LOCATE 命令查找记录是否成功。如成功则返回真值，否则为假值。

例：在学生表 XSB 中查找"黄培迅"，如找到，显示.T.，否则显示.F.。

```
USB XSB
LOCATE FOR 姓名 = "黄培迅"
?FOUND()
.T.
DISPLAY
```

7. 文件测试函数

格式：FILE(字符表达式)

功能：测试字符表达式指定的文件是否存在。

例：?FILE("e:\VFP2008\XSB.DBF")

　　.T.

8. 数据类型测试函数

格式：TYPE(字符表达式)

功能：测试表达式的数据类型，返回大写字母：N(数值)、C(字符)、L(逻辑)、D(日期)、M(备注)。

例：x = 1234.5

　　y = "hello"

　　?TYPE("x"), TYPE("y")

　　N C

9. 测试工作区函数

格式：SELECT( )

功能：返回当前工作区的区号。

10. 测试别名函数

格式：ALIAS()

功能：测试当前工作区的别名。

例：
```
SELE 2
USE XSB ALIAS HELL099
SELE 3
USE RCJ && 打开表时,不指定别名,表名即为别名
?ALIAS(2),ALIAS(3)
HELL099 RCJ
```

11. 表文件名函数

格式：DBF()

功能：返回当前工作区打开的表名。

例：
```
USE XSB
?DBF()
E:\VFP2008\XSB.DBF
```

六、其他函数

1. 宏替换函数

格式：& 变量名

功能：返回指定字符型变量中所存放的字符串。

例：为工资表 GZ 中每个人加 100 元工资。

```
USE GZ
JG = "JBGZ"
REPL ALL &JG WITH &JG + 100
```

2. 条件函数

格式：IIF(表达式,表达式 1,表达式 2)

功能：若表达式值为真,则返回表达式 1 的值;否则返回表达式 2 的值;函数返回值类型与表达式 1 或表达式 2 类型一致。

例：成绩达到 90 分时为优秀,否则一律为合格。

```
CJ = 90
? IIF(CJ > = 90,"优秀","合格")
优秀
```

3. 消息框函数

格式：MESSAGEBOX(提示文本[,对话框类型[,对话框标题文本]])

功能：显示提示对话框,返回所单击按钮的值。

功能：对话框类型是一个数值,它是按钮值、图标值和默认按钮值三者的和。对应的值如表 B-1~B-4 所示。

表 B-1 对话框按钮值表

数值	对话框按钮
0	仅"确定"按钮
1	"确定"和"取消"按钮
2	"终止"，"重试"和"忽略"按钮
3	"是"，"否"和"取消"按钮
4	"是"和"否"按钮
5	"重试"和"取消"按钮

表 B-2 对话框图标值表

数值	图标
16	"停止"图标
32	"问号"图标
48	"感叹号"图标
64	"信息 i"图标

表 B-3 默认按钮值表

数值	默认按钮
0	默认第 1 个按钮
256	默认第 2 个按钮
512	默认第 3 个按钮

表 B-4 按钮返回值表

按钮	返回值	按钮	返回值
确定	1	忽略	5
取消	2	是	6
终止	3	否	7
重试	4	无	无

例：TCH = MESSAGEBOX("您确实要退出系统吗?",4 + 64,"提示信息")
　　?TCH

运行结果如下：

单击"是"按钮返回 6,单击"否"按钮返回 7。

附录 C 全国计算机等级考试二级 Visual FoxPro 考试大纲（2009 年最新版）

• 基本要求

（1）具有数据库系统的基础知识。

（2）基本了解面向对象的概念。

（3）掌握关系数据库的基本原理。

（4）掌握数据库程序设计方法。

（5）能够使用 Visual FoxPro 建立一个小型数据库应用系统。

• 考试内容

一、Visual FoxPro 基础知识

1．基本概念

数据库、数据模型、数据库管理系统、类和对象、事件、方法。

2．关系数据库

（1）关系数据库：关系模型、关系模式、关系、元组、属性、域、主关键字和外部关键字。

（2）关系运算：选择、投影、连接。

（3）数据的一致性和完整性：实体完整性、域完整性、参照完整性。

3．Visual FoxPro 系统特点与工作方式

（1）Windows 版本数据库的特点。

（2）数据类型和主要文件类型。

（3）各种设计器和向导。

（4）工作方式：交互方式（命令方式、可视化操作）和程序运行方式。

4．Visual FoxPro 的基本数据元素

（1）常量、变量、表达式。

（2）常用函数：字符处理函数、数值计算函数、日期时间函数、数据类型转换函数、测试函数。

二、Visual FoxPro 数据库的基本操作

1．数据库和表的建立、修改与有效性检验

（1）表结构的建立与修改。

（2）表记录的浏览、增加、删除与修改。

（3）创建数据库，向数据库添加或移出表。

（4）设定字段级规则和记录规则。

(5) 表的索引：主索引、候选索引、普通索引、唯一索引。

2．多表操作

(1) 选择工作区。

(2) 建立表之间的关联：一对一的关联和一对多的关联。

(3) 设置参照完整性。

(4) 建立表间临时关联。

3．建立视图与数据查询

(1) 查询文件的建立、执行与修改。

(2) 视图文件的建立、查看与修改。

(3) 建立多表查询。

(4) 建立多表视图。

三、关系数据库标准语言SQL

1．SQL 的数据定义功能

(1) CREATE TABLE-SQL

(2) ALTER TABLE-SQL

2．SQL 的数据修改功能

(1) DELETE-SQL

(2) INSERT-SQL

(3) UPDATE-SQL

3．SQL 的数据查询功能

(1) 简单查询。

(2) 嵌套查询。

(3) 连接查询。

内连接外连接：左连接，右连接，完全连接。

(4) 分组与计算查询。

(5) 集合的并运算。

四、项目管理器、设计器和向导的使用

1．使用项目管理器

(1) 使用"数据"选项卡。

(2) 使用"文档"选项卡。

2．使用表单设计器

(1) 在表单中加入和修改控件对象。

(2) 设定数据环境。

3．使用菜单设计器

(1) 建立主选项。

(2) 设计子菜单。

(3) 设定菜单选项程序代码。

4. 使用报表设计器

(1) 生成快速报表。

(2) 修改报表布局。

(3) 设计分组报表。

(4) 设计多栏报表。

5. 使用应用程序向导

6. 应用程序生成器与连编应用程序

五、Visual FoxPro 程序设计

1. 命令文件的建立与运行

(1) 程序文件的建立。

(2) 简单的交互式输入、输出命令。

(3) 应用程序的调试与执行。

2. 结构化程序设计

(1) 顺序结构程序设计。

(2) 选择结构程序设计。

(3) 循环结构程序设计。

3. 过程与过程调用

(1) 子程序设计与调用。

(2) 过程与过程文件。

(3) 局部变量和全局变量、过程调用中的参数传递。

4. 用户定义对话框(MESSAGEBOX)的使用

2009 年计算机等级考试(二级公共基础)考试大纲

• 基本要求

(1) 掌握算法的基本概念。

(2) 掌握基本数据结构及其操作。

(3) 掌握基本排序和查找算法。

(4) 掌握逐步求精的结构化程序设计方法。

(5) 掌握软件工程的基本方法,具有初步应用相关技术进行软件开发的能力。

(6) 掌握数据库的基本知识,了解关系数据库的设计。

• 考试内容

一、基本数据结构与算法

1. 算法的基本概念,算法复杂度的概念和意义(时间复杂度与空间复杂度)。

2. 数据结构的定义,数据的逻辑结构与存储结构,数据结构的图形表示,线性结构与非线性结构的概念。

3. 线性表的定义,线性表的顺序存储结构及其插入与删除运算。

4. 栈和队列的定义,栈和队列的顺序存储结构及其基本运算。

5. 线性单链表、双向链表与循环链表的结构及其基本运算。

6. 树的基本概念,二叉树的定义及其存储结构,二叉树的前序、中序和后序遍历。

7. 顺序查找与二分法查找算法,基本排序算法(交换类排序、选择类排序和插入类排序)。

二、程序设计基础

1. 程序设计方法与风格。

2. 结构化程序设计。

3. 面向对象的程序设计方法,对象、方法、属性及继承与多态性。

三、软件工程基础

1. 软件工程基本概念,软件生命周期概念,软件工具与软件开发环境。

2. 结构化分析方法,数据流图,数据字典,软件需求规格说明书。

3. 结构化设计方法,总体设计与详细设计。

4. 软件测试的方法,白盒测试与黑盒测试,测试用例设计,软件测试的实施,单元测试、集成测试和系统测试。

5. 程序的调试,静态调试与动态调试。

四、数据库设计基础

1. 数据库的基本概念:数据库、数据库管理系统和数据库系统。

2. 数据模型,实体联系模型及 E-R 图,从 E-R 图导出关系数据模型。

3. 关系代数运算,包括集合运算及选择、投影、连接运算,数据库规范化理论。

4. 数据库设计方法和步骤:需求分析、概念设计、逻辑设计和物理设计的相关策略。

• 考试方式

公共基础知识有 10 道选择题和 5 道填空题共 30 分。

参 考 文 献

1. 施伯乐等. 数据库技术. 北京:科学出版社,2002
2. 史济民. Visual FoxPro 及其应用系统开发. 北京:清华大学出版社,1998
3. 崔洪芳等. Visual FoxPro 程序设计. 北京:科学出版社,2005
4. 高怡新等. 新编 Visual FoxPro 程序设计教程. 北京:机械工业出版社,2003
5. 李明等. Visual FoxPro 8.0 实用教程. 北京:清华大学出版社,2006
6. 王毓珠等. Visual FoxPro 程序设计. 北京:人民邮电出版社,2005
7. 单启成. Visual FoxPro 教程. 苏州:苏州大学出版社,2003
8. 徐辉. Visual FoxPro 数据库应用教程与实验. 北京:清华大学出版社,2005
9. 程学先. Visual FoxPro 程序设计. 北京:清华大学出版社,2006
10. 萨师炫等. 数据库系统概论(第三版). 北京:高等教育出版社,2001
11. 韩庆兰. 数据库技术. 长沙:湖南科学技术出版社,2001
12. 丁宝康等. 数据库实用教程. 北京:清华大学出版社,2001
13. 刘云生. 现代数据库技术. 北京:国防工业出版社,2001
14. 陈志泊等. 数据库原理及应用教程. 北京:人民邮电出版社,2002
15. 周志逵等. 数据库理论与新技术. 北京:北京理工大学出版社,2001
16. 刘方鑫等. 数据库原理与技术. 北京:电子工业出版社,2002
17. 徐洁磐. 现代数据库系统教程. 北京:北京希望电子出版社,2002
18. 张龙祥等. 数据库原理与设计. 北京:人民邮电出版社,2002
19. 阮家栋等. Web 数据库技术. 北京:科学出版社,2002
20. 王能斌. 数据库系统原理. 北京:电子工业出版社,2000

相关课程教材推荐

以上教材样书可以免费赠送给授课教师,如果需要,请发电子邮件与我们联系。

教学资源支持

敬爱的教师:

感谢您一直以来对清华版计算机教材的支持和爱护。为了配合本课程的教学需要,本教材配有配套的电子教案(素材),有需求的教师可以与我们联系,我们将向使用本教材进行教学的教师免费赠送电子教案(素材),希望有助于教学活动的开展。

相关信息请拨打电话 010-62776969 或发送电子邮件至 weijj@tup. tsinghua. edu. cn 咨询,也可以到清华大学出版社主页(http://www. tup. com. cn 或 http://www. tup. tsinghua. edu. cn)上查询和下载。

如果您在使用本教材的过程中遇到了什么问题,或者有相关教材出版计划,也请您发邮件或来信告诉我们,以便我们更好为您服务。

地址:北京市海淀区双清路学研大厦 A 座 708　　计算机与信息分社魏江江　收
邮编:100084　　　　　　　　　　　　　电子邮件:weijj@tup. tsinghua. edu. cn
电话:010-62770175-4604　　　　　　　邮购电话:010-62786544